金陵十二釵（下）

西讀紅樓夢之

西嶺雪◎著

目
錄

金陵十二釵又副冊猜想 145

情榜主人：情不情賈寶玉 377

情到多處情轉薄 賈寶玉 379

金陵十二釵副冊的評選標準

《紅樓夢》第五回中，寶玉來到離恨天薄命司，看到了《金陵十二釵》的冊子，先看又副冊，只見了晴雯、襲人兩段判詞；又拿起副冊，只看了一段香菱的判詞，便隨手抛開了；最後打開正冊，這次把十二釵的名字寫全了，不用我們猜謎。

然而副冊和又副冊的人選究竟是哪些人呢？因爲曹雪芹沒有寫出，便成了紅迷們樂此不疲的猜名遊戲。

而由於副冊裏只寫了香菱一個人，便使得眾多紅學家認爲副冊的人選身分應該是妾侍，諸如平兒、尤二姐等，甚至將秋桐、寶蟾之流都拔選在冊，使她們高居於晴、襲、鴛、紫之上，這可不屈殺了「賢襲人」與「勇晴雯」？

這裏犯了一個很基本的錯誤，就是不該在界定香菱身分的時候，首先把她定位成妾侍。早在開篇第一回，介紹甄士隱時，脂批已經給了一句很明確的定評：「總寫香菱根基，原與正十二釵無異。」

後來香菱進了榮國府，王熙鳳說她「差不多的主子姑娘也跟他不上呢。」脂硯又批道：「何曾不是主子姑娘？蓋卿不知來歷也，作者必用阿鳳一贊，方知蓮卿尊重不虛。」

到了第四十八回〈濫情人情誤思遊藝　慕雅女雅集苦吟詩〉，香菱學詩一段後又有雙行夾批：「細想香菱之爲人也，根基不讓迎、探，容貌不讓鳳、秦，端雅不讓紈、釵，風流不讓湘、黛，賢慧不讓襲、平，所惜者青年罹禍，命運乖蹇，至爲側室，且雖曾讀書，不能與林、湘輩並馳於海棠之社耳。」

這些批語，一而再，再而三地強調香菱的根基「原與正十二釵無異」，乃是「主子姑娘」。只不過因爲「命運乖蹇，至爲側室」，方才「不能與林、湘輩並馳」罷了。而平兒，在脂批中明明白白與襲人並列，可見只能居於又副冊。而如果賈璉之妾平兒都只能居於又副冊的話，嫣紅、秋桐之流又焉得入選副冊？

因此，屈居於正冊的「林、湘」之後、而凌駕於又副冊的「襲、平」之上、位於副冊之釵的，其身分只能也是主子姑娘，只不過家勢不如四大家族來得富貴顯赫罷了，比如小家碧玉的邢岫煙就是其中代表。

而判斷某女子是否有資格入選情榜，有一個重要條件，就是脂批所說的：「通部情案皆必從石兄掛號，然各有各稿，穿插神妙。」也就是說，這女子必是與寶玉有過重要交集，且曾留下深刻印象的。像嬌杏，再怎麼幸運成了人上人，因爲與寶玉無關，也不可能入選冊中。

再則，第十六回建造大觀園時，脂硯曾批：「大觀園係玉兄與十二釵之太虛幻境，豈可草率？」可見人間的大觀園便是天上的太虛幻境，凡入十二釵者，必當進過大觀園才是。自然也有極罕見的例外情況，比如我們已知的正冊十二釵中，只有秦可卿沒等大觀園建成就死了，所以不曾進入。然而她是警幻之妹，早就在太虛幻境中了，所以擁有特權。

由此可見，列名十二釵副冊的，必須滿足以下三個條件：

第一，其出身爲主子姑娘；第二，曾在石兄處掛號；第三，有資格進過大觀園。

而在這三個條件中，最難遴選的反而是第一個條件：主子姑娘。

因爲又副冊的人選是丫鬟，備選者十分豐富，幾乎十裏挑一的比例，大可以悠哉遊哉地慢慢挑選。而副冊的人選，稱得上主子卻又沒進入正冊的人數，卻是寥寥無幾，情節、形象又十分單薄，端的難以選定。

有趣的是，這些人中，又半數集中出現在第四十九回〈琉璃世界白雪紅梅　脂粉香娃割腥啖羶〉。黛玉與香菱等人正在談詩，忽然丫鬟來報：「來了好些姑娘、奶奶們，我們都不認得，奶奶、姑娘們快認親去。」一句話，已經確定了新來者的「主子姑娘」身分，且看是哪些人物——

原來邢夫人之兄嫂帶了女兒岫煙進京來投邢夫人的，可巧鳳姐之兄王仁也正進京，兩親家一處打幫來了。走至半路泊船時，正遇見李紈之寡嬸帶著兩個女兒——大名李紋，次名李綺——也上京。大家敘起來又是親戚，因此三家一路同行。後有薛蟠之從弟薛蝌，因當年父親在京時已將胞妹薛寶琴許配都中梅翰林之子為婚，正欲進京發嫁，聞得王仁進京，他也帶了妹子隨後趕來。所以今日會齊了來訪投各人親戚。

邢岫煙、李紋、李綺、薛寶琴，這幾個人趕會一般同時進了園子，就此住下，並且與香菱一道被邀請加入海棠詩社，方有了〈蘆雪廣爭聯即景詩　暖香塢雅製春燈謎〉的盛事雅聚——因此，她們是最有資格和理由與香菱並列十二釵副冊的姑娘。

事實上，讀《紅樓夢》的時候，很多人都會有一種感覺，就是這幾位主子姑娘出場既晚，情節又單，完全是種串場或是補場的感覺——或許，補的就是這十二釵副冊的名額吧。尤其李綺、李紋，耽著李紈表妹的名份，既住進大觀園，又加入海棠社，卻除了幾首詩外，從無一場正戲，連個性對白都少見，簡直就是來充數的。

同樣有充數之嫌的，還有喜鸞和四姐兒兩位賈府閨秀，也是除了名字外，戲分、形象單薄得可憐。不過，這些人倒是嚴格地按照紅樓女兒總是成雙成對出現的慣例，很明顯的，邢岫煙與薛寶琴一對，後來且成了姑嫂關係；李綺與李紋一對，原本就是姐妹，正如同正冊中元春與探春一對，迎春與惜春一對；喜鸞與四姐兒一對，都是賈家的玉輩女孩兒。

另外，同屬副冊的姐妹，還有一對代表人物，就是尤二姐與尤三姐。這兩個人雖然出現得晚，戲分倒是很足的，算是副冊中有出色表演的一對「金玉」，同時也是寧府主子的代表。

還有一位旗幟鮮明的副釵「金」，應是夏金桂，寶釵的嫂子，是香菱的命中對頭。如此，十二副釵中已經有了十位，然而最後兩個名額應該是什麼人呢？

我以爲，是一對隱形人——傅秋芳與慧紋。至於她們爲什麼從未出現在大觀園，甚至從未正式出場過，卻也可以列籍十二釵副冊，則在文中慢慢細論了。

根並荷花一莖香——甄英蓮。

為何香菱是十二副釵之首

香菱人生的三個階段

真應憐的故事

嬌杏傳

寶玉與薛蟠的情敵債

爲何香菱是十二釵副冊之首？

在正傳開始之前，先寫一段小故事做引子，這原是舊時小說的慣例。《紅樓夢》也不例外，出賈府之前，先寫了個甄家；出黛玉之前，先寫了個英蓮，年方三歲，家住姑蘇閶門，最是紅塵中一二等富貴風流之地。父親甄士隱，爲鄉宦之家，嫡妻封氏，情性賢淑，深明禮義。家中雖不甚富貴，然本地便也推他爲望族了。甲戌本在這裏有一句側批：

總寫香菱根基，原與正十二釵無異。

這是全書出場的第一個女子。然而還不等說一句話，已經被拐子拐跑了。她的悲劇命運由此開端。

再出場時，已是第四回〈薄命女偏逢薄命郎　葫蘆僧判斷葫蘆案〉，小小一段文字，交代了一個紅樓前傳，寫活了一個嬌婉可憐的薄命司女兒。

與其他小說不同的是，這個前傳跟正文是發生關係的。甄英蓮被薛蟠強買爲婢，並跟隨薛家進京，以「香菱」的身分捲土重來。她在賈府裏的第一次出場，是借由送宮花的周瑞媳婦之眼之口來交代的——

周瑞家的拿了匣子，走出房門，見金釧仍在那裏曬日陽兒。周瑞家的因問他道：「那香菱小丫頭子，可就是常說臨上京時買的，為他打人命官司的那個小丫頭子麼？」金釧道：「可不就是。」正說著，只見香菱笑嘻嘻的走來。周瑞家的便拉了他的手，細細的看了一會，因向金釧兒笑道：「倒好個模樣兒，竟有些像咱們東府裏蓉大奶奶的品格兒。」金釧兒笑道：「我也是這麼說呢。」周瑞家的又問香菱：「你幾歲投身到這裏？」又問：「你父母今在何處？今年十幾歲了？本處是那裏人？」香菱聽問，都搖頭說：「不記得了。」周瑞家的和金釧兒聽了，倒反為歎息傷感一回。

三言兩語，側面寫了香菱的人物可愛，命運堪憐，卻並不加一句點評，只是說她長得像「東府裏蓉大奶奶」，也就是秦可卿，全書最風流夭巧的一個可人兒。

可歎的是，出身於養生堂，與賈珍、賈蓉父子共枕的秦可卿因是賈家正室，遂也「飛上枝頭變鳳凰」，忝列了十二釵正冊之末；而香菱儘管出身比她高貴，品格比她端莊，容貌與她不相上下，卻因爲命運坎坷，生不逢時，再要強，也是「拔毛的鳳凰不如雞」，只能做得十二釵副冊之首。

那麼十二釵正冊之首是誰呢？寶釵、黛玉。第五回賈寶玉夢遊太虛境，曾見一位仙姑，「其鮮豔嫵媚，有似乎寶釵，風流嫋娜，則又如黛玉」，乳名兼美，小字可卿。明白寫出秦可卿的相貌是兼得寶、黛之美的；而香菱相貌既然與可卿相似，也就可想而知，是既似寶釵之端麗，又有黛玉之清秀的。所以她既做了黛玉的徒弟，又是寶釵的丫環。

如果說「襲爲釵副，晴爲黛影」的話，那麼香菱則是兼得二人之美，所以她是十二釵副冊之首，而襲人、晴雯則只好做又副冊之首。

關於香菱的爲人，後文曾借著賈璉和鳳姐的對話再一次側描——

賈璉笑道：「正是呢，方才我見姨媽去，不防和一個年輕的小媳婦子撞了個對面，生的好齊整模樣。我疑惑咱家並無此人，說話時因問姨媽，誰知就是上京來買的那小丫頭，名喚香菱的，竟與薛大傻子作了房裏人，開了臉，越發出挑的標緻了。那薛大傻子真玷辱了他。」鳳姐道：「嗳！往蘇杭走了一趟回來，也該見些世面了，還是這樣眼饞肚飽的。你要愛他，不值什麼，我去拿平兒換了他來如何？那薛老大也是『吃著碗裏看著鍋裏』的，這一年來的光景，他為要香菱不能到手，和姨媽打了多少饑荒。也因姨媽看著香菱模樣兒好還是末則，其為人行事，卻又比別的女孩子不同，溫柔安靜，差不多的主子姑娘也跟他不上呢，故此擺酒請客的費事，明堂正道的與他作了妾。過了沒半月，也看的馬棚風一般了，我倒心裏可惜了的。」

至此，香菱的相貌、品格、經歷，已然躍於紙上，栩栩如生。只是一個買來的丫頭，連姓名、來歷都不自知，卻能得到闔府上至賈璉、王熙鳳這樣的當家人，下至周瑞家的、金釧兒這樣的王夫人親隨的交口稱讚，更可見香菱之尊貴端雅。而脂硯齋也特地在此批註：「何曾不是主子姑娘？蓋卿不知來歷也，作者必用阿鳳一贊，方知蓮卿尊重不虛。」再次點明香菱身分之尊，品格之重。

值得一提的是，前者周瑞家的見香菱時，她還只是個「才留了頭的小女孩兒」，猶在薛姨媽處聽差使喚；待到鳳姐與賈璉談論香菱時，她已經「開了臉」，與薛蟠作了妾。這種由婢而妾的身分轉換，借由熙鳳的幾句話交代出來，實謂省筆之至。

香菱正面出場的重頭戲碼，直到第四十八回〈濫情人情誤思遊藝　慕雅女雅集苦吟詩〉，她進了大觀園後才大書特書，令她拜了黛玉爲師，學習詩詞之道，更借寶玉之口一言定評：「這正是『地靈人傑』，老天生人再不虛賦情性的。我們成日歎說可惜他這麼個人竟俗了，誰知到底有今日。可見天地至公。」

金陵十二釵都是要借由寶玉這位「情不情」來評度表現的，而寶玉給予香菱的評價無疑是很高的。至此，香菱已經完全滿足了「薄命女兒」、「入住大觀園」、「在玉兒處掛了號」這樣三大條件，名副其實地列入《金陵十二釵》中，且真正當得起副冊第一。

因而，脂硯齋在這裏也有大段雙行夾批：

> 細想香菱之為人也，根基不讓迎、探，容貌不讓鳳、秦，端雅不讓紈、釵，風流不讓湘、黛，賢慧不讓襲、平，所惜者青年罹禍，命運乖蹇，至為側室，且雖曾讀書，不能與林、湘輩並馳於海棠之社耳。然此一人豈可不入園哉？故欲令入園，終無可入之隙，籌畫再四，欲令入園必呆兄遠行後方可。然阿呆兄又如何方可遠行？曰名，不可；利，不可；無事，不可；必得萬人想不到，自己忽發一機之事方可。因此思及「情」之一字及呆素所誤者，故借「情誤」二字生出一事，使阿呆遊藝之志已堅，則菱卿入園之隙方妥。回思因欲香

蓊入園，是寫阿呆情誤，因欲阿呆情誤，先寫一賴尚榮，實委婉嚴密之甚也。脂硯齋評。

這是份量相當重的一段評語，可以說是脂硯對香菱最透徹的一次點評。香菱因其遭際，不能與薛、林並馳於海棠社，也不能並列於金陵十二釵正冊。然而這樣一個品貌雙全、才德兼備的女孩兒，又怎能屈居人下？因此警幻仙派她做了副冊之首，置於釵、黛之下，襲、晴之上。

這裏有一個很有趣的公式：

正冊之首：寶釵、黛玉。

正冊之末：兼得寶、黛之美，而無二人之尊，卻是賈家第五代長孫媳之秦可卿。

副冊之首：酷似秦可卿，兼得寶、黛之美，雖根基不俗，但後天不濟，只做了薛家之妾者香菱。

又副冊之首：相貌酷似黛玉之晴雯，性格有似寶釵之襲人。

如此看來，可卿與香菱一樣，是兩個承上啓下的過渡人物。然而可卿不及香菱者，在於她出場既晚，退場卻早，統共沒露幾次面就早早地死了，她存在的最大價值，在於說出了「盛宴必散」的讖語，及那句「三春去後諸芳盡，各自須尋各自門」的偈子；而香菱卻是全書第一個薄命女兒，一直到第八十回仍然有重戲，出場比誰都早，收結比誰都晚，可謂善始善終，故事相當完整。

細究起來，無論從出身、相貌、才學、性情上，香菱比起秦可卿來都有過之而無不及，所遜的，惟有「地位」二字而已，真不愧做了十二釵副冊之首。

香菱人生的三個階段

香菱一生的命運，可以用她的名字做分界，概括爲三個階段。

第一個階段，自然是她叫做甄英蓮的時候。

她的第一次出場，只有三歲，「生得粉妝玉琢，乖覺可喜」，被甄士隱抱在懷裏去街上看過會熱鬧，卻遇見了一僧一道，不但向士隱哭道：「施主，你把這有命無運，累及爹娘之物，抱在懷內作甚？」還念了四句詩，預言了英蓮一生的噩運。

緊接筆鋒一轉，英蓮人生中的第一個魔星出現了：賈雨村。

當下雨村見了士隱，忙施禮陪笑道：「老先生倚門佇望，敢是街市上有甚新聞否？」士隱笑道：「非也，適因小女啼哭，引他出來作耍，正是無聊之甚，兄來得正妙，請入小齋一談，彼此皆可消此永晝。」說著，便令人送女兒進去，自與雨村攜手來至書房中。

這是甄英蓮與賈雨村的第一次照面。

不久，雨村得了甄士隱的救濟，上京赴考去了；而英蓮則在次年元宵節花燈會上失蹤，甄家又在三月十五遭火，甄士隱賣了田莊，攜了妻子與兩個丫鬟投奔岳丈，飽嘗人情冷暖，世態炎涼，勉強支持了一二年，越發困窘，一日在街上與一僧一道重逢，忽然頓悟，就此出家去了。

而賈雨村，則中了進士，選為新任太爺，還娶了甄家的丫頭嬌杏為妾。昔時賓主，如今一個衣錦還鄉做了官，另一個已是化外之人；小姐跌了勢成為拐子手中的砝碼，丫鬟卻轉了運成為知府的妻室。真是滄海桑田，風雲變幻，人生的際遇真也堪歎。

更可悲可歎的，是賈雨村和甄英蓮還有第二次交會，就是在〈葫蘆僧判斷葫蘆案〉一節中了。

那時賈雨村已經送了黛玉進京，拜會了賈政，並受到王子騰的推舉，補授了應天府。到任接的第一個案子，就是薛蟠與馮淵爭買婢女致傷人命案。

這一次，英蓮是暗出，由「葫蘆僧」出身的門子一五一十交代緣起：

「這一種拐子單管偷拐五六歲的兒女，養在一個僻靜之處，到十一二歲，度其容貌，帶至他鄉轉賣。當日這英蓮，我們天天哄他頑耍，雖隔了七八年，如今十二三歲的光景，其模樣雖然出脫得齊整好些，然大概相貌，自是不改，熟人易認。況且他眉心中原有米粒大小的一點胭脂痣，從胎裏帶來的，所以我卻認得。偏生這拐子又租了我的房舍居住，那日拐子不在家，我也曾問他。他是被拐子打怕了的，萬不敢說，只說拐子係他親爹，因無錢償債，故賣他。我又哄之再四，他又哭了，只說：『我不記得小時之事！』這可無疑了。那日馮公子相看了，兑了銀子，拐子醉了，他自歎道：『我今日罪孽可滿了！』後又聽見馮公子令三日之後過門，他又轉有憂愁之態。我又不忍其形景，等拐子出去，又命內人去解釋他：『這馮公子必待好日期來接，可知必不以丫鬟相看。況他是個絕風流人品，家裏頗過得，素習又最厭惡堂客，今竟破價買你，後事不言可知。只耐得三兩日，何必憂悶！』他聽如此說，方才略解憂悶，自為從此得所。誰料天下竟有這等不如意事，第二日，他偏又賣與薛家。若賣與第二個人還好，這薛公子的混名人稱『呆霸王』，最是天下第一個弄性尚氣的人，而且使錢如土，遂打了個落花流水，生拖死拽，把個英蓮拖去，如今也不知死活。這馮公子空喜一場，一念未遂，反花了錢，送了命，豈不可歎！」

英蓮的二次出場雖是暗出，故事卻比第一次來得完整，並且有形象、有對白、有心理、有情節。

這次，她並沒有真正見到賈雨村，但是她的命運，卻被賈雨村一手遮天，糊塗判斷，做人情送給了真正的魔王薛蟠，從「慣養嬌生笑你癡」進入到「菱花空對雪澌澌」的第二階段。

再出場時，已是在賈府了，借由周瑞家的之眼之口寫出。那周瑞家的送走了劉姥姥，往梨香院來回王夫人的話，「剛至院門前，只見王夫人的丫鬟名金釧兒者，和一個才留了頭的小女孩兒站在台階上玩。」

此時，英蓮已經改了名字叫香菱了。

再後來，薛姨媽擺酒請客的將香菱與了薛蟠作妾，過了幾年談不得富貴倒也安靜的日子。尤其是「呆霸王調情遭苦打」之後，爲遮羞遠走他鄉，香菱得以跟隨寶釵住進大觀園。這段日子，是她一生中最快樂的時光，〈慕雅女雅集苦吟詩〉和〈呆香菱情解石榴裙〉兩章，是她的極盛表演。

可惜好景不長，樂極生悲，她生命中的第三個魔星出現了——那便是夏金桂。

夏金桂不禁扭轉了香菱的命運，還奪去了她的名字，將其改爲「秋菱」。她人生的第三階段開始了。

這一段，在書中的篇章並不多，集中在第七十九、八十兩回中。有些版本，將兩回並爲一回，有些緊鑼急鼓的味道，更讓人覺得秋光短促。

那夏金桂因見香菱「才貌俱全」，「越發添了『宋太祖滅南唐』之意，『臥榻之側豈容他人酣睡』之心。」遂決意除之，三番兩次地設計陷害，一時故意令其撞破薛蟠與寶蟾偷情，一時又命香菱到自己房中來睡，徹夜折磨，之後更是索性自己剪個紙人兒詛咒自己再嫁禍給香菱，逼得薛蟠攆了香菱去，給寶釵使喚。

> 自此以後，香菱果跟隨寶釵去了，把前面路徑竟一心斷絕。雖然如此，終不免對月傷悲，挑燈自歎。本來怯弱，雖在薛蟠房中幾年，皆由血分中有病，是以並無胎孕。今復加以氣怒傷感，內外折挫不堪，竟釀成乾血之症，日漸羸瘦作燒，飲食懶進，請醫診視服藥亦不效驗。

這是前八十回中關於香菱的最後一次記述。雖然大結局如何，書中並未來得及詳述，但是戚序本的八十回回目就是「嬌怯香菱病入膏肓」，已經點明她命不久矣。但是高鶚偏愛「調包計」，不但在大婚之夜，讓寶釵替黛玉出嫁，還讓夏金桂自食惡果，想給香菱下毒，卻不小心被寶蟾換了碗，把自己給毒死了，非常的戲劇化；而香菱則重蹈嬌杏的命運，被薛蟠扶了正，不但滯木無文，完全是三言二拍的傳奇格局，且有違曹雪芹原意，與前文的草蛇灰線全無對應，是不折不扣的「蛇足」、「贗文」。

這由香菱的判詞可以得到確切的證實：

根並荷花一莖香，生平遭際實堪傷。
自從兩地生孤木，致使香魂返故鄉。

蓮也罷，菱也罷，都是「根並荷花」，這一句是點明香菱的名字；第二句淺顯通俗，明寫其可憐堪歎；第三句則用「兩地生孤木」喻一「桂」字，點明自從香菱遇到夏金桂，便直奔了「香魂返故鄉」的歸宿而去了，哪裏還有什麼「扶正」的機會呢？

甄英蓮，確是「真應憐」。

眞應憐的故事

炎炎夏日，甄士隱手倦拋書，伏案小息，做了一個夢，在夢中聽到了一段絳珠仙草的故事，且聽那僧人感慨說，只爲了絳珠的還淚奇緣，惹得一干風流家都跟著下凡歷劫，演出多少故事來。

這個時候，甄士隱可沒有想到，那些「風流冤家」裏，也有他的女兒甄英蓮。

夢醒之後，甄士隱回到真實世界裏來，一睜眼即見奶媽抱了女兒英蓮過來，於是抱了女兒上街看熱鬧，重逢了夢中的一僧一道，但這兩人再不是幻境中風神迥異的神仙模樣，而是蓬頭跣足，十分邋遢，致使甄士隱這樣的高人也看走了眼。

那僧人見了英蓮，便向甄士隱大哭道：「舍我罷，舍我罷！」又念了四句詩：

慣養嬌生笑你癡，菱花空對雪澌澌。
好防佳節元宵後，便是煙消火滅時。

這首詩預言得太確切了，不僅指出元宵節後便是大難來時，還斷言她會嫁給一個姓「雪」（薛）的人，並改名叫「菱」。這再次照應了林黛玉三歲時被癩頭和尚化緣的故事——

——英蓮與黛玉的命運相吻合，一至於斯！

甄士隱不肯舍了英蓮讓和尚帶走，於是在元宵節那天丟了女兒，讓她落入拐子之手，歷盡辛酸。

林如海亦不肯讓黛玉出家，而且沒有遵從和尚的叮囑，給她請了個外人做老師，讓她見到了賈雨村，所以註定無法「平安了此一世」。

賈雨村只教了黛玉一年，因賈敏病逝，林如海遂令女兒投靠賈府——這又和甄士隱的命運若即若離了。只不過，甄士隱是丟了女兒，受難後攜妻子一同投靠岳丈；而林如海則是死了妻子，令女兒自己去投靠祖母罷了。

賈雨村無疑是個忘恩負義的小人。在葫蘆廟，他得了甄士隱的銀兩資助進京，得官後卻並不思報恩，只是因爲見到嬌杏買線，才想起舊時心結，召喚封肅進府去打了賞，要娶這嬌杏過門。彼時他聽說了英蓮失蹤的消息，還曾假惺惺向封氏許諾：「不妨，我自使番役務必探訪回來。」而當他後來做了應天府尹，終於重新見到恩公之女時，卻非但沒有將她送回封氏身邊，反而恩將仇報，把英蓮推進火坑，由得她跟了薛蟠這個混世魔王。

那麼他得了林如海的舉薦，再次進京謀官，並且一路飛黃騰達後，又會不會回報東家之恩，善待黛玉呢？

肯定不會。照著前面英蓮命運處處影射黛玉的公式來看，將來賈雨村也必會做下誤黛玉終身的惡行來。黛玉不比香菱，由不得賈雨村亂判葫蘆案，但，他會不會亂點鴛鴦譜呢？

古人云：「一日爲師，終身爲父。黛玉父母雙亡，賈雨村不但是她的蒙師，還曾受她父親委託護其入京，份量相當之重。如果將來有一天，賈雨村主動牽線爲黛玉做媒，那也是絕對說得過去的。

那究竟會是一段怎麼樣的冤孽呢？讓我們再細讀一遍香菱與馮淵的相逢（香、馮）。

那是香菱生命中惟一的一次心動。

正如同絳珠與神瑛的前緣由一僧一道在談笑中道出，香菱與馮淵間電光石火的短暫因緣，也只由門子與賈雨村的對話裏揭開。

據門子說，這馮淵乃是鄉紳之子，父母早亡，又無兄弟，單身守些薄產過日子，日子頗過得。今年剛十八九歲，正是好年齡，又是絕風流人品，卻不近女色，只好男風，是個同性戀。然而他見到拐子賣英蓮，卻一見傾心，性情大變，不但決心要娶英蓮進門，還下決心說以後都不結交男子，也絕不娶第二個了。

既然不打算再娶第二個，那麼英蓮進門後便是原配，爲何不直接娶其爲妻，卻說是「買來作妾」呢？

乃因這馮淵本是鄉紳之子，也算有些身分的，娶妻大事，須得明媒正娶，又怎可從人販子手上「買來」？富貴人家，向來只有買妾的，何曾聽說「買妻」？因此馮淵只可先買了香菱作妾。且過得一二年，待她生兒育女，再爲其扶正，也就順理成章了。

可歎英蓮卻不比嬌杏，竟無此福份。就因爲馮淵對英蓮太過看重，所以不肯直接買回家，卻議定三日後過門。

而禍端也就出在這三日之期裏。

正如同後文裏形容寶黛二人的八個字：「求全反毀，不虞之隙」。馮淵毀就毀在這求全上了。

英蓮顯然也是中意馮淵的，在這宗交易下定後，曾自歎息說：「我今日罪孽可滿了。」因聽說三日後方能成親，卻又愁煩，有不祥之感。

書中雖未正寫英蓮情形，卻通過門子的描述讓我們清楚地看到了一個薄命女兒的形象：柔弱多愁，淚光點點，眉間一點胭脂痣，我見猶憐。因此連世故的門子也不忍心，命妻子去開解她，使其「略解憂悶，自爲從此得所。」

最傷心便是這「自爲從此得所」六字，薄命女甄英蓮自小被拐賣，命運堪憐，這次「相逢」本是她難得的一次得救機會，倘若真嫁了馮淵，「廝配得才貌仙郎，博得個地久天長，準折得幼年時坎坷形狀」，誰知道又起風波，偏遇到拐子無義，薛蟠無德。

英蓮的美夢做了不到一日，只在第二日便又被拐子偷賣與薛家，遂引發「兩家爭買一婢」的大案。薛蟠混名「呆霸王」，可想其人品德行，「最是天下第一個弄性尙氣的人」。他不但呼喝手下將「將馮公子打了個稀爛，抬回家去三日死了」，且「把個英蓮拖去，如今也不知死活」——從這句「拖去」可見英蓮對薛蟠沒好感，而且不願意的，遠不是對馮淵「自爲從此得所」的心意。

賈雨村在聽了門子講述的故事後，曾給了兩句評語：「這正是夢幻情緣，恰遇著一對薄命兒女。」

這兩句話，說的是馮淵與香菱，卻也正可以形容寶玉同黛玉了。

周瑞家的形容香菱「有些像咱們東府裏蓉大奶奶的品格兒。」而蓉大奶奶秦可卿，正是兼有寶釵、黛玉之美者，也就是有一半兒的黛玉特色。故而想來，香菱的形象也是有三分像黛玉的。

香菱與黛玉的第一次交手在第二十四回開篇，那黛玉聽了「牡丹亭」的幾句唱詞，心有所感，坐在石上情思迤逗，香菱走來將她拍了一下：「你作什麼一個人在這裏？」而後兩人拉著手回了瀟湘館，聊了半日閒話，下一回棋，看兩句書，香菱便走了。可見感情甚好，相處融洽。

也正因此，後來才會有了香菱拜黛玉為師的極致描寫。見於四十八回〈濫情人情誤思遊藝　慕雅女雅集苦吟詩〉——這裏又有一個不知是可訝還是可歎的公式：那賈雨村是黛玉的啓蒙業師，而黛玉又收了香菱為徒。如此，香菱豈非又一次與賈雨村扯上了干係？

而且，賈雨村在第一回中，曾經做過一首詠月五律：

未卜三生願，頻添一段愁。
悶來時斂額，行去幾回頭。
自顧風前影，誰堪月下儔？
蟾光如有意，先上玉人樓。

後來見了香菱之父甄士隱，又曾口占一絕：

時逢三五便團圓，滿把晴光護玉欄。
天上一輪才捧出，人間萬姓仰頭看。

而香菱拜黛玉為師後，得的第一個題目竟也是吟月，並且一連做了三首，最後一首甚至還是夢中所得：

精華欲掩料應難，影自娟娟魄自寒。
一片砧敲千里白，半輪雞唱五更殘。
綠蓑江上秋聞笛，紅袖樓頭夜倚欄。
博得嫦娥應借問，緣何不使永團圓！

且不說香菱的這首詩中多有讖語，暗示了自己的悲劇命運，單是最後一句「緣何不使永團圓」正與雨村七絕的第一句「時逢三五便團圓」相對，便足已令人感歎的了。

真不知曹公的這種安排，深藏著怎樣的用意！

嬌杏傳

《金陵十二釵》同屬薄命司女兒，整部紅樓夢就是「千紅一哭，萬豔同悲」的故事。然而與眾多的薄命女相對，在全書開篇卻有一個非常福厚的女孩子領先拔籌，完成了自己飛躍龍門的故事。

這就是甄士隱的小丫鬟嬌杏。

我們都知道，紅樓人物的名字多用諧音，「嬌杏」即為「僥倖」之意，正如同「英蓮」實為「應憐」。

從字面上看，「嬌」對「英」，「杏」對「蓮」，頗為工整；從意思上講，「僥倖」與「應憐」也剛好照應；而從兩個人的命運來看，就更加令人感慨了。

書中開篇甄士隱抱著英蓮上街，癩僧跛道見了便大哭道：「你把這有命無運、累及爹娘之物，抱在懷內作甚？」

「有命無運」，便是對英蓮一生命運的斷詞。

此時，英蓮還是個粉妝玉琢的三歲女娃兒，萬千寵愛，嬌生慣養；而嬌杏呢，只是甄家的一個丫頭。

僧道去後，賈雨村來了，沒話找話地套近乎道：「老先生倚門佇望，敢是街市上有甚新聞否？」甄士隱「便令人送女兒進去，自與雨村攜手來至書房中。」於是，英蓮退場，嬌杏上場，而且這嬌杏的第一次亮相相當驚豔，頗有楊玉環「回頭一笑百媚生」的模樣——

這裏雨村且翻弄書籍解悶。忽聽得窗外有女子嗽聲，雨村遂起身往窗外一看，原來是一個丫鬟，在那裏擷花，生得儀容不俗，眉目清明，雖無十分姿色，卻亦有動人之處。雨村不覺看的呆了。

那甄家丫鬟擷了花，方欲走時，猛抬頭見窗內有人，敝巾舊服，雖是貧窘，然生得腰圓背厚，面闊口方，更兼劍眉星眼，直鼻權腮。這丫鬟忙轉身迴避，心下乃想：「這人生的這樣雄壯，卻又這樣襤褸，想他定是我家主人常說的什麼賈雨村了，每有意幫助周濟，只是沒甚機會。我家並無這樣貧窘親友，想定是此人無疑了。怪道又說他必非久困之人。」如此想來，不免又回頭兩次。雨村見他回了頭，便自為這女子心中有意於他，自為此女子必是個巨眼英雄，風塵中之知己也。一時小童進來，雨村打聽得前面留飯，不可久待，遂從夾道中自便出門去了。

看紅樓的人都記得王熙鳳出場時「未見其人，先聞其聲」，卻原來早在第一回裏，嬌杏已經用了這樣的身段，先用「嗽聲」吸引了雨村的注意，再以「擷花」展現了美麗的姿態，宛如一幅畫般，難怪賈雨村會「看得呆了」。

這還不算，她發現賈雨村看她，乍驚還羞，欲去不去，一邊轉身迴避，一邊卻又頻頻回頭，完全是李清照詞中的手勢：「見客人來，襪剗金釵溜，和羞走。倚門回首，卻把青梅嗅。」

這般姿容作派，怎不讓身處困境的窮秀才自作多情，留念存想呢？

從此，那賈雨村對嬌杏念念不忘，只因她回顧他兩次，便以爲嬌杏對自己有情，「自爲是個知己，便時刻放在心上」，仲秋夜對月抒懷，還吟了兩句詩。

後來，他接受甄士隱資助的五十兩銀子，進京趕考中了舉，做了知府，烏紗猩袍地回來遊街；而甄士隱卻十分可憐，不但丟了女兒，遭了火災，投靠岳丈又被百般奚落，終於隨道士出家去了。

兩個人的命運調了個過了，恰是一個僥倖，一個應憐。

這時候賈雨村和嬌杏重逢了。

這日，那甄家大丫鬟在門前買線，忽聽得街上喝道之聲，眾人都說新太爺到任。丫鬟於是隱在門內看時，只見軍牢快手，一對一對的過去，俄而大轎抬著一個烏帽猩袍的官府過去。丫鬟倒發了個怔，自思這官好面善，倒像在那裏見過的。於是進入房中，也就丟過不在心上。至晚間，正待歇息之時，忽聽一片聲打的門響，許多人亂嚷，說：「本府太爺差人來傳人問話。」封肅聽了，唬得目瞪口呆，不知有何禍事。

第一回至此而終，賣了個關子。第二回接著細說封肅跟了公差去見賈雨村，回來說明緣故：

「原來本府新升的太爺姓賈名化，本貫胡州人氏，曾與女婿舊日相交。方才在咱門前過去，因見嬌杏那丫頭買線，所以他只當女婿移住於此。我一一將原故回明，那太爺倒傷感歎息了一回，又問外孫女兒，我說看燈丟了。太爺說：『不妨，我自使番役，務必探訪回來。』說了一回話，臨走倒送了我二兩銀子。」

這時候賈雨村還在惺惺作態，似乎找了封肅去只爲敘舊，還特意打聽了甄家妻子女兒的近況，說了幾句現成安慰話兒。但是到第二天，就露出真意來了，「遣人送了兩封銀子、四匹錦緞，答謝甄家娘子，又寄一封密書與封肅，轉托問甄家娘子要那嬌杏作二房。」

——原來，報恩是假，好色是真。所有的造作，就只爲了要嬌杏作妾。

可以想像，如果賈雨村是個知恩圖報的君子，既然得了甄士隱好處，那麼一旦中舉，第一件事就該回姑蘇閶門葫蘆廟仁清巷去找到甄家，還銀謝恩；即使甄士隱一家已經投靠岳丈遷了居，也不難打聽下落。

但是賈雨村根本沒想過要報恩，書中說他八月十五得了甄士隱的銀子後，「十六日便起身入都，到大比之期，不料他十分得意，已會了進士，選入外班，今已升了本府知府。」這中間，從趕考到放榜，選班到升遷，已經過去三年有餘，他早把甄家忘諸腦後——事實上，如果不是看到嬌杏，喚起色欲，他大概這輩子都不想再見到甄家的人。

這一點，從他後來打發門子的手法就看得出來。那門子本是葫蘆廟小沙彌，深知雨村出身的，給賈雨村出了個餿主意亂判了薛馮爭婢案，原指望從此得到重用。然而賈雨村卻「恐他對人說出當日貧賤時的事來，因此心中大不樂業。後來到底尋了個不是，遠遠的充發了他才罷。」

知他舊時貧賤的不只有門子，更有曾助他五十兩銀子的甄士隱，他又怎麼會樂意看見甄家的人呢？之所以還會跟封肅廢話，不過是爲了娶人家丫頭罷了。那封肅原是個勢利小人，巴不得去奉承，自是一力撮和，「乘夜只用一乘小轎，便把嬌杏送進去了。」

書中說那嬌杏：「誰想他命運兩濟，不承望自到雨村身邊，只一年便生了一子，又半載，雨村嫡妻忽染疾下世，雨村便將他扶冊作正室夫人了。」就此完結了一篇大團圓的嬌杏傳，並依照說書的標準格式用一句詩作結：

正是：偶因一著錯，便為人上人。

在整個嬌杏傳裏，最讓我觸目驚心的，就是最後這段裏形容她的「命運兩濟」，正讓人想起僧道見英蓮時哭的「有命無運」，遙遙相對，卻有天壤之別。

個嬌生慣養的小姐，只因「有命無運」，最終淪爲人妾；而一個擷花買線的丫鬟，卻「命運兩濟」，做了知府夫人；「命運」二字，真真令人感慨。

寶玉和薛蟠的情敵債

寶玉和薛蟠是情敵嗎？

除了寶玉捱打，眾人懷疑薛蟠告密遂惹起一頓口舌外，書中似乎並沒有明寫二人之間有什麼感情上的糾纏過節，然而影影綽綽提到的卻不少，細算起來，竟有五六筆賬之多。

首先是第九回〈戀風流情友入家塾　起嫌疑頑童鬧學堂〉中，寶玉和秦鐘進了學堂後，與其中兩個小學生綽號「香憐」、「玉愛」的有些曖昧羨慕之意，卻因知這兩個本是薛蟠的相好，未敢輕舉妄動，但也少不了眉目傳情，詠桑寓柳等行為。自為避人眼目，豈知眾人早都心知肚明。

那日秦鐘和香憐擠眉弄眼地暗約出恭，剛剛搭上話兒，偏被金榮撞破，因此引發了一場學童混戰，其混亂熱鬧，直與後文「嗔鶯叱燕」遙相映照。最後是李貴進來喝止了眾人，並勸賈瑞平服，賈瑞遂命金榮給秦鐘磕頭賠禮。

那金榮回家後嘀嘀咕咕，含怨忿悶，賭咒說：「就是鬧出事來，我還怕什麼不成？」母親金寡婦忙忙勸止，說：「你這二年在那裏念書，家裏也省好大的嚼用呢。省出來的，你又愛穿件鮮明衣服。再者，不是因你在那裏念書，你就認得什麼薛大爺了？那薛大爺一年不給不給，這二年也幫了咱們有七八十兩銀子。你如今要鬧出了這個學房，再要找這麼個地方，我告訴你說罷，比登天還難呢！」

金母之言可謂愚矣，一心只貪圖薛大爺的七八十兩銀子，卻不想想這銀子因何而給？前文說「金榮亦是（薛蟠）當日的好朋友」，這裏說他「又愛穿件鮮明衣服」，其矯揉造作、媚顏承歡之態刻劃盡矣。

那麼這金榮既是薛蟠的「好朋友」，如今捏了香憐的把柄，又被寶玉和秦鐘欺壓，事後豈會不告訴薛蟠呢？以薛蟠的性子，又豈會不生事報復呢？

書中關於這段故事雖然沒有明文交代，第三十四回〈情中情因情感妹妹　錯裏錯以錯勸哥哥〉中，卻有一段話將舊事重提，遙遙呼應。

> 寶釵問襲人道：「怎麼好好的動了氣，就打起來了？」襲人便把焙茗的話說了出來。寶玉原來還不知道賈環的話，見襲人說出方才知道。因又拉上薛蟠，惟恐寶釵沉心，忙又止住襲人道：「薛大哥哥從來不這樣的，你們不可混猜度。」寶釵聽說，便知道是怕他多心，用話相攔襲人，因心中暗暗想道：「打的這個形象，疼還顧不過來，還是這樣細心，怕得罪了人，可見在我們身上也算是用心了。你既這樣用心，何不在外頭大事上做工夫，老爺也歡喜了，也不能吃這樣虧。但你固然怕我沉心，所以攔襲人的話，難道我就不知我的哥哥素日恣心縱欲，毫無防範的那種心性。當日為一個秦鐘，還鬧的天翻地覆，自然如今比先又更利害了。」想畢，因笑道……

爲秦鐘鬧的天翻地覆？這卻是從何說起？

書中並沒有過這樣的描寫，然而簡簡單單一句話，卻隱藏多少文章。不難想像，「鬧學堂」之後，金榮必會向薛蟠饒舌訴苦，而薛蟠必定也會為金榮出頭，為香憐、玉愛爭風，和寶玉之間免不了怨恨對立，這就為他們埋下了「情敵」的種子。

而且這段情鬥嫌隙，還並不是隱藏含糊的，而是如寶釵所形容，「鬧的天翻地覆」，盡人皆知，所以琪官的事一出來，人們就猜疑是薛蟠告訴的。

事實上，為了琪官的事，薛蟠也的確吃醋，因此會向薛姨媽同寶釵說：「你只會怨我顧前不顧後，你怎麼不怨寶玉外頭招風惹草的那個樣子！別說多的，只拿前兒琪官的事比給你們聽：那琪官，我們見過十來次的，我並未和他說一句親熱話；怎麼前兒他見了，連姓名還不知道，就把汗巾子給他了？難道這也是我說的不成？」

這段話，既是分辯自己不曾說過寶玉閒話，也是在趁機洩憤，抱怨沒能跟琪官「說一句親熱話」。顯然薛蟠對琪官是有覬覦之心的，卻又被寶玉搶了先，如今還被人誤會他告密，正所謂「沒吃羊肉惹了一身騷」，能不讓薛大傻子氣不打一處來？

因此他才會大吵大鬧，甚至放出「越性進去把寶玉打死了，我替他償了命，大家乾淨」的狠話來——恨到要奪人性命的地步，雖是一句使性子的話，但這仇亦不可謂不深矣！

薛蟠沒能說上一句親熱話，寶玉卻與其深與結交的，還不只蔣玉菡一人，更有個義氣豪俠的奇人柳湘蓮。

第四十七回〈呆霸王調情遭苦打　冷郎君懼禍走他鄉〉中說：

因其中有柳湘蓮，薛蟠自上次會過一次，已念念不忘。又打聽他最喜串戲，且串的都是生旦風月戲文，不免錯會了意，誤認他作了風月子弟，正要與他相交，恨沒有個引進，這日可巧遇見，竟覺無可不可。且賈珍等也慕他的名，酒蓋住了臉，就求他串了兩齣戲。下來，移席和他一處坐著，問長問短，說此說彼。那柳湘蓮原是世家子弟，讀書不成，父母早喪，素性爽俠，不拘細事，酷好耍槍舞劍，賭博吃酒，以至眠花臥柳，吹笛彈箏，無所不為。因他年紀又輕，生得又美，不知他身分的人，卻誤認作優伶一類。

這段故事凡是讀過紅樓的人都不會忘記，那柳湘蓮誆出薛蟠去，飽以老拳，狠狠地教訓了一頓，可謂痛快淋漓，是脂濃粉豔中難得的一段快意文章。

值得回味的，一是柳湘蓮臨行前特意約出寶玉來見了一面，而兩人的談話中還提到了秦鐘，說起柳湘蓮給秦鐘上墳的事來。可見從前三個人都是相識的，而且交情不淺。這真是「物以類聚，人以群分」。

二是賈珍的表現極微妙。書中曾極寫那賈珍最是好色風流的風月中人，想來對柳湘蓮也是豔羨愛慕的，卻深知冷郎君性情，不敢造次。因此要借酒蓋臉，才好意思「求他串了兩齣戲」。而在席上一看見柳、薛兩個都不見了，別人都不理會，賈珍卻立刻知道不妥，猜出些原由來。

誰知賈珍等席上忽然不見了他兩個，各處尋找不見。有人說：「恍惚出北門去了。」薛蟠的小廝們素日是懼他的，他吩咐不許跟去，誰還敢找去？後來還是賈珍不放心，命賈蓉

帶著小廝們尋蹤問跡的直找出北門，下橋二里多路，忽見葦坑邊薛蟠的馬拴在那裏。眾人都道：「可好了！有馬必有人。」一齊來至馬前，只聽葦中有人呻吟。大家忙走來一看，只見薛蟠衣衫零碎，面目腫破，沒頭沒臉，遍身內外，滾的似個泥豬一般。賈蓉心內已猜著九分了，忙下馬令人攙了出來。

薛蟠一個爺們兒家，每日裏眠花宿柳四處生事，不過是逃席不見，且已經吩咐了小廝們不許跟的，賈珍何以會「不放心」，必定要令賈蓉離了席去「尋蹤問跡」，而且是一直找出北門去，非找到了人才可？而且柳湘蓮不見了，寶玉尚且不以爲意，怎麼倒是賈珍如此緊張？

原因就是賈珍在席上看到薛蟠垂涎柳湘蓮的情形，已經心知不妥，再見兩人一齊不見，已猜到薛蟠會吃虧了。那賈珍是席上最老道有經驗的，又是風月場中經慣了的，所以事事料在先機。而賈蓉亦深知其意，找到人後，特意往賴家回覆賈珍，說了經過形景。賈珍自謂所料不錯，所以毫不吃驚，只笑道：「他須得吃個虧才好。」

不過寶玉同薛蟠之間，在柳湘蓮的問題上倒並沒有生出什麼事端來，反而因爲寧府二尤的出現，將三人的關係完全顛倒了一個過兒：薛蟠因得柳湘蓮之救而與其結拜爲義兄弟，寶玉卻因一句話而斷送了尤三姐性命。

但是二尤的故事明顯是從別書過錄到《石頭記》中來的，強行插補的痕跡很硬，在此就不多做探究了。

以上三段，都是薛寶二人爲了男人爭風吃醋的故事，那這兩個人在對女人的審美追求上，又是否有過衝突呢？

這就更加雲山霧罩了。

寶玉最愛的人當然是林黛玉，而薛蟠對林黛玉，書中只提到了一面之緣，見於第二十五回〈魘魔法姊弟逢五鬼　紅樓夢通靈遇雙真〉中，寫寶玉中邪，眾人前往探視，園裏一片吵嚷：

別人慌張自不必講，獨有薛蟠更比諸人忙到十分去：又恐薛姨媽被人擠倒，又恐薛寶釵被人瞧見，又恐香菱被人臊皮——知道賈珍等是在女人身上做功夫的，因此忙的不堪。忽一眼瞥見了林黛玉風流婉轉，已酥倒在那裏。

此處描寫，連脂批也說：「此似唐突顰兒，卻是寫情字萬不能禁止者，又可知顰兒之豐神若仙子也。」

那麼，何以如此唐突黛玉呢？

後文寶釵又曾當著黛玉面同薛姨媽頑笑：「媽明兒和老太太求了他作媳婦，豈不比外頭尋的好？」薛姨媽道：「連邢女兒我還怕你哥哥糟踏了他，所以給你兄弟說了。別說這孩子，我也斷不肯給他。」

雖然是說笑，然也實實太褻瀆顰兒了。幸好第七十九回〈薛文龍悔娶河東獅〉，已經把薛蟠和夏金桂的婚姻坐實，不然留下半部紅樓，真不知道要讓讀者打破多少悶葫蘆。

而薛蟠曾經爲了她打人命官司的香菱，與寶玉亦是有情的。爲香菱學詩之志，寶玉曾經讚歎：「這正是地靈人傑，老天生人再不虛賦情性的。我們成日歎說可惜他這麼個人竟俗了，誰知到底有今日。可見天地至公。」——可見其對香菱讚賞羨慕之情。

而第六十二回〈憨湘雲醉眠芍藥裀　呆香菱情解石榴裙〉，則可見出香菱對寶玉之心：

香菱見寶玉蹲在地下，將方才的夫妻蕙與並蒂菱用樹枝兒摳了一個坑，先抓些落花來鋪墊了，將這菱蕙安放好，又將些落花來掩了，方撮土掩埋平服。香菱拉他的手，笑道：「這又叫做什麼？怪道人人說你慣會鬼鬼祟祟使人肉麻的事。你瞧瞧，你這手弄的泥烏苔滑的，還不快洗去。」寶玉笑著，方起身走了去洗手，香菱也自走開。

二人已走遠了數步，香菱復轉身回來叫住寶玉。寶玉不知有何話，扎著兩隻泥手，笑嘻嘻的轉來問：「什麼？」香菱只顧笑。因那邊他的小丫頭臻兒走來說：「二姑娘等你說話呢。」香菱方向寶玉道：「裙子的事可別向你哥哥說才好。」說畢，即轉身走了。寶玉笑道：「可不我瘋了，往虎口裏探頭兒去呢。」說著，也回去洗手去了。

這段文字寫得花團錦簇煞是好看，我們都知道，香菱喚住寶玉欲言又止，她想說的話絕不是這句「裙子的事可別向你哥哥說」，但又會是什麼呢？想來香菱也未必知道。她望著寶玉「只顧笑」，顯見有萬語千言，心中莫名歡喜，卻又說不清道不明，縱使小丫頭臻兒沒有來打斷她的話，她也未必說得出來。因為她已經是薛蟠之妾，再感念寶玉的相知相惜，亦無言以對，無緣相報。

同時寶玉埋葬並蒂菱、夫妻蕙的舉動，隱隱有合葬之意。他曾在祭晴雯的芙蓉誄中寫道：「及聞槥棺被燹，慚違共穴之盟；石槨成災，愧迨同灰之誚。」可見在寶玉心中，對於意中人一直有著「共穴同灰」的念頭，那麼在這裏他把菱蕙同來掩埋，豈非亦有意與香菱共穴麼？

第八十回中，香菱已被薛蟠休棄，「氣怒傷感，內外折挫不堪，竟釀成乾血之症，日漸羸瘦作燒，飲食懶進，請醫診視服藥亦不效驗。」而寶玉曾向王道士尋求妒婦方，可見痛惜之情。

只可歎，世間並無療妒湯，香菱已註定命不久矣。倘有八十一回，第四個元宵節後，便是香菱大限之期了。

除此之外，若論及薛蟠對寶玉房中事的了若指掌，襲人亦可勉強算上一個。馮紫英家宴上，琪官念了句「花氣襲人知晝暖」，眾人都不理論，惟獨薛蟠跳起來喧嚷道：「了不得，了不得！該罰，該罰！這席上又沒有寶貝，你怎麼念起寶貝來？」又指著寶玉說：「襲人可不是寶貝是什麼！你們不信，只問他。」

襲人是寶貝，何等離奇之論！而此稱呼出自色狼之口，實在不是什麼恭維的話，只見出那薛蟠對襲人也是相當留戀豔羨的。

不過，襲人的終局雖然遺失，我們卻知道她最終是嫁了琪官。

那麼，既然薛蟠不可能接近黛玉，又沒得到襲人，香菱亦不可能與寶玉共穴，前邊種種暗示，關於寶蟠二人的諸多伏筆，又到底是爲的什麼呢？

兩人一而再地因情生妒，卻始終沒有正面對立，甚至還同桌吃酒，同席取樂，前面種種伏筆，豈不都成廢墨？或者純是筆者多疑？

我以爲，有一種很大的可能就是：在遺失的後文中，薛蟠和寶玉終會爲了某個心愛的人而引發強烈衝突，前文沒有大寫特寫，是爲了免得重複。但是一再暗示，不斷埋伏，早已蘊積了強大的底火，這些埋線，總有一天會徹底爆發出來，演繹出比「大承笞撻」更加慘烈的悲劇來。

只是，那個人會是誰呢？

眼前道路無經緯——夏金桂。

嫦娥應悔偷靈藥

寶釵的螃蟹詩諷刺的是誰

嫦娥應悔偷靈藥

夏金桂與其丫環寶蟾的名字，很明顯是取自「蟾宮折桂」的典故。然而薛蟠這樣一個不學無術的呆霸王，與考舉中狀元是全不搭界的，何以一妻一妾竟取了這樣雅趣的名字呢？解釋只有一個，就是以「蟾宮折桂」來比喻廣寒宮的嫦娥——夏金桂因不許人說「桂」字，便名桂花為「嫦娥花」，可為其證。

且看作者對夏金桂其人的形容簡介——

原來這夏家小姐今年方十七歲，生得亦頗有姿色，亦頗識得幾個字。若論心中的丘壑經緯，頗步熙鳳之後塵。只吃虧了一件，從小時父親去世的早，又無同胞弟兄，寡母獨守此女，嬌養溺愛，不啻珍寶，凡女兒一舉一動，彼母皆百依百隨，因此未免嬌養太過，竟釀成個盜蹠的性氣。愛自己尊若菩薩，窺他人穢如糞土；外具花柳之姿，內秉風雷之性。在家中時常就和丫鬟們使性弄氣，輕罵重打的。今日出了閣，自為要作當家的奶奶，比不得作女兒時靦腆溫柔，須要拿出這威風來，才鈐壓得住人；況且見薛蟠氣質剛硬，舉止驕奢，若不趁熱灶一氣炮製熟爛，將來必不能自豎旗幟矣；又見有香菱這等一個才貌俱全的愛妾在室，越發添了「宋太祖滅南唐」之意，「臥榻之側豈容他人酣睡」之心。因他家多桂花，他小名就

喚做金桂。他在家時不許人口中帶出金桂二字來，凡有不留心誤道一字者，他便定要苦打重罰才罷。他因想桂花二字是禁止不住的，須另換一名，因想桂花曾有廣寒嫦娥之說，便將桂花改為嫦娥花，又寓自己身分如此。

這是相當完整的一段夏金桂小傳，生動地描寫出了一個才貌雙全、卻品性不良的富家小姐形象。

在今人的眼光中，或許會覺得夏金桂那樣一個悍婦，遠不配用嫦娥來比喻，未免抬舉了她。然而在曹雪芹筆下，往往正話反說，「小題大作」，借物喻人，劍走偏鋒。比如用嫦娥比喻夏金桂，並不是爲了形容她有多麼美麗、高貴，而旨在突出她結局之清冷孤寂。

古人詩中有名句：「嫦娥應悔偷靈藥，碧海青天夜夜心。」凡說嫦娥，必含冷清之意。夏金桂既然名字裏有個「金」字，自然也是「金寡婦」一派了。她的將來，必定是在薛蟠伏刑之後，獨守空房，如月裏嫦娥一般，夜夜傷心的。

十二釵副冊之首爲香菱，這也是惟一點明的副冊人物，其判詞中說：「自從兩地生孤木，致使香魂返故鄉。」

「兩地生孤木」，爲桂字；「香魂」則雙關，既可泛指女子之魂，亦特指「香菱的冤魂」。香菱因金桂見妒而慘死的命運早已註定。兩人相生相剋，爲一對金玉。

雖然夏金桂爲人不堪，但她根基不淺，在薛家的地位更是遠高於香菱，故而我猜測她在十二釵副冊排名第二，僅次於香菱。兩人的命運緊密相連，要推算金桂的將來，便要從香菱的蹤跡中尋找。

除了判詞之外，香菱的薄命還有多處暗示，且往往與金桂相關。比如寶玉生日的大戲中，香菱因與眾丫鬟鬥草時曾說「我有夫妻蕙。」遭到小丫頭們的一陣排揎，連石榴裙也污染了。而寶玉恰在此時尋了來，偏說：「你有夫妻蕙，我這裏倒有一枝並蒂菱。」

待到〈壽怡紅群芳開夜宴〉時，香菱占花名偏就掣了一根並蒂花，題著一句詩：「連理枝頭花正開」。

這詩表面上意思很好，然而若聯繫原詩卻不然，那詩的下句原是「妒花風雨便相摧」，是說花開得正好，偏遇一陣狂風驟雨，辣手摧花，命不久矣。這個「妒」性成災的人，自然便是夏金桂了。

故而，香菱詠月三首的最後一首最後一句便是：「博得嫦娥應借問，緣何不使永團圓！」

這裏的嫦娥，亦是雙關，既指月亮，也指金桂——那金桂自喻嫦娥，香菱既是問她「爲什麼打破人家夫妻團圓？」也是在問她「爲什麼讓你自己也不得團圓呢？」

金桂的所作所爲固然咎由自取，即使後景淒涼亦是不值得同情的，然而，她本也是花容月貌的好人家女兒，倘若丈夫爭氣些，未必不能夫唱婦隨，過上好日子。然而她偏偏遇到了薛蟠，也算得上是不幸了，難怪要同被她欺凌至死的香菱一樣，都逃不了薄命司的召喚。

正如脂硯齋批示的：「夏日何得有桂？又桂花時節焉得又有雪？三事原係風馬牛，全若強湊合，故終不相符。運敗之事大都如此，當事者自不解耳。」可見薛夏聯姻，便是「運敗金無彩」的開始了。

原來，薄命的玄機，竟是早已暗藏在姓名之中，前生註定，只是當事者不能自知罷了。

寶釵的螃蟹詩諷刺的是誰？

《紅樓夢》第三十八回〈林瀟湘魁奪菊花詩　薛寶釵諷和螃蟹詠〉中，寶釵寫了一首螃蟹詩：

桂靄桐陰坐舉觴，長安涎口盼重陽。
眼前道路無經緯，皮裏春秋空黑黃。
酒未敵腥還用菊，性防積冷定須薑。
於今落釜成何益，月浦空餘禾黍香。

文中寫道：「眾人看畢，都說這是食螃蟹絕唱，這些小題目，原要寓大意才算是大才，只是諷刺世人太毒了些。」——爲了這一句，很多紅學家紛紛猜測此詩究竟在諷刺什麼，暗射何人。並且有人因爲此前寶玉的一隻螃蟹風箏被賈環拿了去，便懷疑這詩是諷刺賈環的。也有說是諷刺賈雨村等一干鑽營世故的官場小人。

然而賈環其人，與寶釵可以說是全無交集，還勞動不得蘅蕪君妙筆針貶；至於賈雨村，則是寶釵教訓寶玉應該去親近講談，學些仕途經濟的偶像，更不該做詩諷刺才是。因此，寶釵詩中諷喻的，只能是自己身邊至爲親近卻又不相和睦的人。從大裏說，是泛指書中所有「搬起石頭砸自己腳」的人與事，往細裏說，則特指她的嫂子夏金桂。

詩中開篇第一個字即是「桂」字，已點出其人，可見這首詩的主旨不爲詠蟹，乃是說「桂」。

如果說這只是一個巧合，未免牽強的話，則還要後面的詩句與情節一一驗證。

金桂之名在書中第一次出現，乃是由香菱轉述與寶玉的，且看原文：

寶玉道：「什麼正經事這麼忙？」香菱道：「為你哥哥娶嫂子的事，所以要緊。」寶玉道：「正是。說的到底是那一家的？只聽見吵嚷了這半年，今兒又說張家的好，明兒又要李家的，後兒又議論王家的。這些人家的女兒他也不知道造了什麼罪了，叫人家好端端議論。」香菱道：「這如今定了，可以不用搬扯別家了。」寶玉忙問：「定了誰家的？」香菱道：「因你哥哥上次出門貿易時，在順路到了個親戚家去。這門親原是老親，且又和我們是同在戶部掛名行商，也是數一數二的大門戶。前日說起來，你們兩府都也知道的。合長安城中，上至王侯，下至買賣人，都稱他家是『桂花夏家』。」寶玉笑問道：「如何又稱為『桂花夏家』？」香菱道：「他家本姓夏，非常的富貴。其餘田地不用說，單有幾十頃地獨種桂花，凡這長安城裏城外桂花局俱是他家的，連宮裏一應陳設盆景亦是他家貢奉，因此才有這個渾號。如今太爺也沒了，只有老奶奶帶著一個親生的姑娘過活，也並沒有哥兒兄弟，可惜他竟一門盡絕了。」寶玉忙道：「咱們也別管他絕後不絕後，只是這姑娘可好？你們大爺怎麼就中意了？」香菱笑道：「一則是天緣，二則是『情人眼裏出西施』。當年又是通家來往，從小兒都一處廝混過。敘起親是姑舅兄妹，又沒嫌疑。雖離開了這幾年，前兒一到他家，夏奶奶又是沒兒子的，一見了你哥哥出落的這樣，又是哭，又是笑，竟比見了兒子的還勝。又令他兄妹相見，誰知這姑娘出落得花朵似的了，在家裏也讀書寫字，所以你哥哥當時就一心看準了。連當鋪裏老朝奉夥計們一群人糟擾了人家三四日，他們還留多住幾日，好容易苦辭才放回家。你哥哥一進門，就咕咕唧唧求我們奶奶去求親。我們奶奶原也是見過這姑娘的，且又門當戶對，也就依了。和這裏姨太太鳳姑娘商議了，打發人去一說就成了。只是娶的日子太急，所以我們忙亂的很。我也巴不得早些過來，又添一個作詩的人了。」

這裏點明夏家在長安，而香菱與寶玉說這話時，已是初秋，寶玉剛剛作了一首「池塘一夜秋風冷，吹散芰荷紅玉影」的詩，這樣算起來，等到薛蟠娶金桂之日，八成就是重陽了，遂曰「長安涎口盼重陽」；那夏家奶奶沒兒子，看了薛蟠喜歡得什麼似的，又哭又笑的，比見了兒子還親，因此是「涎口」。

而在這段話中，夏金桂名字出現後，庚辰本有雙行夾批：「夏日何得有桂？又桂花時節焉得又有雪？三事原係風馬牛，全若強湊合，故終不相符。運敗之事大都如此，當事者自不解耳。」是說這門親事全無道理，連季節序次全都混亂，還怎麼會是善緣呢？

故而寶釵詩中頸聯便云「眼前道路無經緯，皮裏春秋空黑黃」。金桂姓夏，「雪」在冬天，但詩中偏不說冬夏，而云春秋，匠心頗妙。這兩句，除了說春秋無序外，又對應了後文夏金桂小傳中所言：「若論心中的邱壑經緯，頗步熙鳳之後塵。」重疊「經緯」二字；又說她「外具花柳之姿，內秉風雷之性」，則對應「皮裏」之語。

難怪看到這裏，眾人叫絕，寶玉更是讚道：「寫得痛快！我的詩也該燒了。」十二釵入冊，皆須在石兄處掛號。所以寶釵寫螃蟹詠，須寶玉來讚；而香菱說夏金桂，也是向寶玉說起。

這還不算，後來寶玉見了夏金桂，又特地描寫了一段所見所感：「舉止形容也不怪厲，一般是鮮花嫩柳，與眾姊妹不差上下的人，焉得這等樣情性，可爲奇之至極，因此心下納悶。」這是明明白白的進一步「掛號」了。

而寶玉後來竟向王道士尋求「妒婦方」，更是大動干戈，這與「酒未敵腥還用菊，性防積冷定須薑」異曲同工，都是在尋求事物的相克之法。

同時，書中說「那金桂見丈夫旗纛漸倒，婆婆良善，也就漸漸的持戈試馬起來。先時不過挾制薛蟠，後來倚嬌作媚，將及薛姨媽，又將至薛寶釵。寶釵久察其不軌之心，每隨機應變，暗以言語彈壓其志。金桂知其不可犯，每欲尋隙，又無隙可乘，只得曲意附就。」這也是以柔克剛的菊薑之道。所以，這兩句也可以說是寶釵形容自己對待夏金桂不卑不亢的態度。

而最後一句「於今落釜成何益，月浦空餘禾黍香」，則對應的是後文不見之情節了。想來，以薛蟠的惹是生非，夏金桂的倒行逆施，兩口子不可能落得什麼好結果，那薛蟠免不了伏法就刑，「落釜」謝罪；而金桂則獨守空房，便如月殿嫦娥一般，要寂寞終老的了。

另外，這兩句也照應了香菱與夏金桂理論花香之道：「不獨菱角花，就連荷葉蓮蓬，都是有一股清香的。但他那原不是花香可比，若靜日靜夜，或清早半夜，細領略了去，那一股香比是花兒都好聞呢。就連菱角、雞頭、葦葉、蘆根得了風露，那一股清香，就令人心神爽快的。」

如此看來，寶釵螃蟹詠中每一句都落到了實處，若說不是指夏金桂，又當何解呢？

閒庭曲檻無餘雪——薛寶琴。

薛寶琴為何不入正冊

賈母為何會向寶琴提親

身分古怪的薛寶琴

薛寶琴爲何不入正冊？

四大家族賈、王、史、薛，賈家四豔、王熙鳳、史湘雲、薛寶釵都入了十二釵正冊，爲何薛寶琴被形容得才貌雙全，超凡脫俗，卻未能入冊呢？

有些專家以爲，薛寶琴將來嫁了梅翰林，神仙眷侶，逍遙自在，算不得薄命，因而不入薄命司，所以不在冊。然而，整部《紅樓夢》乃是「千紅一哭，萬豔同悲」，大觀園女兒各個脫不了薄命的宿命，薛寶琴又怎能例外呢？

因此，我以爲她並不是不入冊，而只是不在正冊罷了。她與同期入園的邢岫煙、李紋、李綺一樣，都是副冊中的人物。

那麼，她既爲寶釵之妹，是四大家族之薛家後代，爲什麼卻要屈居副冊呢？

書中介紹薛蝌、寶琴身分時，只有含糊其詞的一句「後有薛蟠之從弟薛蝌，因當年父親在京時已將胞妹薛寶琴許配都中梅翰林之子爲婚，正欲進京發嫁，聞得王仁進京，他也帶了妹子隨後趕來。」

「從弟」，即堂弟，父親的兄弟的兒子。自然，倘是父親堂弟的兒子，只要未出五服，亦都可稱之爲從弟。

薛家雖是旺族殷商，卻並非公侯之家，地位原不及賈、王、史三家。「護官符」中注明前三家分別是寧榮二公、保齡侯、都太尉統制縣伯之後，惟有薛家，卻只是注解：「紫薇舍人薛公之後，現領內府帑銀行商，共八房分。」

清時爵制，在王以下，原有公、侯、伯、子、男五級。故而北靜王等身分最尊，而四大家族則以公爵賈府爲首，王家次之，史家居三，而薛家卻只有一個莫名其妙的「紫薇舍人」之銜，其公幹是皇商，有的是錢，缺的是銜。

按照世襲之制，皇商一職也只能傳給長子，估計便是薛寶釵的父親；而到了寶琴的父親，雖然也可以借著家族關係來行商，卻未必是皇商，地位就低微許多。這也是寶釵進宮不成，就一心想要嫁到賈府的原因了。

至於寶琴，她自幼跟著父親走遍大江南北，連西海沿子也去過，還眼見了黃頭髮、打聯垂的西洋美人兒，可見不像寶釵、黛玉這樣養在深閨人未識的侯門千金，而是經常要拋頭露面的。《紅樓夢》慣會做隱語，這段話表面上看來只覺寶琴襟懷壯美、見識不凡，然而深想一下，卻可以體會得出一個未出閣小姐的漂泊無奈來，這也是她哥哥薛蝌急著將她發嫁的原因。

薛寶釵勸岫煙時曾說過：「偏梅家又闔家在任上，後年才進來。若是在這裏，琴兒過去了，好再商議你這事。離了這裏就完了。如今不先定了他妹妹的事，也斷不敢先娶親的。」

那薛蝌進京原是爲了嫁妹，女方趕著男方已經稱奇了，而男方家裏卻反而不早不晚趕在這時候上任去了，竟將婚事擱起不談，就更加奇怪。而按照長幼有序的俗例，哥哥娶親理當在妹妹出嫁之先，何以這薛蝌卻是「不定了他妹妹的事，斷不敢先娶親」呢?可見攀親之急切，身分之尷尬。

關於寶琴身分不及正冊群芳，還有一個輔證，即賈母命王夫人認其做乾女兒一節。這一段，同樣是看上去很美，而深思則滿不是那麼一回事兒。

書中什麼人才亂認乾女兒、乾兒子？王熙鳳、賈寶玉也。

那王熙鳳起先認了林之孝家的做乾女兒，後來又要認小紅做乾女兒，而寶玉則信口認了賈芸做乾兒子。

所以如此，都是一種提拔、看重的意思。

同樣的，賈母讓王夫人認寶琴做女兒，也是因為看重她的為人，有意提升她的地位。因為薛姨媽明明說過，那寶琴的媽雖然痰症，卻還在世，又不比黛玉自幼喪母，做什麼要認別人做娘呢？況且園中已有薛姨媽這個至親嬸娘，薛姨媽與王夫人又是親姐妹，算起來大家本來就是親戚，何必又多此一舉，認什麼乾女兒呢？

自然是因為寶琴雖然才貌出眾，出身卻遠遠不及園中諸人，故而才要替她找個過硬的靠山了。

喜鸞、四姐兒進園子玩時，賈母曾命鴛鴦傳話，「留下的喜姐兒和四姐兒雖然窮，也和家裏的姑娘們是一樣，大家照看經心些。我知道咱們家的男男女女都是『一個富貴心，兩隻體面眼』，未必把他兩個放在眼裏。有人小看了他們，我聽見可不依。」

而寶琴進府時，賈母亦曾令琥珀叮囑寶釵，叫「別管緊了琴姑娘。他還小呢，讓他愛怎麼樣就怎麼樣。要什麼東西只管要去，別多心。」這擔的原是一樣的心，因為知道寶琴身分低，寶釵又過於小心，為怕人言，未免管束了寶琴。故而一面提升了寶琴的身分，一面又暗示寶釵放寬心。而這一招果然見效，下邊的人得了令，立刻就奉承起寶琴來了，管家賴大家的趕緊巴結買好兒，獻給寶琴兩盆蠟梅、兩盆水仙，就可見一斑了。

綜上所述，正如同喜鸞、四姐兒雖然也是賈家後裔，卻不是正脈嫡系一樣，薛蝌、寶琴之於薛家的身分亦是相同。因此，薛蝌之妻邢岫煙、妹妹薛寶琴，也就都不能進入正冊，而只能與香菱比肩，做個屈居副冊的主子姑娘了。

賈母爲何會向寶琴提親？

弄清了薛寶琴的身分問題，也就可以解釋另一個疑點了，那就是賈母明明中意黛玉，爲什麼卻會起意向薛寶琴提親？事見第五十回〈蘆雪廣爭聯即景詩　暖香塢雅製春燈謎〉：

賈母因又說及寶琴雪下折梅比畫兒上還好，因又細問他的年庚八字並家內景況。薛姨媽度其意思，大約是要與寶玉求配。薛姨媽心中固也遂意，只是已許過梅家了，因賈母尚未明說，自己也不好擬定，遂半吐半露告訴賈母道：「可惜這孩子沒福，前年他父親就沒了。他從小兒見的世面倒多，跟他父母四山五嶽都走遍了。他父親是好樂的，各處因有買賣，帶著家眷，這一省逛一年，明年又往那一省逛半年，所以天下十停走了有五六停了。那年在這裏，把他許了梅翰林的兒子，偏第二年他父親就辭世了，他母親又是痰症。」鳳姐也不等說完，便嗐聲跺腳的說：「偏不巧，我正要作個媒呢，又已經許了人家。」賈母笑道：「你要給誰說媒？」鳳姐兒說道：「老祖宗別管，我心裏看準了他們兩個是一對。如今已許了人，說也無益，不如不說罷了。」賈母也知鳳姐兒之意，聽見已有了人家，也就不提了。

因爲賈母的這一起意提親，傷了很多喜愛林黛玉的讀者的心，以爲賈母已經不願意成全寶黛婚事，而想讓寶玉娶寶琴了。

但是退一步想，倘若寶玉娶了寶琴，那麼寶玉就不能與寶釵結親了。這同樣也意味著賈母拒絕了薛寶釵的金玉良緣——我寧可娶身分不如姐姐尊貴的妹妹寶琴，那自然就等於明白表示不願意娶寶釵了。

而且，寶琴身分低微，與香菱同居副冊，這是不是也意味著，她其實也是一個做妾的人選？

賈母明知黛玉身體不好，難堪重務，即使她嫁了寶玉，也很難操持家務，理會俗事。她心疼外孫女兒林黛玉，但更疼親孫子賈寶玉，不得不爲孫子的終身幸福思慮周到，而最好的補足辦法，就是爲他娶個順心如意的如夫人。那寶琴身體健康，見多識廣，又心地單純，性情爽朗，正是輔佐黛玉的最佳人選。最重要的，她又和黛玉相處和睦，姐妹相稱，即使共事一夫，也不會恃寵生驕，欺負了黛玉。

換言之，賈母很可能打的是玉琴同嫁的主意，娶寶琴進來幫助黛玉共同侍奉寶玉的。寶琴之琴，乃是琴瑟和諧之意，而寶琴和寶玉同一天生日，按照四兒說的「同天生日便是夫妻」，兩人原有姻緣之份，雖然終究難成連理，卻不妨在文中借賈母之口提上一筆，暗伏下文。

二女同嫁，這在古時很是尋常，《兒女英雄傳》裏金鳳、玉鳳共嫁安公子便是典型例子。不以妻、妾論級，只以姐妹相稱，黛玉號「瀟湘妃子」，引的正是娥皇、女英同嫁舜帝的故事。

因此，無論從古法還是從書中故事來推算，賈母有這樣的想法是十分可能和合理的。

黛玉是賈母的親外孫女兒，寶釵是賈母的什麼人？兒媳婦的妹妹的女兒而已。比史湘雲還差著好幾層，半點血緣關係亦無。

薛家進京後便四處張揚「金玉」之說，賈母不可能不有所耳聞，對於薛家的算盤是心知肚明的。可是她早已打定主意要成全寶玉、黛玉這一對玉人兒，又怎麼會疏遠自己的外孫女兒而偏幫外人呢？但是她又不想傷了薛家的面子，於是起意向身分稍低的寶琴提親，這樣就既可以完成賈薛聯姻，維持親戚臉面；又可以仍然成全寶、黛婚姻，維護了外孫女兒的利益。

而這層意思，薛姨媽心領神會，並立刻以退為進，採取了相應措施，不但搬進瀟湘館照顧黛玉，還認了黛玉做乾女兒，並且主動提出「四角俱全」的話來，要為黛玉做主，向老太太提親。這既是安黛玉之心，亦是順賈母之意，等於暗示賈母：就算讓寶釵和黛玉一同嫁給寶玉，我也是願意的呀。

此前，薛姨媽一心要讓寶釵嫁入賈府，並且仗著王夫人、元春的支持，自以為勝券在握，然而賈府至尊老太太一再裝糊塗，眼看著寶釵一天天年紀老大，卻就是不肯提親，此時更是捨近求遠地向寶釵小妹子薛寶琴提起親事來，分明是有心包庇黛玉了。到了這地步，如果薛姨媽仍然不願意放棄攀附賈府這門親家，就只有接納林黛玉，讓她同薛寶釵一起嫁給寶玉了——這已經是惟一的選擇。

想來，這提議，老太太必然也是願意的吧？甚至可能，賈母根本早就知道寶琴有了婆家，之所以向寶琴提親，就是在暗示薛姨媽「四角俱全」的心意呢。

只可惜，即使這樣的委曲求全，卻仍然未能換來「退一步海闊天空」的新境界，那林黛玉最終還是淚盡而死了。但是有一點是肯定的，那就是寶玉並沒有負她，寶釵也沒有奪愛，賈母不會那麼忍心不理，而王熙鳳更沒玩過什麼「掉包計」，一切，只是天意難違罷了。

身分古怪的薛寶琴

薛寶琴可謂是書中最突兀的一個人物，遲至四十九回才打橫裏出現，而且一來就豔壓群芳，占盡上風，那探春說：「據我看，連他姐姐並這些人總不及他。」連賈母也讚賞不已，不但立逼著王夫人認了乾女兒，還一度起意提親，竟是將寶釵、黛玉、湘雲等人都一齊蓋過了。

黛玉向來是以才情取勝的，而寶琴在元宵節燈謎會前，一個人做了十首懷古詩，大展奇才，人人稱賞。

寶釵的人緣一向最好，可是寶琴來了之後，不但同姐妹們相處融洽，連賴大家的也要獻水仙、蠟梅討好。

湘雲素來性情豪爽，惹人讚羨，但比起寶琴的見多識廣、談吐不凡來，卻正是小巫見大巫了。

——這才是真真正正的「兼美」，且根本就是「完美」了。因爲書中群芳，人人有缺點，唯獨寶琴，才、貌、品、行俱佳，竟然是完璧無瑕似的。

然而，就是這麼一個完美得過分的人物，掩卷回思時，卻只覺面目模糊，除了在雪坡上披著凫靨裘遙等，身後一個丫頭抱著梅花的場面外，就再想不出她應該是什麼樣子。

她不但出場奇特，身世也蹊蹺，明明是趕來京城發嫁的，然而夫家卻闔家在任上，竟不知撲了誰來？難道他們進京前沒有互通個消息，不知道那梅家不在京城麼？而且她父親前年才剛剛沒了，母親又是痰症，她不需要守孝三年的麼，倒丟下重病的母親，兄妹倆齊齊進京來住著不走，是何緣故？

比起林黛玉當年只有五歲，已知侍湯奉藥，守喪盡哀，這薛寶琴可謂不孝之至。自從進府以來，不見她對父親有任何哀悼之情，更不見對母親有任何擔憂之意，每日只以賈母之寵、眾姐妹之陪護爲樂，豈非無情之至？

黛玉認薛姨媽做乾媽，是因爲自幼喪母，乏人關愛；就是賈芸巴結討好認了寶玉做父親，也要堂而皇之地說：「只從我父親沒了，這幾年也無人照管教導。如若寶叔不嫌侄兒蠢笨，認作兒子，就是我的造化了。」

而那薛寶琴，母親明明還在世，倒已經巴巴地認了王夫人做乾媽了，是何道理？

原來，表面上最完美尊貴的，內裏卻可能是最千瘡百孔的，渾身上下充滿了不合理，不合宜。

而全書中最最不合理的，還在於賈府祭宗祠一節，史湘雲、林黛玉這些至親都未參與，而薛寶琴這個外人卻得以陪侍在側，觀看了整個過程。這又是爲什麼呢？

惟一的解釋就是，她認了王夫人做乾媽，就算是賈家的女孩兒了，所以能和三春姐妹一同進入宗祠祭祖，可謂「登上高枝兒」了。

然而寶琴詠紅梅花詩中曾有「閒庭曲檻無餘雪，流水空山有落霞」的句子，可見賈家敗後，薛家亦受牽連，寶琴在賈府裏是借不到什麼光了。

那麼，她有沒有嫁成梅翰林呢？

有些人因爲寶琴所作〈梅花觀懷古〉中有一句「不在梅邊在柳邊」，就認爲薛寶琴後來是沒嫁成梅翰林之子，卻跟了柳湘蓮。

然而這句詩，不過是因爲薛寶琴詩中所寫的是「牡丹亭」故事，便引用了戲中人杜麗娘的現成句子。杜麗娘在戲中的愛人乃是柳夢梅，這詩的原意是他日相見，或是在梅樹邊，或是在柳樹邊。而並不是說自己嫁人，不嫁姓梅的，要嫁姓柳的。這以字害意，未免太牽強了些。況且尤三姐以婚訂之鴛鴦劍自刎，柳湘蓮為此出家為道，倘事後因寶琴而還俗續娶，非但稱不得是「情種」，而且煞風景之至了。

可見懷古詩十首，雖各有所指，卻未必是暗寓寶琴自身。倒是她的詠絮詞〈西江月〉，對於她未來的命運可能暗示得更清晰些：

漢苑零星有限，隋堤點綴無窮。
三春事業付東風，明月梅花一夢。
幾處落紅庭院，誰家香雪簾櫳？
江南江北一般同，偏是離人恨重！

對於一個閨秀而言，最大的事業不過是相夫教子，這裏說的「三春事業付東風」，分明指希望成空，謀圖終虛。而「明月梅花一夢」，「誰家香雪簾櫳」，既點了「梅」又點了「雪」，清楚地說明梅家親事終成一夢，寶琴到底未能嫁成梅公子。

秦可卿所謂「登高必跌重」，薛寶琴的這一跤，可謂跌得不輕。

濃淡由他冰雪中——

邢岫煙。

窮而不酸邢岫煙

岫煙與寶玉的緣分

窮而不酸邢岫煙

被稱作「一把子四根水蔥兒」的同期入京的四個人裏，薛寶琴是最得賈母寵愛的，立逼著王夫人認作乾女兒，連園中也不命住，只讓夜裏跟著自己一處安寢；李紋、李綺則是跟著李紈、李嬸娘住在稻香村，母女、姐妹一家子親親熱熱，好不愜意；惟有邢岫煙，不親不疏，不尷不尬，最是難以安排。

賈母便和邢夫人說：「你侄女兒也不必家去了，園裏住幾天，逛逛再去。」邢夫人兄嫂家中原艱難，這一上京，原仗的是邢夫人與他們治房舍，幫盤纏，聽如此說，豈不願意。邢夫人便將岫煙交與鳳姐兒。鳳姐兒籌算得園中姊妹多，性情不一，且又不便另設一處，莫若送到迎春一處去，倘日後邢岫煙有些不遂意的事，縱然邢夫人知道了，與自己無干。從此後若邢岫煙家去住的日期不算，若在大觀園住到一個月上，鳳姐兒亦照迎春的分例送一分與岫煙。鳳姐兒冷眼战敠岫煙心性為人，竟不像邢夫人及他的父母一樣，卻是溫厚可疼的人。因此鳳姐兒又憐他家貧命苦，比別的姊妹多疼他些，邢夫人倒不大理論了。

《紅樓夢》中人物品行高低，除了在「石兄處掛號」之外，往往也要經鳳姐評議，一經品題，身價立增。比如副冊第一釵香菱的身分便曾得鳳姐親口盛讚，說她「溫柔安靜，差不多的主子姑娘也跟他不上呢」，又副冊的襲人、晴雯、鴛鴦、小紅等，也都分別得到過鳳姐的褒貶點評。

而此處，岫煙的為人同樣是通過鳳姐給出定評，乃是「溫厚可疼、家貧命苦」。

接下來蘆雪廣爭聯即景詩，寫眾人「一色大紅猩猩氈與羽毛緞斗篷」，惟有岫煙仍是家常舊衣，並無避雪之衣。其後襲人回娘家時，鳳姐令平兒拿雪褂子來——

平兒走去拿了出來，一件是半舊大紅猩猩氈的，一件是大紅羽紗的。襲人道：「一件就當不起了。」平兒笑道：「你拿這猩猩氈的。把這件順手拿將出來，叫人給邢大姑娘送去。昨兒那麼大雪，人人都是有的，不是猩猩氈就是羽緞羽紗的，十來件大紅衣裳，映著大雪好不齊整。就只他穿著那件舊氈斗篷，越發顯的拱肩縮背，好不可憐見的。如今把這件給他罷。」鳳姐兒笑道：「我的東西，他私自就要給人。我一個還花不夠，再添上你提著，更好了！」眾人笑道：「這都是奶奶素日孝敬太太，疼愛下人。若是奶奶素日是小氣的，只以東西為事，不顧下人的，姑娘那裏還敢這樣了。」鳳姐兒笑道：「所以知道我的心的，也就是他還知三分罷了。」

這裏再次背面傅粉，從平兒眼中寫出岫煙的可憐。然而平兒雖然憐惜岫煙為人，卻一不見了蝦鬚鐲，頭一個便懷疑是岫煙的丫頭偷的，「本來又窮，只怕小孩子家沒見過，拿了起來也是有的。」

而下人媳婦王住兒家的因迎春不肯幫他婆婆求情，也曾向繡桔發牢騷說：「自從邢姑娘來了，太太吩咐一個月儉省出一兩銀子來與舅太太去，這裏饒添了邢姑娘的使費，反少了一兩銀子。常時短了這個，少了那個，那不是我們供給？」

這樣的無事生非，信口栽贓，都只是因爲邢岫煙窮罷了。「窮」，竟然是府中第一大罪。

而作者的細心處在於，這一兩銀子的公案，不止出於媳婦之口，後文還有正面描述——

這日寶釵因來瞧黛玉，恰值岫煙也來瞧黛玉，二人在半路相遇。寶釵含笑喚他到跟前，二人同走至一塊石壁後，寶釵笑問他：「這天還冷的很，你怎麼倒全換了夾的？」岫煙見問，低頭不答。寶釵便知道又有了原故，因又笑問道：「必定是這個月的月錢又沒得。鳳丫頭如今也這樣沒心沒計了。」岫煙道：「他倒想著不錯日子給，因姑媽打發人和我說，一個月用不了二兩銀子，叫我省一兩給爹媽送出去，要使什麼，橫豎有二姐姐的東西，能著些兒搭著就使了。姐姐想，二姐姐也是個老實人，也不大留心，我使他的東西，他雖不說什麼，他那些媽媽丫頭，那一個是省事的，那一個是嘴裏不尖的？我雖在那屋裏，卻不敢很使他們，過三天五天，我倒得拿出錢來給他們打酒買點心吃才好。因一月二兩銀子還不夠使，如今又去了一兩。前兒我悄悄的把綿衣服叫人當了幾吊錢盤纏。」

邢岫煙的「窮」，是赤裸裸寫在臉上，遮也遮不住的，幾乎到了捉襟見肘的地步。身爲千金小姐，非但不敢使喚下人，反而隔三岔五還要拿錢出來打酒買點心來討好，眞正可悲可歎。而更令人心酸的是，女兒身處此種困境，父母、姑姑不知體諒，反而還要刻薄她，貪圖她的月例銀子。這才弄得連下人媳婦也瞧不起，風言風語地尖刺她。

然而邢岫煙最難得的品行就在於，雖然窮，卻寒而不酸，並不微賤，而是落落大方，不卑不亢。自有一種從容恬淡的氣度，比之史湘雲的粗疏豪闊，林黛玉的多心多疑，更覺可憐可敬。

設想一下，倘若此種情境落到湘雲、黛玉身上會怎樣？那湘雲必定摩拳擼袖，大吵大鬧：「回家去，不在這裏看人家鼻子眼睛。」而黛玉則不知要哭成什麼樣子了。而邢岫煙，卻只會默默隱忍，努力地想辦法息事寧人，可謂另一種自重。

也正是因爲了她的這些優點，才被薛姨媽取中，說與薛蝌爲妻——

因薛姨媽看見邢岫煙生得端雅穩重，且家道貧寒，是個釵荊裙布的女兒，便欲說與薛蟠為妻。因薛蟠素習行止浮奢，又恐糟塌人家的女兒。正在躊躇之際，忽想起薛蝌未娶，看他二人恰是一對天生地設的夫妻……如今薛姨媽既定了邢岫煙為媳，合宅皆知。邢夫人本欲接出岫煙去住，賈母因說：「這又何妨，兩個孩子又不能見面，就是姨太太和他一個大姑，一個小姑，又何妨？況且都是女兒，正好親香呢。」邢夫人方罷。

蝌岫二人前次途中皆曾有一面之遇，大約二人心中也皆如意。只是邢岫煙未免比先時拘泥了些，不好與寶釵姊妹共處閑語；又兼湘雲是個愛取戲的，更覺不好意思。幸他是個知書

達禮的，雖有女兒身分，還不是那種佯羞詐愧一味輕薄造作之輩。寶釵自見他時，見他家業貧寒，二則別人之父母皆年高有德之人，獨他父母偏是酒糟透之人，於女兒分中平常；邢夫人也不過是臉面之情，亦非真心疼愛；且岫煙為人雅重，迎春是個有氣的死人，連他自己尚未照管齊全，如何能照管到他身上，凡閨閣中家常一應需用之物，或有虧乏，無人照管，他又不與人張口，寶釵倒暗中每相體貼接濟，也不敢與邢夫人知道，亦恐多心閒話之故耳。如今卻出人意料之外奇緣作成這門親事。岫煙心中先取中寶釵，然後方取薛蝌。有時岫煙仍與寶釵閒話，寶釵仍以姊妹相呼。

這裏再次借薛姨媽之眼寫出邢岫煙「端雅穩重，家道貧寒」，而寶釵亦覺得她「家業貧寒，爲人雅重」，正同前面鳳姐所思「溫厚可疼、家貧命苦」相合，是一再強調邢岫煙的窮與端莊。

同時，書中慣用曲筆，表面上說薛姨媽不肯爲薛蟠謀娶岫煙，是怕糟蹋了人家好女孩，但這一看就是場面話兒，難道爲薛蟠沒出息，就任由兒子一輩子不娶，或者註定只能娶個敗德媳婦兒不成？

後文中寶玉曾同香菱說起薛蟠娶親的事：「只聽見吵嚷了這半年，今兒又說張家的好，明兒又要李家的，後兒又議論王家的。這些人家的女兒他也不知道造了什麼罪了，叫人家好端端議論。」可見薛姨媽選媳婦的標準很高，也曾經考慮了很多種可能性，最終選定了夏金桂，也絕不是因爲早早打聽了對方是個攪家精，正好跟混帳兒子配成一對兒，而無非是貪圖「桂花夏家」的家底兒罷了。

說到底，薛姨媽看重岫煙之德是真心的，但卻仍然嫌棄她家裏窮，覺得配不上自己兒子，但如果嫁給比自己家差著一層的薛蝌，倒是天生一對。因爲那薛蝌、寶琴兄妹顯然是因爲父親過世，家境敗落，前來京城投奔嬸娘的。因此爲薛蝌娶妻成家，便成了薛姨媽的份內之事，所以早早替他訂了岫煙，將來娶進門，也可以成爲自己的一個好膀臂。

與薛蝌的結緣，本是邢岫煙人生命運的大轉折。此前寶玉曾說過：「誰知寶姐姐的親哥哥是那個樣子，他這叔伯兄弟形容舉止另是一樣兒，倒像是寶姐姐的同胞弟兄似的。」可見薛蝌形容俊美，舉止得宜，同岫煙堪稱一對金童玉女，這段姻緣也算天作之合、順心如意了。

然而薛蝌因妹妹寶琴的婚事好事多磨，「不先定了他妹妹的事，也斷不敢先娶親的。」所以只是同岫煙訂了婚，卻不知何時行禮。想來，岫煙既然掛名薄命司，其將來的命運只可能有兩種選擇，一是中途生變，未能嫁成薛蝌──但這樣就未免重了寶琴的將來命運，所以可能性不大；二是縱然嫁得成功，然而薛家已經敗了，邢岫煙終究無福，註定要一輩子與「窮」結緣了。如此，也更符合薛姨媽對邢岫煙「荆釵布裙」的考語。不過，幸好岫煙一向淡定自若，縱然大難臨頭，想來也必會從容面對、隨遇而安的了。

正如同她寫的那首〈詠紅梅花〉：

桃未芳菲杏未紅，沖寒先已笑東風。
魂飛庾嶺春難辨，霞隔羅浮夢未通。

綠萼添妝融寶炬，縞仙扶醉跨殘虹。
看來豈是尋常色，濃淡由他冰雪中。

岫煙與寶玉的緣分

大觀園裏有兩對師徒，一對明寫，是黛玉與香菱；一對暗出，爲妙玉和邢岫煙。

第六十三回寶玉過生日，次日一早收到妙玉賀帖，因不知如何回話，遂袖了那帖去找黛玉商議，卻在沁芳亭上遇上岫煙顫顫巍巍的迎面走來——時值春末夏初，非雨非雪，那岫煙走路卻是顫顫巍巍的，可見是裹小腳的。

寶玉忙問：「姐姐那裏去？」岫煙笑道：「我找妙玉說話。」寶玉聽了詫異，說道：「他為人孤癖，不合時宜，萬人不入他目。原來他推重姐姐，竟知姐姐不是我們一流的俗人。」岫煙笑道：「他也未必真心重我，但我和他做過十年的鄰居，只一牆之隔。他在蟠香寺修煉，我家原寒素，賃的是他廟裏的房子，住了十年，無事到他廟裏去作伴。我所認的字都是承他所授。我和他又是貧賤之交，又有半師之分。因我們投親去了，聞得他因不合時宜，權勢不容，竟投到這裏來。如今又天緣湊合，我們得遇，舊情竟未易。承他青目，更勝當日。」寶玉聽了，恍如聽了焦雷一般，喜的笑道：「怪道姐姐舉止言談，超然如野鶴閑雲，原來有本而來。正因他的一件事我為難，要請教別人去。如今遇見姐姐，真是天緣巧合，求姐姐指教。」說著，便將拜帖取與岫煙看。

這是寶玉與岫煙惟一的一次重要對話，竟給了岫煙非常高的一句定評：「超然如野鶴閑雲。」可見也是在「石兄處掛了號」的。

那岫煙聽了寶玉的話，又看了妙玉的帖子，遂將寶玉「用眼上下打量了半日」，方說出一番大道理來，令寶玉又是「恍如聽了焦雷一般」，又是「醍醐灌頂」的，正是一語驚醒夢中人，觸類旁通道：「怪道我們家廟說是鐵檻寺呢，原來有這一說。」

——可以說，岫煙與寶玉的這次談話，對於寶玉將來出家的宿命，也是起了推動作用的。

而岫煙的點化寶玉、令其感悟還不止這一處，後文又有一次暗出，寫在岫煙訂親之後，特借寶玉心事做出補述，仍是去瀟湘館的途中，仍是在沁芳橋一帶：

寶玉便也正要去瞧林黛玉，便起身拄拐辭了他們，從沁芳橋一帶堤上走來。只見柳垂金線，桃吐丹霞，山石之後，一株大杏樹，花已全落，葉稠陰翠，上面已結了豆子大小的許多小杏。寶玉因想道：「能病了幾天，竟把杏花辜負了！不覺倒『綠葉成蔭子滿枝』了！」因此仰望杏子不舍。又想起邢岫煙已擇了夫婿一事，雖說是男女大事，不可不行，但未免又少

了一個好女兒。不過兩年，便也要「綠葉成蔭子滿枝」了。再過幾日，這杏樹子落枝空，再幾年，岫煙未免烏髮如銀，紅顏似槁了，因此不免傷心，只管對杏流淚歎息。

雖然寶玉生性一向厭惡女兒嫁人之說，然而前文說湘雲早已有人家來相看，襲人也曾當著寶玉的面給湘雲道喜，並不見寶玉有何感慨，此番岫煙訂親，卻惹得寶玉傷心流淚，落筆何其重也。

這當然不是說寶玉同岫煙有什麼情愫，然而兩人同天生日，必有玄機，想來交集不止是前八十回所描寫的君子之交。

寶玉的丫頭四兒曾說過：「同日生日就是夫妻。」而書中與寶玉同天生日的，竟有四個之多，分別是寶琴、岫煙、平兒，和四兒。其中四兒既是寶玉近侍，不免有親昵之實；寶琴曾得賈母試探提親，也算得上掛名夫妻了；平兒倒是清清白白的，但曾得寶玉親爲侍妝，還替她洗了擦淚的手帕子，遂有「情掩蝦鬚鐲」之報，一個「情」字，落得不虛；算下來，惟有邢岫煙倒是「枉耽了虛名兒」的。

又有一次，仍是寶玉來看黛玉，恰見寶釵、寶琴姐妹並邢岫煙都在那裏，四人圍坐在熏籠上敘家常。紫鵑坐在暖閣裏，臨窗作針黹。寶玉笑讚：「好一副『冬閨集豔圖』！」這裏寶釵、寶琴、黛玉三個人，都曾是賈母心目中的寶二奶奶人選，惟有邢岫煙，竟也坐在一處敘家常，最是意外。若說是爲了湊人數顯得熱鬧香豔，卻又不見與寶釵同住的史湘雲，豈不特別？

除了這次明寫的四人相聚，還有一次暗寫的瓜葛，那寶釵因來瞧黛玉，恰值邢岫煙也來瞧黛玉，二人半路相遇，有一段關於「當衣」的對話後，各自分開——

寶釵就往瀟湘館來。正值他母親也來瞧黛玉，正說閒話呢。寶釵笑道：「媽多早晚來的？我竟不知道。」薛姨媽道：「我這幾天連日忙，總沒來瞧瞧寶玉和他。所以今兒瞧他二個，都也好了。」黛玉忙讓寶釵坐了，因向寶釵道：「天下的事真是人想不到的，怎麼想的到姨媽和大舅母又作一門親家。」薛姨媽道：「我的兒，你們女孩家那裏知道，自古道：『千里姻緣一線牽』。管姻緣的有一位月下老人，預先註定，暗裏只用一根紅絲把這兩個人的腳絆住，憑你兩家隔著海，隔著國，有世仇的，也終久有機會作了夫婦。這一件事都是出人意料之外，憑父母本人都願意了，或是年年在一處的，以為是定了的親事，若月下老人不用紅線拴的，再不能到一處。比如你姐妹兩個的婚姻，此刻也不知在眼前，也不知在山南海北呢。」……（薛姨媽）又向寶釵道：「連邢女兒我還怕你哥哥糟踏了他，所以給你兄弟說了。別說這孩子，我也斷不肯給他。前兒老太太因要把你妹妹說給寶玉，偏生又有了人家，不然倒是一門好親。前兒我說定了邢女兒，老太太還取笑說：『我原要說他的人，誰知他的人沒到手，倒被他說了我們的一個去了。』雖是頑話，細想來倒有些意思。我想寶琴雖有了人家，我雖沒人可給，難道一句話也不說。我想著，你寶兄弟老太太那樣疼他，他又生的那樣，若要外頭說去，斷不中意。不如竟把你林妹妹定與他，豈不四角俱全？」

由邢岫煙婚姻而因寶、黛姻緣，更將寶釵、寶琴都說在內，是「冬閨集豔圖」主角們的一次不出席聚會，這岫煙訂婚事三番四次補敘提醒，竟是隆重非常，意義重大。

可玩味的是，書中罕見邢岫煙到處串門子，除了和眾人共聚外，就只是去攏翠庵找妙玉說話兒，或是來瀟湘館看黛玉。可見人以群分，正是清雅不俗之流。

然而，不見後四十回，終無法推測寶玉與岫煙間還會有何糾葛，脂批曾說襲人嫁琪官後，曾一同「供奉玉兄、寶卿得同終始」，自然是賈家被抄、寶玉落魄之後的事了。想來，那時寶釵很可能會反過來向薛蝌、岫煙夫妻求助，而二人必當竭誠回報，或者亦有過「供奉玉兄寶卿」的時候吧。

當初，爲了探春送與岫煙的一隻碧玉佩，岫煙曾落了寶釵好大一通教訓：「這些妝飾原出於大官富貴之家的小姐，你看我從頭至腳可有這些富麗閑妝？然七八年之先，我也是這樣來的，如今一時比不得一時了，所以我都自己該省的就省了。將來你這一到了我們家，這些沒有用的東西，只怕還有一箱子。咱們如今比不得他們了，總要一色從實守分爲主，不比他們才是。」

《紅樓夢》中凡有關飾物，從無虛筆，這裏特地點出這只碧玉佩來，一來坐實了探春、岫煙的玉派身分，二來也引出寶釵一番今昔議論來，想來下文必定皆有照應。

首先，岫煙嫁給薛蝌之時，薛家已然敗落，早就沒了一箱子富麗閑妝；縱有些折釵爛簪，只怕也都要進了當鋪，薛家這個前皇商、恒舒典業主，反成了當鋪的常客，便是岫煙這只碧玉佩，也八成要爲救濟寶釵而當掉的。

到那時，免不了是邢岫煙親操炊煮，伏侍寶玉，大家同一屋簷下，一個鍋裏吃飯，也就不枉了同天生日的緣分因果了。

酸心無恨亦成灰——

李紋。李綺。

十二釵副冊裏的人物，照戲分重要性可對半分成兩組，一半人的戲份很充足，形象很鮮明，而另外一半則根本是來充數的，比如李紋、李綺這對姐妹，喜鸞、四姐兒這對表姐妹便是。

全書通算下來，李紋、李綺姐妹的名字一共出現過九次，但都只是出個名字，並無戲分，更無形象。即使在蘆雪廣眾芳齊聚的大場面裏，作者一一描寫了寶玉、黛玉、李紈、寶釵、岫煙、湘雲、寶琴、鳳姐的穿著，只獨獨沒提李紋、李綺，而只籠統地寫了句「只見眾姊妹都在那邊，都是一色大紅猩猩氈與羽毛緞斗篷」。

不過，她們既然同寶琴、岫煙一起出場，且被晴雯形容成「大太太的一個侄女兒，寶姑娘一個妹妹，大奶奶兩個妹妹，倒像一把子四根水蔥兒。」可見其相貌不俗，可與琴、煙媲美並提的。

再則，寶玉說不知她們可會做詩不，探春道：「我才都問了問他們，雖是他們自謙，看其光景，沒有不會的。」而第四回開篇介紹李紈身世時曾說：「這李氏亦係金陵名宦之女，父名李守中，曾爲國子監祭酒，族中男女無有不誦詩讀書者。」李紋、李綺自然都在這「金陵名宦、族中男女」之列了，「誦詩讀書」，不在話下。

因此，這對充數姐妹，也堪稱才貌雙全、不枉入了金陵十二釵副冊。

且因爲她們四人的進京，惹得寶玉又發了魔障，向襲人、麝月、晴雯等笑道：「你們成日家只說寶姐姐是絕色的人物，你們如今瞧瞧他這妹子，更有大嫂嫂這兩個妹子，我竟形容不出了。老天，老天，你有多少精華靈秀，生出這些人上之人來！可知我井底之蛙，成日家自說現在的這幾個人是有一無二的，誰知不必遠尋，就是本地風光，一個賽似一個，如今我又長了一層學問了。除了這幾個，難道還有幾個不成？」一面說，一面自笑自歎。——能讓玉兄「又長了一層學問」，也就是「掛號」了。何況其後四人又與香菱一同加入海棠社，爭聯即景詩，且一同賞梅做詩，更是坐實了副冊之釵的身分。

關於她們的入園，文中特點一筆：「賈母王夫人因素喜李紈賢慧，且年輕守節，令人敬伏，今見他寡嬸來了，便不肯令他外頭去住。那李嬸雖十分不肯，無奈賈母執意不從，只得帶著李紋李綺在稻香村住下來。」

可見寫李紋、李綺，正是爲了襯托李紈。那李嬸對於住在園中原本是「十分不肯」的，與邢岫煙父母的巴不得女兒入園，恰成鮮明對比；第五十三回又輕描淡寫一句「李嬸之弟又接了李嬸和李紋、李綺家去住幾日」，五十八回又說「李嬸母女雖去，然有時亦來住三五日不定」，可見李氏家境殷實，另有房舍，並不常在園中，住在賈府純爲盛情難卻，其身分正如同薛家借住賈府，是親戚做客來的，可不是劉姥姥打秋風。

後文中賈府再設宴時，李嬸與賈母、薛姨媽都是同坐首席的，連元宵節賈珍敬酒，也是「先至李嬸席上，躬身取下杯來，回身，賈璉忙斟了一盞；然後便至薛姨媽席上，也斟了。」可見李嬸娘在府中的身分之尊，並不遜於薛姨媽。

然而這麼尊貴的母女三人，在書中卻形象含糊，語言平淡。那李嬸娘好歹還有幾句家常情面話兒，李紋、李綺姐妹卻是除了做詩聯句之外，就只在出謎語時各說過　句話：

李紈因笑向眾人道：「昨兒老太太只叫作燈謎，回家和綺兒紋兒睡不著，我就編了兩個『四書』的。他兩個每人也編了兩個。」眾人聽了，都笑道：「這倒該作的。先說了，我

們猜猜。」李紈笑道：「『觀音未有世家傳』，打《四書》一句。」湘雲接著就說「在止於至善。」寶釵笑道：「你也想一想『世家傳』三個字的意思再猜。」李紈笑道：「再想。」黛玉笑道：「哦，是了。是『雖善無徵』。」眾人都笑道：「這句是了。」李紈又道：「一池青草草何名。」湘雲忙道：「這一定是『蒲蘆也』。再不是不成？」李紈笑道：「這難為你猜。紋兒的是『水向石邊流出冷』，打一古人名。」探春笑問道：「可是山濤？」李紋笑道：「是。」李紈又道：「綺兒的是個『螢』字，打一個字。」眾人猜了半日，寶琴笑道：「這個意思卻深，不知可是花草的『花』字？」李綺笑道：「恰是了。」眾人道：「螢與花何干？」黛玉笑道：「妙得很！螢可不是草化的？」眾人會意，都笑了說：「好！」

——「是」，「恰是了」，真是說了等於沒說。

因此，李紋、李綺姐妹真正留下來的語言，就只是賞雪詠梅時的幾句詩了。詠雪之初，眾人按序聯句，有此一段：

「價高村釀熟，（探春）年稔府粱饒。（李綺）
葭動灰飛管，（李綺）陽回斗轉杓。（李紋）
寒山已失翠，（李紋）凍浦不聞潮。（岫煙）」

除了開篇這幾句之後，便是湘雲大逞快才，力戰寶釵、黛玉、寶琴三人，再不容別人置喙。直到結束時，方有李紈吟了一句「欲志今朝樂」，李綺收了一句「憑詩祝舜堯」，如此了結全詩。

可玩味的是，眾美聯句，竟然是幾乎沒說過什麼話的李綺來結束的，這意味著什麼呢？可是說，當眾芳搖落、寒山失翠之時，李氏姐妹卻還可以逍遙自在作壁上觀，仍然享受著「年稔府粱饒」的舒適生活嗎？

李紈的判詞中曾說：「桃李春風結子完，到頭誰似一盆蘭。」可知在大觀園沒落之後，李紈母子卻有中興之時，那賈蘭更是「氣昂昂頭戴簪纓；光燦燦腰懸金印；威赫赫爵祿高登。」一度飛黃騰達，神氣非常的。

整個賈家都敗了，李紈卻能夠鳳冠霞帔，得封誥命，固然是因爲賈蘭爭氣，建功立業之故；但也要李紈擅經營，才能給兒子創造一個安身立命、反敗爲勝的環境。

換言之，賈家敗了，李家卻沒敗，這卻又是怎樣做到的呢？

或者答案就在於李嬸娘帶著李紋、李綺在園中時進時出，亦主亦客的便利身分吧。

在第四十五回開篇李紈與鳳姐算賬鬥嘴的一場交鋒中，我們知道，李紈其實也很擅於理財的。只是，她不像鳳姐那樣橫徵暴斂，因爲沒有機會貪污，更不可能以寡婦之身出去放貸，她所能做的，就只有一個「省」字。然而，不管她多麼苦心經營、積下多少財產，一場抄家，都化煙雲——除非，她可以提前把這些財物挪移出去，另藏別處，正如同甄家被抄之際，將家財偷運進京、托賈府收藏的情形是一樣的。

而能夠幫她轉移、藏匿財物的最佳也是惟一的人選，就是李嬸娘母女。她們不定期地進府，每次搬挪夾帶一點，螞蟻搬家一樣，不久便可將重要財物全部轉移出去。

趙姨娘曾向馬道婆說起鳳姐：「提起這個主兒，這一分家私要不都叫他搬送到娘家去，我也不是個人。」然而全篇中，卻並不見鳳姐同娘家人有何親密往來，更是沒回過一次娘家，甚至連他爹娘是誰，也並沒提過。

相反的，將一分家私搬送到娘家去的人，很可能是沒嘴葫蘆的大嫂子李紈。那李紈少年居寡，心思深沉，眼見賈府之勢難以長久，不免要未雨綢繆，替自己欲留後路。而她能做的惟一努力，就是將自己從牙縫裏省下來的一分家私，托李嬸娘帶出府去保存，以備將來不時之需。

這種「大難到頭各自飛」的做法，很像是嫦娥的背著丈夫偷吞丹藥，獨自奔月。而這一點，也在李紋惟一的一首完整的詩中找到了線索，那便是〈詠紅梅花〉：

白梅懶賦賦紅梅，逞豔先迎醉眼開。
凍臉有痕皆是血，酸心無恨亦成灰。
誤吞丹藥移真骨，偷下瑤池脫舊胎。
江北江南春燦爛，寄言蜂蝶漫疑猜。

這首詩是李綺所詠，暗示的卻是李氏三姐妹、尤其是李紈的命運。首句開篇，提一「醉」字，也就是醉眼看花，世事如夢了。頷聯自言苦楚傷痛，血淚斑斑，再次合「滿紙荒唐言，一把辛酸淚」之意，「酸心無恨亦成灰」之句，更與書中對李紈的介紹時所說「青春喪偶，居家處膏粱錦繡之中，竟如槁木死灰一般」，不謀而合。頸聯所引嫦娥竊藥之說，嫦娥，寓李紈孀居身分，呑丹，指背叛之實；「偷下瑤池脫舊胎」，既是說十二釵來歷，原本都是太虛幻境薄命司中的人物，卻告別幻境墜落紅塵，亦暗示李紈將來離開賈府後，了無關礙。尾聯說到「江北江南春燦爛」，似乎是說李紈離開京都，回了江南。

那時，李紋、李綺姐妹應當也都回到金陵了吧。四大家族原是一榮俱榮、一損俱損，李家的親戚關係雖然遠些，尙可自保，卻也難免受到牽連，只不過衣食無憂罷了，勢力顯赫卻必不如前，所謂「陽回斗轉杓」，世事難欲料。李家姐妹既入了薄命司，想來也不會有太好的下場，最根本的就是婚姻大事再難攀附王孫公子，而只能下嫁平民，正是「偷下瑤池脫舊胎」，淪爲俗品了。

人去樑空巢也傾——
喜鸞。四姐兒。

十二釵副冊中，比李綺、李紋姐妹戲分更少、更有湊數之嫌的，莫過於喜鸞和四姐兒兩位小姐了。

這兩個人遲至第七十一回方出場，而且只此一例，再無下文——當然，若是後文不至佚失，或會另有文章的吧。

然而，此二人戲分雖少，身分卻不低。且看原文——

因賈㻞之母也帶了女兒喜鸞，賈瓊之母也帶了女兒四姐兒，還有幾房的孫女兒，大小共有二十來個。賈母獨見喜鸞和四姐兒生得又好，說話行事與眾不同，心中喜歡，便命他兩個也過來榻前同坐。寶玉卻在榻上腳下與賈母捶腿。首席便是薛姨媽，下邊兩溜皆順著房頭輩數下去。簾外兩廊都是族中男客，也依次而坐。

這裏說得很明白，那喜鸞、四姐兒的身分乃是賈府的正經親戚，史太君的隔房孫女兒。而且「生得又好，說話行事與眾不同」，與迎、探、惜一樣，也是有根基、才貌雙全的大家閨秀，只輸在不是嫡系，家境也貧寒。與賈府四豔的差距，正如同寶琴之於寶釵一樣，同姓而異數，只能屈居副冊了。

此回中，賈母命她二人過來榻前同坐，寶玉則在榻上腳下與賈母捶腿，也就是三人同榻的關係了。所以這兩個人也就實實在石兄處掛了號。

其後，賈母更特地「命鳳姐兒留下喜鸞四姐兒頑兩日再去。鳳姐兒出來便和他母親說，他兩個母親素日都承鳳姐的照顧，也巴不得一聲兒。他兩個也願意在園內頑耍，至晚便不回家了。」

如此，「身為主子姑娘、在石兄處掛號、進過大觀園」，喜鸞和四姐兒三項條件俱滿，戲分雖少，卻是有足夠資格排入十二釵副冊的了。

這還不算完，入園後，賈母又特地安排了一件小事，或許是別有深意的吧——

賈母忽想起一事來，忙喚一個老婆子來，吩咐他：「到園裏各處女人們跟前囑咐囑咐，留下的喜姐兒和四姐兒雖然窮，也和家裏的姑娘們是一樣，大家照看經心些。我知道咱們家的男男女女都是『一個富貴心，兩隻體面眼』，未必把他兩個放在眼裏。有人小看了他們，我聽見可不依。」婆子應了方要走時，鴛鴦道：「我說去罷。他們那裏聽他的話。」說著，便一徑往園子來。

此處借賈母之口點明二人家貧，但身分卻是「和家裏的姑娘們是一樣」的，又說家裏下人勢利，未免小看了他們——種種形容，正與邢岫煙一般無二致，是再次坐實了二人的副冊身分。

而喜鸞與寶玉的對話，則是再次「在石兄處掛號」——

寶玉笑道：「我能夠和姊妹們過一日是一日，死了就完了。什麼後事不後事。」李紈等都笑道：「這可又是胡說。就算你是個沒出息的，終老在這裏，難道他姊妹們都不出門的？」尤氏笑道：「怨不得人都說他是假長了一個胎子，究竟是個又傻又呆的。」寶玉笑道：「人事莫定，知道誰死誰活。倘或我在今日明日，今年明年死了，也算是遂心一輩子了。」眾人不等說完，便說：「可是又瘋了，別和他說話才好。若和他說話，不是呆話就是瘋話。」喜鸞因笑道：「二哥哥，你別這樣說，等這裏姐姐們果然都出了閣，橫豎老太太、太太也寂寞，我來和你作伴兒。」李紈尤氏等都笑道：「姑娘也別說呆話，難道你是不出門的？這話哄誰。」說的喜鸞低了頭。

喜鸞竟說出要和寶玉作伴兒的話來，可謂嚴重！然而若據此便說寶玉將來會與喜鸞有夫妻之份的話，則又未免膠柱鼓瑟了。最大的可能性，只是喜鸞將來結局，仍然是由寶玉冷眼旁觀、並爲之慨歎，正如其對邢岫煙的一番議論罷了。

岫煙訂婚，寶玉曾爲此發出「綠葉成蔭子滿枝」之歎，且傷感落淚；將來喜鸞出嫁，又不知是在何種境遇之下，而彼時的寶玉想來已處困境，同病相憐，也必有一番感悟吧。

到那時，只怕大觀園已不復姓賈，縱使喜鸞、四姐兒重來，眾姐妹已是風流雲散，正如黛玉〈葬花吟花〉中說的：「明年花發雖可啄，卻不道人去樑空巢也傾」吧。

秋容淺淡映重門——

傅秋芳。

傅秋芳姓傅，理該是入副冊的。

這個人雖然並未在前八十回中正式出場，然而關於人物介紹卻是相當隆重，而且是借由怡紅公子的視角托出，明明白白的「在石兄處掛號」。

事見第三十五回〈白玉釧親嘗蓮葉羹　黃金鶯巧結梅花絡〉，那寶玉正向玉釧兒要湯喝，忽有人來回話：「傅二爺家的兩個嬤嬤來請安，來見二爺。」

寶玉聽說，便知是通判傅試家的嬤嬤來了。那傅試原是賈政的門生，歷年來都賴賈家的名勢得意，賈政也著實看待，故與別個門生不同，他那裏常遣人來走動。寶玉素習最厭愚男蠢女的，今日卻如何又令兩個婆子過來？其中原來有個原故：只因那寶玉聞得傅試有個妹子，名喚傅秋芳，也是個瓊閨秀玉，常聞人傳說才貌俱全，雖自未親睹，然遐思遙愛之心十分誠敬，不命他們進來，恐薄了傅秋芳，因此連忙命讓進來。那傅試原是暴發的，因傅秋芳有幾分姿色，聰明過人，那傅試安心仗著妹妹要與豪門貴族結姻，不肯輕意許人，所以耽誤到如今。目今傅秋芳年已二十三歲，尚未許人。爭奈那些豪門貴族又嫌他窮酸，根基淺薄，不肯求配。那傅試與賈家親密，也自有一段心事。

這段傅秋芳小傳雖只廖廖數語，早已將一個薄命紅顏的形象畫出。那傅試是個暴發戶，其妹自然屬小家碧玉了。又才貌俱全，連寶玉都生起「遐思遙愛之心」，可謂神交，惟一不合副冊條件的只是沒進過大觀園，然而這傅家的兩個嬤嬤來怡紅院請安，也就等於替他們家姑娘進了園子了。況且，下文還有相當繁瑣的一段文字交代兩嬤嬤對寶玉的觀感，而這段話，想來過後也是要報與傅小姐知道的——

兩個婆子告辭出去，晴雯等送至橋邊方回。那兩個婆子見沒人了，一行走，一行談論。這一個笑道：「怪道有人說他家寶玉是外像好裏頭糊塗，中看不中吃的，果然有些呆氣。他自己燙了手，倒問人疼不疼，這可不是個呆子？」那一個又笑道：「我前一回來，聽見他家裏許多人抱怨，千真萬真的有些呆氣。大雨淋的水雞似的，他反告訴別人：『下雨了，快避雨去罷。』你說可笑不可笑？時常沒人在跟前，就自哭自笑的；看見燕子，就和燕子說話；河裏看見了魚，就和魚說話；見了星星月亮，不是長吁短歎，就是咭咭噥噥的。且是連一點剛性也沒有，連那些毛丫頭的氣都受的。愛惜東西，連個線頭兒都是好的；糟踏起來，那怕值千值萬的都不管了。」兩個人一面說，一面走出園來，辭別諸人回去，不在話下。

可以想像，這兩個婆子回去，難免會向傅姑娘饒舌，將寶玉的素昔行爲盡行彙報。其情形，正如同興兒向尤家姐妹數說寶玉行徑是一樣的。而那傅姑娘既是才貌俱全的一位瓊閨秀玉，也必然會惺惺相惜，如同尤三姐兒一般，對寶玉心許神通。

如此，傅秋芳也就滿了副冊三大條件，有資格進入十二釵冊譜了。但她的姓名裏既沒有金也沒有玉，更沒有提到戴過什麼首飾，那麼該屬「金」派還是「玉」派呢？

是金派，這可以從她的身世經歷判斷得出。

文中說那傅試原是賈政的門生。所謂門生，並不是說賈政開班授課，就像賈代儒之於金榮輩一樣，而是在那個時代，凡是考科舉的仕子，在入科前都會投個名帖兒到某長官門下，拜爲門生，賴以提拔。比如清朝最大貪官和珅，就是出了名收門生最多的，藉以攏絡後輩，建立自己的一派勢力。尤其賈政曾點過「學差」，收門生就更加合情合理而且必不可少了。故而這傅試取名「附勢」，其實別有深意。他與賈府攀交，「自有一段心事」，這心事，就是攀附權貴了。

因他的私心，遂將妹子姻緣耽誤，竟然蹉跎到二十三歲尚未許人。二十三歲，在如今是青春正好，可放在古時，卻已經是老大不小的一個年紀了，是不折不扣的「剩女」。

冷子興演說榮國府時，說到賈珠時，「不到二十歲就娶了妻生了一子」；賈璉則「今已二十來往了，親上作親，娶的就是政老爹夫人之內侄女，今已娶了二年。」而賈蓉這年，才不過十六歲，劉姥姥一進榮國府時，在鳳姐處見到賈蓉，也只不過十七八歲，而那時早已娶了秦可卿了；北靜王初見寶玉時，也是「年未弱冠」，也就是不到二十，但已經娶了北靜王妃了；可見上自王侯下到庶民，那時的男子不到二十結親是常情，女子自然更小了，比如夏金桂嫁薛蟠時就只有十七歲。

而傅秋芳二十多歲還待字閨中，只這一條就夠薄命的了，況且還要攤上這樣一個不爭氣的哥哥。

書中有個不靠譜的哥哥，又老大未嫁的代表人物是誰呢？

自然是薛寶釵。

薛家闔府進京原本爲了送妹待選，這正與傅試的「附勢」之心是一樣的。而寶釵進京這年是十四歲，轉年過的第一個生日乃是及笄，也就是十五歲。其後一等經年，選秀之信石沉大海，而元妃更在這年端陽賜出紅麝串來暗示賜婚之意，換言之也就是說這時寶釵其實已經落選了，不然元春絕不會考慮讓待選秀女做弟媳的。可是賈母不願意，故意裝糊塗不聞不問，還當著眾人的面對張道士說：「上回有和尙說了，這孩子命裏不該早娶，等再大一大再定罷。」

——寶玉等得，寶釵等不得。賈母這一招拖延不理，等於是逼著薛家另選高枝。然而薛姨媽也心沉得很，硬是不聞不問，由著寶釵一年兩年地耽擱下來，前八十回結束時，寶釵少說也有十八歲了，做哥哥的薛蟠已娶了親，做弟弟的薛蝌也訂了邢岫煙，連做妹妹的薛寶琴也特地進京待嫁，而寶姐姐的婚事卻連個影兒也沒有，爲的，也不過是因爲仗著寶釵豔壓群芳，聰明過人，「不肯輕意許人，所以耽誤到如今」罷了。

那傅試是「安心仗著妹妹要與豪門貴族結姻」，薛姨媽卻是安心仗著寶釵要在賈府裏過活一輩子了。起先來京只說暫住，後來這話更不提起，一住經年不說，連兒子娶親都仍是住在賈府，這可成何體統？

由此種種，可以看出，傅秋芳其人，正是寶釵的一個縮影，是典型的金派女兒。想來倘若下文還有提及，她的命運最好也不過是嫁給某權貴做塡房罷了，便如同邢夫人、尤氏的例子是一樣的。

寶玉詠白海棠詩中有「秋容淺淡映重門」的句子，說的，可像是養在深閨、寂寞芳華的傅秋芳？

天若有情天亦老——慧娘。

《金陵十二釵》正冊早在二十回以前已經全部出場，且各有戲文，連尚在懷抱的巧姐兒亦有與板兒爭玩意兒的戲目。然而十二釵副冊，除了一個甄英蓮也就是香菱早早出場，再就是傅秋芳於三十五回裏露了一小面，卻沒有下文之外，其餘諸釵，遲遲不肯出場。

直到第四十九回，寶琴、岫煙、李紋、李綺才打夥兒進了京，尤二姐、尤三姐第六十三回橫空出世，喜鸞、四姐兒則遲至七十一回方姍姍來遲，而夏金桂更是直到七十九回才趕尾一樣地露面了。

這樣想來，或許十二釵副冊人物在前八十回中並未全部出場，倘若後文不至遺失，可能還會有新的主子姑娘露面，比如曾隱約提及的甄家小姐，也就是甄寶玉的姐妹們，而傅秋芳、喜鸞、四姐兒等也會在後文有正經戲目。

然而現在既然未得全璧，十二釵副冊的人選便只能在前八十回中尋找了。

我一直覺得曹雪芹雖然並未完成《紅樓夢》全稿，但整個故事卻是早已胸有成竹的了。由於種種緣故——或是部分稿件遺失導致心灰意冷，或是中間有礙語不便照本宣科，又或是後文的故事過於悲傷竟難下筆，故而中斷寫作近十年，但又不甘心就此擱筆，便在後來的修修補補中不時於前文留下許多線索，將主要人物的命運分割開來，暗藏在種種蛛絲馬跡中，「情榜」也早早開列出來，將三冊十二釵的三十六個人物盡行出場，所以才有了七十九、八十兩回的急行草，以使夏金桂趕上末班車，免得讀者見不到這個人，錯把香菱判詞中的「自從兩地生孤木」誤解爲「林」字，再和林黛玉扯上關係來，誤會就大了。

因此我相信十二釵副冊人物已經在前八十回全部出現，但那第十二個人到底是誰呢？

最早我曾以為是張金哥，因為她的名字中有個鮮明的「金」字招牌，又是個正經主子姑娘，薄命女兒，連脂批都曾在「誰知那張家父母如此愛勢貪財，卻養了個知義多情的女兒」後面批道：「所謂『老鴉窩裏出鳳凰』，此女是在十二釵之外副者。」

況且她出現在秦可卿送殯途中，倘若可卿作為十二釵正冊最末一名，卻是第一個早夭之人；張金哥則作為副冊第一個早夭之人，排在副冊最末，豈不是很妙的安排嗎？

然而後來細想，那金哥家住長安，一不是金陵人氏，二沒進過大觀園，三不曾與寶玉照過面，就如同嬌杏一樣，寶玉連聽都沒聽說過這個人這段事，所以怎麼也列不入「金陵十二釵」的。她的故事只是書中浮光掠影的一段隨筆傳奇，與劉姥姥口中的「若玉」（又或作「茗玉」）互為金玉，補寫世間見聞罷了。故稱「外副」，並不是說金陵十二釵在「正冊、副冊、又副冊」外還有個「外副冊」，而只是說未收入十二釵冊中之人。

其實傅秋芳的籍貫在書中也未有交代，然而傅試既是賈政門生，或者早在金陵時已經有舊，更何況，那傅試與賈府交結原有聯姻之意，或許後來傅秋芳到底嫁了賈氏子孫也未可知。

書中與傅秋芳遙遙呼應，互為金玉的，也是一個神龍見首不見尾的人物──慧娘。事見第五十三回〈寧國府除夕祭宗祠　榮國府元宵開夜宴〉

這邊賈母花廳之上共擺了十來席。每一席旁邊設一几，几上設爐瓶三事，焚著御賜百合宮香。又有八寸來長四五寸寬二三寸高的點著山石佈滿青苔的小盆景，俱是新鮮花卉。又有小洋漆茶盤，內放著舊窯茶杯並十錦小茶吊，裏面泡著上等名茶。一色皆是紫檀透雕，嵌著大紅紗透繡花卉並草字詩詞的瓔珞。

原來繡這瓔珞的也是個姑蘇女子，名喚慧娘。因他亦是書香宦門之家，他原精於書畫，不過偶然繡一兩件針線作耍，並非市賣之物。凡這屏上所繡之花卉，皆仿的是唐、宋、元、明各名家的折枝花卉，故其格式配色皆從雅，本來非一味濃豔匠工可比。每一枝花側皆用古人題此花之舊句，或詩詞歌賦不一，皆用黑絨繡出草字來，且字跡勾踢、轉折、輕重、連斷，皆與筆草無異，亦不比市繡字跡板強可恨。他不仗此技獲利，所以天下雖知，得者甚少，凡世宦富貴之家，無此物者甚多，當今便稱為「慧繡」。竟有世俗射利者，近日仿其針跡，愚人獲利。偏這慧娘命夭，十八歲便死了，如今竟不能再得一件的了。凡所有之家，縱有一兩件，皆珍藏不用。有那一干翰林文魔先生們，因深惜「慧繡」之佳，便說這「繡」字不能盡其妙，這樣筆跡說一「繡」字，反似乎唐突了，便大家商議了，將「繡」字便隱去，換了一個「紋」字，所以如今都稱為「慧紋」。若有一件真「慧紋」之物，價則無限。賈府之榮，也只有兩三件，上年將那兩件已進了上，目下只剩這一副瓔珞，一共十六扇，賈母愛如珍寶，不入在請客各色陳設之內，只留在自己這邊，高興擺酒時賞玩。

文中明明白白提出，這慧娘乃是不折不扣的姑蘇女子，而且同香菱、妙玉等的身世一樣，有一段人物小傳，寫明她是「書香宦門之家」，且「精於書畫」，又說這慧娘命夭，十八歲便死了，是十足的一個金陵薄命女兒。

她的人雖未入得大觀園，手跡卻進來了，正如寶玉之於傅秋芳的遙思渴慕一般，她則得到了賈母的愛如珍寶。兩個人物的描寫手法如此一致，遙相呼應，正可稱之爲一對金玉了。

而傅秋芳既然爲金，慧娘自然就是玉派了。雖然她的名字中既沒有金也沒有玉，而且也沒寫過她有什麼配飾，倒是她自己就是瓔珞的製造者。瓔珞，亦寫作「纓絡」，此處特地做「玉」字旁寫法，或者便是爲了暗示她的「玉」派身分吧。

更重要的是，寥寥數語中，慧娘孤傲薄命的形象已經躍然紙上，其性情命運，著實符合了玉派的標準。

而世人將其尊稱爲「慧紋」，則又巧妙地解決了李綺、李紋姐妹的金玉之分了，自然李綺爲金，而李紋爲玉了。

薄命憐卿甘作妾——尤二姐。

好一對金玉之物
賈璉亦有真情愛
尤氏爲何不入十二釵正冊
若隱若現的《風夕寶鑒》

好一對金玉尤物

尤二、尤三這對姐妹肯定是在太虛幻境掛了名的。且看這段：

那尤二姐原是個花為腸肚雪作肌膚的人，如何經得這般磨折，不過受了一個月的暗氣，便懨懨得了一病，四肢懶動，茶飯不進，漸次黃瘦下去。夜來合上眼，只見他小妹子手捧鴛鴦寶劍前來說：「姐姐，你一生為人心癡意軟，終吃了這虧。休信那妒婦花言巧語，外作賢良，內藏奸狡，他發恨定要弄你一死方休。若妹子在世，斷不肯令你進來，即進來時，亦不容他這樣。此亦係理數應然，你我生前淫奔不才，使人家喪倫敗行，故有此報。你依我將此劍斬了那妒婦，一同歸至警幻案下，聽其發落。不然，你則白白的喪命，且無人憐惜。」尤二姐泣道：「妹妹，我一生品行既虧，今日之報既係當然，何必又生殺戮之冤。隨我去忍耐。若天見憐，使我好了，豈不兩全。」小妹笑道：「姐姐，你終是個癡人。自古『天網恢恢，疏而不漏』，天道好還。你雖悔過自新，然已將人父子兄弟致於麀聚之亂，天怎容你安生。」尤二姐泣道：「既不得安生，亦是理之當然，奴亦無怨。」小妹聽了，長歎而去。尤二姐驚醒，卻是一夢。

《紅樓夢》中之夢，概不可輕忽，而尤二姐之夢，更聽見她小妹子說：「你依我將此劍斬了那妒婦，一同歸至警幻案下，聽其發落。」可見二人都是在警幻座前掛了號的，同屬薄命司人物，冊子上必然有名。

兩人本是寧國府內當家尤氏的妹子，賈蓉呼之爲姨娘的，雖然素向風聲不雅，卻是正經主子姑娘。相當於李綺、李紋之於李紈的關係，且尤二姐曾在李紈處借住，而尤三姐雖然沒進過大觀園，卻對寶玉有知己之情，並在太虛幻境任職的。故而兩人都應列入副冊。

尤三姐曾同尤二姐說過：「姐姐糊塗，咱們金玉一般的人，白叫這兩個現世寶沾汙了去，也算無能。」

明明白白點出，這二尤也是一對「金玉」。然而，孰爲金，孰爲玉呢？

先說尤二姐，文中形容她是「花爲腸肚、雪作肌膚的人」，可謂「冷香丸」矣。

而她在受盡挫折之後，選擇了吞金自盡，更是成全了自己的「金」派身分。

更爲令人感慨的，是她的停靈之地。且看這段：

賈璉便回了王夫人，討了梨香院停放五日，挪到鐵檻寺去，王夫人依允。賈璉忙命人去開了梨香院的門，收拾出正房來停靈。賈璉嫌後門出靈不像，便對著梨香院的正牆上通街現開了一個大門。兩邊搭棚，安壇場做佛事。用軟榻鋪了錦緞衾褥，將二姐抬上榻去，用衾單蓋了。八個小廝和幾個媳婦圍隨，從內子牆一帶抬往梨香院來。那裏已請下天文生預備，揭起衾單一看，只見這尤二姐面色如生，比活著還美貌。賈璉又摟著大哭，只叫「奶奶，你死

的不明，都是我坑了你！」……賈璉自在梨香院伴宿七日夜，天天僧道不斷做佛事。

這是全書中最後一次出現「梨香院」字樣，專爲二姐停靈出殯之地；而第一次出現，則是因薛家進京，收拾出來與寶釵等居住。

可見，尤二姐正是以寶釵爲掌門人的金派門徒。

而尤三姐的「玉派」身分，又從何而定呢？

卻由第六十五回中小廝興兒一言揭盅：「奶奶不知道，我們家的姑娘不算，另外有兩個姑娘，真是天上少有，地下無雙。一個是咱們姑太太的女兒，姓林，小名兒叫什麼黛玉，面龐身段和三姨不差什麼，一肚子文章，只是一身多病，這樣的天，還穿夾的，出來風兒一吹就倒了。我們這起沒王法的嘴都悄悄的叫他『多病西施』。」

——既說尤三姐的體態相貌與黛玉相彷彿，可見尤三姐亦是黛玉的一個影身兒。

三姐自擇柳湘蓮爲夫時，曾發誓說：「從今日起，我吃齋念佛，只伏侍母親。等他來了，嫁了他去；若一百年不來，我自己修行去了。」說著拿了根玉簪一擊兩段：「一句不真，就如這簪子。」

而她自刎身亡，更被形容成「揉碎桃花紅滿地，玉山傾倒再難扶」。

黛玉曾有〈桃花行〉之詩，並因此重建桃花社，因此「桃花」亦可指黛玉；而「玉山」更是直射其名。尤三姐之紅顏薄命，亦正與林黛玉相同，確爲玉派無疑了。

曾有讀者問過：尤二姐與平兒同爲賈璉之妾，其品行遠不如平兒，排名不可能比平兒高，爲什麼尤二姐在副冊，平兒卻在又副冊呢？

可歎的是，金陵十二釵的排名並不與德行相關——倘如是，「淫喪天香樓」的秦可卿就不可能排在正冊了。之所以僭越，當然不是因爲劉心武說的什麼太子女的身分，而只不過因爲她是賈蓉的原配正妻罷了。

十二釵的選拔非常注重根基出身，平兒不過是王家的一個奴才，隨鳳姐陪嫁入賈府，被賈璉收了房的；而二尤則身爲寧國府內當家尤氏之妹，是賈府的正經親戚，主子姑娘，身分遠不同於奴婢之輩。

王熙鳳接尤二入賈府時，平兒上來參見，尤二忙還禮說：「妹子快休如此，你我是一樣的人。」鳳姐卻說：「折死他了！妹子只管受禮，他原是咱們的丫頭。以後快別如此。」可見尤二身分遠較平兒爲高，雖非賈璉原配正妻，卻也是婚媒聘取的正經二房，近乎「平妻」的身分。

古時男人三妻四妾，除正妻外，還可以再娶兩個「平妻」，妻以下是妾，如趙姨娘、嫣紅、秋桐、香菱的身分，再下才是收房丫頭，如平兒、寶蟾、襲人等。當然，由於受寵的程度以及實權的關係，妾的名份雖有差別，尊卑卻未必明顯。比如趙姨娘地位明明比平兒高，但因爲沒有實權，見了平兒反要陪笑問好；而寶蟾地位雖不如香菱，但一則性子潑辣，二則仗著薛蟠新寵，所以反欺負起香菱來，正如後文秋桐之欺侮尤二姐一般。

邢夫人攛掇鴛鴦嫁賈赦時，曾引誘說：「你知道你老爺跟前竟沒有個可靠的人……意思要和老太太討了你去，收在屋裏。你比不得外頭新買的，你這一進去了，進門就開了臉，就封你姨娘，又體面，又尊貴。」

這許諾的條件很高，明確了「收房丫頭」和「開臉姨娘」的區別，說明是「又體面，又尊貴」。而這個區別，也就是平兒和香菱的不同。

薛蟠娶香菱時，是薛姨媽品察多時，認真許可，這才擺酒請客地費事，開了臉明放在屋中的，這就是姨娘了；而薛蟠娶寶蟾，則不過跟夏金桂說了一聲，晚上借了香菱的屋子洞房，顯然草率得多，屬於丫頭收房。所以香菱自己另有小丫頭臻兒，正如趙姨娘也有個丫頭小鵲一樣，算是半個主子；而平兒、寶蟾等再風光，也沒有屬於自己的使喚丫頭，因爲本身就是奴才。

賈璉娶尤二姐的陣仗則比此更大更排場，不是普通的買妾，而是另外買房賃屋，儼然置辦第二個家，不但有酒席，還正式舉行了儀式，「拜過天地，焚了紙馬。」且「命家人直以奶奶稱之，自己也稱奶奶，竟將鳳姐一筆勾倒」，是視尤二爲正室一般。

而鳳姐在迎進尤二姐之前，亦特地命人先將東廂房三間收拾出來，照依自己正室一樣裝飾陳設。又同尤二說：「今娶姐姐二房之大事亦人家大禮……我今來求姐姐進去和我一樣同居同處，同分同例，同侍公婆，同諫丈夫。喜則同喜，悲則同悲，情似親妹，和比骨肉。」是承認了尤二姐同自己一樣的身分。後來將尤二接進府來，表面上姐妹相稱，「和美非常，更比親姊妹還勝十倍。」也遠不同於王夫人之於趙姨娘的態度。便是挑唆秋桐時，亦是說：「你年輕不知事。他現是二房奶奶，你爺心坎兒上的人，我還讓他三分，你去硬碰他，豈不是自尋其死？」

可見「二房奶奶」，同「姨奶奶」是不同的。丫鬟善姐兒雖不服管，也要稱尤二爲「二奶奶」，說起鳳姐時，則改稱「大奶奶」；賈母不喜歡尤二，也要承認她的地位，對賈璉說：「既是二房一場，也是夫妻之分，停五七日抬出來，或一燒或亂葬地上埋了完事。」——再潦草，停五七日的大格兒卻也不能錯了。

而且尤二姐初進榮國府時，曾先在大觀園李紈處住了幾日，是園中貴客；在賈母處表明了身分，正式成爲賈璉之妻後，又爲賈璉懷過孩子——其根基雖不如香菱，卻也不差多少，而且在府中的身分也要高些，遂列入副冊。

而平兒雖然也是賈璉之妾，卻因沒有名份，只是通房大丫頭，便只能與襲人、晴雯一樣，屈居又副冊了。

至於秋桐，原是賈赦賞給賈璉的，是「妾」的身分，雖然得寵，畢竟是丫頭提拔上來的，其身分在尤二之下，平兒之上，但因不是書中正經人物，便不在冊錄之中了。

賈璉亦有眞情愛

寧府二尤之「尤」，有兩解：一是寶玉對柳湘蓮說的：「真真一對尤物，他又姓尤。」喻其嬌豔風流；二是尤三姐托夢給二姐時說的：「你雖悔過自新，然已將人父子兄弟致於麀聚之亂，天怎容你安生。」喻其淫蕩無行。

麀，古書上指母鹿。「麀聚」，也有版本做「聚麀」，意思都一樣，就是一群公鹿和母鹿交歡。而這個「父子兄弟」，指的就是賈珍、賈蓉父子，和賈珍、賈璉兄弟了，此三人俱與尤氏姐妹有染，致使內幃混亂，喪德敗行。

然而魚目之中，亦有真珠，若純是濫情縱欲，也不值得這樣大書特書了。這孽海裏有限的真情，便是賈璉與尤二姐了。

第六十四回〈浪蕩子情遺九龍佩〉中說：「賈璉素日既聞尤氏姐妹之名，恨無緣得見。近因賈敬停靈在家，每日與二姐、三姐相認已熟，不禁了垂涎之意。況知與賈珍賈蓉等素有聚麀之誚，因而乘機百般撩撥，眉目傳情。那三姐卻只是淡淡相對，只有二姐也十分有意。」可見賈璉早知道尤二不潔。

後文又說：「二姐又是水性的人，在先已和姐夫不妥，又常怨恨當時錯許張華，致使後來終身失所，今見賈璉有情，況是姐夫將他聘嫁，有何不肯，也便點頭依允。」明寫她與賈珍的姦情。

後來她曾向賈璉懺悔：「我雖標緻，卻無品行。看來到底是不標緻的好。」直言承認自己的過失。

後文更是直書「無奈二姐倒是個多情人，以爲賈璉是終身之主了，凡事倒還知疼著癢。若論起溫柔和順，凡事必商必議，不敢恃才自專，實較鳳姐高十倍；若論標緻，言談行事，也勝五分。雖然如今改過，但已經失了腳，有了一個『淫』字，憑他有甚好處也不算了。」

——這是明明白白給尤二姐下了一個「淫」字的定義了。怎不讓人想起「秦可卿淫喪天香樓」？

然而尤二姐是實實在在想過要改邪從良的，她嫁了賈璉後，雖然金屋藏嬌，卻也儘量以禮自持。文中說：

那賈璉越看越愛，越瞧越喜，不知怎生奉承這二姐，乃命鮑二等人不許提三說二的，直以奶奶稱之，自己也稱奶奶，竟將鳳姐一筆勾倒。……賈璉一月出五兩銀子做天天的供給。若不來時，他母女三人一處吃飯；若賈璉來了，他夫妻二人一處吃，他母女便回房自吃。賈璉又將自己積年所有的梯己，一併搬了與二姐收著，又將鳳姐素日之為人行事，枕邊衾內盡情告訴了他，只等一死，便接他進去。二姐聽了，自是願意。當下十來個人，倒也過起日子來，十分豐足。

這大概是尤二姐人生中的極樂時期了，是一心一意要同賈璉做長久夫妻的。雖是獨門另居，行事舉止反比從前做姑娘時端莊持重了許多，賈璉不在時便是母女三人一同吃飯，賈璉來時，則夫妻同桌，而母親與妹妹卻迴避開來——比起寧國府的漫無規矩，倒更講究些體面，是認真做起正經門戶的管家奶奶來。

然而賈珍偏不肯成全她這分苦心，竟趁著賈璉不在家就來鬼混，尤二姐因爲心虛理虧在先，不能推拒，卻也不肯盲從，只得迴避了，文中道——

眼見已是兩個月光景。這日賈珍在鐵檻寺作完佛事，晚間回家時，因與他姨妹久別，竟

要去探望探望。先命小廝去打聽賈璉在與不在，小廝回來說不在。賈珍歡喜，將左右一概先遣回去，只留兩個心腹小童牽馬。一時，到了新房，已是掌燈時分，悄悄入去。兩個小廝將馬拴在圈內，自往下房去聽候。

賈珍進來，屋內才點燈，先看過了尤氏母女，然後二姐出見，賈珍仍喚二姨。大家吃茶，說了一回閒話。賈珍因笑說：「我作的這保山如何？若錯過了，打著燈籠還沒處尋，過日你姐姐還備了禮來瞧你們呢。」說話之間，尤二姐已命人預備下酒饌，關起門來，都是一家人，原無避諱。……當下四人一處吃酒。尤二姐知局，便邀他母親說：「我怪怕的，媽同我到那邊走走來。」尤老也會意，便真個同他出來，只剩小丫頭們。賈珍便和三姐挨肩擦臉，百般輕薄起來。小丫頭子們看不過，也都躲了出去，憑他兩個自在取樂，不知作些什麼勾當。

其後賈璉回來，尤二姐亦發不安，先還只管用言語混亂，後來因賈璉摟著她讚標緻，羞噁心發，反而滴下淚來，剖白道：「我如今和你作了兩個月夫妻，日子雖淺，我也知你不是愚人。我生是你的人，死是你的鬼，如今既作了夫妻，我終身靠你，豈敢瞞藏一字。」自己承認從前沒有品行。

然而賈璉只說：「誰人無錯，知過必改就好。」不提以往之淫，只取今日之善，兩口兒遂「如膠授漆，似水如魚，一心一計，誓同生死」，倒似乎是賈璉一生情史中最真情的一段了。

事實上，尤二姐雖非賈璉惟一的女人，卻的確算得上是他最心愛的女人。

賈璉雖然一生風流，豔事無數，然而難得見他動真心。鳳姐是不消說了，平兒也只是鳳姐安排與他的通房丫頭，好的時候故然也曾叫過幾聲「心肝兒」，脾氣來了便拳打腳踢，沒有一絲憐惜；鮑二家的、多姑娘之流，更是露水姻緣，當不得真的；那秋桐是賈赦賞與他的，雖然新鮮，畢竟不是自己爭取來的。

——通算下來，竟然只有尤二姐，算是自由戀愛，私訂終身的。

他對尤二姐的動心，並不只限於勾引到手便罷，而是從一開始就動了婚姻之念。

在路叔侄閒話。賈璉有心，便提到尤二姐，因誇說如何標緻，如何做人好，舉止大方，言語溫柔，無一處不令人可敬可愛，「人人都說你嬸子好，據我看那裏及你二姨一零兒呢。」賈蓉揣知其意，便笑道：「叔叔既這麼愛他，我給叔叔作媒，說了做二房，何如？」賈璉笑道：「你這是頑話還是正經話？」賈蓉道：「我說的是當真的話。」賈璉又笑道：「敢自好呢。只是怕你嬸子不依，再也怕你老娘不願意。」

所謂愛情，不過是在一個人眼中，看得另一個人與天下人都不同，比千萬人都好。而賈璉看尤二，正是這樣，相貌性情舉止言語，「無一處不令人可敬可愛」，連鳳姐也不及一零兒，可見是真心愛慕。所以明知她已經失腳，卻仍願意娶進來做二房。

雖說舊時男人三妻四妾是平常事，然而娶二房畢竟也是大事，從後文中賈璉的一番周章與鳳姐的滿嘴客套便可以看出。這裏賈璉八字尚無一撇，卻已在籌畫買房婚嫁等事，是動了真格兒的，絕不同於一般的偷情通姦，與賈珍、賈蓉父子的「聚麀之亂」更不能同日而語。

他娶進尤二後，也曾有過真心恩愛的日子。尤二病重，他是真著急，特地請了胡君榮來診病，奈何庸醫誤人，竟將懷孕當成鬱結，因此錯害了未出世的嬰兒。那賈璉氣得「大罵胡君榮。一面再遣人去請醫調治，一面命人去打告胡君榮。」及至聽說胡庸醫已卷包逃了，便將請醫生的小廝打個半死。

至此，賈璉並無對尤二姐負心之處。他的缺陷，只在於貪多嚼不爛。尤二姐進了榮國府後，他已經失於照應了，後來更因賈赦賞了個秋桐，益發疏於照料，遂致尤二被眾人的唇槍舌劍折磨而死。而這時，他也是真的傷心，不僅摟屍大哭，且自愧說：「奶奶，你死的不明，都是我坑了你！」又說，「終久對出來，我替你報仇。」又向王夫人求了梨香院做停靈之所——

天文生回說：「奶奶卒於今日正卯時，五日出不得，或是三日，或是七日方可。明日寅時入殮大吉。」賈璉道：「三日斷乎使不得，竟是七日。因家叔家兄皆在外，小喪不敢多停，等到外頭，還放五七，做大道場才掩靈。明年往南去下葬。」天文生應諾，寫了殃榜而去。寶玉已早過來陪哭一場。眾族中人也都來了。賈璉忙進去找鳳姐，要銀子治辦棺槨喪禮。鳳姐見抬了出去，推有病，回：「老太太、太太說我病著，忌三房，不許我去。」……

恨的賈璉沒話可說，只得開了尤氏箱櫃，去拿自己的梯己。及開了箱櫃，一滴無存，只有些折簪爛花並幾件半新不舊的綢絹衣裳，都是尤二姐素習所穿的，不禁又傷心哭了起來。自己用個包袱一齊包了，也不命小廝丫鬟來拿，便自己提著來燒。平兒又是傷心，又是好

笑，忙將二百兩一包的碎銀子偷了出來，到廂房拉住賈璉，悄遞與他說：「你只別作聲才好，你要哭，外頭多少哭不得，又跑了這裏來點眼。」賈璉聽說，便說：「你說的是。」接了銀子，又將一條裙子遞與平兒，說：「這是他家常穿的，你好生替我收著，作個念心兒。」平兒只得掩了，自己收去。賈璉拿了銀子與眾人，走來命人先去買板。好的又貴，中的又不要。賈璉騎馬自去要瞧，至晚間果抬了一副好板進來，價銀五百兩賒著，連夜趕造。一面分派了人口穿孝守靈，晚來也不進去，只在這裏伴宿。

這一段可與〈秦可卿死封龍禁尉〉對看，賈璉爲尤二姐治喪雖與賈珍出殯秦可卿的排場沒法比，心思並無二致，是盡了自己能力的。在整個賈府無人幫忙的前提下，賈璉獨力支持，盡哀全禮，且在梨香院伴宿七日夜，天天僧道不斷做佛事。又因賈母吩咐不許送往家廟中，只得在尤三姐之上點了一個穴，破土埋葬。其情其景，實有一種淒涼的境界。

前文原說過那賈璉「只離了鳳姐便要尋事」的，因大姐出花兒，他搬出外書房獨寢了兩夜，寂寞難熬，便又是拿小廝「出火」，又是勾搭多姑娘兒，還惹出一場青絲案來。然而此次，他竟然心甘情願自在梨香院伴宿七日夜，恨苦居喪，也可謂難得了。

然而尤二姐曾說過「我生是你的人，死是你的鬼」，誰承望身後卻終究歸不得賈家祖墳，亦如未出閣的親妹子三姐一般，只落得孤墳野塚，無主遊魂，豈非可憐可歎？

更可憐的是，尤三姐曾說過「咱們金玉一般的人」，可憐如今金玉同歸，竟落得了一樣的下場，孤墳無主，也著實令人扼腕了。

尤氏爲何不入十二釵正冊？

鳳姐是榮國府賈璉之妻，尤氏是寧國府賈珍之妻，兩人都是府裏的內當家，而尤氏還是族長夫人，其地位該比鳳姐還高才對，爲什麼卻沒有進入《金陵十二釵》正冊呢？

在第六十八回〈酸鳳姐大鬧寧國府〉一節中，鳳姐罵尤氏：「你又沒才幹，又沒口齒，鋸了嘴子的葫蘆，就只會一味瞎小心圖賢良的名兒。」

——果然是這樣嗎？

論才幹，鳳姐逞技的極盛表演在於「協理寧國府」，尤氏亦有「獨豔理親喪」之舉，以可卿之死遙映賈敬之死，正是旗鼓相當。而尤氏之處事妥當，連賈珍也讚賞不絕；榮國府上下人等的生日都是鳳姐打理，而她自己的生日，卻是尤氏代爲操持，安排得井井有條，熱鬧非凡，園內外上下各個稱讚；賈母慶壽，她白日間幫忙待客，晚間陪賈母頑笑，又幫著鳳姐料理出入大小器皿以及收放賞禮事務，連夜裏也不回寧國府去，就宿在園中李紈處。可見也是勞苦功高之人。

第四十三回〈閑取樂偶攢金慶壽　不了情暫撮土爲香〉中，庚辰本有雙行夾批：「尤氏亦可謂有才矣。論有德比阿鳳高十倍，惜乎不能諫夫治家，所謂『人各有當』也。」

明明白白給了尤氏一句定評：論「有德」比鳳姐還高，且亦可謂「有才」，只是輸在不能勸諫丈夫、管束家人罷了，第七回焦大的醉罵可見一例。

論口齒，第十回〈金寡婦貪利權受辱〉一節，賈璜之妻爲了侄兒金榮的事跑到寧府向尤氏告狀，方問了一句：「今日怎麼沒見蓉大奶奶？」尤氏就說了一大車子的話，先說秦氏之病，自己對兒媳婦的看重與疼愛，又說起秦鐘不懂事，「看見他姐姐身上不大爽快，就有事也不當告訴他，別說是這麼一點子小事，就是你受了一萬分的委曲，也不該向他說才是。誰知他們昨兒學房裏打架，不知是那裏附學來的一個人欺侮了他了。裏頭還有些不乾不淨的話，都告訴了他姐姐。」且說明秦氏「聽見有人欺負了他兄弟，又是惱，又是氣。惱的是那群混帳狐朋狗友的扯是搬非、調三惑四那些人；氣的是他兄弟不學好，不上心念書，以致如此學裏吵鬧。他聽了這事，今日索性連早飯也沒吃。」接著話風一轉，忽然反問起金氏來：「嬸子，你說我心焦不心焦？況且如今又沒個好大夫，我想到他這病上，我心裏倒像針扎似的。你們知道有什麼好大夫沒有？」

此處尤氏絮絮叨叨，只說「不知是那裏附學來的一個人」，然而秦鐘既來向姐姐告狀，又怎會不說明白是誰欺負了他？況且前回茗煙鬧塾之際已經向寶玉明確地說明了金榮的身分：「他是東胡同子裏璜大奶奶的侄兒。那是什麼硬正仗腰子的，也來唬我們。璜大奶奶是他姑娘。你那姑媽只會打旋磨子，給我們璉二奶奶跪著借當頭。我眼裏就看不起他那樣的主子奶奶。」還曾出主意說：「爺也不用自己去見，等我去到他家，就說老太太有說的話問他呢，雇上一輛車拉進去，當著老太太問他，豈不省事？」秦鐘聽得明白，焉有不記在心裏、告訴姐姐之故？

可見尤氏早就知道是「璜大奶奶的侄兒」欺侮了秦鐘，再見了金氏怒氣沖沖地來了，怎會不知道緣故？卻故意不等她提起，自己先發制人，滔滔不決地說了一大車子話，讓金氏「把方才在他嫂子家的那一團要向秦氏理論的盛氣，早嚇的都丟在爪窪國去了。」——這尤氏豈止不是「沒了嘴子的葫蘆」，口才簡直好得很呢，絕不遜色於鳳姐，只不過不願意針鋒相對、辭言嚴厲，而更喜歡鋒芒內斂、以退為進罷了。

然則，這樣一個有才有德，地位比鳳姐猶高的寧府當家女主人，在第六十八回〈酸鳳姐大鬧寧國府〉一節中，卻大敗於熙鳳，被揉搓得一點剛氣兒也無，為何？

乃是因為輸了一個「理」字。

正如鳳姐兒所說：「國孝一層罪，家孝一層罪，背著父母私娶一層罪，停妻再娶一層罪。」

賈璉犯了這樣的彌天大罪，賈珍、賈蓉兩父子乃是助火之人，而尤氏既是男方的嫂子，又是女方的姐姐，自然也跟著耽罪名兒的。

那鳳姐無理還要攬三分的人，如今捏著滿理在手，還有不盡情發揮的？因此進了寧府，一見了尤氏，便「照臉一口吐沫」，啐罵了半日，「把個尤氏揉搓成一個麵團，衣服上全是眼淚鼻涕，並無別語。」

——可見，再好的口才，也抬不過一個「理」字去。

也就是在這一回中，鳳姐罵賈蓉的一習話側面洩露了尤氏的身分：「天雷劈腦子五鬼分屍的沒良心的種子！不知天有多高，地有多厚，成日家調三窩四，幹出這些沒臉面沒王法敗家破業的營生。你死了的娘陰靈也不容你，祖宗也不容，還敢來勸我！」

鳳姐既然說賈蓉「死了的娘陰靈」，可見尤氏並非賈蓉生母。

又有第七十六回〈凸碧堂品笛感淒清　凹晶館聯詩悲寂寞〉中，因賈母催尤氏回家團圓，尤氏笑道：「老祖宗說的我們太不堪了。我們雖然年輕，已經是十來年的夫妻，也奔四十歲的人了。況且孝服未滿，陪著老太太玩一夜還罷了，豈有自去團圓的理！」

此處尤氏自稱已嫁與賈珍十幾年。而第六回中賈蓉第一次出場時，已借劉姥姥之眼寫出是一個十七八歲的少年，到此回怎麼也有二十好幾了。

以賈蓉的行止身分，怎麼看也不像是庶出，也就是說，賈珍原有嫡妻，因爲早亡，故而續娶尤氏。換言之，那尤氏乃是塡房。這也解釋了爲什麼她出身低微，卻可以嫁入寧府，成爲族長夫人之故。

而賈珍「只一味高樂不了，把寧國府竟翻了過來，也沒有人敢來管他」，尤氏雖然能幹，卻不能鉗制於他，就是因爲自己並非原配、說話不響亮。

另外，尤老娘也是拖著兩個油瓶女兒嫁給尤氏父親做塡房的，尤氏並不是尤老娘的親生女兒，和尤二、尤三不是親姐妹，所以既管不了她們和自己的丈夫不清不楚，更管不了尤二姐嫁賈璉。

《紅樓夢》排座次最重出身，這尤氏雖然才幹不差，戲分不少，但一則身爲「續弦」，二則雖在大觀園出入，卻與寶玉從沒有一場真正的對手戲，不足以「在石兄處掛號」，遂竟輸給了自己的兒媳婦秦可卿，非但入不了十二釵正冊，甚至連兩個異母妹妹尤二、尤三亦不如，連副冊也無緣了。

若隱若現的《風月寶鑑》

《紅樓夢》開卷第一回便說過，此書有別名《風月寶鑑》，乃東魯孔梅溪所題。其下脂批又有紅筆注明：「雪芹舊有《風月寶鑑》之書，乃其弟棠村序也。今棠村已逝，余睹新懷舊，故仍因之。」點明在《紅樓夢》之前，曹雪芹在更年輕時曾經寫過另外一本書，叫作《風月寶鑑》。這書應該已經寫完了，不然不會正經八百地請表弟還是堂弟棠村給寫了個序。

至於這本書的內容，顯然後來已經化入《紅樓夢》之中了。其中的故事，可以猜得出的至少有「賈天祥正照風月鑑」和「苦尤娘賺入大觀園」等段落。

前者不消說了，根本「風月寶鑑」的名字就是由此而來，全書八十回，那鏡子也只出現過一回，後來再未顧上照應，而「賈瑞戲熙鳳」的故事也極其完整，從相遇到追求到枉死，幾乎是乾淨俐落地就把個大好青年給打發了，快快送上了黃泉路。

「紅樓二尤」的文字同樣緊湊，從六十三回〈死金丹獨豔理親喪〉二尤出場，到六十六回〈情小妹恥情歸地府〉，再到六十九回〈覺大限吞生金自盡〉，兩姐妹一個飲劍自刎，一個吞金自盡，腳跟腳兒地趕著死了。痛快淋漓，一點痕跡不留下，一點旁枝不摻雜，甚至都沒提一下尤二姐進賈府之後，尤老娘去了哪裏。

除了情節過於緊湊完整，不似紅樓慣有的「草蛇灰線伏脈千里」的寫法之外，這兩段故事還有一個共同特點，就是時間上的突兀與混亂。

賈瑞初見熙鳳是秋天，王熙鳳去寧府探可卿之際。然後好好地寫著可卿患病一事，平插進來賈瑞被熙鳳調理的宗宗倒楣事兒，說他「二十來歲之人，尚未娶親，邇來想著鳳姐，未免有那指頭告了消乏等事；更兼兩回凍惱奔波，因此三五下裏夾攻，不覺就得了一病：心內發膨脹，口內無滋味，腳下如綿，眼中似醋，黑夜作燒，白晝常倦，下溺連精，嗽痰帶血。諸如此症，不上一年，都添全了。」

這就一年過去了。接著又說「倏又臘盡春回，這病更又沉重。代儒也著了忙，各處請醫療治，皆不見效。」然後才是「這日有個跛足道人來化齋，口稱專治冤業之症。」遂給了賈瑞一面鏡子，言明三日後來取。誰知賈瑞不聽勸，非要照鏡子正面，不到三日便一命嗚呼了。

這個故事至此算是講完了，回末偏又添一蛇足：「誰知這年冬底，林如海的書信寄來，卻為身染重疾，寫書特來接林黛玉回去。」

無端又一年過去了。接下來，才是第十三回〈秦可卿死封龍禁尉　王熙鳳協理寧國府〉。秦可卿死在兩年後，而且並非張太醫說的春天。

這裏就有了混亂：秦可卿到底死在什麼時候？若說是隔了兩年，肯定有問題；若說是當年冬天，也就是鳳姐秋天探病之後，沒隔上兩月可卿便死了，那麼她們倆的故事算是順上了，賈瑞這一年又跑到哪裏去了呢？鳳姐忙著料理寧國府還不夠，又哪來的時間跟賈瑞磨牙鬥智？賈蓉剛死了老婆，也斷無道理跟賈薔兩個裝神弄鬼，敲詐賈瑞一筆「賭賬」。

更混亂的是林黛玉的時間，十二回末明明說林如海是冬天寫書來接了黛玉回去的，到了十四回〈林如海捐館揚州城〉，又說昭兒從蘇州回來，稟告鳳姐道：「二爺打發回來的。林姑老爺是九月初三日巳時沒的。二爺帶了林姑娘同送林姑老爺靈到蘇州，大約趕年底就回來。二爺打發小的來報個信請安，討老太太示下，還瞧瞧奶奶家裏好，叫把大毛服帶幾件去。」

——這又給弄回到秋天去了。到底也不知道林老爺是什麼時候死的，秦可卿又是什麼時候死的？

惟一的解釋就是——賈瑞這場戲，是後來強加進榮寧府故事中的。將《風月寶鑒》插入《紅樓夢》後，《風月》的女主人公與王熙鳳合二爲一，生生插在可卿之死的故事中間，便造成了時間上的混亂。

同樣的，寶玉、黛玉的故事也是後來寫成，或是來自另一本書《金陵十二釵》的，各書整合後強作主線，所以才出現了眾多時間隧道般的錯亂，比如黛玉初進賈府是幾歲？其時迎、探、惜三春分別幾歲？寶釵初次識通靈以及寶玉初試雲雨情又是幾歲？都很難給出具體的時間表來。

而二尤篇章，除了時間情節上的過分緊湊之外，更蹊蹺的還是文法的不統一，非但故事離奇如唱本，連遣詞造句也與別回有極大的不同，宛如民間小調，且看第六十八回〈苦尤娘

賺入大觀園　酸鳳姐大鬧寧國府〉一段：

鳳姐上座，尤二姐命丫鬟拿褥子來便行禮，說：「奴家年輕，一從到了這裏之事，皆係家母和家姐商議主張。今日有幸相會，若姐姐不棄奴家寒微，凡事求姐姐的指示教訓。奴亦傾心吐膽，只伏侍姐姐。」說著，便行下禮去。

鳳姐兒忙下座以禮相還，口內忙說：「皆因奴家婦人之見，一味勸夫慎重，不可在外眠花臥柳，恐惹父母擔憂。此皆是你我之癡心，怎奈二爺錯會奴意。眠花宿柳之事瞞奴或可，今娶姐姐二房之大事亦人家大禮，亦不曾對奴說。奴亦曾勸二爺早行此禮，以備生育。不想二爺反以奴為那等嫉妒之婦，私自行此大事，並不說知。使奴有冤難訴，惟天地可表。前於十日之先奴已風聞，恐二爺不樂，遂不敢先說。今可巧遠行在外，故奴家親自拜見過，還求姐姐下體奴心，起動大駕，挪至家中。你我姊妹同居同處，彼此合心諫勸二爺，慎重世務，保養身體，方是大禮。若姐姐在外，奴在內，雖愚賤不堪相伴，奴心又何安。再者，使外人聞知，亦甚不雅觀。二爺之名也要緊，倒是談論奴家，奴亦不怨。所以今生今世奴之名節全在姐姐身上。那起下人小人之言，未免見我素日持家太嚴，背後加減些言語，自是常情。姐姐乃何等樣人物，豈可信真。若我實有不好之處，上頭三層公婆，中有無數姊妹妯娌，況賈府世代名家，豈容我到今日。今日二爺私娶姐姐在外，若別人則怒，我則以為幸。正是天地神佛不忍我被小人們誹謗，故生此事。我今來求姐姐進去和我一樣同居同處，同分同例，同侍公婆，同諫丈夫。喜則同喜，悲則同悲，情似親妹，和比骨肉。不但那起小人見了，自悔從前錯認了我，就是二爺來家一見，他作丈夫之人，心中也未免暗悔。所以姐姐竟是我的大

恩人，使我從前之名一洗無餘了。若姐姐不隨奴去，奴亦情願在此相陪。奴願作妹子，每日伏侍姐姐梳頭洗面。只求姐姐在二爺跟前替我好言方便方便，容我一席之地安身，奴死也願意。」

長篇大套，一口一個「奴」字。這固然是女子的自稱，然全書八十回，於此僅見。其餘時候，無論王熙鳳也好，尤二尤三也好，都是自稱「我」，連真正做奴才的襲人、平兒之流，也從來都是稱「我」不稱「奴」的。

這個「奴」，是《金瓶梅》的標準用語，潘金蓮、李瓶兒等人自始至終都是自稱「奴」的，這大概可以看作《紅樓夢》或者說是《風月寶鑑》承襲《金瓶梅》之一斑。

如果多看幾部明清小說，大概就會意識到，在《金瓶梅》之後，閑酸文人們一度掀起了色情小說的高潮，便如《紅樓夢》開篇第一回石頭所言：「更有一種風月筆墨，其淫穢汙臭、荼毒筆墨、壞人子弟又不可勝數。」

曹雪芹雖然這樣說了，但估計他自己在寫《紅樓夢》之前也做過此類文章，就是《風月寶鑑》。此為練筆之作，不可能一開始就成浩佚之卷，必然從小品文開始，便如賈瑞夭逝，二尤之死，甚至多姑娘兒一類。

紅迷們將《紅樓夢》視為天書，一聽說將其與《金瓶梅》相提並論就覺得無法接受，然而甲戌本第十三回〈秦可卿死封龍禁尉〉，賈珍欲以檣木為可卿解鋸造棺，賈政因勸道：「此物恐非常人可享者，殮以上等杉木也就是了。」脂硯齋在此眉批：「寫個個皆到，全無安逸之筆，深得《金瓶》壺奧！」

第二十八回〈蔣玉菡情贈茜香羅〉中，寶玉、薛蟠一行人往馮紫英家喝酒，行令做女兒歌，薛蟠云：「女兒悲，嫁了個男人是烏龜。」眾人哄堂。脂硯眉批：「此段與《金瓶梅》內西門慶、應伯爵在李桂姐家飲酒一回對看，未知孰家生動活潑？」

第六十六回〈情小妹恥情歸地府　冷二郎一冷入空門〉中，柳湘蓮向寶玉問知尤三姐身分來頭，跌足道：「這事不好，斷乎做不得了。你們東府裏除了那兩個石頭獅子乾淨，只怕連貓兒狗兒都不乾淨。我不做這剩忘八。」庚辰本在此亦有雙行夾批：「奇極之文！趣極之文！《金瓶梅》中有云『把忘八的臉打綠了』，已奇之至，此云『剩忘八』，豈不更奇！」

——脂硯齋三次將《紅樓夢》與《金瓶梅》情節描寫相比較，可見深以「紅樓」有「金瓶」之風為傲。

如此，曹雪芹曾模仿《金瓶梅》而作《風月寶鑑》，便不足為奇。賈璉這個人物的塑造，亦很可能師承西門慶，既淫佚無度，又精明能幹。《金瓶梅》書中，西門慶為了脫罪，請人將公文上「西門」二字下加添兩筆，改成了一個「賈」字——此或可謂西門慶變身為賈璉的一個花絮？

綜上所述，王熙鳳見尤二的文字，很可能是挪自《風月寶鑑》，沒有改乾淨的。不過《紅樓夢》在整理流傳的過程中一改又改，後來曹雪芹大概也注意到這個毛病了，遂在新版本中改去了「奴」字，一律稱「我」了，這大概便是紅樓諸版本關於這一段行文不同的真正原因吧？

揉碎桃花紅滿地——尤三姐。

烈而不貞尤三姐

從二尤的腳說起

從紅樓二尤看寶黛挫折

烈而不貞尤三姐

在程高本中，尤三姐所有的風月文字都被刪改乾淨，把她塑造成了一個冰清玉潔的好女兒，並因此得到了許多讀者的推崇，以爲是千古第一貞節烈女。

小時候我最初看的也是這個版本（那時候也只有這一種版本），也很喜歡尤三姐這個人物，覺得她豔如桃李，凜若冰霜，是紅樓諸女兒中最特別的一個。

後來看到庚辰本，看到那些恢復了尤三姐本來面目的文字，心中很有些不是滋味，便有意忽略她的不貞不潔。再後來慢慢大了，瞭解到人性的多重與無奈，才覺得曹雪芹刻劃這樣一個人物是有深意的，一個烈而不貞的尤三姐，其實比貞節烈女的尤三更有血有肉。

所有看過紅樓的人都不會忘記尤三姐戲珍、璉的一幕——

尤三姐站在炕上，指賈璉笑道：「你不用和我花馬吊嘴的，清水下雜麵，你吃我看見。見提著影戲人子上場，好歹別戳破這層紙兒。你別油蒙了心，打諒我們不知道你府上的事。這會子花了幾個臭錢，你們哥兒倆拿著我們姐兒兩個權當粉頭來取樂兒，你們就打錯了算盤了。我也知道你那老婆太難纏，如今把我姐姐拐了來做二房，偷的鑼兒敲不得。我也要會會那鳳奶奶去，看他是幾個腦袋幾隻手。若大家好取和便罷；倘若有一點叫人過不去，我有本事先把你兩個的牛黃狗寶掏了出來，再和那潑婦拼了這命，也不算是尤三姑奶奶！喝酒怕什麼，咱們就喝！」說著，自己綽起壺來斟了一杯，自己先喝了半杯，摟過賈璉的脖子來就灌，說：「我和你哥哥已經吃過了，咱們來親香親香。」唬的賈璉酒都醒了。賈珍也不承望尤三姐這等無恥老辣。弟兄兩個本是風月場中耍慣的，不想今日反被這閨女一席話說住。尤三姐一疊聲又叫：「將姐姐請來，要樂咱們四個一處同樂。俗語說『便宜不過當家』，他們是弟兄，咱們是姊妹，又不是外人，只管上來。」尤二姐反不好意思起來。賈珍得便就要一溜，尤三姐那裏肯放。賈珍此時方後悔，不承望他是這種為人，與賈璉反不好輕薄起來。

這尤三姐鬆鬆挽著頭髮，大紅襖子半掩半開，露著蔥綠抹胸，一痕雪脯。底下綠褲紅鞋，一對金蓮或翹或並，沒半刻斯文。兩個墜子卻似打秋千一般，燈光之下，越顯得柳眉籠翠霧，檀口點丹砂。本是一雙秋水眼，再吃了酒，又添了餳澀淫浪，不獨將他二姊壓倒，據珍璉評去，所見過的上下貴賤若干女子，皆未有此綽約風流者。二人已酥麻如醉，不禁去招他一招，他那淫態風情，反將二人禁住。那尤三姐放出手眼來略試了一試，他弟兄兩個竟全然無一點別識別見，連口中一句響亮話都沒了，不過是酒色二字而已。自己高談闊論，任意揮霍灑落一陣，拿他弟兄二人嘲笑取樂，竟真是他嫖了男人，並非男人淫了他。一時他的酒足興盡，也不容他弟兄多坐，攆了出去，自己關門睡去了。

這一段描寫，完全打破了前文的紆緩含蓄，何等痛快灑脫！而尤三姐風流瀟灑，忽嗔忽喜的性格形象也就完全地突顯出來了，一番慷慨陳辭更是擲地有聲。

然而細想想，卻有些色厲內荏，因爲她雖不承認自己是粉頭，但在賈璉進門之前，賈珍私自來訪，尤二姐拉了母親迴避開去，房中只剩賈珍與尤三，「賈珍便和三姐挨肩擦臉，百般輕薄起來。小丫頭子們看不過，也都躲了出去，憑他兩個自在取樂，不知作些什麼勾當。」這個時候，尤三是樂意的。是賈璉侍熟賣熟，挑破了窗戶紙，說要和尤三喝一杯，尤三才破了臉，發作起來，要把他「兩個的牛黃狗寶掏出來」，又摟過賈璉的脖子來強灌，弄得珍、璉兩個大爲掃興，手足無措。

然而她一個女孩兒家與兩個姐夫醉鬧通宵，已經是件有失身分的事，雖說是「拿他弟兄二人嘲笑取樂，竟真是他嫖了男人，並非男人淫了他。」——但誰嫖誰都好，終究不是什麼淑女行徑。

及後來尤三姐自擇柳湘蓮，決意痛改前非，「每日侍奉母姊之餘，只安分守己，隨分過活。雖是夜晚間孤衾獨枕，不慣寂寞，奈一心丟了眾人，只念柳湘蓮早早回來完了終身大事。」可見此前她原是不慣「孤衾獨枕」的，早非黃花閨女。

也因此後來柳湘蓮聽寶玉說尤三原是寧國府之人，頓足道：「你們東府裏除了那兩個石頭獅子乾淨，只怕連貓兒狗兒都不乾淨。我不做這剩忘八。」而面對這樣的指責，寶玉也無言可辯，只說：「你既深知，又來問我作甚麼？連我也未必乾淨了。」

於是柳湘蓮向尤三退婚，尤三姐「便知他在賈府中得了消息，自然是嫌自己淫奔無恥之流，不屑爲妻。」無可辯解，惟有一死以明心志。

這是紅樓中相當慘烈凄豔的一幕，「揉碎桃花紅滿地，玉山傾倒再難扶」的意境絕美無匹。柳湘蓮至此方知尤三姐「原來這樣標緻，又這等剛烈，自悔不及。」又因夢見尤三仗劍來辭，警醒頓悟，遂削髮出家，跟隨道士不知往哪裏去了。

少年時，看至這一段，只覺無限委屈，嚎啕大哭。而這還只是尤三姐的第一次托夢。其後，又向尤二報夢說：「你我生前淫奔不才，使人家喪倫敗行，故有此報。……你雖悔過自新，然已將人父子兄弟致於麀聚之亂，天怎容你安生。」

既說「淫奔不才」，可見尤家姐妹在擇夫前都非貞女。她們寄人籬下，為了討好賈珍父子以自保，兼之生來風流貌美，原做過許多「喪倫敗行」之舉。但她們雖身處污穢之中，一直都渴望有一天能夠上岸，抓住一根浮草重新過活。

尤二的浮草是賈璉，尤三的浮草是柳湘蓮。然而兩個人都未能如願，姐姐被妒鳳王熙鳳害死，妹妹則被柳湘蓮的拒婚羞憤自盡，她們都沒能得到上岸的機會。

尤三之死，並非死於謠言，而是死於自己的歷史，死於「一失足成千古恨」，正如書中對尤二的評價，「若論起溫柔和順，凡事必商必議，不敢恃才自專，實較鳳姐高十倍；若論標緻，言談行事，也勝五分。雖然如今改過，但已經失了腳，有了一個『淫』字，憑他有甚好處也不算了。」——雖然悔過自新，終究天理不容，這不是更加可悲嗎？

這樣的結局，比描寫兩個無辜清白女孩兒慘死更有悲劇意義。因為已經有了一個被謠言害死的晴雯，實在不必再添一個同樣命運的尤三姐了。

從二尤的腳說起

尤二姐初次見賈母的一段，描寫得頗有趣味：

正值賈母和園中姊妹們說笑解悶，忽見鳳姐帶了一個標緻小媳婦進來，忙覷著眼看，說：「這是誰家的孩子！好可憐見的。」鳳姐上來笑道：「老祖宗倒細細的看看，好不好？」說著，忙拉二姐說：「這是太婆婆，快磕頭。」二姐忙行了大禮，展拜起來。又指著眾姊妹說：這是某人某人，你先認了，太太瞧過了再見禮。二姐聽了，一一又從新故意的問過，垂頭站在旁邊。賈母上下瞧了一遍，因又笑問：「你姓什麼？今年十幾了？」鳳姐忙又笑說：「老祖宗且別問，只說比我俊不俊。」賈母又戴了眼鏡，命鴛鴦琥珀：「把那孩子拉過來，我瞧瞧肉皮兒。」眾人都抿嘴兒笑著，只得推他上去。賈母細瞧了一遍，又命琥珀：「拿出手來我瞧瞧。」鴛鴦又揭起裙子來。賈母瞧畢，摘下眼鏡來，笑說道：「更是個齊全孩子，我看比你俊些。」

「是個齊全孩子」，這是賈母給予尤二姐的評語，如此褒獎，能不令尤二身價百倍？

從賈母看肉皮兒、拿出手來、揭起裙子諸細節來看，舊時大家子評價女子之美，除臉蛋身段外，且要講究皮膚白皙，手腳細巧。而尤二姐無疑是樣樣皆美的，是個齊全孩子，且比鳳姐還俊些。

俊在哪裏呢？除了臉，就是腳了。

因爲鳳姐是滿人，大腳，而尤二姐卻是一雙小腳，故曰「齊全」。

或許會有人問，何以「鴛鴦又揭起裙子來」，就能斷定二姐是小腳呢？

有一個輔證：尤三姐調戲賈珍、賈璉兩兄弟時，「大紅襖子半掩半開，露著蔥綠抹胸，一痕雪脯。底下綠褲紅鞋，一對金蓮或翹或並，沒半刻斯文。」

這裏寫明「金蓮」，即是小腳。尤三纏足，尤二當然也不例外。所以這姐妹倆都是小腳。

除了尤氏姐妹，又副冊的領軍人物晴雯也是小腳，〈芙蓉女兒誄〉中寫得清楚：「捉迷屏後，蓮瓣無聲」，「蓮瓣」該是特指，而且她睡覺時穿著大紅睡鞋，這是小腳女人獨有的道具，所以也是裹腳。

婆子說小丫頭，「這是老太太泡茶的，你自己舀去吧，那裏就走大了腳呢。」——可見怡紅院的丫頭小腳成風。

但是賈母的丫頭傻大姐，雖只出場一次，卻有一段特別的人物小傳：

原來這傻大姐年方十四五歲，是新挑上來的，與賈母這邊提水桶掃院子專作粗活的一個

丫頭。只因他生得體肥面闊，兩隻大腳作粗活簡捷爽利，且心性愚頑，一無知識，行事出言，常在規矩之外。賈母因喜歡他爽利便捷，又喜他出言可以發笑，便起名為「呆大姐」，常悶來便引他取笑一回，毫無避忌，因此又叫他「癡丫頭」。他縱有失禮之處，見賈母喜歡他，眾人也就不去苛責。

既然特地提到她是「兩隻大腳」，則可反證園中頗多丫鬟是裹小腳的。

那麼，我們不由要問：林黛玉是大腳還是小腳呢？

細想起來，「金陵十二釵」應該都是天足：元春是皇妃，當然沒有裹過腳，因爲清時朝廷明文規定裹腳女子不得入宮；那麼，迎、探、惜三春自然也都不裹腳，這應該是家風；寶釵進京本是爲了待選，必然也是大腳，所以可以撲蝶，不然一雙三寸金蓮可撐不起豐滿的身子東奔西跑；湘雲好男裝，也不可能是小腳；鳳姐同人說話時腳踩著門檻剔牙，也是大腳；鳳姐不裹，巧姐當然也不會裹；妙玉是外來客，雲遊尼姑，不見得一雙小腳走南闖北；李紈和秦可卿是大腳還是小腳，雖然不能確定，不過根據「滿漢不通婚」的習俗，多半也該是天足。林黛玉自然也不例外。

況且〈蘆雪廣爭聯即景詩〉一回中，說她穿著「掐金挖雲紅香羊皮小靴」。穿靴，自然是大腳。

想到「態生兩靨之愁，嬌襲一身之病」的林妹妹是一雙大腳，心中多少有些不是滋味。並不是我對中國女人的小腳情有獨鍾，而是腳的尺寸直接關係到種族差異，令我瞬間意識到：林黛玉是滿人，或者至少是入了旗籍的漢人。想到親愛的林姑娘竟不是純種漢人，不禁忽忽如有所失。

想來曹雪芹也顧慮到了這一點，生怕傷害廣大漢人粉絲的感情，所以兼顧兩種文化兩個民族兩樣審美，不得不對女人的腳諱莫如深，尤其林妹妹之足，更是含糊其詞。全書中，蜻蜓點水地只出現過一次黛玉的靴子，且是小靴，且有「行動似弱柳扶風」、「不期黛玉已搖搖的進來」這般含糊其辭的描述，至少在情致上還是個漢族小腳女人——或者可以這樣理解，林黛玉擁有一雙天生的小腳，而不是裹纏出來的金蓮，既天然又小巧，多麼完美！

從紅樓二尤看寶黛挫折

正如同曹寅的《北紅拂記》是根據凌初成「風塵三俠」的角本，將三部合成一部並進行增刪編輯；《石頭記》也很可能是曹雪芹將多部小說合成一部，其中至少包括了《金陵十二釵》、《風月寶鑑》、《情僧錄》等稿。而其中「二尤」的部分，就顯然來自另一部完整的書稿，強行插入整部小說中。

二尤的出場，是因為賈敬身亡，賈珍要率闔府上下往鐵檻寺守靈，故請了岳母尤老娘帶著兩位姨娘住進寧府來看家。從六十四回〈幽淑女悲題五美吟　浪蕩子情遺九龍佩〉，交代尤家姐妹來歷，到六十九回〈弄小巧用借刀殺人　覺大限吞生金自盡〉，姐妹雙雙入黃泉，一氣呵成，情節緊湊，人物集中，是相當獨立而且完整的一部傳奇小說。

不但在寫法上，二尤的故事和整部《石頭記》慣用的「草蛇灰線，伏脈千里」大不相同，而且人物對白也極爲爽利俚俗，舉止行爲更是大起大合，也都和前文風格有異。

最明顯的是鳳姐見尤二一段，口口聲聲自稱爲「奴」，這在全書中只此一處，很明顯是編輯原稿時的疏忽所致，只得意這段話說得心機深沉，就忽略了人稱上的弊病，沒有處理乾淨。

沒有處理乾淨的，不只是個別人稱，還有個別人物。

第一個是鮑二夫妻。四十四回〈變生不測鳳姐潑醋〉中，賈璉與家人鮑二的媳婦偷情，被鳳姐捉姦在床，那鮑二家的羞憤難忍，上吊死了。很明顯，那鮑二夫妻是榮府中人；然而到了六十四回，說賈璉偷娶尤二，「賈珍又給了一房家人，名叫鮑二，夫妻兩口，以備二姐過來時伏侍。那鮑二兩口子聽見這個巧宗兒，如何不來呢？」這鮑二竟又成了寧府的人了。後面又說，「這鮑二原因妻子發跡的，近日越發虧他。自己除賺錢吃酒之外，一概不管，賈璉等也不肯責備他，故他視妻如母，百依百隨，且吃夠了便去睡覺。」那鮑二家的已經吊死了，即便鮑二續娶，也算不得是「因妻發跡」。顯然這兩個鮑二並不是同一個人。顯然作者在不同書中，都用過一個叫鮑二的下人，卻在合成兩書時忽略了這一點，弄成李逵對李鬼了。

第二個是王信夫妻。這個人在前文中從未出現，到了鳳姐撮弄張華上告時，忽然出現一句「鳳姐又差了慶兒暗中打聽，告了起來，便忙將王信喚來，告訴他此事，命他托察院只虛張聲勢警唬而已，又拿了三百銀子與他去打點。」似乎這王信是鳳姐一個極得力的心腹家人，如何前文從未見過？況且前文鳳姐原有家兄王仁，從名字看倒跟這王信更像兄弟，這也是極不合理的地方。尤二死後，「那日送殯，只不過族中人與王信夫婦、尤氏婆媳而已。」王信既是鳳姐親信，如何又隨同賈璉、尤氏等爲尤二姐送殯？這是第二個不合理處。此後，王信之名再未出現過。

顯然，這王信也是二尤文稿中的一個人物。舊時小說裏，家奴隨主人的信很正常，但是《紅樓夢》人物眾多，如果所有奴才都姓賈，就未免太亂了，於是各歸各姓。然而王信作爲舊稿中的人物，則可知是王家奴才無疑。此人在原文中必然還有別的故事，但是合併之後，戲分大量被刪減，幾乎只剩了個名字而已。因此難免顧此失彼，前矛後盾，也就不足爲奇了。

第三個人物則真的就只剩下名字了，乃是時覺：「賈璉無法，只得又和時覺說了，就在尤三姐之上點了一個穴，破土埋葬。」時覺這名字在全文只出場這一次，連人物身分背景也無一字介紹，顯然這是不合理的。賈璉葬尤二，爲什麼要跟「時覺」說？這時覺又是誰，幹什麼的？文中通通沒有交代，顯然也是合併刪減的結果。

第四個是秋桐。這可是本段故事中的一個重要配角，而且做了賈璉之妾，成爲榮府的二層主子。然而二尤故事收拾了結後，竟連秋桐的名字也不見了，就好像沒有這個人一樣。這也側面證明了秋桐只是二尤舊稿中的一個人物，在舊稿裏自然還有更多的戲分，便如《金瓶梅》中西門慶諸妻妾一樣，要逐個交代結局。然而插補入《石頭記》完整稿的時候，作者卻把無關的後半部刪掉了，於是秋桐便不了了之，不見蹤影了。

另外，從時間上來說，寶玉過生日不久，本應直接導入抄檢大觀園，晴雯慘死，這樣也就符合了誄文中所說的晴雯死於十六歲。因爲六十三回寶玉過生日，是在二十二回寶釵十五歲生日的第二年，也就是說寶釵這年十六歲。而在寶玉生日宴上占花名時，文中提到寶釵、香菱、襲人、晴雯同庚，也就都是十六歲。

寶玉生日在春末，抄檢在秋天，如果晴雯死在當年，則故事是連貫的，時間也是合理的。可是因爲強行插入了二尤的故事，又要偷娶又要訂親，又要自刎又要吞金，生生就把一年的時間耗過了，於是轉過頭來到了七十回重新寫大觀園故事時，就變成了第二年春天。晴雯被迫多活了一年，捱過仲秋去世。但是作者修補增刪時，忽略了誄文中的內容，就留下了一個十六歲的漏洞。

除了筆法、人稱、時間等等之外，若從細節分析，可推論這段二尤文字爲獨立文稿補入全書的證據還有很多，這裏不再一一贅述。但這段雖然獨立，作者爲了使其與全文合榫，必然會補入很多細節照應上下文尤其全書主旨，使其渾然一體，比如小廝興兒說過：「咱們姑太太的女兒，姓林，小名兒叫什麼黛玉，面龐身段和三姨不差什麼。」可見尤三姐亦是黛玉的一個影身兒。

又因尤二說寶玉：「我們看他倒好，原來這樣。可惜了一個好胎子。」尤三姐代爲爭辯，指出：「原來他在女孩子們前不管怎樣都過的去，只不大合外人的式，所以他們不知道。」尤二姐聽說，笑道：「依你說，你兩個已是情投意合了。」寫出尤三姐對寶玉的知己之情，也就是在寶玉面前「掛了號」。

又有尤三姐死後兩次托夢，言明自己來自太虛幻境的身分：一次是給柳湘蓮，一手捧著鴛鴦劍，一手捧著一卷冊子，流淚辭別道：「妾癡情待君五年矣，不期君果冷心冷面，妾以死報此癡情。妾今奉警幻之命，前往太虛幻境修注案中所有一干情鬼。妾不忍一別，故來一會，從此再不能相見矣。」可見不但是金陵十二釵冊中人物，且是擔當了職位的。

後來又向尤二報夢說：「你依我將此劍斬了那妒婦，一同歸至警幻案下，聽其發落。」是第二次陳明身分。這與秦可卿托夢鳳姐，乃有異曲同工之妙。

那可卿雖然沒有進過大觀園，卻因貴爲警幻之妹，又與寶玉有一場夢中情緣，遂得位於十二釵正冊之末，且是十二釵中第一個香消玉殞的；而這尤三姐也未能進來大觀園，但亦和寶玉有知己之情，既在薄命司擔當重任，又是副冊中第一個夭逝之人，可見也正該居於十二釵副冊之末。

——這樣，就把《風月寶鑒》的故事與《金陵十二釵》緊密結合了。

既然作者將二尤故事補入書中後，如此苦心地使二人身分與全書主題相符契，那麼這二人的命運自然也不會游離於主題之外，必與書中主人公的命運相呼應。所以從二尤悲劇來推測寶黛結局，也是探佚的一種依據。

先看尤三姐之死。她一心要嫁柳湘蓮，賈璉也已經爲其訂了親，且取來鴛鴦劍爲信物。孰料那湘蓮進京探寶玉時，私下向其打聽尤三姐爲人，寶玉說：「他是珍大嫂子的繼母帶來的兩位小姨。我在那裏和他們混了一個月，怎麼不知？真真一對尤物，他又姓尤。」柳湘蓮之前只知尤三姐是賈璉新娶二房之妹，只當是哪個清白人家的女孩兒，如今聽說是寧國府的親戚，而且已經在府中住了數月，便知大事不好，跌足歎息，且說出那句著名的「你們東府裏除了那兩個石頭獅子乾淨，只怕連貓兒狗兒都不乾淨。我不做這剩忘八。」因此決意退婚。尤三姐又是傷心又是羞愧，且無可辯駁，遂橫劍自刎，一死明志。

那寶玉最是憐香惜玉的，如今竟是他一句話誤了三姐，這真是悲劇中的悲劇了。

而尤二姐呢，竟然也是如此。她本與賈璉好好地住在府外頭，卻因平兒聽見小廝議論，故而告訴了鳳姐，走漏風聲，這才惹出「苦尤娘賺入大觀園　酸鳳姐大鬧寧國府」一幕來，終於弄至吞金自盡的悲慘下場。尤二臨死之前，曾與平兒有過一番極爲懇切的訴衷腸之語。平兒流淚自悔：「想來都是我坑了你。我原是一片癡心，從沒瞞他的話。既聽見你在外頭，豈有不告訴他的。誰知生出這些個事來。」

——又是一個好心人的無心之失！

二尤出場之前的回目，原是〈幽淑女悲題五美吟〉；二尤相繼慘死之後的轉場，又是〈林黛玉重建桃花社〉；而在二尤故事進行中，除了尤二搬進大觀園後提了一筆眾人各自反應之外，惟一與正文有聯繫的文字就是〈見土儀顰卿思故里〉。顯然，這二尤的命運是與黛玉緊密關聯的，故而文中借興兒之口介紹了寶、黛、釵諸人後，又說起寶玉的親事來：「只是他已有了，只未露形。將來準是林姑娘定了的。因林姑娘多病，二則都還小，故尚未及此。再過三二年，老太太便一開言，那是再無不準的了。」

然而我們都知道，這宗在府中小廝眼裏都是天造地設「再無不準的」好姻緣，事實上卻未能團圓收場，終究是好事多魔，心願成空。那致使黛玉魂歸離恨天的，究竟是什麼原因？那好心辦壞事，誤了黛玉終身的，又是什麼人呢？或許，就是一語死尤三的賈寶玉自己吧。

鴛鴦劍斬斷鴛鴦侶，尤三與湘蓮，一個夭逝，一個出家，這也寓示了寶玉和黛玉的情緣。故而尤三姐之死，被形容成「揉碎桃花紅滿地，玉山傾倒再難扶」，亦影射了黛玉之死。

書中人物悲劇多半是「搬起石頭砸自己的腳」，寶玉尤其不例外！可以想像，最終令寶黛心願成空的人，固然可能是賈母，可能是元妃，可能是寶釵或鳳姐，然而真正罪魁禍首，卻必定是寶玉自己，是寶玉的無心之失自毀前程，斷送了黛玉的性命。

而從尤三夢別湘蓮的情形可知，當黛玉淚盡而逝、魂歸離恨天之際，必然也有夢托寶玉，備述前塵情事一幕吧。只可惜不得見了。

金陵十二釵又副冊猜想

十二釵又副冊中，確定了名字的只有晴雯和襲人兩個。「晴爲黛影，襲爲釵副」，這兩個人一是玉女，一是金姝，正是旗鼓相當，平分秋色。

那另外十個人會是誰呢？誰是可以同晴雯、襲人並駕齊驅的一品丫頭？

我以爲第一個就要算平兒。

很多紅學家在試擬十二釵副冊名單時，因爲香菱是侍妾，便將平兒也放在副冊，這其實是一種誤解，理由在〈十二釵副冊的評選標準〉中已經說明了，副冊必須是主子姑娘。這樣。又副冊的身分才可以確定，就是丫鬟，包括通房大丫鬟平兒。

第四十六回〈尷尬人難免尷尬事　鴛鴦女誓絕鴛鴦偶〉中，鴛鴦向平兒道：「這是咱們好，比如襲人、琥珀、素雲、紫鵑、彩霞、玉釧兒、麝月、翠墨，跟了史姑娘去的翠縷，死了的可人和金釧，去了的茜雪，連上你我，這十來個人，從小兒什麼話兒不說？什麼事兒不作？」

庚辰本在此有一句夾批：「余按此一算，亦是十二釵，真鏡中花、水中月、雲中豹、林中之鳥、穴中之鼠、無數可考、無人可指、有跡可追、有形可據、九曲八折、遠響近影、迷離煙灼、縱橫隱現、千奇百怪、眩目移神、現千手千眼大遊戲法也。脂硯齋。」

這句話，雖然不能就此將上述十二人定爲又副冊名單，但至少肯定了一條：就是平兒是與襲人、紫鵑、鴛鴦等相提並論的。

無獨有偶，在第六十回寫到柳五兒其人時，又有一段非常有趣的敘述：「原來這柳家的有個女兒，今年才十六歲，雖是廚役之女，卻生的人物與平、襲、紫、鴛皆類。因他排行第五，便叫他是五兒。」再次將「平、襲、紫、鴛」並提。而脂硯齋第二十一回亦有批語：

「不料平兒大有襲卿之身分，可謂何地無材，蓋造際有別耳。」第四十八回評價香菱其人時，也說她「風流不讓湘、黛，賢慧不讓襲、平」，同樣將平兒與襲人並提，而將香菱置於「湘、黛」和「襲、平」中間。

可見，平兒、紫鵑、鴛鴦確是同襲人、晴雯一樣，可以入選十二釵又副冊的。

除了身分是丫鬟外，還要同時滿足另外兩個入冊條件：既與寶玉有過特殊關係，在石兄處掛號，還有就是要在大觀園待過。

寶玉同寶釵婚後，身邊只剩下兩個重要丫鬟，就是麝月和鶯兒。因此，這兩個人也肯定是在冊的。

而爲寶玉而死的金釧兒，和她的妹妹玉釧兒，也是很明顯的一對又副冊「金玉」姐妹。玉釧雖對寶玉冷若冰霜，卻曾親嘗荷葉羹，這情份也就跟吃鴛鴦唇上的胭脂差不多了。

如此，十二又副釵已經有了九個。紅樓丫頭數十上百，與寶玉打過情罵過俏的也十好幾個，那最後的三個名額到底應該屬於誰呢？

稍微細心推敲就可以發現，上述九個丫頭的名字大都上過回目。

其中要數平兒最多，足足占了四次，分別是第二十一回〈俏平兒軟語救賈璉〉，第四十四回〈喜出望外平兒理妝〉，第五十二回〈俏平兒情掩蝦鬚鐲〉，第六十一回〈判冤決獄平兒行權〉。

其次鴛鴦居二，出現過三次，爲第四十回〈金鴛鴦三宣牙牌令〉，第四十六回〈鴛鴦女誓絕鴛鴦偶〉，第七十一回〈鴛鴦女無意遇鴛鴦〉。

鶯兒的戲分並不算多，卻也出現過兩回半，一是在第八回〈比通靈金鶯微露意　探寶釵黛玉半含酸〉；二是在第三十五回〈白玉釧親嘗蓮葉羹　黃金鶯巧結梅花絡〉；另有第五十九回〈柳葉渚邊嗔鶯吒燕　絳雲軒裏召將飛符〉算是半次。

而晴雯、襲人的排名雖前，名字卻只實在出現過一回。晴雯是在第五十二回〈勇晴雯病補雀金裘〉，襲人是在第二十一回〈賢襲人嬌嗔箴寶玉〉。另外，第十九回的〈情切切良宵花解語〉可算作襲人的暗出；且從脂批可知，後文中應該還有〈花襲人有始有終〉的回目；而晴雯之名也在第三十一回〈撕扇子作千金一笑〉，與第七十七回〈俏丫鬟抱屈夭風流〉中暗出，且是絕對主角。

再則，紫鵑的名字也只出現過一回，即第五十七回〈慧紫鵑情辭試忙玉〉。

而金釧兒除了在第三十二回〈含恥辱情烈死金釧〉出過一回名之外，另有第四十三回〈不了情暫撮土爲香〉可算是她的故事的一段餘韻；玉釧兒則與鶯兒同時出現在第三十五回〈白玉釧親嘗蓮葉羹　黃金鶯巧結梅花絡〉。

麝月的名字未來得及出現在前八十回，但占花名時明明說她「開到荼蘼花事了」，是家敗後守在寶玉身邊的人，註定了要入冊的，或許在後回中會有出名的吧。

照這個思路，我們遂又有了一條尋找又副冊人選的重要線索：就是在回目中出現過名字的丫頭。

這樣的人，除了上述幾個，還有誰呢？

找來找去，明出的，就只有齡官一個了，即第三十回的〈齡官畫薔癡及局外〉。她的身分是優伶，賈薔的情人，這顯然爲她加了極重的戲碼，使其豔冠十二官之首。更重要的是，書中曾借鳳姐之口說過：「這個孩子扮上活像一個人，你們再看不出來。」湘雲則明白指出：「倒像林妹妹的模樣兒。」

只這一句，已經足以爲齡官晉級了。更何況，她還是寶玉「情悟梨香院」的女主角，自可躋身又副冊之列。

既然確定了齡官這個玉派人選，便可以在十二官中再替她找一個配對的金派女兒了。第五十八回〈杏子陰假鳳泣虛凰〉和第七十七回〈美優伶斬情歸水月〉，兩次暗出芳官、藕官、蕊官三人。而這三個人裏，芳官雖然只是次於晴、襲一級的小丫頭，卻曾與寶玉同榻，又經寶玉親口改名爲「金星玻璃」，坐實了金派女兒的身分。

因此可以斷定，與齡官做成一對的，正是芳官。

除此，現存《紅樓夢》八十回的回目中，再沒有明白出現過任何丫頭的名字了。

至於暗出，則有第二十四回〈癡女兒遺帕惹相思〉，第二十六回〈蜂腰橋設言傳心事〉，雖未明寫，卻說的都是小紅的故事。

小紅原名林紅玉，與黛玉一字之差，也是旗幟鮮明的「玉派」人物。「生得細巧乾淨」，「說話簡便俏麗」，深得鳳姐賞識。雖然前八十回中她和寶玉只有一次正式照面，然而在遺失的後文中，卻有「獄神廟探寶玉」的重要情節，想來也是可以入選的。

由此可見，林紅玉便是十二釵又副冊的最後一個懸疑了。

如此，十二個名字已經全部水落石出。還會不會有遺漏的呢？則有待高明改正了。

彩雲易散琉璃脆——晴雯。

襲人得意晴雯失意

王夫人為什麼那麼恨晴雯

晴雯死在第幾回

晴雯之死

是誰害死了晴雯

晴雯失意襲人得意

晴雯不枉了位居十二釵又副冊之首，原是有真本事的。

第一件，人長得漂亮，而且不是一般的漂亮，而是豔壓群芳。王善保家的向王夫人進讒言，說她「仗著他生的模樣兒比人標緻些，又生了一張巧嘴」，鳳姐兒也說，「若論這些丫頭們，共總比起來，都沒晴雯生得好」。而王夫人最厭惡她的一點，也就是她的美，說她「好個美人！真像個病西施了。你天天作這輕狂樣兒給誰看？」

而那時，正是晴雯在病中，不飾鉛華，甚至有點憔悴，就這還讓王夫人看了冒火，說是「妖精似的東西」。真無法想像，倘若她十分妝飾，那又該美成什麼樣子呢？

第二件，心靈手巧。「病補孔雀裘」之舉，顯示了她無可替代的技藝與地位。麝月說她：「這裏除了你，還有誰會界線？」晴雯道：「說不得，我掙命罷了。」而她的病情，也就打那時加重的。

這又看出她的第三件美德：忠心。連襲人也說她：「你病的七死八活，一夜連命也不顧，給他做了出來。這又是什麼緣故？」

什麼緣故？自然是因爲她忠於寶玉，愛寶玉。

賈母說過：「這些丫頭的模樣爽利言談針線多不及他，將來只他還可以給寶玉使喚得。」是早已內定了將來要將她許配給寶玉的。這一層意思，晴雯也知道，所以也就鐵了心要跟寶玉一輩子。同寶玉吵嘴時，寶玉發脾氣要攆她，她說：「我一頭碰死了，也不出這門兒。」同麝月開玩笑時，則說：「等你們都去盡了，我再動不遲。有你們一日，我且受用一日。」——她竟從沒想過自己有一天會離開怡紅院。

襲人也是忠的，書裏說她伏侍賈母時，心中只有一個賈母；伏侍寶玉時，心裏又只有一個寶玉；然而她太顧全大局，太爭強好勝，面面俱到，而且醋性比誰都重。不但吃別的丫環的醋，連黛玉、湘雲的醋都吃。寶玉一早到黛玉房裏洗臉，她氣得發了一天脾氣，甚至說：「從今以後別再進這屋子了。橫豎有人伏侍你，再別來支使我。我仍舊還伏侍老太太去。」動不動就拿走嚇唬人。

晴雯卻不然。寶玉給黛玉送帕子，要想個藉口特意先把襲人支使出去，才把晴雯叫來。可見視她爲心腹。而晴雯百般拆解不來送帕的深意，不是因爲她不聰明，而是生性嬌憨，一派天真，心中全無私情。

這是她的第四件好處：純粹。

因爲這份純粹，她體會不來黛玉和寶玉之間那種幽微曲折的情感，也從來沒對寶玉使過一點心機。同樣是老太太給了寶玉的，襲人便有膽子翻雲覆雨，並且「素知賈母已將自己與了寶玉的，今便如此，亦不爲越禮」；晴雯卻潔身自好，看不上襲人和寶玉「鬼鬼祟祟幹的那事兒」，更沒有想過借由自己的聰明漂亮私心勾引。即使在她在做「跑解馬似的」伶俐打扮在外面著了涼回來，寶玉喚她進自己的被窩裏渥一渥，她也並沒有借機纏綿，相擁一會仍回自己被中去了。

因此，在她臨死之前，才會含血帶淚地說自己「擔了虛名」，「不料癡心傻意，只說大家橫豎是在一處。不想平空裏生出這一節話來，有冤無處訴。」

徐瀛在〈晴雯贊〉中說：「有過人之節，而不能自藏，此自禍之媒也。晴雯人品心術，都無可議，惟性情卞急，語言犀利，爲稍薄耳。使善自藏，當不致逐死。」

這是說中了晴雯的致命之病，在於靈秀過人而不善自藏。判詞裏說她「霽月難逢，彩雲易散。」很明顯用的是「彩雲易散玻璃脆」的典故。她以自己的美麗、聰明、純真、忠勇，高居於十二釵又副冊第一位，卻最終逃不脫「紅顏薄命」的悲劇。

她聰明了一輩子，臨死才知道自己是「癡心傻意」；而襲人卻恰恰相反，一直以「笨人」自居，其實心機比誰都深，並且很擅於總結：「在太太是深知這樣美人似的人必不安靜，所以恨嫌他，像我們這粗粗笨笨的倒好。」

占人說，「大智若愚，大勇若拙」。晴雯勇則勇矣，卻太形之於外，不會扮拙；而襲人卻無疑將這兩句明言運用自如，所以該她比晴雯棋高一招，占了上風。

如果將襲人比作「扮豬吃老虎」的話，那麼晴雯，就無疑是「槍打出頭鳥」了。所以，她補的衫子，才叫做「孔雀裘」吧。

王夫人為什麼那麼恨晴雯？

對於晴雯之死，我一直有個問題非常想不通，就是王夫人怎麼對晴雯的態度，怎麼會恨得那麼刻骨銘心的？

她自稱對於晴雯素無瞭解，只是有一次同賈母走在園中時，看到晴雯罵小丫頭，很看不上那個張狂樣子；接著叫了晴雯來，對於她病西施的打扮更加反感，但是查問之下，也沒挑到什麼錯處，而晴雯更是機智地把自己和寶玉的關係說得疏而又遠；再接著就是抄檢大觀園了，但也沒查出晴雯有什麼藏私來，然而王夫人親自來怡紅院視察時，看見晴雯四五日水米不曾沾牙，懨懨弱息，還是雷霆萬鈞地立逼著人現從炕上拉下來，蓬頭垢面地架出去了，且吩咐只許把他貼身衣服撂出去，餘者好衣服留下給別的丫頭們穿。

──有這麼恨嗎？用得著這麼狠嗎？

以晴雯之病體，以晴雯之性情，一旦攆出去，自然非死無疑。按理說人死如燈滅，什麼仇什麼恨也該解了，誰知道這還不算完──晴雯死後，她哥嫂回進去討發送銀子，王夫人賞了十兩燒埋銀，又命：「即刻送到外頭焚化了罷。女兒癆死的，斷不可留！」

──這得多大的冤恨啊！那可是古代，死無全屍是什麼樣的孽報？王夫人用得著恨晴雯如此，連死人都不放過嗎？這跟挫骨揚灰有什麼分別？

看了很多前輩同行的紅學論述，綜合各路諸侯的意見，答案不外乎以下幾種：

一、襲人告密

雖然晴雯口口聲聲說：「我不大到寶玉房裏去，又不常和寶玉在一處，好歹我不能知道，只問襲人麝月兩個。」但是王夫人過後向襲人查問，自然會知道晴雯騙了她，只會更加生氣。

可是這也仍然只能進一步坐實她攆晴雯的決心，卻不至於謀了她的命還不放過她的屍。金釧兒跟寶玉調情，說「金簪子掉在井裏頭，有你的只是有你的」，是王夫人親耳聽見的，故打了一巴掌攆出去，然而事後聽說金釧跳井死了，也曾愧悔難過，不但想著如何為其裝裹，還給玉釧加了一兩月銀。

如今晴雯狐媚寶玉她並沒看見，即便是聽說，也只要攆出去就是了。何況芳官和四兒也都是因為伶俐被攆的，與攆晴雯的理由一樣，「難道我通共一個寶玉，就白放心憑你們勾引壞了不成！」但王夫人對於四兒的處罰，也只是命人把他家的人叫來，領出去配人；對芳官則是：「喚他乾娘來領去，就賞他外頭自尋個女婿去吧。把他的東西一概給他。」獨獨晴雯是不但立刻攆了，且連衣裳都不許帶走，王夫人小氣到這地步，還是狠毒到這地步？無論是哪種答案，都似乎讓人想不通。

二、移情作用，撵晴雯是因為恨黛玉

王夫人形容晴雯時說過：「水蛇腰，削肩膀，眉眼又有些像你林妹妹的。」起意撵晴雯時，本來說：「既是老太太給寶玉的，我明兒回了老太太，再撵你。」然而後來還是食言而肥，先斬後奏了，撵了晴雯後才向賈母撒謊說：「寶玉屋裏有個晴雯，那個丫頭也大了，而且一年之間，病不離身；我常見他比別人份外淘氣，也懶；前日又病倒了十幾天，叫大夫瞧，說是女兒癆，所以我就趕著叫他下去了。」又說「況且有本事的人，未免就有些調歪。」「他色色雖比人強，只是不大沉重。」又一力誇獎襲人，「行事大方，心地老實，這幾年來從未逢迎著寶玉淘氣。凡寶玉十分胡鬧的事，他只有死勸的。」

這裏對晴雯的評語：病不離身，有本事，色色比人強，都可以用來形容黛玉；而對襲人的表彰：大方老實，從不和寶玉淘氣，卻只會勸諫，卻恰合著寶釵。所以很多人認爲王夫人撵晴升襲，其實是爲了貶黛揚釵，這說法初看是成立的。但若說就爲了這一點，便要將晴雯置諸死地還焚屍滅跡，則仍然太過了些——王夫人固然不喜歡黛玉，但似乎也沒有那麼恨吧？

值得一提的是，「黛玉和寶釵誰更漂亮」一直是三百年來紅迷爭執不休的一個議題，擁釵派與擁黛派各執己見。因爲照書中正面描寫的感覺，一直說只有寶釵配作牡丹，似乎合該是群芳之冠，勝於黛玉；然而無論賈母、鳳姐、寶玉、襲人，都說過晴雯是所有丫鬟中最漂亮的一個，獲罪的至大理由就是生得比別人好，而王夫人又說她眉眼兒有點像黛玉——只是眉眼略有幾分像，就已經美得這麼了不得了，那麼本尊林黛玉又該美成啥樣兒呢？

三、出於對趙姨娘的憎惡

王夫人對賈母說：「雖說賢妻美妾，然也要性情和順舉止沉重的更好些。」這讓我們不禁揣想：賈政的妻妾標準是不是這樣的呢？王夫人不用說，自然認為自己是賢妻了；那麼趙姨娘豈非美妾乎？

連丫鬟們也「皆知王夫人最嫌趫妝豔飾語薄言輕者」，為什麼這樣嫌恨？多半是因為趙姨娘即屬此道吧？

趙姨娘既有請馬道婆施魘魔法之舉，王夫人又豈沒有害趙氏之心？只是她向來沒甚主張，而趙姨娘又擅於結黨營群，八面玲瓏，且是賈政之妾，賈環探春之母，府裏的正經主子，等閒打發不得。如今遇著這個妖矯的晴雯，正戳了王夫人的肺，就趁機發洩向來的妒恨了。

這個說法從心理上分析倒是很成立的，因為妒婦做什麼都是可以理解的。但是晴雯與趙姨娘？這兩個人的境界判若雲壤，從頭至尾也沒有過任何關係，非要借王夫人之心理扭在一起，似乎也太荼毒晴雯、抬舉趙姨娘了吧？

四、對賈母的不滿

雖然王夫人對賈母一向唯唯諾諾，百依百順，然而兩人的審美情趣大異其志，於是難免就常幹些陽奉陰違的事。尤其對於釵黛的選擇上，兩人的立場更是幾成水火。賈母幾次明裏暗裏表示出對黛玉的偏心，王夫人自然也不甘寂寞，總要還以顏色；她雖然不敢明著對黛玉不利，卻不妨攆逐晴雯以示威，仗著賈母不會爲了個丫鬟跟她翻臉，借此向所有人宣告自己的權威。但這也最多可以解釋王夫人爲什麼要攆晴雯，卻到不了恨之入骨的地步。

五、對賈敏的積怨

王夫人曾對鳳姐說：「你林妹妹的母親，未出閣時，是何等的嬌生慣養，是何等的金尊玉貴，那才像個千金小姐的體統。如今這幾個姊妹，不過比人家的丫頭略強些罷了。通共每人只有兩三個丫頭像個人樣，餘者縱有四五個小丫頭子，竟是廟裏的小鬼。如今還要裁革了去，不但於我心不忍，只怕老太太未必就依。雖然艱難，難不至此。我雖沒受過大榮華富貴，比你們是強的。如今我寧可省些，別委曲了他們。」

持此意見的人認爲這番話顯露了王夫人初嫁賈府時，對於做小姑子的賈敏的嬌貴很是妒恨，而且賈敏是賈母最寵愛的小女兒，這肯定也讓王夫人不順心。但我倒覺得這番話只是憶昔繁華，未見得有什麼深意。王夫人雖愚，畢竟是知書識禮的千金小姐，大格兒是不會錯的。李紈、鳳姐尙且未對三春有任何防忌，王夫人當年怎又會如此不堪？況且因賈敏而及黛玉，因黛玉而及晴雯，這個彎兒也繞得太大了。

綜上所述，似乎足可以解釋王夫人爲什麼不喜歡晴雯，而且是非常地不喜歡，但仍然沒到了寢皮飲血的地步。書中所寫之王夫人對晴雯，可不只是攆走就算了，甚至不只是聽說她死了也就安心了，而是下令讓其家人立刻將其屍骨燒掉的。這可比王熙鳳對尤二姐狠多了，即便把上述所有的理由都加起來，也還是不能解釋的吧？

還記得晴雯與寶玉訣別時說的那個心願嗎？她將自己貼身穿著的一件舊紅綾襖脫下，同長指甲一起交與寶玉，囑咐道：「這個你收了，以後就如見我一般。快把你的襖兒脫下來我穿。我將來在棺材內獨自躺著，也就像還在怡紅院的一樣了。論理不該如此，只是擔了虛名，我可也是無可如何了。」──多麼可憐的要求，多麼絕望的心願。然而王夫人竟連這點念想兒也不許她留下，也不肯成全，竟令其兄速速焚化，連讓她靜靜地獨自躺在棺材裏都不許！

寶玉在〈芙蓉女兒誄〉中有一段直訴其母之罪：

> **昨承嚴命，既趨車而遠陟芳園；今犯慈威，復拄杖而遽抛孤匶。及聞槥棺被燹，慚違共穴之盟；石槨成災，愧迨同灰之誚。爾乃西風古寺，淹滯青燐；落日荒丘，零星白骨。楸榆颯颯，蓬艾蕭蕭。隔霧壙以啼猿，繞煙塍而泣鬼。自為紅綃帳裏，公子情深；始信黃土壟中，女兒命薄！汝南淚血，斑斑灑向西風；梓澤餘衷，默默訴憑冷月。嗚呼！固鬼蜮之為災，豈神靈而亦妒。箝詖奴之口，討豈從寬；剖悍婦之心，忿猶未釋！**

這前面數句說的便是毀屍滅跡，以至棺槨無存之痛；中間訴說思念之情，最後兩句則抒發對詖奴悍婦的痛恨。

詖奴自是王善保家的之流，悍婦是誰？莫非是王夫人？寶玉在誄文中罵自己親娘是悍婦？

這倒讓我猜測王夫人害晴雯的另一個原因了：很可能這段故事是作者人生中的一段真實

經歷，曾經真有過一個那麼天真可愛的小丫鬟，被那麼一個嚴厲無理的老夫人給害死了。當然，那位夫人未必就是作者的母親，所以作者在寫王夫人時，固然筆下留情形容其「天真爛熳」，至少在表面上寫成了一個好人；但是在誄文中時，便借助古文修辭痛抒其憤，直呼其爲悍婦了。

更可能的是，在現實原型裏，金釧兒和晴雯是一個人，在故事中分身成了兩個。前文作者提及金釧兒對寶玉時，脂批說「有是人，有是事」；金釧死後，寶玉感傷到恨不得此時也身亡命殞，脂批又道「真有此情，真有此理」；說到抄檢時，又道「此亦是余舊日目睹親聞，作者身歷之現成文字，非搜造而成者」。

綜其種種，可以想見晴雯確有原型，其慘死之情令作者切膚難忘，甚至在誄文中連兩人相處的年歲都記得清清楚楚：「相與共處者，僅五年八月有畸。」如此言之鑿鑿，極可能是真情實感。

當然，這也仍是我一廂情願的猜測罷了。權作對於「王夫人爲什麼那麼狠毒」的第六種可能性解釋吧。

晴雯死在第幾回？

晴雯死在第幾回？

這個問題似乎無稽，因為回目中明明寫得清楚——第七十七回〈俏丫鬟抱屈夭風流　美優伶斬情歸水月〉，第七十八回〈老學士閑征姽嫿詞　癡公子杜撰芙蓉誄〉，都為晴雯之死濃墨重彩，極足煽情。

然而，我們都知道《紅樓夢》乃是一再增刪修改之稿，我想問的是，在曹雪芹的初稿或者至少是早期的手稿中，晴雯應該是死在第幾回的呢？

我的猜測是，早在第五十二回〈俏平兒情掩蝦鬚鐲　勇晴雯病補雀金裘〉之後不久，也就是五十三回〈寧國府除夕祭宗祠　榮國府元宵開夜宴〉開篇，晴雯已經一病而死。

且看原文——

話說寶玉見晴雯將雀裘補完，已使的力盡神危，忙命小丫頭子來替他捶著，彼此捶打了一會歇下。沒一頓飯的工夫，天已大亮，且不出門，只叫快傳大夫。一時王太醫來了，診了脈，疑惑說道：「昨日已好了些，今日如何反虛微浮縮起來，敢是吃多了飲食？不然就是勞了神思。外感卻倒清了，這汗後失於調養，非同小可。」一面說，一面出去開了藥方進來。

寶玉看時，已將疏散驅邪諸藥減去了，倒添了茯苓、地黃、當歸等益神養血之劑。寶玉忙命人煎去，一面歎說：「這怎麼處！倘或有個好歹，都是我的罪孽。」晴雯睡在枕上嗐道：「好太爺！你幹你的去罷！那裏就得癆病了。」寶玉無奈，只得去了。至下半天，說身上不好就回來了。

晴雯此症雖重，幸虧他素習是個使力不使心的；再者素習飲食清淡，饑飽無傷。這賈宅中的風俗秘法，無論上下，只一略有些傷風咳嗽，總以淨餓為主，次則服藥調養。故於前日一病時，淨餓了兩三日，又謹慎服藥調治，如今勞碌了些，又加倍培養了幾日，便漸漸的好了。近日園中姊妹皆各在房中吃飯，炊爨飲食亦便，寶玉自能變法要湯要羹調停，不必細說。

此一段，至「說身上不好就回來了」，都是在說晴雯病重，寶玉憂心忡忡，文字緊鑼密鼓，已經直逼「忝風流」；然而忽的一轉，「晴雯此症雖重」，接下來三言兩語倒又說她好了，文字撂在半空中，不見了下文。

更奇的是，接下來幾回文字中，晴雯這個人竟不見了。第五十四回〈史太君破陳腐舊套王熙鳳效戲彩班衣〉中說，因寶玉要小解，麝月、秋紋並幾個小丫頭跟出，賈母不樂道：「襲人怎麼不見？他如今也有些拿大了，單支使小女孩子出來。」王夫人和鳳姐忙爲之解釋，方才罷了。接著寶玉回至怡紅院，卻見襲人躺在床上正與鴛鴦對面說話——這一回中，晴雯哪裏去了？

麝月一直喊晴雯「好姐姐」，晴雯亦回以「好妹妹」，可知晴雯年齡較麝月、秋紋等爲大，不在賈母所謂的「小女孩子」之列，況且晴雯亦為賈母賞與寶玉的，且有意將其許配寶玉為妾，不會不記得此人，如何竟不提及？

除非，此時的晴雯已然死了。

後來的文字中，晴雯往往只出現一個名字，三言兩語，沒有正戲。直到十二官進園，滿紙鶯喧蝶鬧之際，關於晴雯的文字才又重新多起來，寫她與芳官等鬥牌，與春燕娘慪氣，給寶玉慶生辰，教寶玉撒謊說驚著了以躲避賈政問功課——此一向中，晴雯身體都好得很，忽因王善寶家的在王夫人面前一番讒言，小丫頭來傳見。「正值晴雯身上不自在，睡中覺才起來，正發悶，聽如此說，只得隨了他來。」

此一句十分突兀，因為此前晴雯一直好好的，忽然王夫人召見時，就又「身上不自在」了，接著便寫她又病了，抄檢時，現打床上拉起來，攆了出去，遂一病而歿。

——不妨猜測，在曹雪芹最初的手稿中，十二官入園的文字應在較往前的段落，而晴雯補裘及五十三、四兩回，則偏後出現，自「病補雀金裘」後，晴雯病情加重，偏又遇上「抄檢大觀園」之事，遂「抱屈夭風流」，應是直貫而下的文字，其間不當有間斷。

第五十三、四兩回的文字在全書中至關重要，乃是寧、榮二府極榮極盛的一場華筵，然而從寧國府領皇賞、收年租、祭宗祠一路寫來，顯赫輝煌，至榮國府慶元宵、吃戲酒、放炮仗，昌盛繁榮，整篇文字花團錦簇，熱鬧非凡。可是華貴中，偏又處處暗藏玄機，隱著不吉之讖。

擊鼓傳花至王熙鳳講笑話，說的是「聾子放炮仗——散了吧」，接著果然放了一場炮仗，正合了元春的燈謎「爆竹」：「一聲震得人方恐，回首相看已化灰。」那鳳姐乃是榮府內當家，竟然由她說出「散了吧」的預言，可見此一回之後，賈府便將由盛轉衰，日漸式微了。

然而由於全書一改再改，又加入了「紅樓二尤」一段文字，使得原計劃打亂，前後情節也都重新排序，忽起忽落。至晴雯死後，因五十三、四兩回文字已經提前，不得不再重整一段繁榮文字來隔斷前後文，於是強扭出第七十五回〈開夜宴異兆發悲音　賞中秋新詞得佳讖〉一段，再寫兩府華聚，然而因爲是最後補寫的文字，未能完稿，故而漏洞百出，比如賈政講了個喝老婆洗腳水的惡俗笑話，賈環忽然寫出好詩來，而賈赦則說出賈環將來會世襲得官的絕不合理的廢話，而寶玉等的詩文偏又不見，只留了一句「缺仲秋詩，俟雪芹」的備註——換言之，很可能是脂硯等人在雪芹的授意下謄抄整理這一段文字，因原稿不全，便自加連補，寫了很多不合雪芹原意的文字出來，但是於題詩之道實在力有不逮，便只得「俟雪芹」了。

不但七十五回，第七十九、八十兩回的文字情節也有許多不合理處，且文字風格也有異前文，節奏感更是一塌糊塗，很可能也是脂硯等人的拼湊，而非雪芹原筆。倒是其間的第七十七、七十八回有關晴雯之死的文字，卻好得出奇，〈姽嫿詞〉、〈芙蓉誄〉更是神來之筆，必爲雪芹本人所寫無疑。

可見，晴雯之死的這段文字，應該完成得較早，在初稿中的回目也較早。而仲秋夜宴及薛蟠娶親、迎春出嫁的描寫，則是極後期完成的未完成稿，由脂硯等人綴補於後。

關於晴雯之死，還有一個猜想，就是「換小衣、贈指甲」的描寫，會否讓我們想到雪芹刪去的一段文字呢？

秦可卿之死一段文字不全，有批語說：「秦可卿淫喪天香樓，作者用史筆也。老朽因有魂托鳳姐賈家後事二件，豈是安富尊榮坐享人能想得到者？其事雖未行，其言其意，令人悲切感服，姑赦之，因命芹溪刪去『遺簪』、『更衣』諸文，是以此回只十頁，刪去天香樓一節，少去四五頁也。」

關於「遺簪」、「更衣」的情節，古往今來多少紅迷猜測模擬，不能確知。但我們不妨設想，寫作人對於自己已經完成的文字，倘若因爲某種原因不得不刪去，也必然是捨不得的，會設法將它修改補綴在另一段情節後，借屍還魂。很可能，曹雪芹便將已經寫好的可卿之死的這段文字，修改了個別細節後，補綴在晴雯之死的段落中了。

所謂「遺簪」，此處便改成了遺贈指甲；而「更衣」，則是交換內衣了。在最初的文稿中，那與有情人交換內衣並拔簪相贈的人，很可能便是可卿與賈珍，又或是可卿與賈薔，但被賈珍撞見，故而可卿不得不死。

此種猜測，也僅爲西嶺雪一家之言罷了，不能作準，惟寫出來，供愛紅者暢開文思爾。

晴雯之死

前面說過，紅樓裏的悲劇除了不可抗拒的外因大環境之外，內因則多半是「搬起石頭砸自己的腳」，晴雯之死，正可見一斑。

第七十三回中，因寶玉擔心賈政問書，連夜用功，卻理了這個愁那個，焦躁非常。恰好芳官從後門跑進來說：「不好了，一個人從牆上跳下來了！」眾人查了一回，遍無所獲，都說她看錯了。晴雯因見寶玉煩惱，正要想個主意讓他脫身，便命他趁機裝病，「只說唬著了」。又故意的小題大做，喝令上夜的說：「別放狗屁！你們查的不嚴，怕得不是，還拿這話來支吾！才剛並不是一個人見的，寶玉和我們出去有事，大家親見的。如今寶玉唬的顏色都變了，滿身發熱，我如今還要上房裏取安魂丸藥去。太太問起來，是要回明白的，難道依你說就罷了不成。」又故意要藥，鬧得眾人皆知，滿園裏燈籠火把折騰了一夜，連王夫人也被驚動了。「至五更天，就傳管家男女，命仔細查一查，拷問內外上夜男女等人。」

事情就這樣越鬧越大，終於傳到了賈母耳中。賈母問起時，探春又說起園中上夜的人聚賭之事來。賈母遂說：「你姑娘家，如何知道這裏頭的利害。你自為要錢常事，不過怕起爭端。殊不知夜間既要錢，就保不住不吃酒，既吃酒，就免不得門戶任意開鎖。或買東西，尋張覓李，其中夜靜人稀，趨便藏賊引奸引盜，何等事作不出來。況且園內的姊妹們起居所伴者皆係丫頭媳婦們，賢愚混雜，賊盜事小，再有別事，倘略沾帶些，關係不小。這事豈可輕恕。」又命查了頭家賭家來，有人出首者賞，隱情不告者罰。

——本來只是一件極小的事，不提也就完了，偏因晴雯自作聰明要替寶玉擋災，竟然發展成了一件極大的事，從芳官這種二等小丫頭，一直吵到了賈母這樣的兩府頭號主子耳中，亦可謂始料不及矣。

然而這還不算，更奇的是因爲賈母生氣，眾人皆不敢各散回家。於是賈母歇晌時，邢夫人便只好就近往園中逛逛，這就遇到了傻大姐，拾得了繡春囊。邢夫人遂密封了交與王夫人，王夫人又向鳳姐大興問罪之師，逼得鳳姐兒摘清了自己之後，又獻計說：「如今惟有趁著賭錢的因由革了許多的人這空兒，把周瑞媳婦旺兒媳婦等四五個貼近不能走話的人安插在園裏，以查賭爲由。再如今他們的丫頭也太多了，保不住人大心大，生事作耗，等鬧出事來，反悔之不及。如今若無故裁革，不但姑娘們委屈煩惱，就連太太和我也過不去。不如趁此機會，以後凡年紀大些的，或有些咬牙難纏的，拿個錯兒攆出去配了人。一則保得住沒有別的事，二則也可省些用度。太太想我這話如何？」

至此，大觀園危機已近，但鳳姐之意還只是安插眼線，暗地訪拿，王夫人也同意了；誰知恰值邢夫人陪房王善保家的走來，聽了這信兒，越發煽風點火，不但趁機告倒了晴雯，且出餿主意說：「等到晚上園門關了的時節，內外不通風，我們竟給他們個猛不防，帶著人到各處丫頭們房裏搜尋。想來誰有這個，斷不單只有這個，自然還有別的東西。那時翻出別的來，自然這個也是他的。」

抄檢大觀園遂由此而起！

抄檢之中，第一個獲罪、且又死得最慘的，就是晴雯！

想來，若不是晴雯出主意說寶玉被唬著了，便不會驚動賈母；若非賈母細問，便不會有查賭之事；若沒有查賭的由頭，縱然邢夫人拾到了繡春囊，王夫人和鳳姐也不好爲這個原因大行抄檢——因爲這件事是不可以張揚出來的，只能暗中進行。

所以尋根問源，罪魁竟在晴雯自己；而歸根結底，獲罪的也是晴雯。這不正是黛玉占花名時抽到的芙蓉籤中所說的「莫怨東風當自嗟」麼？

難了寶玉會爲晴雯作〈芙蓉女兒誄〉！

晴雯居於十二釵又副冊之首，畫面上是水墨滃染的滿紙烏雲濁霧，詩道：

霽月難逢，彩雲易散。心比天高，身為下賤。風流靈巧招人怨。壽夭多因譭謗生，多情公子空牽念。

甲戌本雙行夾批：「恰極之至！『病補雀金裘』回中與此合看。」意思說第五十二回〈勇晴雯病補雀金裘〉的內容是最能表現晴雯性情與命運的。這也側面證明了我前面分析過的晴雯之死應在「雀金裘」事後第二年秋，中間多出來的一年是後補入的槁子——晴雯之病，因補裘而加重，之後雖略略恢復，卻種下病根；至抄檢時，猶未痊癒，遂一病而猝。否則，這病便來得不合理了，悲劇意義也減弱了很多。

奇的是，晴雯前面一路寫來，並未細交代其出身歷史，卻是直到死前，才又回頭補敘，脂批謂之「晴雯正傳」：

這晴雯當日係賴大家用銀子買的，那時晴雯才得十歲，尚未留頭。因常跟賴嬤嬤進來，賈母見他生得伶俐標緻，十分喜愛。故此賴嬤嬤就孝敬了賈母使喚，後來所以到了寶玉房裏。這晴雯進來時，也不記得家鄉父母。只知有個姑舅哥哥，專能庖宰，也淪落在外，故又求了賴家的收買進來吃工食。賴家的見晴雯雖到賈母跟前，千伶百俐，嘴尖性大，卻倒還不忘舊，故又將他姑舅哥哥收買進來，把家裏一個女孩子配了他……若問他夫妻姓甚名誰，便是上回賈璉所接見的多渾蟲燈姑娘兒的便是了。目今晴雯只有這一門親戚，所以出來就在他家。

這一小段晴雯傳著實可憐，那晴雯父母雙亡，雖不似香菱自幼被拐子拐去，卻也同樣不記得家鄉父母，只念及並不親近、且對自己也毫無疼愛之心的姑舅哥哥多渾蟲，央求了賴家的買進來做庖宰——越是缺失的，越是渴望。那晴雯最缺的是什麼？親情。於是就連一點點骨血之情也要牢牢抓住，好讓自己覺得有個哥哥在身邊，這一點卑微的情感，幾近乎於自欺欺人了。

她十歲進府，十六歲過世，寶玉在誄文中說與她共度「五年八個月有零」，可見在賈母處待了不到一年。她本是賴大家買的，也就是奴才的奴才，身分極卑微的，卻偏偏「生得伶俐標緻」，賈母一見了便喜歡；不但留在自己身邊一陣子，還特地將她賞了寶玉，而且不是一般的賞，是有意要將她許給寶玉的，即後文對王夫人說的「我的意思這些丫頭的模樣爽利言談針線多不及他，將來只他還可以給寶玉使喚得。」

模樣、爽利、言談、針線，正是德容言工件件包括，顯然賈母將晴雯給寶玉是經過深思熟慮、有著長遠打算的。或許有人會說，晴雯怎麼能算有德呢，牙尖嘴利，又欺負小丫頭。但這些都是小毛病，晴雯正直不阿，仗義忠勇，眼裏揉不得沙子，這些才是賈母看重的品行；王夫人則一味只重視表面的「賢」字，審美標準是「性情和順，舉止沉重」，又最恨面貌嬌美體態風流之人，所以最見不得晴雯罵小丫頭的「浪樣子」，也就是賴大家所謂「千伶百俐，嘴尖性大」。然而賴大也還懂得欣賞晴雯「不忘舊」的品格，應允其要求將多渾蟲買進來，可見王夫人不如賴大家的遠矣。

但是最能與王夫人形成鮮明對比的，還不是賴大家的，而是晴雯的嫂子燈姑娘兒。

寶玉同晴雯永訣一段對話，本令人肝腸寸斷，誰知忽然接入燈姑娘兒挑簾進來，拉了寶玉去調笑──初看似覺穢亂，細想卻令人感慨，尤其燈姑娘對寶晴二人的定評，竟是可悲可歎：「可知人的嘴一概聽不得的。就比如方才我們姑娘下來，我也料定你們素日偷雞盜狗的。我進來一會在窗下細聽，屋內只你二人，若有偷雞盜狗的事，豈有不談及於此，誰知你兩個竟還是各不相擾。可知天下委屈事也不少。如今我反後悔錯怪了你們。」

寶玉和晴雯一對極清雅極俊秀的少年孩兒，卻映對了多渾蟲燈姑娘兒這一對酒糟淫蕩透了的世俗男女，這筆法的確曲折奇怪。但更讓人觸目驚心的，卻是一向吃齋念佛、天真爛熳的王夫人，咬定了晴雯是狐狸精，勾引寶玉；而素來妖矯放蕩、人盡可夫的燈姑娘兒，卻偏偏慧眼識珠，給二人平了反──這世道，究竟什麼是真，什麼是假，什麼是對，什麼是錯，什麼是正經，什麼是淫邪呢？

是誰害死了晴雯？

廢太子胤礽好詩，雖然未見得特別出色，卻也有過像「蓬海三千皆種玉，絳樓十二不飛塵」這樣俊逸灑脫的句子。

又是「玉」，又是「絳樓」，又是「十二」，怎能不讓人想起《紅樓夢》與「金陵十二釵」來？

況且，胤礽又與曹家有著千絲萬縷的關係，這裏只講一個小小片段：

康熙五十年，曹寅之子（亦說侄子）曹頫在宮中任「茶上人」，主管飲食，因將太子胤礽的食物做得和皇上的一樣，屬於「僭越」，遂被皇上怪罪。

由此可見，胤礽未登基時，宮中包衣早已將他當作未來的皇上看待，不惜工本地悉心巴結，只望他將來得了勢，會給自己分些好處；然而這在皇上眼中看去卻是很忌憚的，惟恐太子被一幫諂媚之人教縱壞了，故而遷怒。

事實上，後來胤礽並未能登基，成了廢太子，曹頫是白白遭了一回殃。

這讓我想起了晴雯。

可記得司棋大鬧廚房的一幕？

第六十一回〈投鼠忌器寶玉瞞贓　判冤決獄平兒行權〉，迎春房裏的大丫頭司棋忽一日想要吃蒸雞蛋，派小丫頭蓮花兒去廚房傳話。「茶上人」柳家的不肯，說：「我又不是答應你們的，一處要一樣，就是十來樣。我倒別伺候頭層主子，只預備你們二層主子了。」又說，「……連本項兩頓飯還撐持不住，還擱的住這個點這樣，那個點那樣，買來的又不吃，又買別的去。既這樣，不如回了太太，多添些分例，也像大廚房裏預備老太太的飯，把天下所有的菜蔬用水牌寫了，天天轉著吃，吃到一個月現算倒好……」

蓮花兒急了，舉出晴雯的例子來，說：「前兒小燕來，說晴雯姐姐要吃蘆蒿，你怎麼忙的還問肉炒雞炒？小燕說：『葷的因不好才另叫你炒個麵筋的，少擱油才好。』忙的倒說自己發昏，趕著洗手炒了，狗顛兒似的親捧了去。今兒反倒拿我作筏子，說我給眾人聽。」

這裏，柳家的將老太太的菜蔬和晴雯、司棋這些「二層主子」相提並論，是在諷刺司棋不自量力，而蓮花兒卻指出晴雯已經享受過是種待遇——這樣，便定了晴雯的「僭越」之罪。

晴雯，在眾人尤其是柳家的眼中，是早將她當作寶玉未來的「如夫人」看待了，因她是老太太派給寶玉的。在她被逐後，老太太歎息：「晴雯那丫頭我看他甚好……這些丫頭的模樣爽利言談針線多不及他，將來只他還可以給寶玉使喚得。」

賈母的這種心思，府裏人未必不知道，故而便開始了早早的巴結。然而王夫人心裏卻滿不是那麼回事兒，「難道我通共一個寶玉，就白放心憑你們勾引壞了不成！」所以要重罪晴雯，將她驅逐出府，淒涼而死。

而柳五兒也因母親得罪人，被牽累冤枉作賊，飽受凌辱，雖經平兒判冤決獄，卻因此罹病，終究難逃一死。

曹家的悲劇，其實是犯了柳家的同病，站錯隊，望錯風，押錯寶，投錯了胤礽這個廢太子，終究落得個「家亡人散各奔騰」。

害死胤礽的，是鏡花水月的王位，是康熙出爾反爾的隆恩，是群臣矯枉過正的巴結；而害死晴雯的，同樣是可望不可及的地位，是出自王夫人的多疑，王善保家的之流的中傷，而同時也是因爲賈母對她的寵信，寶玉對她的眷愛，柳家的之流對她的巴結——在沒有真正登上寶座之前，就先享用了座上客的權力，便會落得這樣的下場。

說到底，晴雯之死，是害在自己的「風流夭巧招人怨」之上了。固而回目云：俏丫鬟抱屈夭風流。

——雖是「抱屈」，終罪「風流」。

花氣襲人知晝暖——花襲人。

永遠不敗的花襲人

襲人為何排名第二

釵黛與襲人的交情如何

襲人回娘家

寶玉的第一次覺悟

紅綠章巾

襲人在什麼情況下嫁給琪官的

琪官的真實身分

永遠不敗的花襲人

襲人是怡紅院的一品大丫頭，在她的勢力範圍內，只有寶玉一人是主，其餘的都是奴，而她是奴才的頭兒，典型的中層領導。

然而因爲她和寶玉有肌膚之親，是寶玉的第一個女人，所以就連寶玉，也須對她陪小心、低聲下氣。

無形中，她已經成了怡紅院的頭號領導，可以挾天子以令諸侯的。

那她是怎樣得到這種優勢的呢？

她和晴雯一樣，都是賈母指給寶玉的，屬於上頭派下來的。正如賈府管家林之孝家的所說：「別說是三五代的陳人，現從老太太、太太屋裏撥過來的，便是老太太、太太屋裏的貓兒狗兒，輕易也傷他不得。」

來頭這樣大，派頭自然也比別人大，所以她從來都有一種優越感，自覺比萬人都強。就連被寶玉踢了一腳，當眾丟了顏面，也仍不忘自辯說：「我是個起頭兒的人，不論大事小事，是好是歹，自然也該從我起。」當天晚上襲人因爲見自己吐了血，「想著往日常聽人說：少年吐血，年月不保，縱然命長，終是廢人了。想起此言，不覺將素日想著後來爭榮誇耀之心盡皆灰了。」——明白提出其素有「爭榮誇耀之心」。然而只隔了一天，因見寶玉同晴雯口角，就又主人公意識發作，本能地冒出一句：「可是我說的，一時我不到，就有事故兒。」惹得晴雯忍不住出言譏諷。

榮府裏小廝興兒曾同尤氏姐妹說過：「我們家的規矩，凡爺們大了，未娶親之先都先放兩個人伏侍的。」而寶玉身邊早已備下的兩個人，自然便是襲人和晴雯了。襲人同寶玉初試雲雨，便是因爲「素知賈母已將自己與了寶玉的，今便如此，亦不爲越禮」；而晴雯，賈母也說過「我的意思這些丫頭的模樣爽利言談針線多不及他，將來只他還可以給寶玉使喚得。」可見在賈母心目中，晴雯的分量可能還比襲人重一些，爲什麼後來倒輸給了襲人呢？

就是因爲襲人勝在先下手爲強，早在寶玉情竇初開時便與她初試雲雨，搶佔先機拔了頭籌。男人總是忘不了自己的第一次，「自此寶玉視襲人更比別個不同」，而襲人也就建立了穩固的地位，又頻吹枕頭風，三天兩頭地借著由頭逼寶玉發重誓，將寶玉耍得團團轉。

但是只有賈母的默許和寶玉的重視還不夠，因爲晴雯的相貌技藝都遠勝自己，難保不會後來居上，可謂是平生第一強敵。所以襲人要確保勝利，還必須要爭取第三種認證——那便是寶玉之母王夫人的支持。

寶玉捱了打，王夫人命人往怡紅院找個丫頭來問話。襲人想了一想，命眾人好好伏侍，自己且來見王夫人，趁機下言，說了一篇「男女之分」的大道理，口口聲聲「如今二爺也大了，裏頭姑娘們也大了，日夜一處起坐不方便，由不得叫人懸心。」又是「二爺素日性格，太太是知道的。他又偏好在我們隊裏鬧，倘或不防，前後錯了一點半點，不論真假，人多口雜，那起小人的嘴有什麼避諱？」——說得好不堂皇正大。

豈不知喊捉賊的正是做賊的。第一個與寶玉翻雲覆雨有男女之私的人，正是她自己，如今倒懸心起二爺與別人「日夜一處起坐不方便」了。可見她所擔心的並不是寶玉有什麼「倘或不防，前後錯了一點半點」，而是「倘或不防」，又搭上了別的姑娘丫頭罷了。她是不願意有別人分了寶玉的心啊。

「抄檢大觀園」後，寶玉對襲人不無猜疑，又深哀晴雯之不幸，此時襲人羞惱之下，露了原形，大怒道：「那晴雯是個什麼東西……他縱好，也滅不過我的次序去。」

這才是花襲人的本來面目，真實心聲。她貌似謙和，其實奢望，最是爭強好勝頭一個不安分的人——爲了不讓別人滅過自己的次序，就要先下手爲強，滅了對手的機會。

但是心機算盡，後來寶玉還是出了家，而襲人花落別家，嫁給了琪官爲妻。十二釵冊子中她的畫頁上是一簇鮮花，一床破席，而判詞則說：「堪歎優伶有福，誰知公子無緣。」

公子自然是寶玉，優伶便指琪官了。那襲人從前「伏侍賈母時，心中眼中只有一個賈母，如今服侍寶玉，心中眼中又只有一個寶玉。」那麼，當她嫁了琪官後，心中眼裏也會只有一個琪官的吧——所以才說琪官是有福了。

占花名時，襲人拈到了桃花：「桃紅又是一年春。」註定她生命裏還有另一個春天。雖然襲人也入了薄命司，但比起晴雯來，可是幸福得多了，也遠勝過「開到荼蘼花事了」的麝月。

或許，做人是該像襲人這樣，隨遇而安，把握現在，珍惜此刻擁有的一切，並在可能的範圍內使自己得到最多——如此，才會活得自在、夷然，永立於不敗之地。

襲人爲何排名第二？

襲人的第一次出場，早在第三回黛玉住進榮國府當天晚上，並且剛打出名頭來，就有一段濃墨重彩的個人小傳。

原來這襲人亦是賈母之婢，本名珍珠。賈母因溺愛寶玉，生恐寶玉之婢無竭力盡忠之人，素喜襲人心地純良，克盡職任，遂與了寶玉。寶玉因知他本姓花，又曾見舊人詩句上有「花氣襲人」之句，遂回明賈母，更名襲人。這襲人亦有些癡處：伏侍賈母時，心中眼中只有一個賈母，如今服侍寶玉，心中眼中又只有一個寶玉。只因寶玉性情乖僻，每每規諫寶玉，心中著實憂鬱。

是晚，寶玉李嬤嬤已睡了，他見裏面黛玉和鸚哥猶未安息，他自卸了妝，悄悄進來，笑問：「姑娘怎麼還不安息？」黛玉忙讓：「姐姐請坐。」襲人在床沿上坐了。鸚哥笑道：「林姑娘正在這裏傷心，自己淌眼抹淚的說：『今兒才來，就惹出你家哥兒的狂病，倘或摔壞了那玉，豈不是因我之過！』因此便傷心，我好容易勸好了。」襲人道：「姑娘快休如此，將來只怕比這個更奇怪的笑話兒還有呢！若為他這種行止，你多心傷感，只怕你傷感不了呢。快別多心！」黛玉道：「姐姐們說的，我記著就是了。究竟那玉不知是怎麼個來歷？

上面還有字跡？」襲人道：「連一家子也不知來歷，上頭還有現成的眼兒，聽得說，落草時是從他口裏掏出來的。等我拿來你看便知。」黛玉忙止道：「罷了，此刻夜深，明日再看也不遲。」大家又敘了一回，方才安歇。

「姑娘怎麼還不安息？」——這不僅是襲人開口說的第一句話，也是全書中有名有姓的丫鬟說的第一句台詞。而這句話，由同一天生日的花襲人說與林黛玉，這種安排實是巧極妙極，別具匠心。

在這次對話中，借襲人之眼之口，寫出了黛玉見到寶玉後的第一次流淚，更再一次介紹了通靈寶玉的形狀來歷，可謂意義重大。而花襲人的第一次出場，也就顯得格外隆重。

這還罷了，她的第二次說話，更是石破天驚。乃緊接著第五回寶玉夢遊太虛回來，位於第六回〈賈寶玉初試雲雨情〉開篇——

彼時寶玉迷迷惑惑，若有所失。眾人忙端上桂圓湯來，呷了兩口，遂起身整衣。襲人伸手與他繫褲帶時，不覺伸手至大腿處，只覺冰涼一片沾濕。唬的忙退出手來，問是怎麼了。寶玉紅漲了臉，把他的手一撚。襲人本是個聰明女子，年紀本又比寶玉大兩歲，近來也漸通人事，今見寶玉如此光景，心中便覺察一半了，不覺也羞的紅漲了臉面，不敢再問。仍舊理好衣裳，遂至賈母處來，胡亂吃畢了晚飯，過這邊來。襲人忙趁眾奶娘丫鬟不在旁時，另取出一件中衣來與寶玉換上。寶玉含羞央告道：「好姐姐，千萬別告訴人。」襲人亦含羞笑問道：「你夢見什麼故事了？是那裏流出來的那些髒東西？」寶玉道：「一言難盡。」說著便把夢中之事細說與襲人聽了，然後說至警幻所授雲雨之情，羞的襲人掩面伏身而笑。寶玉亦素喜襲人柔媚嬌俏，遂強襲人同領警幻所訓雲雨之事。襲人素知賈母已將自己與了寶玉的，今便如此，亦不為越禮，遂和寶玉偷試一番，幸得無人撞見。自此寶玉視襲人更比別個不同，襲人待寶玉更為盡心。

——好一句「你夢見什麼故事了?是那裏流出來的那些髒東西?」分明撩撥!

寶玉是跟隨十二釵正冊中的最後一個人——秦可卿入夢的，而他出夢中遇到的第一個冊中人，便是襲人，並與其實際操練了夢中所學之房中術。可見襲人地位之重。

襲人與晴雯同是老太太賞給寶玉的，然而在府裏的地位，尤其是在王夫人的心目中，襲人顯然比晴雯高出許多。王夫人形容晴雯是「妖精似的東西」，親自看著人立攆了去，等於間接逼死；卻直呼襲人爲「我的兒」，每月從自己的私房錢裏撥二兩銀子與她，視作姨娘對待。可謂一樣人兩種命，不啻天壤之別。

而襲人自己也說過：「那晴雯是個什麼東西，就費這樣心思，比出這些正經人來！還有一說，他縱好，也滅不過我的次序去。便是這海棠，也該先來比我，也還輪不到他。想是我要死了。」——可見在襲人心目中，向來都覺得自己才是第一，遠比晴雯要強。這番話，將她素日爭強好勝之意，說得再明白沒有了。

她出場比晴雯早，退場比晴雯晚，一輩子騎在晴雯頭上，然而如何在十二釵又副冊的排名中，卻偏偏落在晴雯之後屈居第二呢?或許，是因爲後來變節改嫁蔣玉函的緣故吧?

其實，早在第十七回〈大觀園試才題對額〉賈政率寶玉等人第一次遊歷大觀園，初進怡紅院時，晴雯與襲人的身分境地，以及同寶玉的因果情緣，便已分了高下，露了端倪。且看這段描寫——

忽又見前面又露出一所院落來，賈政笑道：「到此可要進去歇息歇息了。」說著，一徑引人繞著碧桃花，穿過一層竹籬花障編就的月洞門，俄見粉牆環護，綠柳周垂。賈政與眾人進去，一入門，兩邊都是遊廊相接。院中點襯幾塊山石，一邊種著數本芭蕉；那一邊乃是一株西府海棠，其勢若傘，綠垂碧縷，葩吐丹砂。眾人贊道：「好花，好花！從來也見過許多海棠，那裏有這樣妙的。」

賈政道：「這叫作『女兒棠』，乃是外國之種。俗傳係出『女兒國』中，云彼國此種最盛，亦荒唐不經之說罷了。」眾人笑道：「然雖不經，如何此名傳久了？」寶玉道：「大約騷人詠士，以花之色紅暈若施脂，輕弱似扶病，大近乎閨閣風度，所以以『女兒』命名。想因被世間俗惡聽了，他便以野史纂入為證，以俗傳俗，以訛傳訛，都認真了。」眾人都搖身贊妙。

這是怡紅院的第一次露相。文中濃墨重彩地介紹了「西府海棠」，卻只輕描淡寫地提了一筆「碧桃花」。

「紅暈若施脂，輕弱似扶病」的十字定評，人人見了都會以爲是寫黛玉，然而同時也是在寫晴雯——第七十七回〈俏丫鬟抱屈夭風流〉中，晴雯可不正是抱病含恨而死？

此一回中，寶玉曾說：「這階下好好的一株海棠花，竟無故死了半邊，我就知有異事，果然應在他身上。」點明海棠便是晴雯。

然而小丫頭信口雌黃，卻說晴雯死後做了芙蓉花神。而第六十三回〈壽怡紅群芳開夜宴〉中，黛玉占花名時抽中的正是芙蓉花。這是層層塗染，再次強調晴雯便是黛玉的一個投影、替身兒。

所以這回裏，並沒有寫晴雯抽了什麼花，倒是襲人緊跟在黛玉之後，抽了一枝桃花，詩云：「桃紅又是一年春。」暗含改嫁之意。

然而可憐的碧桃花，卻不是怡紅院的正經花主，而是栽在院門外的。眾人須繞過碧桃花，穿過月洞門，才進得怡紅院，看到盛開的女兒棠。

可見怡紅院的真正花主，本應是海棠。雖然現實中的海棠枯了一半（晴雯慘死），桃花卻別苑逢春（襲人另嫁），表面上看，桃花勝過了海棠，然而「乘除加減，上有蒼穹」，她們的名次早在薄命司裏就已經被註定了。

所謂「蓋棺定論」，仙界的價值標準，到底別具慧眼，與凡界不同罷？

釵黛與襲人的交情如何？

除了紫鵑（鸚哥）外，襲人是黛玉進京後，第一個有過對話的賈府丫頭。黛玉進府的當晚，襲人伏侍寶玉睡下，因見裏面黛玉和鸚哥猶未歇息，遂進來笑問：「姑娘怎麼還不安息？」

黛玉因爲初來乍到，還多少有些拘謹，一口一個「姐姐請坐」，「姐姐們說的，我記著就是了。」十分謙遜；而襲人的態度卻揮灑自如，甚至有些大咧咧。不但隨身便在床沿上坐了，且聽見黛玉問那通靈玉的來歷，也不管寶玉已經睡下了，立時便說要「拿來你看」，還是黛玉忙止住了。

後文中鶯兒往怡紅院打絛子時，那寶玉請她坐，鶯兒再三不敢，襲人拿了個腳踏來，鶯兒還不敢坐。

比較下來，鶯兒往寶玉屋裏做客，和襲人往黛玉屋裏做客，身分、情形是完全一樣的，但此處襲人的表現卻截然不同。緣何？

就因爲她根本不認爲自己是做客，而恰恰相反，是把自己才當成了這家的主人，而視黛玉爲外來客之故。

在黛玉進府之前，襲人該是寶玉心裏最親近的女子，可是寶玉見了黛玉之後，情形就不一樣了。這不，剛見面就摔了玉，惹出一場風波來。這件事故不大不小，黛玉為此傷心，襲人未必就不上心，故而才會走來探看，又熱心地要拿玉給黛玉看，笑言「連一家子也不知來歷」，強烈的主人翁意識爆棚；這和寶玉去她家做客，她拿了玉給眾姐妹看，說「再瞧什麼希罕物兒，也不過是這麼個東西」，是一樣的炫耀心理。

倘若把寶玉的心比作一塊領地，那麼襲人就是原住民，而黛玉是外來者。這在襲人的先入為主中，是根深蒂固的意識。後來黛玉在府裏住了那麼多年，襲人的這點印象始終未改，故而才有第六十二回中眾人說起黛玉的生日時，襲人脫口而出：「就只不是咱家的人。」——林黛玉是賈母嫡親的外孫女兒，不是咱家的；她一個外來的奴才，倒是咱家的？

但是，寶釵也是後來的，而且來得比黛玉還晚，為何襲人倒表現出雙手歡迎呢？其實並非自來如此。在寶釵初來之先，襲人對寶釵的態度也是多少有些排斥的，只是由於寶釵見機得早，擅於做人，才漸漸改變了態度，忠心地擁護起寶釵來。

且見第二十一回〈賢襲人嬌嗔箴寶玉　俏平兒軟語救賈璉〉中，因湘雲與黛玉同宿，寶玉一大早前來探訪，用湘雲的剩水洗臉，又央她替自己打辮子，三人正說說笑笑——

一語未了，只見襲人進來，看見這般光景，知是梳洗過了，只得回來自己梳洗。忽見寶釵走來，因問道：「寶兄弟那去了？」襲人含笑道：「寶兄弟那裏還有在家的工夫！」寶釵聽說，心中明白。又聽襲人歎道：「姊妹們和氣，也有個分寸禮節，也沒個黑家白日鬧的！憑人怎麼勸，都是耳旁風。」

寶釵聽了，心中暗忖道：「倒別看錯了這個丫頭，聽他說話，倒有些識見。」寶釵便在炕上坐了，慢慢的閑言中套問他年紀家鄉等語，留神窺察，其言語志量深可敬愛。一時寶玉來了，寶釵方出去。寶玉便問襲人道：「怎麼寶姐姐和你說的這麼熱鬧，見我進來就跑了？」問一聲不答，再問時，襲人方道：「你問我麼？我那裏知道你們的原故。」

這是書中關於寶釵與襲人交往的第一次正面描寫。襲人撿著寶釵的話頭，竟也稱寶玉作「寶兄弟」，可見滿心醋妒憤懣，且一句「那裏還有在家的工夫」，無理之極——不過是去了黛玉房中，又不曾離開榮國府，怎麼就變成不「在家」了呢？難道只有她襲人在的地方兒，才算是寶玉的家麼？這意識，就和說黛玉「不是咱家的人」是一樣的，都是自居主人的語氣。而且一句「姊妹們和氣，也有個分寸禮節，也沒個黑家白日鬧的」，其實將寶釵也牽連在內了，於襲人而言，是相當失禮又失態的。

這如果是黛玉聽見，少不得又要多心迴避；然而以寶釵之老到，卻立刻明白了襲人的態度爲人，身分地位——這番話可不是普通丫頭說得出來的，此人必與寶玉交情非凡，否則輪不到如此醋大。於是寶釵非但不惱，反而坐下同襲人攀談起來，穩穩地把住了襲人的脈，替自己找到了一個目標線人——她一大早就跑來查勤，原擔的是跟襲人一樣的心。彼此既情投意合，自然覺得她的一番醋妒之語「有些見識」，「深可敬愛」，遂不再急著問「寶兄弟那去了」，反在炕沿上坐了慢慢套問襲人家底，是有意建立同盟的意思。而寶玉一進來，寶釵原本明明是來尋他的，此時卻急急避了出去，免得襲人吃醋，可謂心機深矣。

寶釵對襲人的重視，從這一次才正式開始的。而這時候，襲人心中對釵、黛尚且無分彼此，寶玉問她：「怎麼寶姐姐和你說的這麼熱鬧，見我進來就跑了？」襲人頂一句「我那裏知道你們的原故」，這是將釵、黛一網打盡了。然而其後，寶釵頻施手段，刻意拉攏，不但把湘雲送給自己的絳紋戒指轉贈襲人，還抽空兒幫她做手工，終於使得襲人感恩戴德，遂成爲堅定的「擁釵派」，明裏暗裏沒少說了黛玉壞話，卻爲寶釵大開方便之門。

後文晴雯曾抱怨寶釵「有事沒事跑了來坐著，叫我們三更半夜的不得睡覺」，可見「沒個黑家白日鬧」的人，正是寶釵。即便是午睡時分，她也好意思長驅直入，坐在寶玉身畔繡肚兜；而襲人非但不吃醋，還藉故躲出門去，給兩人私密空間——這時的襲人，變得比誰都大方。因爲她知道，即使寶玉娶了寶釵，心中也還會有自己的一席之地；但若是黛玉嫁了寶玉，只怕是要奪走他整個兒的心的，而這才是她最難承受的。

說到底，襲人遠黛近釵，也只是因爲「心中眼中只有一個寶玉」罷了。

然而黛玉對襲人怎麼樣呢？

從頭細看，我們會發現黛玉對襲人真是誠心實意，比寶釵更加親密。

早在第二十回開篇，寶玉、寶釵正在黛玉房中調笑，忽聽見寶玉房中一片嚷聲——此時眾人還未遷入大觀園，寶玉、黛玉兩個都跟著賈母住，是緊鄰，所以聽得見——大家側耳細聽了一回，聽明白是寶玉奶母李嬤嬤在找襲人麻煩。

林黛玉先就向寶玉笑道：「這是你媽媽和襲人叫嚷呢。那襲人也罷了，你媽媽再要認真排場他，可見老背晦了。」堅決地站在襲人立場上，一片回護之心。

而寶釵的表現卻是拉住寶玉說：「你別和你媽媽吵才是，他老糊塗了，倒要讓他一步爲是。」——端莊周到，但也極客觀淡然，對襲人並無特別關切。

而在寶玉心目中，也一直想當然地以爲黛玉同襲人很親近，所以才會在上學前叮囑襲人：「你們也別悶死在這屋裏，長和林妹妹一處去頑笑才好。」

寶玉是最知道黛玉心意的，倘若黛玉不喜歡襲人，寶玉斷不至做如此建議去惹黛玉生煩。他可不知道，襲人的心裏對黛玉可沒那麼滿意，只不過還未敢露在面上就是了。

端午節時，寶玉同晴雯拌嘴，襲人也哭了，黛玉進來看見，拍著襲人的肩笑道：「好嫂子，你告訴我。必定是你兩個拌了嘴了。告訴妹妹，替你們和勸和勸。」襲人忙說：「林姑娘你鬧什麼？我們一個丫頭，姑娘只是混說。」黛玉笑道：「你說你是丫頭，我只拿你當嫂子待。」

一口一個「嫂子」，雖是頑笑之言，卻足見親昵不防之意。到了這時候，襲人同寶玉之親已經盡人皆知，鴛鴦因寶玉討她嘴上胭脂吃，叫襲人道：「你跟他一輩子，也不勸勸，還是這麼著。」怡紅院的丫頭們私下議論時也說：「襲人那怕他得十分兒，也不惱他，原該的。說良心話，誰還敢比他呢？別說他素日殷勤小心，便是不殷勤小心，也拼不得。」——都知是坐定了姨娘身分的。因此黛玉直稱襲人作嫂子，一派天然，親熱有加。

有些讀者覺得這很難理解，因黛玉是深愛寶玉的，又向來小性兒，如何倒對襲人這樣呢？

其實很簡單，古人三妻四妾是常理，黛玉專情，卻並非不知理，她一心愛著寶玉，在內心早已篤定要跟他一生一世，所以非常害怕寶玉娶別人爲妻，自己癡心錯投；但不等於她反對寶玉納妾，因爲妾對於她是沒有傷害性的。

她對寶玉的心理是「你好我自好，你失我自失」，是將寶玉的利益置於自己之前的。所以，正因爲她深愛寶玉，就會將寶玉的妾看成是自己人，在心理上有一種「親」。襲人回家時，黛玉會一直惦記著，向寶玉詢問「襲人到底多早晚回來？」足見她對襲人的真心。

固然，她關心襲人幾時回來並不是爲了襲人，而是擔心寶玉沒人照顧，但這同時也看出她對襲人的信任和倚重，巴不得襲人在寶玉身邊，替自己好好照顧他。

但是襲人對黛玉卻是越來越不滿——倒也有情可原，寶玉爲黛玉兩次摔玉，鬧得盡人皆知，下人們也跟著不得清淨。到了第三十二回〈訴肺腑心迷活寶玉〉時，襲人索性當著寶玉的面褒貶起黛玉來了，不但諷刺黛玉不做手工，還特地拿寶釵作比，「幸而是寶姑娘，那要是林姑娘，不知又鬧到怎麼樣，哭的怎麼樣呢。提起這個話來，真真的寶姑娘叫人敬重，自己訕了一會子去了。我倒過不去，只當他惱了。誰知過後還是照舊一樣，真真有涵養，心地寬大。誰知這一個反倒同他生分了。那林姑娘見你賭氣不理他，你得賠多少不是呢。」

這種抬一個貶一個的作法，標準的三姑六婆行徑，也是仗著有湘雲撐腰，所以才這般大膽，連主僕之分都忘了，一慣的裝賢良扮小心也顧不上了，可見有多憎惡黛玉。

偏偏兒的寶玉又錯把她當作黛玉，傾吐心聲說：「好妹妹，我的這心事，從來也不敢說，今兒我大膽說出來，死也甘心！我爲你也弄了一身的病在這裏，又不敢告訴人，只好掩著。只等你的病好了，只怕我的病才得好呢。睡裏夢裏也忘不了你！」

這是全書裏寶玉最大膽的一次告白，卻被襲人聽見了。那襲人當下就立了主意，「自思方才之言，一定是因黛玉而起，如此看來，將來難免不才之事，令人可驚可畏。想到此間，也不覺怔怔的滴下淚來，心下暗度如何處治方免此醜禍。」

她以己度人，認定了寶黛間「將來難免不才之事」，於是立刻打定主意，「暗度如何處治」，這是已經狠了心要向黛玉宣戰、給黛玉下絆子了。

就在襲人暗暗忖度的當兒，寶釵來了，說起針線的事上，再一次施展籠絡手段，主動提出幫襲人代作手工。襲人自是感激不盡。

也就是同一天裏，寶玉捱打，襲人被王夫人傳喚。其實婆子只是召喚怡紅院裏任意一個人去回話，但襲人聽見，「想了一想」，決定親自去回話——這時候她已經打定主意要趁機進言，「處治」寶黛二人了。

見了王夫人，先特地回說寶姑娘送了藥來，給寶玉敷上便好些了——這就不動聲色地把寶釵誇了一句，讓王夫人深感其情。然後再層層鋪墊，說出讓寶玉搬出園子的話來，明白提出「如今二爺也大了，裏頭姑娘們也大了，況且林姑娘寶姑娘又是兩姨姑表姊妹，雖說是姊妹們，到底是男女之分，日夜一處起坐不方便，由不得叫人懸心，便是外人看著也不象。」——故意將寶林提在一起，貌似一視同仁，但是此前已經先說了寶釵好話，況且寶釵又是王夫人親侄女，出名穩重，自然可以先排除了。那剩下來，就只一個林姑娘是眾矢之的，真正的槍靶子了。

「由不得叫人懸心，便是外人看著也不像」，說得冠冕堂皇，但分明暗示寶黛二人有「叫人懸心、看著不像」之事。尤其襲人這番話是說在聽寶玉訴肺腑的當晚，動機相當明確，絕非無意之語。

這番話深得王夫人之心，脫口叫出「我的兒」，且說「你如今既說了這樣的話，我就把他交給你了，好歹留心，保全了他，就是保全了我。我自然不辜負你。」

自此，花襲人踩著林黛玉，成功上位了。

到了這時候，寶玉雖不知道襲人背後之言，但也已經明白襲人同黛玉不是一條心，不再像未進園前那樣動不動勸她閑了往林姑娘處去頑笑，而是有所防避。給黛玉送條手帕也要特意先支開襲人，使她往寶釵那裏去借書，然後才悄命晴雯去看黛玉。其小心體貼，正如多情丈夫之內懼妒妻。

可歎的是，黛玉仍然毫不防備，且從不記仇，仍然視湘雲爲知己，視襲人爲嫂子，聽說王夫人給襲人加了月銀，還特地約湘雲來給襲人道喜，真心爲她高興。

真真可悲可歎啊，襲人與黛玉同一天生日，兩個人本該是一個人。所以黛玉在心理上把襲人當成自己人，偏偏襲人卻喜釵厭黛，口口聲聲林姑娘「不是咱家的人」。

黛玉光風霽月如是，天真爛漫如是，人們卻偏偏說她小心眼小性子，倒反以湘雲爲豪爽大度、襲人爲賢德穩重，真真冤煞人也！

襲人回娘家

襲人是寶玉身邊最親近的人，所以她每次回娘家，對寶玉來說都是大事。前八十回裏，襲人回娘家不只一次，最濃墨重筆來寫的，有兩次。

第一次是在十九回〈情切切良宵花解語　意綿綿靜日玉生香〉，襲人的名字上了回目，且與黛玉相對，可見其事之重要。這一回正是第十七、十八回元妃省親的餘波，還在燈節下，所以寧國府會有戲文，而襲人的母親會回了賈母，來接襲人家去吃年茶。

偏這日一早，襲人的母親又親來回過賈母，接襲人家去吃年茶，晚間才得回來。因此，寶玉只和眾丫頭們擲骰子趕圍棋作戲。正在房內頑的沒興頭，忽見丫頭們來回說：「東府珍大爺來請過去看戲、放花燈。」寶玉聽了，便命換衣裳。才要去時，忽又有賈妃賜出糖蒸酥酪來；寶玉想上次襲人喜吃此物，便命留與襲人了。自己回過賈母，過去看戲。

這時候距「偷試雲雨情」不遠，寶玉和襲人正在「新婚」，最是情濃意洽的時節。所以襲人只不過回家半天，寶玉便覺得「頑得沒興頭」，看見一碗糖蒸酥酪，也要給襲人留著，纏綿柔情之至，不語可知。

接著寫他去寧國府看戲，因爲不堪熱鬧太過，獨自往小書房閒逛，卻碰見茗煙正與寧府的一個小丫頭在偷歡，「行那警幻所訓之事」。

這句代名詞很是好玩，形容偷情有一百個說法，寶玉卻偏只想到「警幻所訓之事」，這直接反應了他的潛意識，就是看見茗煙的作爲，便聯想到自己夢遊太虛，包括在夢裏與夢醒後的情形。於是，很順理成章地，他想到了襲人，以及與襲人的第一次雲雨，頓起思念之情，遂主動向茗煙提出：「依我的主意，咱們竟找你花大姐姐去，瞧他在家作什麼呢。」——思路相當明顯，而他這時候對襲人的想念和愛慕都是極其真誠的，這也符合一個十三四歲初嘗禁果的少年心性。

後文詳細描寫了寶玉造訪花家的經過和情形：

襲人拉著寶玉進去。寶玉見房中三五個女孩兒，見他進來，都低了頭，羞慚慚的。花自芳母子兩個百般怕寶玉冷，又讓他上炕，又忙另擺果桌，又忙倒好茶。襲人笑道：「你們不用白忙，我自然知道。果子也不用擺，也不敢亂給東西吃。」一面說，一面將自己的坐褥拿了鋪在一個炕上，寶玉坐了；用自己的腳爐墊了腳，向荷包內取出兩個梅花香餅兒來，又將自己的手爐掀開焚上，仍蓋好，放與寶玉懷內；然後將自己的茶杯斟了茶，送與寶玉。彼時他母兄已是忙另齊齊整整擺上一桌子果品來。襲人見總無可吃之物，因笑道：「既來了，沒有空去之理，好歹嘗一點兒，也是來我家一趟。」說著，便拈了幾個松子穰，吹去細皮，用手帕托著送與寶玉。

元妃省親，襲人也省親，正是「王子與庶民同樂」，各有風光。前回元妃說：「田舍之家，雖齏鹽布帛，終能聚天倫之樂；今雖富貴已極，骨肉各方，然終無意趣！」這一回，就借著襲人回家團圓，得聚天倫之樂，來形成一個鮮明的對比了。

尤其襲人的一連四個「自己的」，越發襯托出她與寶玉間不同尋常的關係，不僅是周到，更還是親昵。而對於探佚者來說，最有價值的還是在「總無可吃之物」後面的一段夾批：

補明寶玉自幼何等嬌貴，以此一句留與下部後數十回『寒冬噎酸虀，雪夜圍破氈』等處對看，可為後生過分之戒。歎歎！

後數十回中，會有一段關於賈寶玉「寒冬噎酸虀，雪夜圍破氈」的描寫，這太重要了！那自然是在家敗後發生的事情，但那會是生活常態還是偶然遭遇呢？寶玉彼時又會同誰在一起？

第一回裏甄士隱的「好了歌」注釋中，有一句「金滿箱，銀滿箱，展眼乞丐人皆謗。」甲戌本有側批：「甄玉、賈玉一干人。」

——甄寶玉和賈寶玉竟然殊途同歸，後來雙雙做了乞丐?!我們無法想像寶玉會長久並且有意識地乞討為生，所以我猜測那只能是一種非常態情形，是在寶玉遭遇了某種不測後被迫經歷的一小段生活，而且他正是在此情況下與甄寶玉終於面對面的，並埋下了後文「甄寶玉送玉」的伏筆。具體情形在我的續書《賈寶玉》中會有詳細敘述，但續寫畢竟是再創作，不能與探佚完全混爲一談，就不在這裏過多討論了，只是留下一個可能性選擇與紅友們探討。

這次襲人回娘家以及從娘家回來借機勸寶玉的種種餘波，承上起下地暗伏了三件事：

第一是讓花家人見識了寶襲二人間的「那般景況」，都心中有數且是「意外之喜」，再不提贖回襲人的話，只安心等著她將來做姨娘了。

第二是襲人同寶玉約法三章，補出許多前文未寫之事以及寶玉素日陋習，諸如毀僧謗道、愛紅的毛病兒等等。

第三是寶玉和襲人的一番剖白，在襲人是說「你若果都依了，便拿八人轎也抬不出我去了」，在寶玉則是「你這裏長遠了，不怕沒八人轎你坐」。兩人的對話都相當露骨，點明了欲結白頭之意——只可惜事與願違，「堪羨優伶有福，誰知公子無緣」，此是後話。

襲人的第二次回娘家就更加隆重了，是因爲襲人母親病危，花自芳來接妹妹回家。王夫人命鳳姐酌量去辦。

鳳姐兒答應了，回至房中，便命周瑞家的去告訴襲人原故。又吩咐周瑞家的：「再將跟著出門的媳婦傳一個，你兩個人，再帶兩個小丫頭子，跟了襲人去。外頭派四個有年紀跟車的。要一輛大車，你們帶著坐；要一輛小車，給丫頭們坐。」周瑞家的答應了，才要去，鳳姐兒又道：「那襲人是個省事的，你告訴他說我的話：叫他穿幾件顏色好衣裳，大大的包一

包袱衣裳拿著，包袱也要好好的，手爐也要拿好的。臨走時，叫他先來我瞧瞧。」周瑞家的答應去了。

半日，果見襲人穿戴來了，兩個丫頭與周瑞家的拿著手爐與衣包。鳳姐兒看襲人頭上戴著幾枝金釵珠釧，倒華麗；又看身上穿著桃紅百子刻絲銀鼠襖子，蔥綠盤金彩繡綿裙，外面穿著青緞灰鼠褂。鳳姐兒笑道：「這三件衣裳都是太太的，賞了你倒是好的；但只這褂子太素了些，如今穿著也冷，你該穿一件大毛的。」襲人笑道：「太太就只給了這灰鼠的，還有一件銀鼠的。說趕年下再給大毛的，還沒有得呢。」鳳姐兒笑道：「我倒有一件大毛的，我嫌風毛兒出不好了，正要改去。也罷，先給你穿去罷。等年下太太給作的時節我再作罷，只當你還我一樣。」……一面說，一面只見鳳姐兒命平兒將昨日那件石青刻絲八團天馬皮褂子拿出來，與了襲人。又看包袱，只得一個彈墨花綾水紅綢裏的夾包袱，裏面只包著兩件半舊棉襖與皮褂。鳳姐兒又命平兒把一個玉色綢裏的哆羅呢的包袱拿出來，又命包上一件雪褂子。

一個丫鬟請假回家，用得著這樣大費周章嗎？要勞動日理萬機的鳳姐親自料理，連穿什麼衣裳拿什麼包袱都要當面一一驗過。這是什麼緣故？

只為，這件事是發生在「二兩銀子」之後，王夫人已經發話，「把我每月的月例二十兩銀子裏，拿出二兩銀子一吊錢來給襲人。以後凡事有趙姨娘周姨娘的，也有襲人的。」也就是說，王夫人已經正式將襲人當作姨娘看待了，只為顧慮賈政不喜歡過早為寶玉娶妾，才沒有像薛蟠娶香菱那樣，請客擺酒地費事，明著開了臉收在房裏。

俗話說「名份名份」，先有名而後有份。但是這裏王夫人行事偏偏反著來，不給襲人姨娘的「名」，卻批給了二兩月銀的「份」，這也直接造就了襲人將來的另嫁蔣玉菡。王夫人的以糊塗作聰明由此可見一斑。

既然襲人是寶玉的姨娘，再回家時可就不能像以往丫鬟請假這麼簡單了，而是大張旗鼓地雇車、媳婦婆子丫頭一大堆跟隨，還要穿戴光鮮，不能丟了賈府的面子。這還不算，就連衾枕鋪蓋和梳頭的傢伙都不能用娘家的，都要特地帶了去，還得要眾人迴避，另要一兩間內房另住——這排場，便如同元妃省親的縮水版，也再次照應了第一次的回娘家。

同時，這次的襲人回娘家，同樣伏下了三件事：

第一，因爲襲人的暫時缺席，給寶玉和晴雯親密相處的機會，使二人的感情急遽昇華。

第二，亂用虎狼藥的胡君榮正是在此時出場，暗伏後文尤二姐之死。

第三，墜兒偷金和被攆便發生在這段時間內，倘若襲人在時，事情斷不會如此處理。

而襲人回來後，必然會詳細打聽自己不在怡紅院時的諸端瑣事細節，對於晴雯病補孔雀裘之事猶爲介意，半開玩笑地向晴雯打趣道：「你倒別和我拿三撇四的，我煩你做個什麼，把你懶的橫針不拈，豎線不動。一般也不是我的私活煩你，橫豎都是他的，你就都不肯做。怎麼我去了幾天，你病的七死八活，一夜連命也不顧給他做了出來，這又是什麼原故？」

這是白天的對話，晚上就又有小丫頭芳官不長眼色地跟寶玉劃拳鬧酒，還醉臥同榻——這兩個人，後來在抄檢大觀園時都被王夫人一併清理了出去。

同時被攆的，還有那個「生得十分水秀」、「聰敏乖巧不過」的小丫頭四兒，寶玉後來揣測遭妒原因，曾經說：「四兒是我誤了他，還是那年我和你拌嘴的那日起，叫上來作些細活，未免奪占了地位，故有今日。」

挪至晴雯身上，便可譯爲：「晴雯是我誤了他，還是你回娘家那日起，叫進來陪我住，未免奪占了你的地位，故有今日。」

——唉，一切都是歸寧的錯啊。

寶玉的第一次覺悟

賈寶玉將來「懸崖撒手」、出家爲僧的命運早已註定，然而他的第一次覺悟竟從十二三歲開始，卻不能不稱之爲「早慧」。

第五回寶玉夢遊太虛境時，警幻仙子曾說，所以引他來此，就是爲了讓他歷些幻界風月，從此打破情關，證道覺悟。然而事與願違，寶玉卻偏由此生感，因見了一幅對聯：「厚地高天，堪歎古今情不盡；癡男怨女，可憐風月債難償。」心下尋思：「不知何爲『古今之情』，何爲『風月之債』？從今倒要領略領略。」只因這一個念頭，便招些邪魔入了膏肓，再與可卿一番兒女情長，如膠似漆，不但未能了悟，反而從此墮入迷津，深陷於此。

夢醒之後，他與襲人雲雨一回，愈加纏綿，這是他的初夜。

襲人，既是給了他第一次真實性體驗的女子，也同時是第一次觸動他見空棄世之覺悟的人。這真是一個絕妙的安排。

那一日，因寶玉大早起來即往黛玉房中去看湘雲、黛玉梳洗，惹得襲人嬌嗔大發，賭氣不與他說話，也不理他。寶玉無聊，只得自己看了回《南華經》抒悶，「說不得橫心只當他們死了，橫豎自然也要過的。便權當他們死了，毫無牽掛，反能怡然自悅。」

這天下第一情人賭起氣來，竟然「權當他們死了」，真是無情之至！難怪庚辰本會有雙行夾批：

此意卻好，但襲卿輩不應如此棄也。寶玉之情，今古無人可比，固矣。然寶玉有情極之毒，亦世人莫忍為者，看至後半部則洞明矣。此是寶玉三大病也。寶玉有此世人莫忍為之毒，故後文方有懸崖撒手一回。若他人得寶釵之妻、麝月之婢，豈能棄而為僧哉？此寶玉一生偏僻處。

顯然，寶玉這一回賭氣，已經埋下了將來「懸崖撒手」的伏筆。

他且第一次以續莊子的形式寫出了悟道的感想：

焚花散麝，而閨閣始人含其勸矣，戕寶釵之仙姿，灰黛玉之靈竅，喪減情意，而閨閣之美惡始相類矣。彼含其勸，則無參商之虞矣，戕其仙姿，無戀愛之心矣，灰其靈竅，無才思之情矣。彼釵、玉、花、麝者，皆張其羅而穴其隧，所以迷眩纏陷天下者也。

這只是他的初次覺悟，所以還停留在「因空見色」的初級階段，只能領會到天下美女都是迷障纏陷之塵網這個道理，尚不能完全醒覺。而且第二天醒來也就忘了，所以文中也沒有做過多的答辯，只用黛玉的一首小詩作爲結論：

無端弄筆是何人？作踐南華莊子因。
不悔自己無見識，卻將醜語怪他人。

這一回的回目叫作〈花襲人嬌嗔箴寶玉　俏玉兒軟語救賈璉〉，襲人的這次賭氣，原本是爲了「箴」寶玉的，卻種下了兩個惡果：一是讓寶玉由此觸動了悟禪的那根神經，二是就在這次鬥氣裏，寶玉提拔了四兒——這可真是搬起石頭砸自己的腳啊。

更悲哀的是，這件事還沒完。隔了幾天，正月二十一是寶釵生日，因寶釵迎合賈母心理，點了一齣「西遊記」，又點「魯智深醉鬧五台山」。寶玉說她「只好點這些戲。」又說「我從來怕這些熱鬧。」寶釵爲了自辯，笑道：「要說這一齣熱鬧，你還算不知戲呢。」又舉出「山門」中一段「寄生草」來：

漫揾英雄淚，相離處士家。謝慈悲剃度在蓮台下。沒緣法轉眼分離乍。赤條條來去無牽掛。那裏討煙蓑雨笠卷單行？一任俺芒鞋破缽隨緣化！

這是魯智深入山門的一段唱，蒼涼空靈，詞曲盡美，怎不讓寶玉這樣夙慧根重的人深有感觸。

因爲看戲，眾人打趣那小旦相貌酷似黛玉，又引出寶玉、黛玉、湘雲三個人的一場口角來，那寶玉左右爲難，這一番委屈自然比受襲人氣更來得深重，想起前日所看《南華經》，再想到今日戲文裏唱的「赤條條來去無牽掛」，不禁大哭起來，提筆立占一偈云：

你證我證，心證意證。
是無有證，斯可云證。
無可云證，是立足境。

這一回，他已經不是在續莊子作文，而是認真在寫偈子了。這明明是入了禪道，有些虛無看破的意味了。

難怪寶釵自責：「這些道書禪機最能移性，明兒認真說起這些瘋話來，存了這個意思，都是從我這一隻曲子上來，我成了個罪魁了。」

——看了這句，真真令人感慨。襲人是寶玉的第一個性夥伴，卻偏偏是她第一次觸動寶玉的禪機；而寶釵會是寶玉未來的妻子，丈夫最終的走入空門竟然由她而起，這真是天下最大的悲劇。

寶玉的這一次覺悟，又是由黛玉來做結論的——前一次是她自己來找寶玉，翻見那段續文，留下一首詩離去；這次卻是襲人將偈子與她看，而她找了寶釵、湘雲同看，又不當一回事地笑道：「你們跟我來，包管叫他收了這個癡心邪話。」真是「特犯不犯」。

那黛玉見了寶玉，劈面問道：「寶玉，我問你：至貴者寶，至堅者玉。爾有何貴？爾有何堅？」寶玉啞口無言。三人拍手笑道：「這樣鈍愚，還參禪呢。」

這裏已經明明白白地點出了「參禪」二字。可見寶玉確實有此心，有此悟。卻倚仗黛玉的當頭棒喝給喚醒了，寶釵又比出語錄典故來一番苦口婆心，終於讓他收了悟道的心。

黛玉笑道：「彼時不能答，就算輸了，這會子答上了也不為出奇。只是以後再不許談禪了。連我們兩個所知所能的，你還不知不能呢，還去參禪呢。」寶玉自己以為覺悟，不想忽被黛玉一問，便不能答，寶釵又比出「語錄」來，此皆素不見他們能者。自己想了一想：原來他們比我的知覺在先，尚未解悟，我如今何必自尋苦惱。想畢，便笑道：「誰又參禪，不過一時頑話罷了。」說著，四人仍復如舊。

這一回，寶玉「由空見色」的一番體悟，終於又在黛玉談笑風生的趣語巧問間被打消洗滅了。可歎的是，將來黛玉香消玉殞之際，寶玉再次參禪棄世，卻有誰會妙語解頤，令其回頭呢？

後文第二十五回寶玉同鳳姐被五鬼所魘，癩僧跛道趕來相救，曾手執通靈玉念了一首偈子：

粉漬脂痕汙寶光，綺櫳晝夜困鴛鴦。
沉酣一夢終須醒，冤孽償清好散場。

庚本於此有批：三次鍛鍊，焉得不成佛作祖？

好一個「三次鍛鍊」，真真觸目驚心，不能不讓我們想起癩僧跛道在開篇第一回向甄士隱說的那番話：三劫後，於北邙山相會。

後來甄士隱歷經失女、火災、倚仗岳父生活又飽經白眼等三劫，終於大徹大悟，跟隨道士離去。

那麼，寶玉的懸崖撒手，也自當經歷類似的「失愛、失家、失意」之「三次鍛鍊」吧？

而第一劫，自然是痛失所愛——顰卿不再，寶玉只能「懸崖撒手」了。

紅綠牽巾

襲人的結局是嫁與戲子蔣玉菡爲妻，這是無可置疑的了。即便在程高本的續書裏，雖然對襲人改嫁多有貶詞，卻也並未改了這個既定姻緣。

在紅樓諸人物的終局探佚裏，這是難得可以達成共識的一項，實在是書中多次照應，暗示得太明顯了。

首先第五回裏寶玉遊太虛，已經在冊簿中看到了襲人的判詞：

枉自溫柔和順，空云似桂如蘭。堪歎優伶有福，誰知公子無緣。

「優伶」就是戲子的意思，在這裏指琪官，「公子」則指寶玉，非常明瞭。

除了判詞外，第二十八回〈蔣玉菡情贈茜香羅　薛寶釵羞籠紅麝串〉就寫得更加明白了。

寶玉在馮紫英的宴席上遇到蔣玉菡，眾人行酒令，蔣玉菡吟道：

女兒悲，丈夫一去不回歸。
女兒愁，無錢去打桂花油。
女兒喜，燈花並頭結雙蕊。
女兒樂，夫唱婦隨真和合。

這四句，乍看上去只是隨意寫出女兒四事，但若是落實到襲人身上，則句句有所指，且可以輕鬆推算出後文的大概來：

首先是襲人之悲，在於「丈夫一去不回歸」——這第一個丈夫，只能是寶玉；襲人之愁，在於「無錢去打桂花油」。可以想像，寶玉因故遠行，而襲人在這段時間裏，窮窘拮据，生計堪憂。

為什麼會這樣呢？只能是賈府敗了，寶玉或者生死未卜，或者已經獲罪，不可能再娶襲人為妾。襲人淪落潦倒，被迫另謀生路。

所以接下來是「燈花並頭結雙蕊」，襲人嫁給了蔣玉菡，並且日子過得還不錯，「夫唱婦隨真和合」。

在這裏，「夫唱」二字語帶雙關，既指的是通常意義上的夫妻和睦，亦特指丈夫是個「唱戲的」。

作者且惟恐看官不解，蔣玉菡唱畢之後，又特地拈起一朵木樨來，念道：「花氣襲人知晝暖」。明明白白地說出了襲人的名字，也等於告訴了大家他剛才所唱的正是「襲人之歌」。

這還不算，還怕讀者以為借用古詩成句，錯會本意，遂又借薛蟠之口再次點明：「了不得！這席上並沒有寶貝，你怎麼念起寶貝來？」又指著寶玉說：「襲人可不是寶貝是什麼？你們不信，只問他。」

襲人與蔣玉菡，就這麼被硬生生聯繫了起來，再也分不開了。

既然定了情緣，自然要有信物。於是接下來寫寶玉出外解手，蔣玉菡追出來，兩人在廊下互贈表禮。

琪官解下腰上繫的一條大紅汗巾子與寶玉，又要了寶玉的松花汗巾給自己繫上。

這舉動，同後文寶玉跟晴雯換內衣有一比，是相當親暱之舉。然而蔣玉菡這大紅汗巾子並不是自己的，而是北靜王昨日所贈。

寶玉的松花汗巾子也不是自己的，原是襲人的。因此回家後，寶玉說要把琪官所贈的大紅汗巾子賠給襲人。襲人原不要，然而寶玉淘氣，趁夜裏她睡熟之時，偷偷給她繫在腰裏了。襲人仍不肯要，忙一頓解了下來，但禁不住寶玉委婉解勸，到底還是繫上了。

於是，琪官和襲人的貼身之物，就借寶玉之手完成了一次交換，「紅綠牽巾」，緣訂三生了。

脂批本在這一回有一段回前批：

茜香羅、紅麝串寫於一回，蓋琪官雖係優人，後回與襲人供奉玉兄寶卿得同終始者，非泛泛之文也。

將茜香羅與紅麝串並提，又指出襲人將來的結局是與琪官一起供奉寶釵、寶玉，一句話寫出了兩段婚姻：寶釵與寶玉，襲人與琪官，而這兩段婚姻都與信物有關：一個是紅麝串，一個是茜香羅。

這讓我們想起第二十回襲人與李嬤嬤嘔氣一段後，庚辰亦本有眉批：

茜雪至獄神廟方呈正文。襲人正文標目曰「花襲人有始有終」，余只見有一次謄清時，

與「獄神廟慰寶玉」等五、六稿，被借閱者迷失，歎歎！丁亥夏。畸笏叟。

原來作者曾經有那麼五六回文章已經寫完，且寫到了家敗後，寶玉淪陷獄神廟，茜雪前來探望等故事，而到了這時候，襲人與寶玉還有往來，故曰「有始有終」。

這兩句評聯繫起來，可以想像「得同終始」與「有始有終」該是同一個意思，都指的是家敗之後，襲人嫁與蔣玉菡爲妻，卻不忘舊主，接了寶玉同寶釵來家供養。

好一個重情重義的琪官，真不負了寶玉當初爲他捱打後說的那句話：就便爲這些人死了，也是情願的！

襲人在什麼情況下嫁給琪官的？

在高鶚的續書中，寫賈寶玉後，襲人被兄長花自芳發嫁，委委屈屈跟了蔣玉菡，高鶚還給了兩句詩做評：「千古艱難惟一死，傷心豈獨息夫人。」似乎很遺憾襲人沒自殺殉情似的。

這表面看來與前文伏脈的襲人嫁琪官情節似乎很吻合，因此很多人以此爲據，認爲後四十回中至少有個別片段是曹雪芹原筆。然而這種吻合僅僅是個大框架，落實到具體情節上，則全然驢唇不對馬嘴。首先可疑的就是：那襲人出嫁和賈寶玉，究竟孰前孰後？順序應該是怎樣的？

庚辰本第二十回寫襲人病了，寶玉從賈母處吃過晚飯回來，見襲人吃過藥睡下了，怡紅院眾丫頭各自尋熱鬧耍戲，只有麝月一個人在外間房裏燈下抹骨牌，於是提議給她篦頭消悶。這一段寫得相當細膩傳神，柔香暗生。而批語更是耐人尋味：

閑閑一段兒女口舌，卻寫麝月一人。襲人出嫁之後，寶玉、寶釵身邊還有一人，雖不及襲人周到，亦可免微嫌小弊等患，方不負寶釵之為人也。故襲人出嫁後云「好歹留著麝月」一語，寶玉便依從此話。可見襲人雖去實未去也。

這一段明明白白，寫出「襲人出嫁之後」，寶玉和寶釵還在婚姻狀態，並且身邊仍有麝月伏侍。可見是襲人先「出嫁」，寶玉後「出家」的。

可以為這一點做輔證的還有兩條脂批，一是蒙府本第二十一回〈賢襲人嬌嗔箴寶玉　俏平兒軟語救賈璉〉的回前批：

按此回之文固妙，然未見後三十回猶不見此之妙。此回「嬌嗔箴寶玉」、「軟語救賈璉」，後文〈薛寶釵借詞含諷諫　王熙鳳知命強英雄〉。今只從二婢說起，後則直指其主。然今日之襲人、之寶玉，亦他日之襲人、他日之寶玉也。今日之平兒、之賈璉，亦他日之平

兒、他日之賈璉也。何今日之玉猶可箴，他日之玉已不可箴耶？今日之璉猶可救，他日之璉已不能救耶？箴與諫無異也，而襲人安在哉？寧不悲乎！救與強無別也，甚矣！但此日阿鳳英氣何如是也，他日之身微運蹇，亦何如是也？人世之變遷，倏忽如此！

這一段批語向來是紅學家探佚後四十回的重要線索，它最大的重要性在於爲後文提供了惟一的一條完整回目，並透漏了主要情節。這且不論，如今只說這句「箴與諫無異也，而襲人安在哉？可見當「薛寶釵箴寶玉」之事發生時，襲人已經不在身邊了。

第二十一回的故事，是說寶玉和襲人鬧了點小彆扭，故意不要她們伏侍，只是使喚小丫頭四兒。脂硯在此又有一段夾批，再次透漏後文：

寶玉有此世人莫忍為之毒，故後文方有「懸崖撒手」一回。若他人得寶釵之妻、麝月之婢，豈能棄而為僧哉？此寶玉一生偏僻處。

再次說明寶玉是在娶寶釵爲妻後「棄而爲僧」的，而當時身邊尚有「麝月之婢」，卻沒有了襲人。

但襲人雖已出嫁，卻並不是一去不回頭，而是和寶玉仍然通聲氣的，可能常常回來探望，還有「好歹留著麝月」的貼心話，並且時時周濟，與琪官一起供奉舊主，故而脂批透露，後面還有一回關於「花襲人有始有終」的情節，可惜文稿遺失，不能得見全璧。然而我們至少已經可以知道，襲人的出嫁非但是在賈寶玉前完成的，而且在兩者之間的這段時間裏，兩家還曾有過一段共處的日子。

令人不解的是，那襲人對寶玉一片癡心，爲了什麼原因會離開寶玉別嫁呢？是移情別戀嗎？肯定不會，因爲除非包辦婚姻，否則她幾乎沒什麼機會結識蔣玉菡；即使是跟著寶玉看了幾齣戲，也不可能像尤三姐那樣爲自己擇夫，怎麼看那琪官的條件也不會強過寶玉，襲人又怎麼可能主動放棄寶玉而選擇琪官呢？更何況從她的「有始有終」看來，到最後也未對寶玉忘情，又怎會主動離去？如果是花自芳代妹擇夫，那麼至少也會找個體面點的親家，又怎麼會選個戲子做妹夫呢？

因此，襲人的出嫁只能是出於無奈。

那麼壓力會是什麼呢？

最常見的猜測是賈家敗落後，沒有能力再過鐘鳴鼎食的生活，遂逼得要遣散眾僕從。這種猜測是非常合理的，也幾乎是必然的。然而這必然性裏未必包括襲人。因爲寶玉身邊既然還可以留下麝月，自然也可以留下襲人，有什麼理由棄襲人而留麝月呢？

又有一種說法是黛玉死後，寶玉因爲傷心，遷怒襲人告密，故而將她發嫁，並且說從晴雯之死上就看出寶玉對襲人已經大不如前了。

倘若是這樣，那寶玉嫁了襲人後，又與寶釵兩個去靠琪官、襲人養活，情何以堪？更何況，那襲人是寶玉經過手的，他雖有「情極之毒」，也是在婚後出家，「懸崖撒手」，一了百了；卻絕不至於在尙留戀紅塵的時候，就把襲人做了第一個犧牲品，主動發散了。他怎麼說得出口？王夫人怎會同意？那襲人又如何肯聽從，還大大方方地說：「行，我走，你把麝月留著吧。」這可如何下筆？

如此，襲人出嫁既然一不是襲人自願，二不關寶玉作筏，那就只有一種可能了，是被強權所迫。

周汝昌嘗試推翻原著第八十回，重續了一段故事，大意是說忠順世子在賈府做客時看上了襲人，於是強行索要。襲人爲了顧全大局，也爲了保住寶玉，挺身而出，來到忠順府，卻又被忠順王爺看上了。兩父子爲了襲人爭風吃醋，王爺一怒之下，就把襲人賞給了戲子蔣玉菡。

且不說那襲人的最大優點是溫柔和順，在眾丫環中並非以貌取勝，未必能讓忠順王父子醋海翻波；只想想這種手法是否合乎曹雪芹文風，就知道雪芹怎麼也不可能將襲人設計成女英雄劉胡蘭形象了。

況且，從脂批透露，那襲人出嫁後還有一定的人身自由，可以繼續供奉寶釵寶玉的生活，就可知不會在忠順王父子二人中扮演這麼複雜尷尬的角色了。

因此，在我的續書《林黛玉》和《賈寶玉》裏，安排了北靜、忠順二王爺在抄家時，發現了襲人收藏的大紅汗巾子。那原是茜香國女國王進貢之物，北靜王賞給了蔣玉菡，玉菡情贈寶玉，寶玉又換給襲人的；忠順王爺派人來賈府索要琪官時，曾發問「既云不知此人，那紅汗巾子怎麼到了公子腰裏？」可見也是知道茜香羅之事的。

於是，二王爺同時意識到襲人乃是寶玉心愛之婢，北靜王有意保全襲人，故意藉口此人病重，著令家人領出府去，想等事情過後再送還給寶玉，免得被官府變賣了；而忠順王爺也猜到了北靜王的心思，有意阻撓，提前派人往花家提親，將襲人嫁給了戲子琪官。花自芳不敢違逆，只得順從。等到寶玉從獄神廟放出來，黛玉已死，襲人已嫁，也只得無可奈何了。

當然，這也只是我的猜測，但求與脂批相契合而已。不合情理之處，還望紅友指正，共同切磋。

琪官的眞實身分

在大多的《紅樓夢》版本中，琪官的身分只是忠順府的一個家班戲子，然而在列藏本中，卻獨有一段與眾不同的文字——

那長史官便冷笑道：「我們府裏有一個做小旦的，名叫琪官，那原是奉旨由內園賜出。只從出來，好好在府裏住了不上半年（他本作「一向好好的在府裏」），如今三日五日不見了。各處去找，又摸不著他的道路，因此各處訪察。這一城內，十停人倒有八停人都說，他近日和銜玉的那位令郎相與甚厚。下官輩等聽了，尊府不比別家，可以擅入索取，因此啟明王爺。王爺亦云：『若是別的戲子，一百個也罷了；只是這琪官乃奉旨所賜，不便轉贈令郎。若令郎十分愛慕，老大人竟密題一本請旨，豈不兩便！若大人不題奏時，還得轉達令郎

（此一段為別本所無），只是這琪官隨機應答，謹慎老誠，甚合我老人家的心，竟斷斷少不得此人。』故此求老大人轉諭令郎，請將琪官放回，一則可免王爺負罪之恩（別本作「可慰王爺諄諄奉懇」），二則下官輩也可免操勞求覓之苦。」

——琪官的身分竟然是宮裏的御用名優，是上賜之物。而忠順府拿人亦是口口聲聲借著「奉旨所賜」唬人，又用「老大人竟密題一本請旨」將賈政逼入死角，情形相當險惡。

但是這樣重要的一段文字，卻在大多版本中被刪去了，爲什麼呢？

我猜，是因爲這一段故事暗喻的痕跡太重，作者三思之下，爲了謹慎起見，遂作刪減，這同將林紅玉改名小紅一樣，都是不肯太做直筆、追求曲折含蓄之效的緣故。

那麼，這段文字、或者說琪官的身分隱喻的意義何在呢？

琪官的大名叫作蔣玉菡，又作「函」，諧音「將玉含」。誰都知道寶玉是銜玉而生的，而琪官亦名「將玉含」，豈不成了寶玉的替身麼？

菡即「菡萏」之意，即荷花，又稱芙蕖。黛玉占花名之時抽中的乃是一枝芙蓉，而玉菡將來所娶的襲人，又與黛玉同一天生日——難道僅僅是巧合嗎？

書中凡是名中帶玉的，都必有深意。可以肯定的是，琪官的故事，與寶、黛愛情有大相關處。

琪官乃是皇上賜與忠順王的，而寶玉私與交結，遂使忠順府登門問罪，導致了一場「不肖種種大承笞撻」的戲目，而賈政更說出「明日釀到他弒君殺父，你們才不勸不成！」這樣的狠話來。

弒君殺父，何其重罪！一個不務正業、不問仕宦的寶玉，如何竟會與君父相逆呢？

有些紅學家猜測寶玉的罪名是因爲寫了〈姽嫿詞〉，詩中有批判之意。然而這詩是賈政命他寫的，眾清客都在旁邊聽著，果然有逆君之辭，他們又何以不加阻止，反而齊聲讚揚呢？那賈政素向最小心的，他會聽不出來嗎？

又有人說寶玉因爲結交柳湘蓮這些反抗朝廷的義士，所以招致抄家大罪。然而書中從未涉及政治，更不曾寫出柳湘蓮有什麼抗清義舉，後文又如何會寫出寶玉因爲反清而入罪呢？便不從情理論，只從曹雪芹的寫作手法而言，這種推論也是不成立的。

寶玉若有過錯，只能是情禍。就像他曾向黛玉說的：「我便爲這些人死了，也是情願的。」說這話時，「這些人」指的是琪官，是金釧兒；而將來有一天真正大禍來臨，「這些人」，則只能是黛玉，因爲黛玉才是他生命中最重要的第一人，也只有黛玉才能使他闖下彌天大罪來。

寶玉當然不會真的去「弒君殺父」，那麼他又會爲黛玉犯下什麼罪過呢？又爲什麼會犯罪呢？

答案仍要從琪官的故事裏找。

賈政說過：「那琪官現是忠順王爺駕前承奉的人，你是何等草芥，無故引逗他出來，如今禍及於我。」

——此時寶玉因同忠順府爭奪琪官而禍及於父，他日則又是同誰爭奪黛玉而終致殺父呢？

只能是君王一流的人。曹雪芹爲了避諱，未必會直書寶玉當真與皇上爭妃子，但是若同某位王爺爭妃，也就同「弒君」是同樣的罪名了。問題是，這位王爺是誰？

因爲全書中只有忠順王這麼一個大反派，後來種種續書，以及紅學探佚中，便都將寶玉的頭號敵人定在了忠順王頭上。如果有人要和寶玉奪愛，似乎也只能是忠順王。

然而曹雪芹會讓同一個人將同樣的事做兩次嗎？

況且，前八十回中，並沒有一言半字寫出忠順王與林黛玉有任何瓜葛。反而是絕對的正面人物北靜王爺，草蛇灰線，與黛玉暗結蛛絲。書中說「原來這四王，當日惟北靜王功高，及今子孫猶襲王爵。」可見北靜王的地位猶在忠順之上，差不多除了皇上就屬他最大了，便稱之爲「君」亦不爲過。

他見到寶玉的頭一面，便將腕上一串念珠卸了下來，說：「此係前日聖上親賜鶺鴒香念珠一串，權爲賀敬之禮。」

記清，這香串的來歷，原與琪官一樣，都是御賜的。後來寶玉將香串珍重取出來，轉贈黛玉。黛玉說：「什麼臭男人拿過的！我不要他。」擲而不取。

脂硯齋在此夾批：「略一點黛玉情性，趕忙收住，正留爲後文地步。」

——這欲留的後文是什麼呢？或者只是說黛玉的性情，也可能，是說這香串暗示的故事還沒有完吧。

北靜王送給琪官的大紅汗巾子，後來輾轉成就了襲人與琪官的一場姻緣；那麼北靜王送給寶玉的鶺鴒香串，又暗示著什麼樣的因果呢？

是否可以推出這樣的故事——那北靜王原是最秀美多情的一個風流王爺，他時常與寶玉結交，不免從寶玉處聽說黛玉的種種，或是看到了黛玉的詩作，不禁動了求親之意，而賈政必然滿口應允，那時的寶玉，不知會做出何種行徑來，殃及父母。

這樣的猜測，會讓很多人因爲覺得有礙北靜王形象而難以接受。但是倘非如此，鶺鴒香念珠的伏筆就全無作用，這與書中每因小物而伏大事的寫法殊爲不同。況且，黛玉葬花時曾說過：「撂在水裏不好。你看這裏的水乾淨，只一流出去，有人家的地方髒的臭的混倒，仍舊把花遭塌了。」

黛玉最忌的就是落花隨流水，而北靜王偏偏就姓了個「水」字，大名水溶。很可能，正是水溶的求婚導致了黛玉之死，也逼得寶玉闖下大禍，「累及爹娘」，所謂「天下無能第一，古今不肖無雙」。

不過，《紅樓夢》中的悲劇多是「不虞之隙，求全之毀」。從北靜王的立場出發，也許一切都是無心之失，並不知道寶、黛之情的緣故吧，惟有這樣，才符合了水溶、寶玉的人物性格以及全書的脈絡條理。

至於是與不是，惟有雪芹知道真相了。

杜鵑無語正黃昏——紫鵑。

絳珠的眼淚

賈母為何不罰紫鵑

絳珠的眼淚

《紅樓夢》中的忠僕不少，鴛鴦、平兒、襲人、鶯兒……不一而數，各有風華，然而最可感動的情意，就是紫鵑之於黛玉了。

賈母對鴛鴦再好，也只是把她看作丫鬟；平兒雖然品貌雙全，卻被賈璉、鳳姐兩口子拿來煞性子，抬手就打，張口便罵；寶釵對鶯兒倒好，但她城府深沉，舉止嚴謹，對鶯兒說話時，不是「嗔」就是「訓」，難得說笑；寶玉那麼好性子，也曾罵過晴雯，攆過茜雪，踢過襲人；可是黛玉從頭至尾，對紫鵑連句重話也沒說過，最多害羞的時候，說一句「與你這蹄子什麼相干？」傻子也聽得出是開玩笑，愛極之語。

相反的，紫鵑倒是常常「教訓」黛玉的。

寶玉來見，要茶吃，黛玉道：「別理他，你先給我舀水去罷。」紫鵑笑道：「他是客，自然先倒了茶來再舀水去。」絕對有主張，自行自事，幾乎是在給黛玉講解待客大道理。

寶黛二人爲了張道士提親的事鬧不和，紫鵑私下裏勸黛玉：「若論前日之事，竟是姑娘太浮躁了些。」甚至說，「寶玉只有三分不是，姑娘倒有七分不是。我看他素日在姑娘身上就好，皆因姑娘小性兒，常要歪派他，才這麼樣。」這已經是非常尖刻的批評了，而黛玉仍能悉心聽教，並不曾回一句「用你管？」

正勸著，寶玉來叫門，黛玉不許開，紫鵑道：「這又是姑娘的不是了。這麼熱天毒日頭地下，曬壞了人家，怎麼樣呢？」再次派了黛玉一個「不是」，然後施施然開門去了。

紫鵑如此「獨斷專行」，是因爲她膽大妄爲不知理嗎？

當然不是。她曾對寶玉有一番剖腹之言：

「你知道，我並不是林家的人，我也和襲人鴛鴦是一夥的，偏把我給了林姑娘使。偏生他又和我極好，比他蘇州帶來的還好十倍，一時一刻我們兩個離不開。我如今心裏卻愁，他倘或要去了，我必要跟了他去的。我是闔家在這裏，我若不去，辜負了我們素日的情常；若去，又棄了本家。所以我疑惑，故設出這謊話來問你，誰知你就傻鬧起來。」

這一番話，說得坦蕩真誠，不卑不亢。她並不是站在一個陪嫁丫環的立場上，認爲自己是奴才，沒有自由身，只能隨了主子走，而是出於「若不去，辜負了我們素日的情常」的考慮，一切出於本願，絕無勉強。

可以說，紫鵑可算是賈府中最沒有奴性的一個丫鬟。她對於黛玉的關心，不僅是出自主僕的忠心，更是把黛玉當知己，故而替她向寶玉問個準主意的。

而對黛玉，她也有一番剖白：

「我倒是一片真心為姑娘。替你愁了這幾年了，無父母無兄弟，誰是知疼著熱的人？趁早兒老太太還明白硬朗的時節，作定了大事要緊。俗語說『老健春寒秋後熱』，倘或老太太

一時有個好歹，那時雖也完事，只怕耽誤了時光，還不得趁心如意呢。公子王孫雖多，那一個不是三房五妾，今兒朝東，明兒朝西？要一個天仙來，也不過三夜五夕，也丟在脖子後頭了，甚至於為妾為丫頭反目成仇的。若娘家有人有勢的還好些，若是姑娘這樣的人，有老太太一日還好一日，若沒了老太太，也只是憑人去欺負了。所以說，拿主意要緊。姑娘是個明白人，豈不聞俗語說：『萬兩黃金容易得，知心一個也難求』。」

這一番話，更是推心置腹，體貼之至，哪是一個丫環能想得到、說得出的？完全是好姐妹在談心事。「替你愁了這幾年了」，是把自己和黛玉當成了一個人，一條心。

張新之曾如此解釋紫鵑之名：「鵑鳥善啼，啼至出血。黛玉還淚而來，其婢自應名此。鵑血而紫，血淚殷矣。」

鵑鳥善啼。然而黛玉〈葬花詞〉中卻偏偏有「杜鵑無語正黃昏」的句子。倘杜鵑竟然無語，自然是泣下成血，啼至聲嘶了。

絳珠下世原是爲了「還淚」而來，那麼紫鵑，就是絳珠仙子留在人間的一滴眼淚了。

賈母爲何不罰紫鵑？

林黛玉進賈府後，見了無數女子，有老有少，有主有僕。然而但凡丫鬟出來，卻都只稱「丫鬟」兩字，不提名姓，甚至往王夫人房裏來傳飯的丫頭，連穿戴也寫清楚了，也還是沒名字，只說「一個穿紅綾襖、青緞掐牙背心的丫鬟走來」。直到第三回末，賈母替黛玉安排住處、侍者時，才第一次出現了兩個丫鬟的名字：雪雁與鸚哥。

黛玉只帶了兩個人來：一個是自幼奶娘王嬤嬤，一個是十歲的小丫頭，亦是自幼隨身的，名喚作雪雁。賈母見雪雁甚小，一團孩氣，王嬤嬤又極老，料黛玉皆不遂心省力的，便將自己身邊的一個二等丫頭，名喚鸚哥者與了黛玉。

這裏雪雁和鸚哥的名字幾乎是同時出現的，而提雪雁，正是爲了出鸚哥。所以，鸚哥才是全書中第一個隆重出場的丫鬟。這之後，緊隨一段襲人小傳，接著便是襲人夜訪黛玉，問「姑娘怎麼還不安息？」鸚哥笑道：「林姑娘正在這裏傷心，自己淌眼抹淚的說：『今兒才來，就惹出你家哥兒的狂病，倘或摔壞了那玉，豈不是因我之過！』因此便傷心，我好容易勸好了。」

這是黛玉見過寶玉的第一次流淚，而其情形由鸚哥口述而出，也由鸚哥「好容易勸好了」。這裏面，並沒有寫雪雁的反應，可見鸚哥一出場，雪雁已經落後了。

書中沒有明確提及鸚哥就是紫鵑，然而紫鵑曾對寶玉說過：「你知道，我並不是林家的人，我也和襲人鴛鴦是一夥的，偏把我給了林姑娘使。偏生他又和我極好，比他蘇州帶來的還好十倍，一時一刻我們兩個離不開。」

「和襲人、鴛鴦是一夥的」，也就是說，自己原也是老太太屋裏的人，被賈母給了林姑娘使的——除了鸚哥又有誰呢？而「蘇州帶來的」就是雪雁了。

黛玉來賈府時是六歲，而雪雁已有十歲，賈母嫌其甚小，遂將鸚哥與了黛玉。換言之，紫鵑的年紀至少該超過十歲，比黛玉大個五六歲才是。然而在高鶚的僞續中，居然讓黛玉叫紫鵑「妹妹」，說出「我的身子是乾淨的」這樣的蠢話，只這一句，已見出後四十回非雪芹原筆了。

第五十七回〈慧紫鵑情辭試忙玉〉是紫鵑在書中的重頭戲，也是惟一一次入了回目名的。在這一回中，因她向寶玉說黛玉要回蘇州去，惹得寶玉發了魔症，「發熱事猶小可，兩個眼珠兒直直的起來，口角邊津液流出，皆不知覺。給他個枕頭，他便睡下；扶他起來，他便坐著；倒了茶來，他便吃茶。」連李嬤嬤來看了，也捶床倒枕地說：「這可不中用了！我白操了一世心了！」

衆人哭天搶地，賈母更是五內俱焚，然而見了紫鵑，其表現卻極爲特別——

誰知賈母王夫人等已都在那裏了。賈母一見了紫鵑，眼內出火，罵道：「你這小蹄子，和他說了什麼？」紫鵑忙道：「並沒說什麼，不過說幾句頑話。」誰知寶玉見了紫鵑，方「噯呀」了一聲，哭出來了。眾人一見，方都放下心來。賈母便拉住紫鵑，只當他得罪了寶玉，所以拉紫鵑命他打。誰知寶玉一把拉住紫鵑，死也不放，說：「要去連我也帶了去。」眾人不解，細問起來，方知紫鵑說「要回蘇州去」一句頑話引出來的。賈母流淚道：「我當有什麼要緊大事，原來是這句頑話。」又向紫鵑道：「你這孩子素日最是個伶俐聰敏的，你又知道他有個呆根子，平白的哄他作什麼？」薛姨媽勸道：「寶玉本來心實，可巧林姑娘又是從小兒來的，他姊妹兩個一處長了這麼大，比別的姊妹更不同。這會子熱剌剌的說一個去，別說他是個實心的傻孩子，便是冷心腸的大人也要傷心。這並不是什麼大病，老太太和姨太太只管萬安，吃一兩劑藥就好了。」

這裏賈母的情緒一波三折，起先是「眼內出火」，「罵道」，及見寶玉哭了出來，又拉紫鵑給他打，讓他出氣，這都非常合理。然而問明緣故後，卻只說了句：「你這孩子素日最是個伶俐聰敏的，你又知道他有個呆根子，平白的哄他作什麼？」其後，又因寶玉始終拉著紫鵑不放，便命她留下伏侍，還細心地唯恐黛玉那裏不便，撥了自己的丫頭琥珀去瀟湘館聽差。可見無論是對紫鵑，還是對黛玉，都沒有任何不滿。

從前金釧不過和寶玉說了一句頑話，便被王夫人逼得跳了井；而這紫鵑的玩笑比天大，幾不曾要了寶玉的命去，還鬧得天翻地覆，合府不安，照說就是打死也不冤，換作別的丫頭，怕不早已攆出去八回了。爲何偏偏對紫鵑，別說罰，就連重話也沒一句，便輕輕放過了呢？

惟一的解釋就是：紫鵑的作爲，正投了老太太的緣，合了老太太的意。故而，才會非但不罰，反而得了一句「最是伶俐聰敏」的考語，簡直是贊許有嘉的。

紫鵑原是老太太身邊的人，對老太太的意思是心領神會的，如今又一心一意替寶、黛兩個籌畫，因摸不準寶玉的心思，故意的拿話激他，使矛盾浮出水面，逼出個青天白日來。而寶玉的大吵大鬧，讓合府的人都知道了他的心意，寶黛姻緣呼之欲出，是瞞也瞞不住的了。而這豈非正中賈母下懷？故而紫鵑雖闖了彌天大禍，賈母卻毫無慍色，反而有些鼓勵的意思。

而且她將紫鵑留下給寶玉使喚，固然是因爲寶玉「死拉著不放」，同時也是一種默許與暗示：如果將來黛玉嫁了寶玉，紫鵑自然也是跟了寶玉的，今便如此，亦不爲過。

賈母的形象在高鶚的僞續裏弄得不倫不類，擾亂視聽，也使很多讀者誤解了她，以爲她也喜釵厭黛。實際上，黛玉是賈母的親外孫女兒，又是自小接來身邊養大的，若將她嫁了寶玉，一個孫子，一個外孫女兒，天長地久地守著自己，正是遂心如意的事情，又這件事不知在她心裏盤桓了多久，但因爲有個王夫人，有個薛姨媽，便一直不好宣諸於口。如今紫鵑這一鬧，錯有錯著地將事情通了天，也給眾人點了個醒兒：寶玉喜歡的人是黛玉，別人可是沒指望的。

而薛姨媽是最不願意接受這警告的，故而睜著眼說瞎話，自欺欺人地說了些姊妹情深的廢話，揣著明白裝糊塗，看見也當看不見。

但是從這以後，薛姨媽的態度是多少有些改變了，不但突然對黛玉親熱起來，認了她作義女，還主動提出「四角俱全」的話來。可見紫鵑的計謀奏效，而賈母的暗示是起了作用的。

同時，這一回也著實寫出了寶玉同紫鵑之間的一點溫情。

不但在寶玉病中時，紫鵑用心伏侍：「有時寶玉睡去，必從夢中驚醒，不是哭了說黛玉已去，便是有人來接。每一驚時，必得紫鵑安慰一番方罷。」「紫鵑自那日也著實後悔，如今日夜辛苦，並沒有怨意。」

而且寶玉病痊，紫鵑告辭離去時，寶玉又有文章：「我看見你文具裏頭有三兩面鏡子，你把那面小菱花的給我留下罷。我擱在枕頭旁邊，睡著好照，明兒出門帶著也輕巧。」紫鵑聽說，只得與他留下。

——這面小鏡子，幾乎有訂情信物的意義了。寶玉自然不缺鏡子，特特地向紫鵑討了來，而紫鵑也答應留給他，是因爲此前寶玉給了她「打躉兒的話」——「活著，咱們一處活著；不活著，咱們一處化灰化煙。」

這個「咱們」，不只有寶玉和黛玉，還包括了紫鵑。寶玉給了紫鵑同生共死的許諾，紫鵑才會將鏡子留與寶玉，也等於是交付了自己的終身。這裏，紫鵑不但在寶玉那裏實實在在地「掛了號」，而且是「下了訂」，自然是有資格列入十二釵又副冊的了。

可歎的是，「若說沒奇緣，今生偏又遇著他；若說有奇緣，如何心事終虛話？」那個心事成虛、真情落空的，又豈止是林黛玉呢？紫鵑既然入了「薄命司」，她的命運，也註定只能是夜夜啼血罷了。

天機燒破鴛鴦錦——

金鴛鴦。

是金子還得金子換

鴛鴦的心底暗戀著誰

是金子還得金子換

金鴛鴦姓金，自然是金派人物。

書中爲了強調這一點，多次照應她的姓氏，不但在回目裏大書明書〈金鴛鴦三宣牙牌令〉，且借邢夫人之口勸她：「俗語說的，『金子終得金子換』，誰知竟被老爺看重了你。」明白提醒：這是個真真正的「金子」。

媳婦們奉賈母之命給鴛鴦、襲人送賞，說道：「是老太太賞金、花二位姑娘吃的。」秋紋笑道：「外頭唱的是『八義』，沒唱『混元盒』，那裏又跑出『金花娘娘』來了。」不提名而提姓，是再次強調「金」字。

而金鴛鴦與花襲人，乃至與襲人同姓、又名「金星玻璃」的芳官，都是金派。

胡蘭成曾盛讚鴛鴦，說：「大觀園裏的人，黛玉，寶釵，鳳姐，晴雯，襲人她們單舉出一人都只能代表大觀園的生活氣象的一部分，只有鴛鴦，從她身上使人感覺出大觀園的生活氣象的全部。她有黛玉晴雯的深情，卻沒有黛玉的纏綿悱惻，晴雯的盛氣凌人。有鳳姐的幹練，沒有鳳姐的辣手；和鳳姐一般的明快，但她更蘊藉。她和襲人一般的服侍人，但她比襲人華貴。她是丫頭，看來卻不像丫頭，自然也不是小姐，奶奶，夫人，但她是她們全體。在她身上幾乎還可以找出妙玉的成分，但妙玉的是潔癖，她的是潔淨。諸人之中，沒有一個比得上她的豔，一種很淳很淳的華美。從她身上找不出一點點病態。」

一句話，鴛鴦是個完人！

細看書中諸人對她的評價，似乎也的確如此。

李紈曾說：「大小都有個天理。比如老太太屋裏，要沒那個鴛鴦，如何使得。從太太起，那一個敢駁老太太的回，現在他敢駁回。偏老太太只聽他一個人的話。老太太那些穿戴的，別人不記得，他都記得，要不是他經管著，不知叫人誆騙了多少去呢。那孩子心也公道，雖然這樣，倒常替人說好話兒，還倒不依勢欺人的。」

而接著這話，惜春笑道：「老太太昨兒還說呢，他比我們還強呢。」平兒也道：「那原是個好的，我們那裏比的上他。」

——竟是奶奶、姑娘、丫鬟，上上下下，個個都說鴛鴦的好。

而她也確實吃得開，不管主子奴才，同誰都可以說說笑笑，甚至有些大喇喇的熟不拘禮。

鳳姐兒過生日，鴛鴦等來敬酒，鳳姐兒真不能了，忙央告道：「好姐姐們，饒了我罷，我明兒再喝罷。」好個飛揚跋扈的王熙鳳，除了在老太太、太太跟前兒，何時這般低聲下氣過？然而鴛鴦這都不放過，笑道：「真個的，我們是沒臉的了。就是我們在太太跟前，太太還賞個臉兒呢。往常倒有些體面，今兒當著這些人，倒拿起主子的款兒來了。我原不該來。不喝，我們就走。」唬得鳳姐兒忙趕上拉住，笑道：「好姐姐，我喝就是了。」說著拿過酒來，滿滿的斟了一杯喝乾。鴛鴦這才罷了。——連鳳姐在她面前都不敢「拿主子的款兒」，鴛鴦何等威風！

劉姥姥進大觀園，鴛鴦第一個出主意要作弄她，「天天咱們說外頭老爺們吃酒吃飯都有一個篾片相公，拿他取笑兒。咱們今兒也得了一個女篾片了。」鳳姐兒暗許附和，李紈勸二人不要太淘氣，鴛鴦笑道：「很不與你相干，有我呢。」吃過飯，鴛鴦又自作主張，讓人拿幾碗菜給平兒、素雲、襲人送去，鳳姐兒道：「他早吃了飯了，不用給他。」鴛鴦道：「他不吃了，餵你們的貓。」——這可是丫鬟同兩位奶奶說話的語氣？

尤氏來賈母處吃飯，因分量不夠，鴛鴦便命人：「既這然，就去把三姑娘的飯拿來添也是一樣，就這樣笨。」尤氏笑道：「我這個就夠了，也不用取去。」鴛鴦道：「你夠了，我不會吃的？」而地下的媳婦們也這才方忙著取去了——鴛鴦的面子竟比尤氏還大。

賈母仲秋賞月，鴛鴦拿了軟巾兜與大斗篷來，勸說：「夜深了，恐露水下來，風吹了頭，須要添了這個。坐坐也該歇了。」賈母道：「偏今兒高興，你又來催。難道我醉了不成，偏到天亮！」——竟是撒嬌的口吻，但也順從地戴上兜巾，披了斗篷。

連賈母也如此，何況他人？所謂「僕以主貴」，尤氏奉命為鳳姐操辦生日，要先走到鴛鴦房中和鴛鴦商議，聽她的主意行事，何以討賈母的喜歡；賈璉沒了銀子，要求鴛鴦挪來老太太的東西去當，混過難關。

而賈母又口口聲聲地說：「我這屋裏有的沒的，剩了他一個，年紀也大些，我凡百的脾氣性格兒他還知道些。二則他還投主子們的緣法，也並不指著我和這位太太要衣裳去，又和那位奶奶要銀子去。所以這幾年一應事情，他說什麼，從你小嬸和你媳婦起，以至家下大大小小，沒有不信的。」

——賈母都這樣說了，哪裏還有人敢不信，還敢挑鴛鴦的錯兒呢？

定。

不過鴛鴦能得到這樣的地位權勢，是有真才實料的。

她的名字見於回目共有三次，〈金鴛鴦三宣牙牌令〉一回，極寫其機敏幹練，指揮若定。

鳳姐兒忙走至當地，笑道：「既行令，還叫鴛鴦姐姐來行更好。」眾人都知賈母所行之令必得鴛鴦提著，故聽了這話，都說：「很是。」鳳姐兒便拉了鴛鴦過來。王夫人笑道：「既在令內，沒有站著的理。」回頭命小丫頭子：「端一張椅子，放在你二位奶奶的席上。」鴛鴦也半推半就，謝了坐，便坐下，也吃了一鍾酒，笑道：「酒令大如軍令，不論尊卑，惟我是主。違了我的話，是要受罰的。」王夫人等都笑道：「一定如此，快些說來。」鴛鴦未開口，劉姥姥便下了席，擺手道：「別這樣捉弄人家，我家去了。」眾人都笑道：「這卻使不得。」鴛鴦喝令小丫頭子們：「拉上席去！」小丫頭子們也笑著，果然拉入席中。劉姥姥只叫：「饒了我罷！」鴛鴦道：「再多言的罰一壺。」劉姥姥方住了聲。

這樣的氣魄膽色，明斷伶俐，大觀園眾丫鬟中可有第二個？「酒令大如軍令，不論尊卑，惟我是主」數句，頗有「王熙鳳協理寧國府」，「敏探春興利除宿弊」之風範，殺罰俐落，痛快淋漓。

而且賈母行令必得鴛鴦提著，而這一回王夫人的令則乾脆是鴛鴦替說，可見其閱識聰敏尚且遠在夫人之上。

〈鴛鴦女誓絕鴛鴦偶〉一回中，又極寫其心機深沉，性情剛烈：

金文翔忙應了又應，退出回家，也不等得告訴他女人轉說，竟自己對面說了這話。把個鴛鴦氣的無話可回，想了一想，便說道：「便願意去，也須得你們帶了我回聲老太太去。」他哥嫂聽了，只當回想過來，都喜之不勝。他嫂子即刻帶了他上來見賈母。

可巧王夫人、薛姨媽、李紈、鳳姐兒、寶釵等姊妹並外頭的幾個執事有頭臉的媳婦，都在賈母跟前湊趣兒呢。鴛鴦喜之不盡，拉了他嫂子，到賈母跟前跪下，一行哭，一行說，把邢夫人怎麼來說，園子裏他嫂子又如何說，今兒他哥哥又如何說，「因為不依，方才大老爺越性說我戀著寶玉，不然要等著往外聘，我到天上，這一輩子也跳不出他的手心去，終久要報仇。我是橫了心的，當著眾人在這裏，我這一輩子莫說是『寶玉』，便是『寶金』『寶銀』『寶天王』『寶皇帝』，橫豎不嫁人就完了！就是老太太逼著我，我一刀子抹死了，也不能從命！若有造化，我死在老太太之先；若沒造化，該討吃的命，伏侍老太太歸了西，我也不跟著我老子娘哥哥去，我或是尋死，或是剪了頭髮當尼姑去！若說我不是真心，暫且拿話來支吾，日後再圖別的，天地鬼神，日頭月亮照著嗓子，從嗓子裏頭長疔爛了出來，爛化成醬在這裏！」原來他一進來時，便袖了一把剪子，一面說著，一面左手打開頭髮，右手便鉸。眾婆娘丫鬟忙來拉住，已剪下半綹來了。眾人看時，幸而他的頭髮極多，鉸的不透，連忙替他挽上。

這樣的以退為進，而又果敢明決，則是連鳳姐也要甘拜下風的了。

而〈鴛鴦女無意遇鴛鴦〉，則是極寫其溫柔敦厚的女兒本色——

且說鴛鴦一徑回來，剛至園門前，只見角門虛掩，猶未上閂。此時園內無人來往，只有該班的房內燈光掩映，微月半天。鴛鴦又不曾有個作伴的，也不曾提燈籠，獨自一個，腳步又輕，所以該班的人皆不理會。偏生又要小解，因下了甬路，尋微草處，行至一湖山石後大桂樹陰下來。剛轉過石後，只聽一陣衣衫響，嚇了一驚不小。定睛一看，只見是兩個人在那裏，見他來了，便想往石後樹叢藏躲。鴛鴦眼尖，趁月色見準一個穿紅裙子梳鬅頭高大豐壯身材的，是迎春房裏的司棋。鴛鴦只當他和別的女孩子也在此方便，見自己來了，故意藏躲恐嚇著耍，因便笑叫道：「司棋你不快出來，嚇著我，我就喊起來當賊拿了。這麼大丫頭了，沒個黑家白日的只是頑不夠。」這本是鴛鴦的戲語，叫他出來。誰知他賊人膽虛，只當鴛鴦已看見他的首尾了，生恐叫喊起來使眾人知覺更不好，且素日鴛鴦又和自己親厚不比別人，便從樹後跑出來，一把拉住鴛鴦，便雙膝跪下，只說：「好姐姐，千萬別嚷！」鴛鴦反不知因何，忙拉他起來，笑問道：「這是怎麼說？」司棋滿臉紅脹，又流下淚來。鴛鴦再一回想，那一個人影恍惚像個小廝，心下便猜疑了八九，自己反羞的面紅耳赤，又怕起來。因定了一會，忙悄問：「那個是誰？」司棋復跪下道：「是我姑舅兄弟。」鴛鴦啐了一口，道：「要死，要死。」司棋又回頭悄道：「你不用藏著，姐姐已看見了，快出來磕頭。」那小廝聽了，只得也從樹後爬出來，磕頭如搗蒜。鴛鴦忙要回身，司棋拉住苦求，哭道：「我們的性命，都在姐姐身上，只求姐姐超生要緊！」鴛鴦道：「你放心，我橫豎不告訴一個人就是了。」一語未了，只聽角門上有人說道：「金姑娘已出去了，角門上鎖罷。」鴛鴦正被

司棋拉住，不得脫身，聽見如此說，便接聲道：「我在這裏有事，且略住手，我出來了。」司棋聽了，只得鬆手讓他去了。

此一段，在鴛鴦「心下便猜疑了八九，自己反羞的面紅耳赤」一行後，庚辰本有雙行夾批：「是聰敏女兒，妙！」「是嬌貴女兒，筆筆皆到。」連給了鴛鴦兩個考語：聰敏，嬌貴。

邢夫人說她：「這些女孩子裏頭，就只你是個尖兒，模樣兒，行事作人，溫柔可靠，一概是齊全的。意思要和老太太討了你去，收在屋裏。你比不得外頭新買的，你這一進去了，進門就開了臉，就封你姨娘，又體面，又尊貴。你又是個要強的人，俗語說的，『金子終得金子換』，誰知竟被老爺看重了你。如今這一來，你可遂了素日志大心高的願了，也堵一堵那些嫌你的人的嘴。」

這番話雖是討好，卻是實情——「模樣兒，行事作人，溫柔可靠，一概是齊全的。」

而鴛鴦自己則對平兒說：「這話我且放在你心裏，且別和二奶奶說：別說大老爺要我做小老婆，就是太太這會子死了，他三媒六聘的娶我去作大老婆，我也不能去。」

——真沒虧負了「志大心高」的定評！

然而鴛鴦的志大心高，卻不同於黛玉的「孤高自許，目無下塵」，妙玉的「好高人愈妒，過潔世同嫌」，亦不同於晴雯的「風流靈巧招人怨」。她雖然敢作敢爲，並不是一味拿大、目中無人，在她諸多優秀品格中，最珍貴的還是「體諒」二字。

拿劉姥姥取了笑之後，她會特地走來笑道：「姥姥別惱，我給你老人家賠個不是。」催著小丫頭換茶。劉姥姥臨走時，又送她許多衣裳，盡足待客之道。

捉了司棋的姦，反怕司棋心存懼怕加重病情，反自己立身發誓，與司棋說：「我告訴一個人，立刻現死現報！你只管放心養病，別白糟踏了小命兒。」

知道鳳姐被邢夫人排揎，背地打聽清楚了告訴賈母，又同眾人說：「他也可憐見兒的。雖然這幾年沒有在老太太、太太跟前有個錯縫兒，暗裏也不知得罪了多少人。」又說，「如今咱們家裏更好，新出來的這些底下奴字號的奶奶們，一個個心滿意足，都不知要怎麼樣才好，少有不得意，不是背地裏咬舌根，就是挑三窩四的。我怕老太太生氣，一點兒也不肯說。不然我告訴出來，大家別過太平日子。」

而她說這番話的時候，分明是不把自己放在「奴字號」隊伍中的。難怪胡蘭成說：「她是丫頭，看來卻不像丫頭，自然也不是小姐，奶奶，夫人，但她是她們全體。」

一個集合了大觀園群芳品格的真正兼美之人，卻又不似可卿的風流失貞，既鋒芒畢露又含蓄內斂，既嫉惡如仇又慈悲為懷，既潑辣明斷又溫柔敦厚，既煙視媚行又潔身自好，可不是個真正的完人麼？

然而命運最喜歡同人開玩笑，這樣的一個完人，人生卻偏偏不完美，枉自叫了鴛鴦，卻被迫立誓一世不成雙，也真真令人扼腕。

黛玉〈桃花行〉中有「天機燒破鴛鴦錦，春酣欲醒移珊枕」的句子，究竟鴛鴦犯了怎樣的天條，要被燒破繡錦，驚醒春夢呢？

怕只有操控著「千紅一哭，萬豔同悲」命運的警幻仙子知道了。

鴛鴦的心底暗戀著誰？

鴛鴦的第一次出場，在二十四回開篇——

如今且說寶玉因被襲人找回房去，果見鴛鴦歪在床上看襲人的針線呢，見寶玉來了，便說道：「你往那裏去了？老太太等著你呢，叫你過那邊請大老爺的安去。還不快換了衣服走呢。」襲人便進房去取衣服。寶玉坐在床沿上，褪了鞋等靴子穿的工夫，回頭見鴛鴦穿著水紅綾子襖兒，青緞子背心，束著白縐綢汗巾兒，臉向那邊低著頭看針線，脖子上戴著花領子。寶玉便把臉湊在他脖項上，聞那香油氣，不住用手摩挲，其白膩不在襲人之下，便猴上身去涎皮笑道：「好姐姐，把你嘴上的胭脂賞我吃了罷。」一面說著，一面扭股糖似的黏在身上。鴛鴦便叫道：「襲人，你出來瞧瞧。你跟他一輩子，也不勸勸，還是這麼著。」襲人抱了衣服出來，向寶玉道：「左勸也不改，右勸也不改，你到底是怎麼樣？你再這麼著，這個地方可就難住了。」一邊說，一邊催他穿了衣服，同鴛鴦往前面來見賈母。

此一段寫鴛鴦，不提眉眼，只寫裝束，只知道皮膚白膩，又是香油又是胭脂，可知擅妝扮；後來邢夫人提親時，又寫她「穿著半新的藕合色的綾襖，青緞掐牙背心，下面水綠裙子。蜂腰削背，鴨蛋臉面，烏油頭髮，高高的鼻子，兩邊腮上微微的幾點雀斑。」這才涉及正面，可人兒一個，身材、皮膚、臉蛋都好。

然而這個可人兒，在拒婚立誓後雖然潔身自好，不苟言笑，之前卻是嬌嗔多情，不拘小節的。寶玉見了她，又是湊在脖頸上聞香，又是不住用手摩挲，又是猴上身涎皮求歡，她居然都默忍了，直到他「扭股糖般似的黏在身上」，這才有所反應，且不是正色拒絕，而只是向襲人發話，說「你跟他一輩子，也不勸勸。」並不爲寶玉的非禮著惱，倒是怕襲人吃醋的意思。

她和襲人關係非淺，自然知道她同寶玉的私心私情，是要「跟他一輩子」的。所以這番話裏有試探的意思，待見襲人出來歎道「你再這麼著，這個地方可就難住了。」也自明白不可能分一杯羹，打消主意。而後來由於賈赦說她「多半是看上了寶玉，只怕也有賈璉」，爲了表白真心，更是從此刻意同寶玉疏遠起來。

然而從上面這段描寫看來，賈赦的懷疑並不算冤枉了鴛鴦。因爲此前寶玉的確是與她熟膩不拘禮的，而鴛鴦也並不反對這狎昵，煙視媚行，怪不得別人說閒話。

便是賈璉，也不算空穴來風，前文早已埋下伏筆，在第三十八回螃蟹宴上，鳳姐出席來，曾與鴛鴦有一番嘲笑戲謔——

鴛鴦笑道：「好沒臉，吃我們的東西。」鳳姐兒笑道：「你和我少作怪。你知道你璉二爺愛上了你，要和老太太討了你做小老婆呢。」鴛鴦道：「啐，這也是作奶奶說出來的話！我不拿腥手抹你一臉算不得。」說著趕來就要抹。鳳姐兒央道：「好姐姐，饒我這一遭兒

罷。」琥珀笑道：「鴛丫頭要去了，平丫頭還饒他？你們看看他，沒有吃了兩個螃蟹，倒喝了一碟子醋，他也算不會攬酸了。」平兒手裏正掰了個滿黃的螃蟹，聽如此奚落他，便拿著螃蟹照著琥珀臉上抹來，口內笑罵「我把你這嚼舌根的小蹄子！」琥珀也笑著往旁邊一躲，平兒使空了，往前一撞，正恰恰的抹在鳳姐兒腮上。鳳姐兒正和鴛鴦嘲笑，不防唬了一跳，噯喲了一聲。眾人撐不住都哈哈的大笑起來。鳳姐也禁不住笑罵道：「死娼婦！吃離了眼了，混抹你娘的。」平兒忙趕過來替他擦了，親自去端水。鴛鴦道：「阿彌陀佛！這是個報應。」

從這一段可見，鴛鴦之於賈璉的情愫，與她和寶玉的曖昧又自不同，直接是由賈璉正妻、榮府當家王熙鳳玩笑點破的。

可以想像，榮府上下裏關於鴛鴦與賈璉的閒話，也必不少。想想也很合理，那鴛鴦是賈母身邊第一得意之人，可以當賈母半個家的，平日裏與賈璉、鳳姐這對兒內外當家時常來往，免不了同甘共苦，惺惺相惜。

在鴛鴦的私心裏，未嘗沒想過將來嫁給賈璉，與鳳姐一同管理榮國府。何況她又素與平兒交好，知道她是不會同自己吃醋防忌的——沒有她，也有尤二姐，也有秋桐，又怎麼防得過來呢？鳳姐雖醋，看在老太太面上倒不至給自己苦頭吃。

而在鳳姐看來，也覺得賈璉娶了鴛鴦這個賈母親信，自己三人在府中的地位就更牢固了。畢竟，她不是賈政、王夫人的親兒媳，是客居主位，將來寶玉娶了親，自己未必還坐得穩當家人的位子；但有了鴛鴦這個臂膀，就等於多買了一份保險。

故而，王熙鳳才會當著眾人的面半真半假地開玩笑說璉二爺要娶鴛鴦做二房。而鴛鴦聽了這話，雖然又羞又惱，卻不是真的翻臉，和鳳姐主僕也仍然交好如舊，便同賈璉也仍然無遮無避。

只可惜，半路殺出個程咬金，賈赦的一番攪和驚散了鴛鴦夢，讓大好姻緣成了鏡花水月。逼得鴛鴦當眾賭誓，自言終言不嫁。

然而那誓言，卻也奇怪得很：

「因為不依，方才大老爺越性說我戀著寶玉，不然要等著往外聘，我到天上，這一輩子也跳不出他的手心去，終久要報仇。我是橫了心的，當著眾人在這裏，我這一輩子莫說是『寶玉』，便是『寶金』『寶銀』『寶天王』『寶皇帝』，橫豎不嫁人就完了！就是老太太逼著我，我一刀子抹死了，也不能從命！」

這番話說得雖然激昂，卻有玄機——那鴛鴦轉述大老爺之言時，只提到他說自己「戀著寶玉，不然要等著往外聘」，卻絕口不提賈璉。賭咒時也只說「寶玉」「寶銀」「寶天王」「寶皇帝」，口口聲聲不離「寶」字，卻不關「璉」事。

莫不是說，賈赦說他「多半看上了寶玉」是委屈了她，然而「或者也有賈璉」倒是說準了心思？

抗婚之後，鴛鴦對寶玉冷言冷面，敬而遠之，寶玉穿上了雀金裘，沒話找話地趕著她說：「好姐姐，你瞧瞧，我穿著這個好不好。」她也是一摔手走開。唬得寶玉此後見了她繞道走，聽見她和襲人歪在炕上說話都不敢進屋，生怕「我這一進去，他又賭氣走了」，寧可大冷天裏露天地兒小解。可謂體貼寬容之至。可惜鴛鴦不領情，見了他還是不理不睬。

然而另一面，卻並不見得她從此冷落了賈璉，拒婚一幕還未揭過，賈璉便來觸霉頭，平白被賈母訓了兩句，說他：「就忙到這一時，等他家去，你問多少問不得？那一遭兒你這麼小心來著！又不知是來作耳報神的，也不知是來作探子的，鬼鬼祟祟的，倒唬了我一跳。什麼好下流種子！你媳婦和我頑牌呢，還有半日的空兒，你家去再和那趙二家的商量治你媳婦去罷！」

這種話題，此時正該是鴛鴦迴避的，然而她卻非但不裝作聽不見看不見，反而主動笑道：「鮑二家的，老祖宗又拉上趙二家的。」逗得賈母笑了，也就替賈璉解了圍。

便此後，她見了賈璉也是有說有笑，甚至還替他耽責任，偷賈母的東西當當兒——

賈璉已走至堂屋門，口內喚平兒。平兒答應著才迎出去，賈璉已找至這間房內來。至門前，忽見鴛鴦坐在炕上，便煞住腳，笑道：「鴛鴦姐姐，今兒貴腳踏賤地。」鴛鴦只坐著，笑道：「來請爺奶奶的安，偏又不在家的不在家，睡覺的睡覺。」賈璉笑道：「姐姐一年到頭辛苦伏侍老太太，我還沒看你去，那裏還敢勞動來看我們。正是巧的很，我才要找姐姐去。因為穿著這袍子熱，先來換了夾袍子再過去找姐姐，不想天可憐，省我走這一趟，姐姐先在這裏等我了。」一面說，一面在椅上坐下。

鴛鴦因問：「又有什麼說的？」賈璉未語先笑道：「因有一件事，我竟忘了，只怕姐姐還記得。上年老太太生日，曾有一個外路和尚來孝敬一個蠟油凍的佛手，因老太太愛，就即刻拿過來擺著了。因前日老太太生日，我看古董帳上還有這一筆，卻不知此時這件東西著落何方。古董房裏的人也回過我兩次，等我問準了好注上一筆。所以我問姐姐，如今還是老太太擺著呢，還是交到誰手裏去了呢？」鴛鴦聽說，便道：「老太太擺了幾日厭煩了，就給了你們奶奶。你這會子又問我來。我連日子還記得，還是我打發了老王家的送來的。你忘了，或是問你們奶奶和平兒。」平兒正拿衣服，聽見如此說，忙出來回說：「交過來了，現在樓上放著呢。奶奶已經打發過人出去說過給了這屋裏，他們發昏，沒記上，又來叨登這些沒要緊的事。」賈璉聽說，笑道：「既然給了你奶奶，我怎麼不知道，你們就昧下了。」平兒道：「奶奶告訴二爺，二爺還要送人，奶奶不肯，好容易留下的。這會子自己忘了，倒說我們昧下。那是什麼好東西，什麼沒有的物兒。比那強十倍的東西也沒昧下一遭，這會子愛上那不值錢的！」賈璉垂頭含笑想了一想，拍手道：「我如今竟糊塗了！丟三忘四，惹人抱怨，竟大不像先了。」鴛鴦笑道：「也怨不得。事情又多，口舌又雜，你再喝上兩杯酒，那裏清楚的許多。」一面說，一面就起身要去。

賈璉忙也立身說道：「好姐姐，再坐一坐，兄弟還有事相求。」說著便罵小丫頭：「怎麼不沏好茶來！快拿乾淨蓋碗，把昨兒進上的新茶沏一碗來。」說著向鴛鴦道：「這兩日因老太太的千秋，所有的幾千兩銀子都使了。幾處房租地稅通在九月才得，這會子竟接不上。明兒又要送南安府裏的禮，又要預備娘娘的重陽節禮，還有幾家紅白大禮，至少還得三二千兩銀子用，一時難去支借。俗語說，『求人不如求己』。說不得，姐姐擔個不是，暫且把老太太查不著的金銀傢伙偷著搬運出一箱子來，暫押千數兩銀子支騰過去。不上半年的光景，

銀子來了，我就贖了交還，斷不能叫姐姐落不是。」鴛鴦聽了，笑道：「你倒會變法兒，虧你怎麼想來。」賈璉笑道：「不是我扯謊，若論除了姐姐，也還有人手裏管的起千數兩銀子的，只是他們為人都不如你明白有膽量。我若和他們一說，反嚇住了他們。所以我『寧撞金鐘一下，不打破鼓三千』。」一語未了，忽有賈母那邊的小丫頭子忙忙走來找鴛鴦，說：「老太太找姐姐半日，我們那裏沒找到，卻在這裏。」鴛鴦聽說，忙的且去見賈母。

照著前面鴛鴦對寶玉避嫌的做法，賈璉回家來，鴛鴦就該站起來告辭才是，然而她卻坐著不動，還言笑晏晏地道：「來請爺奶奶的安，偏又不在家的不在家，睡覺的睡覺。」倒有些怨責賈璉冷落她的意思。

賈璉也識趣得很，先就給了一大番阿諛之辭，又東拉西扯地說了回佛手凍，自愧「如今竟糊塗了」。鴛鴦又笑著安慰：「也怨不得。事情又多，口舌又雜，你再喝上兩杯酒，那裏清楚的許多。」這話何其體貼親切，簡直熨得賈璉五臟六腑都舒服了。這若是說給寶玉聽，不知那位傻爺得感傷激慨成什麼樣兒。

後來這件事傳了出去，邢夫人又來鬧了一場，藉故同鳳姐要銀子。鳳姐兒向平兒歎息：「知道這事還是小事，怕的是小人趁便又造非言，生出別的事來。當緊那邊正和鴛鴦結下仇了，如今聽得他私自借給璉二爺東西，那起小人眼饞肚飽，連沒縫兒的雞蛋還要下蛆呢，如今有了這個因由，恐怕又造出些沒天理的話來也定不得。在你璉二爺還無妨，只是鴛鴦正經女兒，帶累了他受屈，豈不是咱們的過失。」

鳳姐為人多妒好醋，難得竟對鴛鴦這般信任，倒也是奇事。而鴛鴦對鳳姐，也是一片赤誠，處處維護。邢夫人給了鳳姐兒沒臉，是鴛鴦悄悄打聽了出來向賈母告訴，背地裏又同眾人說：「罷喲，還提鳳丫頭虎丫頭呢，他也可憐見兒的。雖然這幾年沒有在老太太、太太跟前有個錯縫兒，暗裏也不知得罪了多少人。總而言之，爲人是難作的：若太老實了沒有個機變，公婆又嫌太老實了，家裏人也不怕；若有些機變，未免又治一經損一經。」

這一番說，明裏是說鳳姐，暗裏又豈無賈璉呢？而之所以如此體貼，自然是因爲同病相憐，她自己也深受「做人難」之苦。

這種苦，「無事忙」的寶玉是不會理解的，他比起鴛鴦的沉穩老道來，只好算個不懂事的小弟弟，玩伴兒一個；然而賈璉和鳳姐這對夫妻，卻堪稱鴛鴦的知己。

所以縱然婚事不遂，鴛鴦對賈璉、熙鳳的友誼卻不改初衷，依然肯爲賈璉扛事兒，籌措當當。她對賈璉的好，與襲人之對寶玉不同，爲的不是自己有個好歸宿，而只是要對方好，諸事順遂，在這裏沒有任何的私心，有的只是理解與體諒。

也因此，鳳姐才會說鴛鴦是個「正經女兒」。

「是金子終得金子換」，原來金鴛鴦心目中的金子，既不是顢頇好色的賈赦，也不是柔弱多情的寶玉，卻是風流幹練的璉二爺啊。

胭脂鮮豔何相類——平兒。

不平凡的平兒

平兒理妝與平兒待妝

大觀園最有勢力的丫頭

不平凡的平兒

平兒的第一次出場在第六回〈劉姥姥一進榮國府〉：

周瑞家的將劉姥姥安插在那裏略等一等。自己先過了影壁，進了院門，知鳳姐未下來，先找著鳳姐的一個心腹通房大丫頭，名喚平兒的。周瑞家的先將劉姥姥起初來歷說明，又說：「今日大遠的特來請安。當日太太是常會的，今日不可不見，所以我帶了他進來了。等奶奶下來，我細細回明，奶奶想也不責備我莽撞的。」平兒聽了，便作了主意：「叫他們進來，先在這裏坐著就是了。」周瑞家的聽了，方出去引他兩個進入院來。……平兒站在炕沿邊，打量了劉姥姥兩眼，問個好讓坐。劉姥姥見平兒遍身綾羅，插金帶銀，花容玉貌的，便當是鳳姐兒了。才要稱姑奶奶，忽見周瑞家的稱他是平姑娘，又見平兒趕著周瑞家的稱周大娘，方知不過是個有些體面的丫頭了。於是讓劉姥姥和板兒上了炕，平兒和周瑞家的對面坐在炕沿上，小丫頭子斟了茶來吃茶。

小小一段文字，已寫清了平兒的身分——鳳姐的心腹通房大丫頭；平兒的行事——要想一想才拿主意讓劉姥姥祖孫進來，可見是既慎重又有主張的；平兒的打扮——遍身綾羅，插金帶銀：平兒的長相——花容月貌。

然而這還不是平兒的正戲。她的第一次真正有分量的戲目在第二十一回〈賢襲人嬌嗔箴寶玉　俏平兒軟語救賈璉〉。這裏給了平兒一個考語：俏。除了形容其相貌外，也有俏皮、玲瓏之意。

平兒替賈璉收拾行李，發現一縷頭髮——顯然是哪個相好的比如多姑娘兒留下的春意信物——於是瞞著鳳姐來問賈璉，所以說是「救」。賈璉動起情來，摟著平兒求歡，平兒卻跑了……這一段文字，輕俏豔冶，活色生香，將「俏平兒」的形象描寫如畫，正如賈璉說的：「一定浪上人的火來，她又跑了。」

但這還只是平兒與賈璉的情分，有此一條，並不足以入主十二釵名簿。

能進入十二釵的，必得在石兄處掛號才行。而平兒在寶玉處掛號的重要描寫在於第四十四回〈變生不測鳳姐潑醋　喜出望外平兒理妝〉，因鳳姐與賈璉兩個拿著平兒殺性子，襲人等拉了平兒到怡紅院勸慰，寶玉先是說：「我替他兩個賠不是罷……我們弟兄姊妹都一樣。他們得罪了人，我替他賠個不是也是應該的。」又道：「可惜這新衣裳也沾了，這裏有你花妹妹的衣裳，何不換了下來，拿些燒酒噴了熨一熨。把頭也另梳一梳，洗洗臉。」又吩咐小丫頭子舀洗臉水，燒熨斗。

> 平兒素習只聞人說寶玉專能和女孩兒們接交；寶玉素日因平兒是賈璉的愛妾，又是鳳姐兒的心腹，故不肯和他廝近，因不能盡心，也常為恨事。平兒今見他這般，心中也暗暗的敁敠：果然話不虛傳，色色想的周到。又見襲人特特的開了箱子，拿出兩件不大穿的衣裳來

與他換，便趕忙的脫下自己的衣服，忙去洗了臉。寶玉一旁笑勸道：「姐姐還該擦上些脂粉，不然倒像是和鳳姐姐賭氣了似的。況且又是他的好日子，而且老太太又打發了人來安慰你。」

平兒聽了有理，便去找粉，只不見粉。寶玉忙走至妝台前，將一個宣窯瓷盒揭開，裏面盛著一排十根玉簪花棒，拈了一根遞與平兒。又笑向他道：「這不是鉛粉，這是紫茉莉花種，研碎了兑上香料製的。」平兒倒在掌上看時，果見輕白紅香，四樣俱美，攤在面上也容易勻淨，且能潤澤肌膚，不似別的粉青重澀滯。然後看見胭脂也不是成張的，卻是一個小小的白玉盒子，裏面盛著一盒，如玫瑰膏子一樣。寶玉笑道：「那市賣的胭脂都不乾淨，顏色也薄。這是上好的胭脂擰出汁子來，淘澄淨了渣滓，配了花露蒸疊成的。只用細簪子挑一點兒抹在手心裏，用一點水化開抹在唇上；手心裏就夠打頰腮了。」平兒依言妝飾，果見鮮豔異常，且又甜香滿頰。寶玉又將盆內的一枝並蒂秋蕙用竹剪刀擷了下來，與他簪在鬢上。忽見李紈打發丫頭來喚他，方忙忙的去了。

黛玉〈桃花行〉詩中曾有「胭脂鮮豔何相類，花之顏色人之淚；若將人淚比桃花，淚自長流花自媚。」的句子，可見胭脂與眼淚總是分不開的。

寶玉因黛玉眉尖若蹙，而「西方有石名黛，可代畫眉之墨」，故爲黛玉取名「顰兒」。「顰」與「平」同音，而寶玉爲之侍妝簪花的，又恰恰是平兒。這平兒與黛玉同名，又與寶玉同一天生日，其身分何等特殊？

寶玉勸住了眼淚，送上了胭脂，也就與平兒結了一份桃花緣。而正是因爲這份情緣，遂有後文平兒投桃報李之舉，事見第五十二回〈俏平兒情掩蝦鬚鐲　勇晴雯病補雀金裘〉，那平兒因查明自己丟的蝦鬚鐲爲怡紅院小丫頭墜兒所竊，一片私心體諒寶玉，因悄悄向麝月說：「寶玉是偏在你們身上留心用意、爭勝要強的，那一年有一個良兒偷玉，剛冷了一二年間，還有人提起來趁願，這會子又跑出一個偷金子的來了。而且更偷到街坊家去了。偏是他這樣，偏是他的人打嘴。所以我倒忙叮嚀宋媽，千萬別告訴寶玉，只當沒有這事，別和一個人提起。第二件，老太太、太太聽了也生氣。三則襲人和你們也不好看。」

這番話被寶玉聽見了，不禁又喜又氣又歎。喜的是平兒竟能體貼自己；氣的是墜兒小竊；歎的是墜兒那樣一個伶俐人，作出這醜事來。

如果說「理妝」還只是寶玉對平兒的體貼，那麼「瞞竊」就是平兒對寶玉的知己了。不負了兩人同一天生日。而以上內容連同第六十一回〈投鼠忌器寶玉瞞贓　判冤決獄平兒行權〉，平兒的名字出現在回目中共計四次之多，居副冊與又副冊女子之首。這樣一個女子，又怎能不入十二釵名簿呢？

然而，她應該屬於金派還是玉派呢？

《紅樓夢》裏的薄命女兒不少，《金陵十二釵》更是掛號在「薄命司」裏。然而書中真正下了「薄命」二字定語的，卻只有四個人。

第一個自然是正冊之首林黛玉，曾自歎：「所悲者，父母早逝，雖有銘心刻骨之言，無人爲我主張。況近日每覺神思恍惚，病已漸成，醫者更云氣弱血虧，恐致勞怯之症。你我雖爲知己，但恐自不能久待；你縱爲我知己，奈我薄命何！」詩中亦屢有「紅顏命薄古今同」，「飄泊亦如人命薄」的句子。

第二個是副冊之首甄英蓮，也就是香菱，不但寫她那一回的回目作〈薄命女偏逢薄命郎〉，文中又借賈雨村之口定論：「這正是夢幻情緣，恰遇一對薄命兒女。」

第三個是又副冊之首晴雯，在寶玉〈芙蓉誄〉中，原有「紅綃帳裏，公子多情，黃土壟中，女兒薄命」的句子。

這三個人，分別是正冊、副冊、又副冊之首，又都是玉派女兒。可見「薄命司」的女子雖然各個命薄，而玉派又比金派猶甚。

然而除了上述三個人，第四個被稱之為「薄命」的，卻偏偏是既擁有蝦鬚鐲這樣的金飾標誌、又是金派主力王熙鳳的心腹的平兒。見於第四十四回〈變生不測鳳姐潑醋　喜出望外平兒理妝〉——

寶玉因自來從未在平兒前盡過心——且平兒又是個極聰明極清俊的上等女孩兒，比不得那起俗蠢拙物——深為恨怨。今日是金釧兒的生日，故一日不樂。不想落後鬧出這件事來，竟得在平兒前稍盡片心，亦今生意中不想之樂也。因歪在床上，心內怡然自得。忽又思及賈璉惟知以淫樂悅己，並不知作養脂粉。又思平兒並無父母兄弟姊妹，獨自一人，供應賈璉夫婦二人。賈璉之俗，鳳姐之威，他竟能周全妥貼，今兒還遭荼毒，想來此人薄命，比黛玉猶甚。想到此間，便又傷感起來，不覺灑然淚下。因見襲人等不在房內，盡力落了幾點痛淚。複起身，又見方才的衣裳上噴的酒已半乾，便拿熨斗熨了疊好；見他的手帕子忘去，上面猶有淚漬，又拿至臉盆中洗了晾上。又喜又悲，悶了一回，也往稻香村來，說一回閒話，掌燈後方散。

從紫鵑隨黛玉屬玉，鶯兒隨寶釵屬金這個規律來看，平兒跟隨王熙鳳列名金派似是無庸置疑的。然而從上面這段文字看來，她又擁有玉派「薄命」的特質，況且寶玉又特地比出林黛玉來，強調「此人薄命，比黛玉猶甚」，而平兒又與「顰兒」同名——由此來看，又覺得她應屬玉派。

或許，就像是秦可卿雖有「兼美」之名，卻因「未嫁先名玉」而偏向玉派是一樣的；平兒如玉派人物一般「命薄」，但在身分上則偏向金派，以取得十二釵的金玉平衡吧，所以，她才叫作了「平兒」，原是平分秋色的意思。

從前賈璉與平兒打情罵俏時曾說過：「你兩個一口賊氣。都是你們行的是，我凡行動都存壞心？多早晚都死在我手裏。」

雖是頑話，不無寒意。因爲我們知道，後來王熙鳳果然是死在了賈璉手裏，「枉費了意懸懸半世心，好一似蕩悠悠三更夢。」

那麼，平兒的結局又會是怎麼樣的呢？會像高鶚在後四十回續中寫的那樣被賈璉扶正了嗎？

肯定不會。因爲如果是那樣，平兒便算不得薄命，而寶玉亦不會做出「想來此人薄命，比黛玉猶甚」的評語了。

下了薄命二字的黛玉、香菱、晴雯的結果都是早夭，想來平兒也不外如是吧。

因此我猜測，平兒的將來終究難逃一死，而且是死在賈璉的茶毒之下了。

平兒理妝與平兒侍妝

四十四回〈喜出望外平兒理妝〉與五十五回〈辱親女愚妾爭閒氣〉應當對看，前者寫鳳姐潑醋，平兒哭了一場，被寶玉拉至怡紅院去安慰，並親手爲其調脂弄粉，對鏡理妝；而後者則是探春管家時，趙姨娘來撒了一場潑，弄得探春哭了，平兒因待書等不在，便親自挽起袖子來，侍候探春洗臉勻面。

那平兒本是賈璉之妾，從輩分上來說，當屬寶玉、探春兄妹的小嫂子。然而寶玉體貼備至，探春卻頤指氣使，可謂天壤之別矣。其內在原因，一則固然是寶玉生性溫存，對待女兒如待上賓，再則也是寶玉心中坦蕩，自能從容；然而探春卻因爲心中存了正庶之分，本來心虛，所以故意地要指使平兒來顯示自己的主子身分，使眾人警醒。

趙姨娘敢到議事廳來胡鬧，無非因爲探春是「從自己腸子裏爬出來的」，再厲害也不能把親娘怎麼樣，故而才敢無理取鬧，撒潑放誕；然而正鬧著，忽然平兒來了，趙姨娘立刻住了口，賠笑讓坐，又忙問：「你奶奶好些？我正要瞧去，只沒得空兒。」——真真令人又好氣又好笑。那趙姨娘本是賈政之妾，且生了一子一女，是正經八百的姨娘；而平兒不過是賈璉的通房丫頭，連個名份都沒有，無論從身分還是輩分上，都比趙姨娘低了一級。然而趙姨娘膽敢跑到探春面前大吵大鬧，見了平兒卻低聲下氣，何其愚也？

其原因，不過是因爲她怕極了鳳姐兒，而平兒又是鳳姐的貼身助理，手裏是有點小權的。可是那權力如今已經落在親生女兒探春手上，如果趙姨娘會做人，含蓄收斂些，背後使陰柔手段向探春求情，探春一則念著親情，二則爲保面子不願張揚，未必便不會回顧照應了。然而趙姨娘偏偏不識數，要敲鑼打鼓地鬧出來，除了令女兒沒臉之外，沒半點貢獻。

而這一鬧，最使探春寒心的是，看清了自己的真實威信還不如平兒。正如趙姨娘說的，「我在這屋裏熬油似的熬了這麼大年紀，又有你和你兄弟，這會子連襲人都不如了，我還有什麼臉？」

探春若能說得出口，想必也會感慨：「我在這屋裏賠小心，好容易混了這麼多年，又混了個管家的職稱兒，這會子連平兒都不如，我還有什麼臉？」

功高蓋主，平兒在這風口浪尖上進來，其實已經無形中傷了探春。而她自己也很明白，所以才要主動自降身分，爲探春挽袖卸鐲，侍候洗臉，給足了探春面子，以消她心中之憤。

正洗著臉呢，偏偏外面侍候的媳婦沒眼色，又來回事，捱了平兒一頓訓斥，嚇得忙賠笑說：「我粗心了。」一面說一面忙退出去——顯見得平兒的面子還是比探春大。

此爲探春心中不憤之事，於是接下來小丫頭令媳婦們去傳寶釵的飯來，探春故意大聲說：「你別混支使人。那都是辦大事的管家娘子們，你們支使他要飯要茶的，連個高低都不知道！平兒這裏站著，你叫他去。」

平兒答應著忙出來了，那些媳婦自然不肯讓平兒去，忙著讓座敬茶，一邊說：「那裏用姑娘去叫，我們已有人去了。」好不殷勤。

——此一番背後動靜，探春不會不知道，所以這般造作，無非是教眾人知道：你們那般奉承平兒，而平兒也不過是個丫頭，我可以隨意支使的，何況你們？真是連個高低都不知道！

而探春的這番心思，平兒是深知的，故而推心置腹地勸誡眾人：「你們太鬧的不像了。他是個姑娘家，不肯發威動怒，這是他尊重，你們就藐視欺負他。果然招他動了大氣，不過說他個粗糙就完了，你們就現吃不了的虧。他撒個嬌兒，太太也得讓他一二分，二奶奶也不敢怎樣。你們就這麼大膽子小看他，可是雞蛋往石頭上碰？」

這既是替探春警告諸人，也是在為眾人設身處地地著想，可謂苦心孤詣，寧可委屈了自己，只望大家無事。

後來判斷玫瑰露、茯苓霜一案時，平兒明知是彩雲偷了送給賈環的，卻只讓她說是寶玉藏起來逗她們玩的，其原因便是為了顧及探春的面子，「不肯為打老鼠傷了玉瓶兒」。那彩雲羞噁心發，立意要一人做事一人當，平兒反勸她：「你一應了，未免又叨登出趙姨奶奶來，那時三姑娘聽了，豈不生氣？」

息事寧人，是平兒一向的治家原則，而其根本目的，便是維持各人的臉面，令各安其位。對探春是如此，對眾管家媳婦也是如此，她曾說過：「大事化為小事，小事化為沒事，方是興旺之家。若得不了一點子小事，便揚鈴打鼓的亂折騰起來，不成道理。」

她是這樣想的，也是這樣做的，真正有身分有肚量有分寸的一番見解，實不遜於大觀園裏任何一位姑娘奶奶，然而偏偏是她，卻身分尷尬，沒名沒份，連個姨娘也沒掙上，只落得屋裏使喚，寧不使人歎息？

大觀園最有勢力的丫頭

《紅樓夢》中寫有體面的大丫頭耀武揚威的段落不少，迎春的丫頭司棋為了一碗雞蛋就跑到廚房裏大打出手，是其中代表之作。管廚房的主管柳家的抱怨：「我勸你們，細米白飯，每日肥雞大鴨子，將就些兒也罷了。吃膩了膈，天天又鬧起故事來了。雞蛋、豆腐，又是什麼麵筋、醬蘿蔔炸兒，敢自倒換口味。只是我又不是答應你們的，一處要一樣，就是十來樣。我倒別伺候頭層主子，只預備你們二層主子了。」——明明白白提出了一個「二層主子」的概念。

後來司棋被趕，周瑞家的趁願道：「你如今不是副小姐了，若不聽話，我就打得你。別想著往日姑娘護著，任你們作耗。」——又冒出個「副小姐」來了。

二層主子，副小姐，可見丫頭們的地位有多高。尤其是賈母、王夫人、鳳姐、寶玉這四個人的丫頭，更是僕以主貴，比別人愈見尊重，園裏設席時，往往是可以與主子同坐的。

其中又屬鴛鴦的地位最為超群拔俗，因為老太太賈母是府中至尊至貴的頭號人物，故而鴛鴦的身分也遠比一般的主子還要高，襲人、平兒等最多得與姑娘們同桌，而鴛鴦則常常和鳳姐、李紈等平起平坐的，連賈璉、尤氏這些當家人見了她也要陪笑臉，因有所求謀。

但鴛鴦雖然地位特殊，卻並非仗勢欺人之輩。一則是她為人公道誠實，二則也是怕賈母生氣，故不肯多嘴饒舌。既然不肯說人壞話，自然也就不能惹事生非，恃貴行權了。

榮府裏的二號主子是王夫人，她的丫鬟金釧、玉釧、彩雲、彩霞等也該比別人尊貴些才是，畢竟他們是每月領一兩銀子，而晴雯、麝月等則是每月一吊錢，工資高，自然身分也高才是。但王夫人是個不管事的，管家大權交了給鳳姐，因而她的丫鬟也就平白短了口氣，雖然表面好看，卻無實際權力。

比如玉釧兒，最多不過在給寶玉送湯時命個老婆子替他當差，自己甩著手跟在後頭，偷個小懶兒罷了；然而真到有事出來時，便毫無剛氣，在〈判冤決獄平兒行權〉一回，反而要受平兒的調度判罰。

鳳姐兒原說：「依我的主意，把太太屋裏的丫頭都拿來，雖不便擅加拷打，只叫他們墊著磁瓦子跪在太陽地下，茶飯也別給吃。一日不說跪一日，便是鐵打的，一日也管招了。」幸虧平兒苦勸：「何苦來操這心！『得放手時須放手』，什麼大不了的事，樂得不施恩呢。依我說，縱在這屋裏操上一百分的心，終久咱們是那邊屋裏去的。沒的結些小人仇恨，使人含怨。況且自己又三災八難的，好容易懷了一個哥兒，到了六七個月還掉了，焉知不是素日操勞太過，氣惱傷著的。如今乘早兒見一半不見一半的，也倒罷了。」說的鳳姐兒笑了，說道：「憑你這小蹄子發放去罷。我才精爽些了，沒的淘氣。」

仗著平兒一番話，才免了玉釧兒、彩雲一班人太陽地下餓著肚子跪磁瓦子之苦。這樣看來，平兒的身分，倒遠在彩雲、玉釧兒之上了。

再者寶玉因是賈母的心肝兒肉，連帶他的丫鬟也高貴起來，尤其襲人的身分，論理應該是與平兒一樣的，然而寶玉是個富貴閒人，襲人也就只好在怡紅院裏聽朝問政罷了，權力再大，也使不到院門外去。

春燕娘在怡紅院胡鬧，襲人生氣說道：「三日兩頭打了乾的打親的，還是買弄你女兒多，還是認真不知王法？」那婆子並不知畏懼，反駁說：「姑娘你不知道，別管我們閒事！都是你們縱的，這會子還管什麼？」邊說還邊趕著春燕兒打，氣得襲人只得轉身進屋。麝月遂向眾人道：「怨不得這嫂子說我們管不著他們的事，我們雖無知錯管了，如今請出一個管得著的人來管一管，嫂子就心服口服，也知道規矩了。」便命小丫頭找平兒來。

說話之間，只見小丫頭子回來說：「平姑娘正有事，問我作什麼，我告訴了他，他說：既這樣，且攆他出去，告訴了林大娘在角門外打他四十板子就是了。」

——說攆出去就攆出去，說打板子就打板子，這平兒的權力何其大也。難怪那婆子分明在怡紅院聽差，卻不怕頂頭上司襲人，直到聽說平兒發話才淚流滿面地求情了。

平兒能獲得這樣的權威，其根本原因自然是由於鳳姐是榮府的內當家，而她又是鳳姐的得力助手，相當於總裁助理的位置。

其次也是因爲她人緣好，威信高，行爲處事比鳳姐更大方寬慈，賞罰有度。茯苓霜、玫瑰露的事鬧得沸沸揚揚，她暗地裏訪問清楚了，明知道是彩雲偷了去送給賈環了，但爲了息事寧人，且也要護著探春的體面，便由著寶玉耽下責任來，勸得鳳姐放手，自己又出來吩咐林之孝家的：「大事化爲小事，小事化爲沒事，方是興旺之家。若得不了一點子小事，便揚鈴打鼓的亂折騰起來，不成道理。」

——真真是治家明言。這一番舉止言談，何其堂皇正大，真正是大將胸襟。

探春、寶釵、李紈三人共同理事時，寶玉的丫鬟秋紋前往回話，在門口遇見管家媳婦們，眾媳婦忙趕著問好，說：「姑娘也且歇一歇，裏頭擺飯呢。等撤下飯桌子，再回話去。」——如此客氣，自然是因爲看在寶玉面上。而秋紋也大喇喇地笑道：「我比不得你們，我那裏等得。」說著便直要上廳去——同樣也是自視尊貴，覺得怡紅院的面子原比別人大。幸虧是平兒叫住了她，叮囑說：「你憑有什麼事今兒都別回。正要找幾件利害事與有體面的人開例作法子，鎮壓與眾人作榜樣呢。何苦你們先來碰在這釘子上。你這一去說了，他們若拿你們也作一二件榜樣，又礙著老太太、太太；若不拿著你們作一二件，人家又說偏一個向一個，仗著老太太、太太威勢的就怕，也不敢動，只拿著軟的作鼻子頭。你聽聽罷，二奶奶的事，他還要駁兩件，才壓的眾人口聲呢。」

——方方面面，考慮得何其周到。不但猜測出探春、寶釵的心理，且顧到了老太太、太太的面子，又要想及眾人的口聲，沒有幾年中層管理的經驗，沒有一番斡旋決策的本領，絕不會這般明智婉轉。

然而平兒雖然大度寬柔，卻又不是一味懦弱庇下的，小廝們向她求假早退，她雖也應了，但正色叮囑：「明兒一早來。聽著，我還要使你呢，再睡的日頭曬著屁股再來！你這一去，帶個信兒給旺兒，就說奶奶的話，問著他那剩的利錢。明兒若不交了來，奶奶也不要了，就越性送他使罷。」

——這般利口，又頗具幾分鳳姐的風采了。有張有弛，才是管理之道，可見平兒深明這個道理。

李紈感歎平兒的好，曾說：「可惜這麼個好體面模樣兒，命卻平常，只落得屋裏使喚。不知道的人，誰不拿你當作奶奶太太看。」

這話說得公道。可見稻香老農不但會評詩，看人更準，一語說中，那平兒的行事態度原該做得了奶奶太太的，只可惜「命卻平常」，怨不得叫了「平兒」。

後來為鳳姐酒醉打了平兒，李紈又曾打抱不平說：「給平兒拾鞋也不配，你們兩個只該掉一個過兒才是。」

為了這句話，便有許多索隱之士認為後來賈璉休了鳳姐，將平兒扶正，使兩人的地位「掉了一個過兒」——然而果真這樣，平兒便不能算作「命卻平常」，更非寶玉說的「薄命比黛玉猶甚」了。

那晴雯是小姐身子丫鬟命，「心比天高，身為下賤。」而平兒，更是奶奶身子妾的命，同樣是沒什麼機會得到公正待遇的吧。

開到荼蘼花事了——麝月。

好歹留著麝月
麝月的日本
檀雲這個「出名」丫頭

好歹留著麝月

寶玉看了《南華經》後，偶然頓悟，曾續了一段文字，開篇便云：「焚花散麝」。又道是「彼釵、玉、花、麝者，皆張其羅而穴其隧，所以迷眩纏陷天下者也。」這裏將麝月與寶釵、黛玉、襲人相提並論，俱爲與自己有大情份之人。而麝月，又是群芳流散後留在寶玉身邊的最後一個人，如此，怎可不入十二釵又副冊？

第二十回燈節夜「篦頭」一段，是寶玉同麝月最纏綿的一場戲，也是前八十回中二人惟一的親熱戲，更是麝月正面出場的第一場重頭戲。且看原文：

寶玉記著襲人，便回至房中，見襲人朦朦睡去。自己要睡，天氣尚早。彼時晴雯、綺霰、秋紋、碧痕都尋熱鬧，找鴛鴦琥珀等耍戲去了，獨見麝月一個人在外間房裏燈下抹骨牌。寶玉笑問道：「你怎不同他們頑去？」麝月道：「沒有錢。」寶玉道：「床底下堆著那麼些，還不夠你輸的？」麝月道：「都頑去了，這屋裏交給誰呢？那一個又病了。滿屋裏上頭是燈，地下是火。那些老媽媽子們，老天拔地，伏侍一天，也該叫他們歇歇，小丫頭子們也是伏侍了一天，這會子還不叫他們頑頑去。所以讓他們都去罷，我在這裏看著。」

寶玉聽了這話，公然又是一個襲人。因笑道：「我在這裏坐著，你放心去罷。」麝月道：「你既在這裏，越發不用去了，咱們兩個說話頑笑豈不好？」寶玉笑道：「咱兩個作什麼呢？怪沒意思的，也罷了，早上你說頭癢，這會子沒什麼事，我替你篦頭罷。」麝月聽了便道：「就是這樣。」說著，將文具鏡匣搬來，卸去釵釧，打開頭髮，寶玉拿了篦子替他一一的梳篦。只篦了三五下，只見晴雯忙忙走進來取錢。一見了他兩個，便冷笑道：「哦，交杯盞還沒吃，倒上頭了！」寶玉笑道：「你來，我也替你篦一篦。」晴雯道：「我沒那麼大福。」說著，拿了錢，便摔簾子出去了。寶玉在麝月身後，麝月對鏡，二人在鏡內相視。寶玉便向鏡內笑道：「滿屋裏就只是他磨牙。」麝月聽說，忙向鏡中擺手，寶玉會意。忽聽呼一聲簾子響，晴雯又跑進來問道：「我怎麼磨牙了？咱們倒得說說。」麝月笑道：「你去你的罷，又來問人了。」晴雯笑道：「你又護著。你們那瞞神弄鬼的，我都知道。等我撈回本兒來再說話。」說著，一徑出去了。這裏寶玉通了頭，命麝月悄悄的伏侍他睡下，不肯驚動襲人。一宿無話。

這一段寫得風光旖旎，脂硯脂連連叫絕，並在一段很長的批語中洩露天機道：

閑閑一段兒女口舌，卻寫麝月一人。襲人出嫁之後，寶玉、寶釵身邊還有一人，雖不及襲人周到，亦可免微嫌小弊等患，方不負寶釵之為人也。故襲人出嫁後云「好歹留著麝月」一語，寶玉便依從此話。

後一回寶玉因與襲人有隙，故意重用四兒，脂批又道：

寶玉有此世人莫忍為之毒，故後文方有「懸崖撒手」一回。若他人得寶釵之妻、麝月之婢，豈能棄而為僧哉？此寶玉一生偏僻處。

從這兩段批註中，我們明確地得知，在襲人另嫁、寶玉娶親後，麝月仍然留在身邊爲婢，只可惜，那時候多半已不在大觀園中了。

原來柔情蜜意的金閨細事下，竟是暗藏玄機：寶玉替麝月篦頭，且說要替晴雯也篦一篦，晴雯卻道：「我沒那麼大福。」一語成讖，她果然是沒這福份；而寶玉與麝月在鏡內相視而笑，何等溫馨動人，卻終究是鏡花水月罷了——她偏偏又叫作麝月。

而寶玉的四季即景詩中又有「窗明麝月開宮鏡，室靄檀雲品御香」的句子，再次將麝月與鏡子聯繫起來；後來寶玉做夢看見甄寶玉，醒來看見鏡中自己的影子，又是借麝月之口點破：「怪道老太太常囑咐說小人屋裏不可多有鏡子。小人魂不全，有鏡子照多了，睡覺驚恐作胡夢。如今倒在大鏡子那裏安了一張床。有時放下鏡套還好；往前去，天熱困倦不定，那裏想的到放他，比如方才就忘了。自然是先躺下照著影兒頑的，一時合上眼，自然是胡夢顛倒；不然如何得看著自己叫著自己的名字？不如明兒挪進床來是正經。」

——凡此種種，都寫出了麝月與寶玉原是一場鏡花緣。

「開到荼蘼花事了。」群芳凋謝之時，惟有麝月還留在寶玉身邊，終於等到自己獨自開放的時刻。

然而又怎樣呢？春天，已經過去了。

麝月的口才

《紅樓夢》人物畫裏關於晴雯的取材主要有兩種：一是撕扇，二是補裘。前者喻其嬌憨，後者贊其忠勇，都給人留下了極深刻的印象。然而我們可有留意到，這兩個場面中，麝月都是最佳配角？

晴雯撕扇時，是她經過其旁，歎了聲「少作些孽罷」，寶玉搶了她的扇子，也拿給晴雯去撕，又讓她把扇匣子搬出來讓晴雯撕，麝月道：「我可不造這孽。他也沒折了手，叫他自己搬去。」

晴雯補裘，也是因她說了一句：「孔雀線現成的，但這裏除了你，還有誰會界線？」又幫著在一旁拈線，直到晴雯補完了，她還沒有睡，幫著檢查一遍，肯定說：「這就很好，若不留心，再看不出的。」

只是，在畫面中，卻往往沒有她的身影——麝月，竟是那麼容易被忽略的一個人物。

王夫人曾經說過：「寶玉房裏常見我的只有襲人麝月，這兩個笨笨的倒好。」

而襲人在晴雯被逐後，也曾自辯道：「太太只嫌他生的太好了，未免輕佻些。在太太是深知這樣美人似的人必不安靜，所以恨嫌他，像我們這粗粗笨笨的倒好。」

但是麝月真是「笨笨的」嗎？

非也。她的口才是怡紅院中一等一的絕妙。且看第五十二回〈俏平兒情掩蝦鬚鐲　勇晴雯病補雀金裘〉中，晴雯因恨墜兒偷金，故要攆她出去，明明握了滿理在手，卻被墜兒娘抓住語病，譏諷晴雯直呼寶玉名字，「在姑娘就使得，在我們就成了野人了。」堵得晴雯滿臉脹紅，幸虧麝月為之解圍，說出一番道理來——

晴雯聽說，一發急紅了臉，說道：「我叫了他的名字了，你在老太太跟前告我去，說我撒野，也攆出我去。」麝月忙道：「嫂子，你只管帶了人出去，有話再說。這個地方豈有你叫喊講禮的？你見誰和我們講過禮？別說嫂子你，就是賴奶奶林大娘，也得擔待我們三分。便是叫名字，從小兒直到如今，都是老太太吩咐過的，你們也知道的，恐怕難養活，巴巴的寫了他的小名兒，各處貼著叫萬人叫去，為的是好養活。連挑水挑糞花子都叫得，何況我們！連昨兒林大娘叫了一聲『爺』，老太太還說他呢，此是一件。二則，我們這些人常回老太太的話去，可不叫著名字回話，難道也稱『爺』？那一日不把寶玉兩個字念二百遍，偏嫂子又來挑這個了！過一日嫂子閑了，在老太太、太太跟前，聽聽我們當著面兒叫他就知道了。嫂子原也不得在老太太、太太跟前當些體統差事，成年家只在三門外頭混，怪不得不知我們裏頭的規矩。這裏不是嫂子久站的，再一會，不用我們說話，就有人來問你了。有什麼分證話，且帶了他去，你回了林大娘，叫他來找二爺說話。家裏上千的人，你也跑來，我也跑來，我們認人問姓，還認不清呢！」說著，便叫小丫頭子：「拿了擦地的布來擦地！」那媳婦聽了，無言可對，亦不敢久立，賭氣帶了墜兒就走。

麝月閑閑幾句話，先理清身分尊卑，指出「別說嫂子你，就是賴奶奶林大娘，也得擔待我們三分。」接著分辯清楚喊「寶玉」的合情理處，又提起老太太來，再次提醒墜兒娘身分低微，「不得在老太太、太太跟前當些體統差事」，不知規矩，最後乾脆發了逐客令，恐嚇說「這裏不是嫂子久站的，再一會，不用我們說話，就有人來問你了。」弄得墜兒娘「無言可對，亦不敢久立，賭氣帶了墜兒就走。」

這一番話層次分明，不急不徐，卻周密有力，可謂勝晴雯多矣。

後來芳官的乾娘在院中吵鬧，襲人情急，便喚麝月道：「我不會和人拌嘴，晴雯性太急，你快過去震嚇他兩句。」是側面肯定了麝月的外交口才。而麝月也不負重望，立便走過去，有理有節地斥道：

你且別嚷。我且問你，別說我們這一處，你看滿園子裏，誰在主子屋裏教導過女兒的？便是你的親女兒，既分了房，有了主子，自有主子打得罵得，再者大些的姑娘姐姐們打得罵得，誰許老子娘又半中間管閒事了？都這樣管，又要叫他們跟著我們學什麼？越老越沒了規矩！你見前兒墜兒的娘來吵，你也來跟他學？你們放心，因連日這個病那個病，老太太又不得閒心，所以我沒回。等兩日消閒了，咱們痛回一回，大家把威風煞一煞兒才好。寶玉才好了些，連我們不敢大聲說話，你反打的人狼號鬼叫的。上頭能出了幾日門，你們就無法無天的，眼睛裏沒了我們，再兩天你們就該打我們了。他不要你這乾娘，怕糞草埋了他不成？」

這番話，仍是從身分上先壓下一番大道理來，挫了對方威風，然後才講出規矩禮節來，又抬出「寶玉才好了些，連我們不敢大聲說話，你反打的人狼號鬼叫的」，偌大罪名，叫春燕娘敢不閉嘴？

正如陳其泰《桐花閣評紅樓夢》中所說：「寫麝月自有麝月體段，不是襲人，亦不是晴雯，卻兼有二人之才。」

寶玉說她「公然又是一個襲人」，素知她與襲人最是親厚；然而她與晴雯的關係也很不錯，在晴雯臥病時，正是她盡心伏侍。可見是怡紅院中人緣最好的第一個厚道人。

而她最難得的，卻是不到萬不得已，絕不顯山露水，並且從不作非分之想，安分守時，毫無醋意——或者，正是因爲這樣的性情內秀，才使得她成爲怡紅院中與寶玉情分最長的丫鬟吧。當襲人走了，晴雯死了，麝月終於脫穎而出，成爲寶玉身邊的最後一個知己。

只可惜，開到荼蘼花事了，萬事都遲了。

檀雲這個「出名」丫頭

我說檀雲是出名丫頭，不是說她很著名，而恰恰相反，是指她在《紅樓夢》裏全無正戲，只「出」過「名字」而已。

如第二十四回「襲人因被薛寶釵煩了去打結子，秋紋，碧痕兩個去催水，檀雲又因他母親的生日接了出去，麝月又現在家中養病……」

第三十四回「襲人見說，想了一想，便回身悄悄告訴晴雯、麝月、檀雲、秋紋等說：『太太叫人，你們好生在房裏，我去了就來。』」

第五十二回「麝月先叫進小丫頭子來，收拾妥當了，才命秋紋檀雲等進來，一同伏侍寶玉梳洗畢。」

雖然名字偶現，卻沒有一場戲目，更無一句對白，最多只好算一個群眾演員，連配角都算不上。

但是這個僅有名字的檀雲，在寶玉的詩文中卻佔有一定地位，如寶玉〈夏夜即景〉詩：「窗明麝月開宮鏡，室靄檀雲品御香。」又有誄晴雯的長賦中有句：「鏡分鸞別，愁開麝月之奩；梳化龍飛，哀折檀雲之齒。」似乎檀雲的作用，僅僅是爲了跟麝月對稱。

有正本也就是戚序本《紅樓夢》第十八回有回前詩，一直是紅學家們爭論的一個焦點，現錄全詩如下：

一物珍藏見至情，豪華每向鬧中爭。
黛林寶薛傳佳句，豪宴仙緣留趣名。
為剪荷包綰兩意，屈從優女結三生。
可憐轉眼皆虛話，雲自飄飄月自明。

這一回的回目是〈林黛玉誤剪繡香囊　賈元春歸省慶元宵〉，其內容，主要關於寶玉初遊大觀園，回來時身上所佩諸飾被小廝們一搶而空，黛玉以爲自己送他的荷包也被他送給小廝了，一生氣回身就把剛給他繡的香袋給剪了，寶玉忙從內衣裏取出珍重藏之的荷包給他看，說「我何嘗把你送的東西給人了？」兩人吵了一架後言歸於好。

這就是「一物珍藏見至情」「爲剪荷包綰兩意」的內容。

後半回則講的是元春省親，所謂「豪華每向鬧中爭」，令眾姐妹題詩，並著意誇獎了薛林二人，「黛林寶薛傳佳名」，又看了兩齣戲，「豪宴」、「仙緣」，傳諭說：「齡官極好，再作兩齣戲，不拘那兩齣就是了。」賈薔因命齡官做「遊園」、「驚夢」二齣。齡官自爲此二齣原非本角之戲，執意不作，定要作「相約」、「相罵」二齣。

庚辰本在這裏有批語：「『釵釧記』中，總隱後文不盡風月等文。」很明顯，這個「屈從優女結三生」，指的是賈薔與齡官。賈薔不能說服齡官唱「遊園」，只得「屈從優女」，並與其訂下三生之約，有「不盡風月之文」——看後面「齡官畫薔」就知道了。

然而周汝昌卻撰文說，這優女指的是「襲人」，因爲襲人嫁了琪官這個「優伶」，所謂「結三生」。然而行文至此，琪官這個人還沒出場呢，何以在回前詩中要專提一筆這麼隆重？更何況，就算一個女人嫁給了優伶，也不能就把她叫作「優女」，這解釋不是太牽強了嗎？且如何去解釋「屈從」兩字呢？

優女，明明就是女戲子齡官，應該不難理解。

周汝昌且把最後一句「雲自飄飄月自明」解釋成湘雲和麝月，以此來證明他的史湘雲嫁寶玉說，指出這句說的是將來湘雲和麝月兩個人留在寶玉身邊。

然而第十八回整個一回戲目中，完全沒有湘雲的戲，史湘雲這個人物的正式出場，乃在第二十回，寶玉在寶釵家作客，忽聽人說「史大姑娘來了」，忙忙趕去賈母這邊，「只見史湘雲大笑大說的，見他兩個來，忙問好廝見。」這是湘雲的頭回出場，離第十八回隔著兩回呢，更與十八回故事全無關係，又怎麼會出現在回前詩中呢？

故而，我判斷，這個「雲自飄飄月自明」的雲，應該是檀雲，沒有太特殊的意思，仍是照著曹雪芹的行文習慣，與麝月的名字做個對子罷了，引申為雲散花飛的意思。遙想將來，賈府事敗後，檀雲等眾丫鬟俱風流雲散，只有麝月一個人留在寶玉身邊（**脂批，「好歹留著麝月」**）。這可不正是「雲自飄飄月自明」麼？

玉在櫝中求善價——林紅玉。

紅樓第四塊玉

林之孝夫妻是天聾地啞嗎？

林紅玉的歸宿

從賈芸借貸看寶黛故事

小紅的帕子與寶釵的扇子

寶玉有沒有攆茜雪

紅樓第四塊玉

大觀園裏有三玉：寶玉、黛玉、妙玉，這是很好理解的。但是還有一玉，常常被讀者忽視，那就是紅玉。林紅玉。

林紅玉者，在小說中份量不輕，雖然只是個丫環，但是有名有姓有來歷，她是林之孝的女兒，原名林紅玉，因爲重了寶玉黛玉的玉，故而改名小紅。

這是一招曲筆。故意混淆注意力，讓讀者下意識忽略這個人物。然而曹雪芹又不甘心人們真的完全忽視了她，所以屢屢提醒，甚至不惜自相矛盾，替她安排了很多疑點，又讓細心的讀者不能不注意這個人物。

疑點一：她的身分

她是大管家林之孝的女兒。林之孝何許人也，那在榮國府裏可是舉足輕重的人物，然而他的女兒，倒只是送進怡紅院裏做了個灑掃灌溉的粗使丫頭，端茶遞水眼面前的活兒一樣也夠不著。寶玉發瘋之際，林之孝家的專門前來慰問，這暗示了什麼？一則固然是說身爲管家娘子禮數周到，而且也有頭有臉，輪得到她到小爺面前來問候；二則寶玉是最不待見婆媽們的，春燕兒娘連進門檻都要捱頓罵，那林之孝家的竟可以長驅直入，或者，只是爲了突出一個「林」字吧。

黛為青，紅為赤，林黛玉和林紅玉，多麼像一對姐妹花的名字？

然而這名字太顯眼，所以改了小紅。

疑點二：正是這名字的改動

小紅向鳳姐陳情，因重了寶玉黛玉的玉，所以改成小紅。紅樓夢裏提及名諱處甚多，比如黛玉就從不肯提一個「敏」字，每每說及，必念成「密」；寫的時候又總是少一劃兩劃。這樣看來，紅玉改為小紅似乎合理，無甚疑點。

然而怡紅院裏另一個小丫環春燕兒，倒不怕重了元迎探惜四春的「春」字？元春還是皇妃呢，榮國府倒不忌諱？

襲人原名珍珠，既重了賈珍的珍，又重了賈珠的珠，也不忌諱，還是老祖宗身邊的人呢。是後來與了寶玉才改名兒的，並不為她妨死了賈珠。

二爺的玉不可以重，大爺的珠就可以？這也是個不通。

書名叫《紅樓夢》，賈寶玉的第一個住處是赤霞宮，這是他未下凡之前，四處遊玩，遇見絳珠仙草之時的留連之處。「赤」即紅，「絳」亦是紅，而他在俗世裏住的更是怡紅院，臥室又名絳芸軒，且素有個愛紅的毛病兒，可見「紅」字對於寶玉之重要，不壓於「玉」。

而小紅分入怡紅院，竟是在群芳遷入大觀園之前的事——莫非林紅玉才是怡紅院的第一位主人？

疑點三：小紅的愛情與信物

小紅的心上人乃是賈芸，那位廊下的二爺。寶玉曾說賈芸「倒像我的兒子」，分明點出這芸二爺是自己的投影。

寶玉將自己住處題名「絳芸軒」，絳也是紅，絳芸，當然不是說這裏住著林紅玉與芸二爺，那就只能暗藏林黛玉與寶二爺了。小紅與賈芸則是他二人的俗世化身。因爲寶玉黛玉的身分太高，故事不能往俗裏寫，情感不能盡興，便都寄託在芸二爺與林紅玉身上了，有點找替身的感覺。

所以寶玉第一次在門額上貼「絳芸軒」三個字時，請了黛玉與自己同看，而那字，則是黛玉的另一替身兒晴雯替他貼上去的。

小紅與賈芸的因緣是由「癡女兒遺帕惹相思」開始的。而手帕，在寶黛愛情中同樣擔當著絕對重要的角色。

文中寶黛互贈的禮物很多，卻都淡淡帶過，因黛玉是個不重財物的，皇上賞的香串也擲了去，罵「什麼臭男人戴過的」；然而兩條舊帕子，她卻如珠如寶，捧著哭了半夜，還題了三首詩在上頭。是第一次明明白白的吐露心事。那帕子，幾乎有定情信物一樣的分量，比什麼金鎖金麒麟都貴重。

而小紅這帕子，更是實打實寫出來，直接就是定情物了。甚至連一貫的曲筆都懶怠用，而且還要特特地先做了一個夢出來，夢見賈芸拾了她的帕子；然後那夢就成了真，小丫環墜兒果然拿了帕子來討賞。《紅樓夢》裏這樣露骨而直白的描寫甚少。這是獨一處。

而她們的談話是被誰撞破的?寶釵。

黛玉的終身也是被寶釵攔腰截斷的,這很明顯。

替小紅送帕子的墜兒因爲偷金被晴雯攆了出去,而替黛玉送帕子的晴雯也同樣沒落得好下場。

由此看來,林紅玉與芸二爺的故事,活脫就是林黛玉和寶二爺的一場翻版,或說投影,鏡中花,水中月。

只不過小紅到底撈到了月亮沒有呢?還是個懸案。

作者到底是要小紅成爲理想中的黛玉出路,使她終於獲得幸福圓夢,還是要她成爲黛玉第二,也一樣是齡官畫薔癡及局外,最終仍是泡影?我們後文再議。

值得一提的是,小紅給寶玉倒茶的次日早晨,寶玉找小紅而不遇的一段寫得十分傳神,讓讀者看得直替他二人著急。然而他最終也沒尋到,倒已經被鳳姐截手要了去。要去時,他也並不知小紅究竟是哪個——他是無意中失落了她。

他最終也失去了林黛玉,當然也是無意。是有個位高權重的人巧取豪奪——當然不是鳳姐了,那麼是誰?誰會要了黛玉去,而寶玉猶自無知無覺或者束手無策?

越是想得到的,越是容易被自己的疏忽錯過,這世上失落了心愛之人的癡情傻子,又豈止是賈寶玉一個?

林之孝夫妻是天聾地啞嗎？

書中在最初介紹小紅時，只說「他父母現在收管各處房田事務」，卻並未點明姓甚名誰。直到鳳姐兒使喚她傳話時，才借李紈之口說明：「你原來不認得他？他是林之孝之女。」鳳姐聽了，笑著說了句：「林之孝兩口子都是錐子扎不出一聲兒來的。我成日家說，他們倒是配就了的一對夫妻，一對天聾地啞。那裏承望養出這麼個伶俐丫頭來！」

然而林之孝家的夫妻兩個真格是「天聾地啞」嗎？

第六十二回寶玉的生日宴上，林之孝家的特地帶著幾個婆子來園中查看，察顏觀色，見機行事。一則怕有正事呼喚，二者恐丫鬟們乘王夫人不在家不服約束，飲酒失態。探春忙說並沒有認真喝酒，林之孝家的笑道：「我們知道，連老太太叫姑娘吃酒姑娘們還不肯吃，何況太太們不在家，自然頑罷了。我們怕有事，來打聽打聽。二則天長了，姑娘們頑一回子還該點補些小食兒。素日又不大吃雜東西，如今吃一兩杯酒，若不多吃些東西，怕受傷。」有理有據，進退得宜，這哪裏是不會說話的人呢？

到了晚上，怡紅夜宴前，林之孝家的又帶人來查夜，先叫了上夜的人來吩咐：「別耍錢吃酒，放倒頭睡到大天亮，我聽見是不依的。」又問寶玉睡了沒有，且說：「如今天長夜短了，該早些睡，明兒起的方早。不然到了明日起遲了，人笑話說不是個讀書上學的公子了，倒像那起挑腳漢了。」爲寶玉喊了一聲襲人倒茶，就又把老太太、太太抬出來，說了半日大家之禮，「別說是三五代的陳人，現從老太太、太太屋裏撥過來的，便是老太太、太太屋裏撥過來的，便是老太太、太太屋裏的貓兒狗兒，輕易也傷他不的。這才是受過調教的公子行事。」襲人、晴雯等忙忙地解釋，林之孝家的還不算完，又足的說了一大篇話，又吃了茶，這才擺駕辭宮——譜兒比誰都大，話比誰都多，非但不聾不啞，簡直耳聰目明，多嘴多舌，堪稱話癆了！

而晴雯說他「嘮三叨四，又排場了我們一頓去了」，可見這樣的表演已經不是一回兩回，這林之孝家的向來話多且密，不是好惹的。哪裏是「天聾地啞」的光景？

奇怪的是，在這場交鋒中，眾丫鬟對林之孝家的極爲奉承小心，然而對她的女兒小紅，如何卻會橫加欺凌呢？豈不矛盾？

自相矛盾的還不只這一處，寶玉魘魔法病癒後，小丫頭佳蕙同紅玉發牢騷：「襲人那怕他得十分兒，也不惱他，原該的。說良心話，誰還敢比他呢？別說他素日殷勤小心，便是不殷勤小心，也拚不得。可氣晴雯、綺霰他們這幾個，都算在上等裏去，仗著老子娘的臉面，眾人倒捧著他去。你說可氣不可氣？」

然而晴雯哪裏來的老子娘呢，而小紅貴爲管家林之孝之女，如何倒倚仗不上「老子娘的臉面」呢？

有一種可能是，作者在最初塑造小紅這個人的時候，並沒想過要把她安排作林之孝的女兒。不過是在鳳姐提問時，隨手一筆，給她派了個身世，並爲對照之美，又讓鳳姐說了句不期天聾地啞的父母養出個伶俐女兒的話來。

不過也可能有另一種解釋，就是一則在王熙鳳眼中，萬人都是蠢鈍貨色，對人的褒貶原做不得準；二則在鳳姐面前，一干下人自然都是服服貼貼惟命是從，縱然伶牙俐齒又如何敢於施展呢？三則林之孝夫妻為人老辣，城府深沉，最是懂得藏拙裝愚的道理，所以「天聾地啞」未始不是一種處世態度和行事手段而已。

可記得書中最會守愚的人物是誰嗎？

乃是薛寶釵。「罕言寡語，人謂藏愚；安分隨時，自云守拙。」（第八回）

而王熙鳳對她的評價是什麼呢？

正如其私下裏與平兒所議：「不干己事不張口，一問搖頭三不知。」（第五十五回）

在王熙鳳眼中，連寶釵都是不大說話不能管事的人；然而事實上，第五十六回中「識寶釵小惠全大體」，充分證明了寶釵並不是寡言少語沒意見不理事的人。那麼她所評價的林之孝家的「天聾地啞」又如何當得真呢？

林之孝兩夫妻在府裏不但有臉面，且是在鳳姐夫婦面前真正說得上話的。鳳姐潑醋，逼得鮑二家的上吊自殺，林之孝家的進來悄悄回鳳姐：「鮑二媳婦吊死了，他娘家親戚要告呢。我才和眾人勸了他們，又威赫了一陣，又許了他幾個錢，也就依了。」可見兩夫妻是有決斷且做得主的人。

又因鳳姐外強中乾地發威，說：「我沒一個錢，有錢也不給他，只管叫他去告。」那林之孝家的為難，雖不勸，卻也不肯聽從，因見賈璉向自己使眼色，才出來等著。賈璉出來，又找了林之孝商議，命人作好作歹，許了二百兩銀子才罷。其後又命林之孝將那二百兩入在流年帳上分別添補開銷過去——不但要替主子遮掩姦情，連主子貪污也要幫忙遮掩，這林之孝也真算得上貼身心腹了。

並且這心腹還不似旺兒等人只是聽命辦事的，而是有自己的主張見解，第七十二回林之孝與賈璉的一番對談中，劈頭便問：「方才聽得雨村降了，卻不知因何事，只怕未必真。」可見耳目聰明，連政事也是關心的。

接著又議起家事來，主動提議說：「不如揀個空日回明老太太老爺，把這些出過力的老家人用不著的，開恩放幾家出去。一則他們各有營運，二則家裏一年也省些口糧月錢。再者裏頭的姑娘也太多。俗語說：一時比不得一時。如今說不得先時的例了，少不得大家委屈些，該使八個的使六個，該使四個的便使兩個。若各房算起來，一年也可以省得許多月米月錢。況且裏頭的女孩子們一半都太大了，也該配人的配人。成了房，豈不又孳生出人來。」

這番話，遙遙對應探春、寶釵的興利除弊，不愧是大管家，充分顯現了林之孝夫妻非但不是天聾地啞，而且是眼觀六路，耳聽八方，世情練達，人事精明。上自本家爺們與官爺的交往，政局行情，下至奴才門人之子的家事，兒女情長，竟無不了然，且自有見解，便在璉二爺面前也是可以大模大樣地高談闊論，長篇大論的，這裏哪有一點「天聾地啞」的意思呢？

那麼作爲他們的女兒林紅玉，又怎會是等閒之人呢？小紅曾同小丫鬟佳蕙說：「俗語說的好：『千里搭長棚，沒有個不散的筵席。』誰守誰一輩子呢？不過三年五載，各人幹各人的去了。那時誰還管誰呢？」這番見識既清醒又長遠，何曾是十七八歲小丫頭的眼光頭腦？

顯然深受父母教誨，耳濡目染，遂有此悟。

這也同時解釋了爲什麼林紅玉身爲管家之女，卻會屈尊於怡紅院只做一個灑掃餵鳥的二等小丫頭，連端茶沏水都沒資格。

林紅玉的歸宿

通常來說，府中的丫頭將來的出路有三種：第一種是攀高枝兒，被哪個主子看中收房，納爲妾室，比如平兒、襲人便是了；第二種是年齡大了，便在奴才中擇個小子一嫁一娶，再生下小奴才來，便如李嬤嬤罵襲人時所說的「好不好拉出去配一個小子」；第三種則是蒙主子恩開發了，還其自由身，另向外邊擇婿完婚，做正經夫妻。

鳳姐兒順從邢夫人之意說過：「別說是鴛鴦，憑他是誰，那一個不想巴高望上，不想出頭的？這半個主子不做，倒願意做個丫頭，將來配個小子就完了。」這說的就是家生子兒的兩種結局。

而賈赦聞說鴛鴦抗婚，則說：「叫他早早歇了心，我要他不來，此後誰還敢收？此是一件。第二件，想著老太太疼他，將來自然往外聘作正頭夫妻去。叫他細想，憑他嫁到誰家去，也難出我的手心。」則說的是第三種出路。

林之孝夫妻兩個在賈府做了大半輩子，算得上有錢有勢，卻畢竟是奴才；其女小紅是家生子兒，生下來就註定要做奴才；但是林之孝會願意小紅也做一輩子奴才，將來再為賈府生下第三代小奴才來嗎？

從第七十二回中林之孝勸賈璉的話看來，他不但眼光敏銳，而且處事小心，頗懂得未雨綢繆的道理，絕不是個貪圖眼前利益的人。他讓賈璉勸賈赦、賈政少與賈雨村親近，免得沾染是非；又讓賈璉向老爺太太建議，裁減人手，節省開支。這些都不是普通愚人奴才可以有的心胸見地，其心思甚至比賈赦、賈政更加細密呢。

這樣的一對夫妻，生下一個既聰明伶俐又有些姿色的女兒小紅來，如果他們存心讓小紅攀高枝兒，自然會想方設法在主子面前進言，給小紅安排個最輕省體面的活計。但是他們沒有這樣做，而是把她放在空空的大觀園裏掃地看院子，分明是不希望她顯山露水。

第七十回開篇說「林之孝開了一個人名單子，共有八個二十八歲的單身小廝應該娶妻成房的，等裏面有該放的丫頭們好求指配。」可見這人丁婚配發放是歸林之孝管的。那麼他們對自己親生女兒的終身又會做何考慮呢？既然不希望她顯露鋒芒攀附富貴，自然也不會情願配個奴才小子完事，那麼只可能是第三種選擇：希望憑藉自己兩夫妻的臉面苦勞，求主子開恩把小紅放出來，自行選個清白人家成婚。

以林之孝夫妻的財勢，不愁不能給小紅備份好嫁妝，即便招婿入贅也是沒問題的。這就是他們把小紅藏在園中，不讓她有任何出頭露面的機會的緣故了。

書中有一段紅玉小傳，說「原來這小紅本姓林，小名紅玉，只因玉字犯了林黛玉、寶玉，便都把這個字隱起來，便都叫他小紅。」然而丫鬟名字與主子犯沖的不乏其例，比如「珍珠」也與賈珠重名，春燕兒更是犯了元妃的春字，所以紅玉改名著實値得商榷，這究竟是作者瞞弄讀者，不使含意過分明顯刺眼呢？還是改名的舉動並非出自主子，而是林之孝夫妻的主意？

書中又說：「這紅玉年方十六歲，因分人在大觀園的時節，把他便分在怡紅院中，倒也清幽雅靜。不想後來命人進來居住，偏生這一所兒又被寶玉占了。」可見小紅遇見寶玉，實非林之孝夫妻的本意。他們最初將女兒安排在怡紅院，本來目的是爲了「清幽雅靜」。無奈紅玉仗著自己「有三分容貌，心內著實妄想癡心的往上攀高」，卻又被秋紋碧痕一頓排揎，弄得灰了心；幸好鳳姐將她挑了去，正所謂秀外慧中，不能自藏，到底還是出人頭地了。

這多半打破了林之孝夫妻的計畫，所以林之孝向賈璉建議裁減丫頭，很可能是投石問路之舉。然而賈璉回答說賈政剛回家，不便提這些事，林之孝家的也只好不提下文了。但因議起來旺小子與彩霞的親事來，卻又勸賈璉說：「依我說，二爺竟別管這件事。旺兒的那小兒子雖然年輕，在外頭吃酒賭錢，無所不至。雖說都是奴才們，到底是一輩子的事。彩霞那孩子這幾年我雖沒見，聽得越發出挑的好了，何苦來白糟踏一個人。」

這件家事愈發見出林之孝的冷靜理智，他對於彩霞的婚配對象尙如此操心，何況自己女兒的未來呢？又豈肯讓好好的女孩兒因爲做了奴才便誤了終身？

小紅歸了鳳姐之後，便只見名字不見人了，竟沒什麼戲分。這有兩個可能，一是作者筆力顧及不到，正戲在後文；二是林之孝夫妻對小紅說了實話，讓她不要太抓尖能幹，安心等待時機好得空放出來。

從脂批裏可以看到，將來鳳姐、寶玉囚於獄神廟時，小紅曾經前往探望，且有「寶玉大得力處」，可見賈家事敗之後，小紅竟然未受牽連。照朝廷規矩，倘若犯官被抄家，其家僕奴才都與房院財產一樣，是要被查封變賣的。那麼小紅怎麼可能自由來去呢？

惟一的解釋就是，抄家之前，小紅就已經離開了大觀園，而且是去除奴籍，還了自由身的。甚至，她這時候可能已經嫁了賈芸，做了正頭夫妻。雖然說賈芸是位爺，但卻貧寒；小紅雖是奴才之女，卻頗有家資。此前卜世仁嘲罵賈芸時曾說：「你但凡立的起來，到你大房裏，就是他們爺兒們見不著，便下個氣，和他們的管家或者管事的人們嬉和嬉和，也弄個事兒管管。」可見那些管事大爺比賈芸這種外層主子還要得體面。如此，賈芸若能娶小紅為妻，也就論不得誰高攀誰低就了。

寶琴的十首〈懷古詩〉之九寫道：「小紅骨賤最身輕，私掖偷攜強撮成。雖被夫人時吊起，已經勾引彼同行。」不但直名小紅，且寫出同行結局，會不會是一種暗示呢？所謂「骨賤身輕」，指的是其地位；「私掖偷攜」，是說林之孝的心機手段，取巧弄成此事；「雖被夫人時吊起」有些難解，或與後文內容有關；然而「已經勾引彼同行」，卻是不變的喜劇結局。

而且那小紅識賈芸於未達之先，是慧眼識英雄的。《紅樓夢》第一回裏，甄家的丫頭嬌杏「只因一回顧，便為人上人」，做了賈雨村的夫人；而這小紅，更比嬌杏有才有貌，將來焉知不會「命運兩濟」，攀龍附鳳呢？

小紅的愛情經營，即使在今天也是值得稱讚的，她告訴我們兩條愛情法典：一，不要在一棵樹上吊死，當此處的愛情不開花時，要及早回頭，看向彼處；二，愛情不能一味等待，要懂得使一點手段，不妨主動出招，但要含蓄收放，如果對方肯接招的話，那就一拍即合；即使對方不解風情，自己卻也雲淡風清。

但如果是這樣，小紅便成了書中最有福氣的一個，入不得薄命司了。這可能嗎？從前我因爲她的名字叫林紅玉，同黛玉一字之差，顯然是黛玉的一個替身兒，所以認定她必定也是薄命司中人物，沒理由得到一個大團圓的結局。

但是後來又想，一紅一黛，豈非恰好相反？何況黛玉〈五美吟〉之壓軸，正是「巨眼識窮途」的紅拂，五美中惟一獲得了好結局的人。小紅之屬意賈芸，豈非與紅拂的情奔李靖是一樣的自由選擇嗎？既然林黛玉在五美之末寄託了自己對幸福生活的一種終極理想，那麼小紅這個黛玉的俗世替身兒，又焉知不會替她完成這一理想呢？

而且，小紅作爲丫頭雖然可能蒙恩放出，林之孝夫妻作爲榮府管家，卻一定不會那麼容易脫身。賈府被抄之時，林之孝夫妻也都會被充官變賣，身不由己，甚至病重身亡。如此，小紅縱然嫁得好郎君，也仍然可謂薄命女了。

從賈芸借貸看寶黛故事

在確定了小紅與賈芸的故事，乃是黛玉同寶玉的俗世投影後，很多隱藏在故事背後的秘密也就都跟著可以浮出水面了。

首先，與小紅相戀的賈芸的故事就很值得玩味。

他爲了在大觀園中謀一職，向舅舅卜世仁求助，想賒些冰片麝香給鳳姐送禮，卻被卜世仁排揎了一頓。

賈芸笑道：「舅舅說的倒乾淨。我父親沒的時候，我年紀又小，不知事。後來聽見我母親說，都還虧舅舅們在我們家出主意，料理的喪事。難道舅舅就不知道的，還是有一畝地兩間房子，如今在我手裏花了不成？巧媳婦做不出沒米的粥來，叫我怎麼樣呢？還虧是我呢，要是別個，死皮賴臉三日兩頭來纏著舅舅，要三升米二升豆子的，舅舅也就沒有法呢。」

卜世仁聽了這話，卻不肯接話解釋，反顧左右而言他，囉嗦起三房裏老四賈芹的威風了。可見賈芸話裏有話，並沒有冤枉了他——自己年幼喪父之時，家中那一畝地兩間房子的財產，是被舅舅卜世仁借料理喪事給霸佔了去，這才使自己落得一貧如洗。

——這段故事，暗隱著誰的身世？

我們都知道，林如海乃是前科的探花，蘭台寺大夫，巡鹽御史。其祖曾經襲過列侯，業經五世。乃是鐘鼎之家，書香世族。膝下又只有黛玉一個女兒，所遺萬貫家財俱是她的。然而黛玉為什麼卻會同寶釵感歎，說：「你如何比我？你又有母親，又有哥哥，這裏又有買賣地土，家裏又仍舊有房有地。你不過是親戚的情分，白住了這裏，一應大小事情，又不沾他們一文半個，要走就走了。我是一無所有，吃穿用度，一草一紙，皆是和他們家的姑娘一樣，那起小人豈有不多嫌的。」

推算起來，林家世襲五代而人丁不旺，積下的財產不知凡幾，遠不只「有房有地」這麼簡單，甚至可能遠超過榮寧二府。而林如海歿後，是賈璉帶著黛玉回去奔喪，出手替她料理喪事，又帶了黛玉一同回來的。

當其時，正是榮國府興建大觀園的時候，銀子花得堆山淌海。此前榮國府的財政狀況已經是入不敷出了，突然增加出這樣一大筆支項，竟然也應付有餘，連元春都感慨「奢靡太過」，是哪裏來的橫財？

後來賈璉受太監勒索，周轉不靈時，曾感歎「這會子再發個三二百萬的財就好了。」聽話聽音兒，此前必是曾經發過一筆二三百萬的橫財的。只怕就是林如海的那筆遺產了。這樣的內幕，作者「為尊者諱」，往往不會寫在明處，便只好借由賈芸的故事以小見大了。

賈芸借貸不遂，卻在歸家途中偶遇醉金剛倪二，得其慷慨解囊。正是「仗義每多屠狗輩，從來英雄出蒿萊。」

後來寶玉身處困境時，仗義相助、探他慰他的，只有小紅、茜雪這些不得志的怡紅舊人。

第二十六回〈蜂腰橋設言傳心事〉，小紅感慨「千里搭長棚，沒有不散的宴席」一段，甲戌本有兩段批語：

「紅玉一腔委屈怨憤，係身在怡紅不能遂志，看官勿錯認為芸兒害相思也。己卯冬。」

「獄神廟紅玉、茜雪一大回文字惜迷失無稿。」

次回應答鳳姐一番話後，庚辰本又有兩段眉批：

「奸邪婢豈是怡紅應答者，故即逐之。前良兒，後篆兒，便是確證。作者又不得有也。己卯冬夜。」

「此係未見『抄沒』、『獄神廟』諸事，故有是批。丁亥夏。畸笏。」

這兩段話自相矛盾，自我修正，前一段應該是第一次看到此節時寫下，而後一段則是第二次重看時更正前一段話的；又或者兩段批語非出自一人之手，畸笏叟是知悉紅樓後文，瞭解「抄沒」、「獄神廟」佚文之人，遂有批語指正前人之誤。

另外，第十二回有一段批語雖然未提小紅，卻也與獄神廟有關，原文作：

茜雪至「獄神廟」方呈正文。襲人正文標目曰「花襲人有始有終」，余只見有一次謄清時，與「獄神廟慰寶玉」等五六稿，被借閱者迷失，歎歎！丁亥夏。畸笏叟。

這段話和前面「抄沒」、「獄神廟」一段，在時間上完全一致，應該是畸笏在同一次翻閱時批下的。而幾段話連起來，便可以得到一個相對完整的故事情節：賈家被抄沒之後，寶玉一度身陷獄神廟，而小紅和茜雪曾往獄神廟慰問。——這般雪中送炭之情，正與前文倪二助賈芸相類同。

賈芸和小紅，在書中俱屬於「懷才不遇」型，而這正是作者「無才可去補蒼天」的最大悲憤。作者在這二人身上是傾注了真感情的，所以才會取了「林紅玉」這麼尊貴的名字，並選擇她與賈芸成爲自己的俗世化身，在他們的故事裏寄予了許多自己對生活的真實感慨。細讀小紅與賈芸的故事，也許會讓我們看到一個更加真實的賈寶玉與林黛玉。

小紅的帕子與寶釵的扇子

《紅樓夢》雖是一部情書，然而完整的愛情故事，除了寶玉情史之外，大概就只有三段，一是賈璉與尤二姐，二是柳湘蓮與尤三姐，第三就是賈芸和小紅了。餘者如張金哥與守備之子，司棋與潘又安，甚至彩雲、彩霞與賈環，不過是輕描淡寫，有梗概而無細節，有片斷而無始終。

而小紅與賈芸卻不同，從他們的邂逅、重逢、換帕、訂情，以及兩個人各自為事業前途的鑽營、拔升，作者一一寫來，紋絲不亂。

賈芸初遇小紅是在寶玉的外書房綺霰齋，正是煩悶，只聽門前嬌聲嫩語的一聲「哥哥」，小紅出場了，文中借賈芸之眼看去，寫出「是一個十六七歲的丫頭，生的倒也細巧乾淨。」那丫頭聽茗煙說了賈芸身分，「方知是本家的爺們，便不似先前那等迴避，下死眼把賈芸釘了兩眼。」又告訴道：「他（寶玉）今兒也沒睡中覺，自然吃的晚飯早。晚上他又不下來。難道只是耍的二爺在這裏等著挨餓不成！不如家去，明兒來是正經。便是回來有人帶信，那都是不中用的。他不過口裏應著，他倒給帶呢！」

既然是「下死眼釘了兩眼」，可見心思；而書中說「賈芸聽這丫頭說話簡便俏麗，待要問他的名字，因是寶玉房裏的，又不便問」，分明也是有意的，而且一邊走一邊回頭，「眼睛瞧那丫頭還站在那裏呢。」

一個回頭，一個駐望，簡直是一見鍾情嘛。

這時候我們還並不知道小紅的名字，只知其生的「細巧乾淨」，「說話簡便俏麗」，是寶玉房裏的丫頭。

中間插過一段賈芸謀職成功、取得種花大權的戲後，又寫寶玉回房喝茶，偏眾人都不在屋裏，正要自己動手，背後有人道：「二爺仔細燙了手，讓我們來倒。」——又是一個先聲奪人。

這是又一次的絕妙亮相，寶玉一面吃茶，一面打量，只見她「穿著幾件半新不舊的衣裳，一頭黑鬒鬒的頭髮，挽著個髻，容長臉面，細巧身材，十分俏麗乾淨。」——就此「在玉兄處掛了號」。

這丫頭回了芸兒的話，使我們知道此丫鬟就是方才外書房的那丫環，並借寶玉之口問道：「你也是我這屋裏的人麼？」「你爲什麼不作那眼見的事？」

倘若二人有更多的時間相處，故事本來可以有進一步發展的。紅玉長得漂亮，說話又靈巧，只要入了寶玉的眼，即使不能晉身爲襲人、晴雯那樣的一品大丫鬟，但成爲芳官、四兒那樣受寵的二等丫環總是可以的吧？

設想一下，如果寶玉問：「你叫什麼名字啊？」小紅說：「我叫小紅，原名林紅玉，因爲重了二爺和林姑娘的玉，改名叫小紅了。」寶玉會做何感想呢？林紅玉，林黛玉，只有一字之差。這樣一個秀外慧中的小丫環，這樣奇特鮮明的出場，難道不會在寶玉心上留下極深的印象麼？

可惜的是，兩人剛講了幾句話，還未來得及問名姓，大丫頭秋紋、碧痕提著水桶嘻嘻哈哈地回來了。小紅忙去接水，卻被二人夾槍帶棒地好一陣搶白，左一句「沒臉的下流東西」，右一句「你也拿鏡子照照，配遞茶遞水不配！」真真罵得小紅心也灰了。

正纏攪不清，老嬤嬤進來說起賈芸明日帶人進來種花樹的事，眾丫鬟難得聽見園裏發生新鮮事，也都興奮，緊著打聽是誰帶人進來，問東問西，惟有小紅心裏明白就是那位「廊上的二爺」，便存了念頭，「心中一動」——這念頭轉得也是夠快的，果然是「玉在櫝中求善價」的不安分之人。

直到此時，書中方詳細交代小紅身世爲人，「原是榮國府中世代的舊僕，他父母現在收管各處房田事務。」卻並未說明就是林之孝夫妻。又說「這紅玉雖然是個不諳事的丫頭，卻因他有三分容貌，心內著實妄想癡心的往上攀高，每每的要在寶玉面前現弄現弄。只是寶玉身邊一干人，都是伶牙利爪的，那裏插的下手去。」

然而寶玉自見了她，其實也是留心的，次日起來還特地往院裏尋找，假裝看花兒東張西望，好容易看見她坐在海棠花後出神，正自猶豫，碧痕偏來催他洗臉，只得進去了。而襲人也就沖紅玉招手，命她：「我們這裏的噴壺還沒有收拾了來呢，你到林姑娘那裏去，把他們的借來使使。」

——真是陰差陽錯，失之交臂。是有意，還是無緣？

很可能，昨天小紅和寶玉私處的事，秋紋和碧痕已向襲人報告了。前文寫寶玉想喚紅玉來使喚，只怕襲人寒心，故而優柔寡斷；而襲人對寶玉的心思瞭若指掌，看到他張望搜尋，又站在海棠花後望著紅玉發呆，也就當即立斷，雙管齊下地一邊令碧痕喚走寶玉，一邊自己出來打發了小紅，免得寶玉洗完臉再出來找她，自己又多一個強敵。

有個輔證：後文中小紅借著一個爲鳳姐傳話的機會，出色的才能終於得以顯山露水。鳳姐愛才，立刻決定將她收歸旗下。而襲人對此分明是巴不得的，連面辭寶玉的機會也不給就把小紅送走，生怕「小爺囉嗦」，事情有變。當晚寶玉回來，襲人只輕飄飄地說了句：「二奶奶打發人叫了紅玉去了。他原要等你來的，我想什麼要緊，我就作了主，打發他去了。」

可憐直到這一刻，寶玉都還不知道紅玉就是那天爲自己倒茶的丫頭。他們之間的一點點可能性，至此徹底成了不可能。

悲哉小紅，「懷才不遇」已經很慘了，還要被人處處設防，簡直一點機會也不給，一點希望也沒有。

值得注意的是，這一段表面上似乎寫的只是怡紅細事，沒有黛玉什麼事，可是襲人一句「你到林姑娘那裏去」，便把黛玉也給牽扯進來了，這是一處暗示手法——此處襲人只是阻礙了寶玉與紅玉親近，而將來，她也有可能會製造寶玉同黛玉之間的障礙。

事實上，向王夫人進饞言，讓寶玉遷出園去，已經是襲人的一種疏離之計了。

且說小紅因去瀟湘館取噴壺，走上翠煙橋時，遠遠看見賈芸坐在山子石上看著人種樹，待要過去，又不敢——爲何要過去呢？分明想有進一步行動；爲何又不敢呢？只爲一則不知賈芸心意，二則也礙於規矩禮法；遂只得悶悶不樂地取了壺回來，無精打采，已是害相思的症狀。

後來寶玉魘魔法，賈芸帶著眾小廝坐更看守，小紅也同眾丫鬟日夜守著寶玉，看見賈芸手中的帕子很像自己丟的那條，想問又不好問，想丟又丟不下，心思漸重，終日懶洋洋的，正如後文黛玉說的那句戲詞兒：「每日家情思睡昏昏」。而這一回的題目，就叫作〈蜂腰橋設言傳心事　瀟湘館春困發幽情〉，前半句寫紅玉，後半句寫黛玉。

作者生怕讀者不留意，又特地借小丫頭佳蕙之口勸紅玉：「林姑娘生的弱，時常他吃藥，你就和他要些來吃，也是一樣。」——等於明明白白地告訴讀者：寫紅玉，即是寫黛玉，是一樣的。

這時候，她已是打定主意要與賈芸交結的了。後來終於等了一個機會，因聽見婆子說要帶賈芸進來，便故意在蜂腰橋上遙等——

一時，只見一個小丫頭子跑來，見紅玉站在那裏，便問道：「林姐姐，你在這裏作什麼呢？」紅玉抬頭見是小丫頭子墜兒。紅玉道：「那去？」墜兒道：「叫我帶進芸二爺來。」這裏紅玉剛走至蜂腰橋門前，只見那邊墜兒引著賈芸來了。那賈芸一面走，一面拿眼把紅玉一溜；那紅玉只裝著和墜兒說話，也把眼去一溜賈芸：四目恰相對時，紅玉不覺臉紅了，一扭身往蘅蕪苑去了。

這一次，紅玉不是去瀟湘館取噴壺，而是往蘅蕪苑取花樣筆，便又將寶釵牽扯進來了。如果說初遇只是偶然的話，那麼這次重逢便是存心了。從墜兒去接人到人已經接進來了，她還走走停停地耽擱在蜂腰橋上，分明是處心積慮地等著要與賈芸「巧遇」，但不好直接同男人搭腔，遂「只裝著和墜兒說話」，四目相對，已經各自有心。

妙的是，這段文章只寫「那紅玉只裝著和墜兒說話」，卻並未提到具體說的是什麼，直到賈芸離開怡紅院時，方補了一筆，將前文敘明——

賈芸又道：「才剛那個與你說話的，他可是叫小紅？」墜兒笑道：「他倒叫小紅。你問他作什麼？」賈芸道：「方才他問你什麼手帕子，我倒揀了一塊。」墜兒聽了笑道：「他問了我好幾遍，可有看見他的帕子。我有那麼大工夫管這些事！今兒他又問我，他說我替他找著了，他還謝我呢。才在蘅蕪苑門口說的，二爺也聽見了，不是我撒謊。好二爺，你既揀了，給我罷。我看他拿什麼謝我。」原來上月賈芸進來種樹之時，便揀了一塊羅帕，便知是所在園內的人失落的，但不知是那一個人的，故不敢造次。今聽見紅玉問墜兒，便知是紅玉的，心內不勝喜幸。又見墜兒追索，心中早得了主意，便向袖內將自己的一塊取了出來，向墜兒笑道：「我給是給你，你若得了他的謝禮，不許瞞著我。」墜兒滿口裏答應了，接了手帕子，送出賈芸，回來找紅玉，不在話下。

這樣的一轉一遞，賈芸和小紅已經互換了帕子，相當於訂情信物了。小紅的一縷情思，終於牢牢地牽定在廊下二爺賈芸的身上。

而寶玉贈給黛玉的禮物中，最具深意的也是兩條舊帕子，黛玉還在上面題了三首詩，嘔心瀝血，是深切感情的第一次明白流露。

帕子在書中的地位，可謂重矣！

故而作者寫到這裏仍然不足，又緊接著寫了一回〈滴翠亭楊妃戲彩蝶　埋香塚飛香泣殘紅〉的幽豔篇章。

「寶釵撲蝶」一齣看上去很美，然而我們都知道，蝴蝶在愛情故事中是梁祝的化身。這一回裏春光將逝，黛玉灑淚葬花，乃爲惜春；而寶釵辣手撲蝶，可不煞風景？

寶釵因撲蝶而上了滴翠亭，正聽見小紅和墜兒說話：

原來這亭子四面俱是遊廊曲橋，蓋造在池中水上，四面雕鏤槅子糊著紙。寶釵在亭外聽見說話，便煞住腳往裏細聽，只聽說道：「你瞧瞧這手帕子，果然是你丟的那塊，你就拿著；要不是，就還芸二爺去。」又有一人說話：「可不是我那塊！拿來給我罷。」又聽道：「你拿什麼謝我呢？難道白尋了來不成。」又答道：「我既許了謝你，自然不哄你。」又聽說道：「我尋了來給你，自然謝我；但只是揀的人，你就不拿什麼謝他？」又回道：「你別胡說。他是個爺們家，揀了我的東西，自然該還的。我拿什麼謝他呢？」又聽說道：「你不謝他，我怎麼回他呢？況且他再三再四的和我說了，若沒謝的，不許我給你呢。」半晌，又聽答道：「也罷，拿我這個給他，算謝他的罷。——你要告訴別人呢？須說個誓來。」又聽說道：「我要告訴一個人，就長一個疔，日後不得好死！」

至此，帕子的首尾已完整地交代清楚，也完整地落在了寶釵耳中。此種私情授受之事，女孩兒家聽見看見，是該著緊迴避的——鴛鴦撞見司棋，還把自己羞得臉紅心跳呢——而寶釵非但不躲，反而躲起來聽了個津津有味，被人發現後，又移花接木地栽贓給黛玉，其實與她一慣端莊穩沉的扮相深爲不符。

有人猜測小紅疑心真是黛玉聽了她的秘密去，將來在鳳姐處聽差，會故意給黛玉難堪或是製造麻煩。其實絕不會，因爲小紅即是黛玉，文中寫她猜疑，不過是作者瞞人之筆；正如給黛玉吃閉門羹的人正是晴雯一樣，兩人都是黛玉替身兒，又何嘗看晴雯給黛玉下過絆子呢？全書中形象最似黛玉的人是齡官，然而黛玉卻爲了眾人將她比戲子同寶玉慪了好大的一場戲——凡此種種，都是在寫黛玉自戕的個性。

晴雯給黛玉氣受，表現的是黛玉的自憐自怨；因齡官而慪氣，是黛玉在自尋煩惱；而小紅疑心黛玉，則也正是黛玉多心多疑的表現。

而這一段撲蝶，正同前文襲人支使小紅往黛玉處借噴壺是一樣的用處，只是爲了讓寶釵、黛玉、紅玉這幾個人聯繫起來，寶釵撲蝶，撲散的原是寶黛這一對現世梁祝啊。

寶玉有沒有攆茜雪？

《紅樓夢》第八回在不同版本中有過不同的回目名，其中甲戌本作〈薛寶釵小恙梨香院　賈寶玉大鬧絳雲軒〉，庚辰本作〈比通靈金鶯微露意　探寶釵黛玉半含酸〉，而蒙府本則作〈攔酒興李奶母惹厭　擲茶杯賈公子生嗔〉。

名目不同，內容一樣，除了寫到「金鎖遇通靈」這個重大事件，還寫了賈寶玉在前八十回的惟一一次醉酒，並且在酒中糊裏糊塗地丟了一個丫鬟：茜雪。且看原文：

接著茜雪捧上茶來。……寶玉吃了半碗茶，忽又想起早起的茶來，因問茜雪道：「早起沏了一碗楓露茶，我說過，那茶是三四次後才出色的，這會子怎麼又沏了這個來？」茜雪道：「我原是留著的，那會子李奶奶來了，他要嘗嘗，就給他吃了。」寶玉聽了，將手中的茶杯只順手往地下一擲，豁啷一聲，打了個粉碎，潑了茜雪一裙子的茶。又跳起來問著茜雪道：「他是你那一門子的奶奶，你們這麼孝敬他？不過是仗著我小時候吃過他幾日奶罷了。如今逞的他比祖宗還大了。如今我又吃不著奶了，白白的養著祖宗作什麼！攆了出去，大家乾淨！」說著便要去立刻回賈母，攆他乳母。

原來襲人實未睡著，不過故意裝睡，引寶玉來慪他頑耍。先聞得說字問包子等事，也還可不必起來，後來摔了茶鐘，動了氣，遂連忙起來解釋勸阻……寶玉聽了這話，方無了言語，被襲人等扶至炕上，脫換了衣服。不知寶玉口內還說些什麼，只覺口齒纏綿，眼眉愈加餳澀，忙伏侍他睡下。

一場醉酒風波至此結束，後文並未再提。然而茜雪這個人，卻從此失蹤，直到第十九回〈情切切良宵花解語　意綿綿靜日玉生香〉中，才借李嬤嬤之口提及其去處：

李嬤嬤又問道：「這蓋碗裏是酥酪，怎不送與我去？我就吃了罷。」說畢，拿匙就吃。一個丫頭道：「快別動！那是說了給襲人留著的，回來又惹氣了。你老人家自己承認，別帶累我們受氣。」李嬤嬤聽了，又氣又愧……道：「你們也不必妝狐媚子哄我，打量上次為茶攆茜雪的事我不知道呢。明兒有了不是，我再來領！」說著，賭氣去了。

——原來茜雪已經離開了絳芸軒，如何讀者不知？

庚辰本在此有雙行夾批：「照應前文，又用一『攆』，屈殺寶玉，然在李媪心中口中畢肖。」這個「照應前文」，自然說的是第八回醉酒一節，然而說用「攆」字是「屈殺寶玉」，可見此中有冤案，只是「李媼心中口中」的真相罷了。

那麼，寶玉究竟有沒有攆茜雪呢？

後文鴛鴦爲抗婚向平兒表白心事時，曾經說過：「這是咱們好，比如襲人、琥珀、素雲、紫鵑、彩霞、玉釧兒、麝月、翠墨，跟了史姑娘去的翠縷，死了的可人和金釧，去了的茜雪，連上你我，這十來個人，從小兒什麼話兒不說？什麼事兒不作？這如今因都大了，各自幹各自的去了，然我心裏仍是照舊，有話有事，並不瞞你們。」

這裏一連點了十幾個丫鬟的名字，有茜雪而沒有琴、棋、書、畫，可見這茜雪的資格相當之老，是可以和鴛鴦、襲人、紫鵑這些賈母房中老牌丫鬟相比肩的。

這樣的一個丫鬟，可不是寶玉說攆就可以攆的，非得請示上頭的許可才行。

這從寶玉攆晴雯一節中便可以看得出來。寶玉與晴雯鬥嘴，氣得渾身發顫，遂發狠說要「不如回太太，打發你去吧。」襲人勸道：「便是他認真的要去，也等把這氣下去了，等無事中說話兒回了太太也不遲。這會子急急的當作一件正經事去回，豈不叫太太犯疑？」可見攆丫鬟也不是那麼容易的，還得先想理由找機會回了太太才行。

若是三四等的小丫鬟也還容易些，比如墜兒偷金，被晴雯知道了，便直接叫進宋嬤嬤來領人，但也要打著主子的旗號：「寶二爺才告訴了我，叫我告訴你們，墜兒很懶，寶二爺當面使他，他撥嘴兒不動，連襲人使他，他背後罵他。今兒務必打發他出去，明兒寶二爺親自回太太就是了。」——可見過後也還是要回明白的。

後來王夫人攆了晴雯、芳官等人去，也要假「癆病」爲由回稟賈母。

然而茜雪的被攆，文中並未有一言半語提及寶玉回賈母或王夫人的記述。況且，那本是寶玉醉中之語，一則茜雪本來無錯，二則寶玉也並沒有說要攆茜雪，即使在盛怒中，也只是要攆他乳母，三則寶玉酒醒之後，壓根不會再提這件事，更不至於錯殺無辜。

從頭至尾，「攆茜雪」一說，也只在李奶母口中出現。在第二十回中，李嬤嬤再次藉故鬧事，黛玉、寶釵二人趕來勸慰，「李嬤嬤見他二人來了，便拉住訴委屈，將當日吃茶，茜雪出去，與昨日酥酪等事，嘮嘮叨叨說個不清。」

這是又一次將「吃茶」與「茜雪出去」連在了一起。然而，茜雪確是「去了」，但到底是不是因爲「吃茶」呢？

庚辰本在此又有眉批：「茜雪至獄神廟方呈正文。襲人正文標目曰〈花襲人有始有終〉，余只見有一次謄清時，與〈獄神廟慰寶玉〉等五六稿，被借閱者迷失，歎歎！丁亥夏。畸笏叟。」

此處透露，茜雪到了後文還有出場，並且是一場「獄神廟慰寶玉」的大戲，只是稿件迷失不見了，真是令人頓足！

同樣的批語，在第二十六回又出現過一次。那是紅玉同佳蕙兩個談心事，紅玉道：「也不犯著氣他們。俗語說的好，『千里搭長棚，沒有個不散的筵席』，誰守誰一輩子呢？不過三年五載，各人幹各人的去了。那時誰還管誰呢？」

甲戌本有兩條眉批：「紅玉一腔委屈怨憤，係身在怡紅不能遂志，看官勿錯認爲芸兒害相思也。己卯冬。」「獄神廟紅玉、茜雪一大回文字惜迷失無稿。」

——再一次提到了獄神廟，提到了茜雪。這茜雪出去後，非但不怨寶玉，還在他落難獄神廟時，有大作爲，大安慰。是茜雪以德報怨，還是寶玉原本就不曾愧對於她？

看來，正如脂硯齋所說，李奶母說寶玉攆茜雪，是「屈殺寶玉」了！那茜雪的離去，雖然距離「楓露茶」事件不遠，但必不與吃茶相關，而大約是有什麼別的緣故，辭工離開，卻被李奶母東拉西扯，硬牽扯成一樁事了。

倘若「獄神廟」一稿不曾流失，關於這件前情必有補敘，只可惜我們看不到了。歎歎！

值得回味的是，茜雪其人，除了「楓露茶」一案外，前文就只出現過一次，事見第七回「送宮花」一節：

寶玉便問道：「周姐姐，你作什麼到那邊去了。」周瑞家的因說：「太太在那裏，因回話去了，姨太太就順便叫我帶來了。」寶玉道：「寶姐姐在家作什麼呢？怎麼這幾日也不過這邊來？」周瑞家的道：「身上不大好呢。」寶玉聽了，便和丫頭說：「誰去瞧瞧？只說我和林姑娘打發了來請姨太太姐姐安，問姐姐是什麼病，現吃什麼藥。論理我該親自來的，就說才從學裏來，也著了些涼，異日再親自來看罷。」說著，茜雪便答應去了。周瑞家的自去，無話。

這是茜雪的頭次出場，乃是奉寶玉之命去見薛寶釵，「雪」「薛」相逢；而茜雪的受責，又正是因為寶玉在寶釵處喝醉了酒回來，殃及無辜。

此雪與彼雪，究竟有些什麼過節呢？這樣的安排，又預示著怎樣的孽緣？或許，這才是關於茜雪的最大謎團吧。

好知運敗金無彩——黃金鶯。

金鶯兒三次洩露天機

細說「金寡婦」

金鶯兒三次洩露天機

鶯兒是寶釵的心腹，她在全書中第一次開口說話就有大作用。見於第八回〈比通靈金鶯微露意　探寶釵黛玉半含酸〉：

> 寶釵看畢，又從新翻過正面來細看，口內念道：「莫失莫忘，仙壽恒昌。」念了兩遍，乃回頭向鶯兒笑道：「你不去倒茶，也在這裏發呆作什麼？」鶯兒嘻嘻笑道：「我聽這兩句話，倒像和姑娘的項圈上的兩句話是一對兒。」寶玉聽了，忙笑道：「原來姐姐那項圈上也有八個字，我也鑒賞鑒賞！」……寶玉看了，也念了兩遍，又念自己的兩遍，因笑問：「姐姐這八個字倒真與我的是一對。」鶯兒笑道：「是個癩頭和尚送的，他說必須鏨在金器上。」寶釵不待說完，便嗔他不去倒茶，一面又問寶玉從那裏來。

「金玉良姻」，原來是從金鶯口中第一次說出來的。因此這一章的回目就叫作〈比通靈金鶯微露意〉。

鶯兒話雖不多，卻一句是一句，字字千鈞，既說出了通靈玉上的文字和寶釵項圈上的「是一對兒」，又點明鎖上的字「是個癩頭和尚送的」，而且「必須鏨在金器上」，其作用，自然是爲了和「玉器」相配了。

好一個「嚦嚦鶯聲溜滴圓」，這真是一言即出，石破天驚。

值得一提的是，鶯兒只說寶釵項圈上的兩句話「是個癩頭和尚送的，他說必須鏨在金器上」；寶釵也說：「也是個人給了兩句吉利話兒，所以鏨上了，叫天天帶著，不然，沉甸甸的有什麼趣兒。」

然而這話到了薛姨媽口中，便成了「金鎖是個和尚給的，等日後有玉的方可結爲婚姻」，把鏨在金器上的兩句吉利話兒，變成金鎖本身了，彷彿這鎖也與通靈玉一樣，屬於天外來物。顯然薛姨媽向王夫人說這話是有用意的，那麼鶯兒對寶玉露這風聲，又是偶然還是刻意呢？

且說鶯兒的洩露天機還不止這一次，她的名字在回目中出現也不止這一次，還有第三十五回〈白玉釧親嘗蓮葉羹　黃金鶯巧結梅花絡〉：

寶玉一面看鶯兒打絡子，一面說閒話，因問他：「十幾歲了？」鶯兒手裏打著，一面答話說：「十六歲了。」寶玉道：「你本姓什麼？」鶯兒道：「姓黃。」寶玉笑道：「這個名姓倒對了，果然是個黃鶯兒。」鶯兒笑道：「我的名字本來是兩個字，叫作金鶯。姑娘嫌拗口，就單叫鶯兒，如今就叫開了。」寶玉道：「寶姐姐也算疼你了。明兒寶姐姐出閣，少不得是你跟去了。」鶯兒抿嘴一笑。寶玉笑道：「我常常和襲人說，明兒不知那一個有福的消受你們主子奴才兩個呢。」鶯兒笑道：「你還不知道我們姑娘有幾樣世人都沒有的好處呢，

模樣兒還在次。」寶玉見鶯兒嬌憨婉轉，語笑如癡，早不勝其情了，那更提起寶釵來！便問他道：「好處在那裏？好姐姐，細細告訴我聽。」鶯兒笑道：「我告訴你，你可不許又告訴他去。」寶玉笑道：「這個自然的。」正說著，只聽外頭說道：「怎麼這樣靜悄悄的！」二人回頭看時，不是別人，正是寶釵來了。

這是又一次的「微露意」，真是說得人心癢難撓，偏偏又被寶釵的不速而至打斷了。三百年來，不知多少紅樓專家讀者猜測過寶釵那「幾樣世人都沒有的好處」是什麼。

如今且不去猜他，只說這裏第一次明白地交代了鶯兒的原名，本是叫作「黃金鶯」，而寶玉卻偏偏順口說出個「黃鶯兒」來。如此，有一首著名的〈閨怨〉便呼之欲出了：

打起黃鶯兒，莫教枝上啼。
啼時驚妾夢，不得到遼西。

寶釵與鶯兒未來的命運一覽無餘，必然是懷抱寂寞，終老此生。寶玉說「明兒不知那一個有福的消受你們主子奴才兩個呢」，而我們都知道，那個稟承「金玉良姻」旨意娶了寶釵的人正是他自己。可是，他是個無福的，終究不能領略寶釵那「世人沒有的好處」，「縱然是齊眉舉案，到底意難平。」

然而，這一次的交集，鶯兒已然在石兄處掛了號，有資格列入十二釵又副冊了。

鶯兒的名字第三次出現在回目中，是第五十九回〈柳葉渚邊嗔鶯吒燕　絳雲軒裏召將飛符〉。這一回文字花團錦簇，表面上熱鬧之至，內裏卻顯示風波跌宕，危機四伏，並直接導致了後邊抄檢大觀園時的芳官被攆——

因見柳葉才吐淺碧，絲若垂金，鶯兒便笑道：「你會拿著柳條子編東西不會？」蕊官笑道：「編什麼東西？」鶯兒道：「什麼編不得？頑的使的都可。等我摘些下來，帶著這葉子編個花籃兒，采了各色花放在裏頭，才是好頑呢。」說著，且不去取硝，且伸手挽翠披金，采了許多的嫩條，命蕊官拿著。他卻一行走一行編花籃，隨路見花便采一二枝，編出一個玲瓏過梁的籃子。枝上自有本來翠葉滿布，將花放上，卻也別致有趣……

鶯兒折柳編籃，摘花為飾，正玩得高興，卻因為婆子走來，一頓胡攪蠻纏，嗔鶯吒燕，氣得鶯兒「將花柳皆擲於河中」，甩手去了。

這一段戲前，正是芳官被乾娘欺侮；這一段戲後，又緊接著柳五兒被冤枉。芳官在行酒令時曾經說過自己姓花，而王夫人攆芳官時曾明白地說過：「我且問你，前年我們往皇陵上去，是誰調唆寶玉要柳家的丫頭五兒了？幸而那丫頭短命死了，不然進來了，你們又連夥聚黨遭害這園子呢。你連你乾娘都欺倒了，豈止別人！」這句話，已將芳官和五兒明確連在了一起，而芳官被攆，正與她乾娘相關。

鶯兒采柳枝編花籃、復又賭氣將花柳擲於河中之舉，其實預示了姓花的芳官、與姓柳的五兒兩人的命運，甚至涵蓋了園中所有花妍柳嫩的女孩兒們的命運。這些鮮花嫩柳，是很明顯的象徵手法，而她們的命運，終究是柳折花殘，隨水漂泊。到那時，鶯兒又將何往呢？黃金鶯三次洩露天機，卻獨獨不能預知她自己的命運，真也可悲可歎！

細說「金寡婦」

《紅樓夢》說的是「金玉姻緣」的故事，其中凡是配「金」戴「玉」者，必有深意。「金」派女子的掌門人自是戴「金」鎖的薛寶釵，餘者如戴「金麒麟」的史湘雲，戴「累金鳳」的賈迎春，「頭上戴著金絲八寶攢珠髻、項上戴著赤金盤螭瓔珞圈」的王熙鳳及其戴著「金蝦鬚鐲」的心腹平兒，都是拜「金」一族。

而名字中帶有「金」字的，自然更是名至實歸的「金」派了。其中第一個就要數寶釵的心腹丫鬟黃金鶯，再者寶釵的嫂子夏金桂，賈母的丫鬟金鴛鴦，王夫人的丫鬟白金釧，都是典型的「金」女。

這些都罷了，而除卻金鴛鴦外，文中還有一個姓金的人，即〈起嫌疑頑童鬧學塾〉一回中的金榮，那個與寶玉、秦鐘鬧氣爭執的小學生。

——這有點令人莫名其妙。金榮，小小一個角色，全書八十回中不過出現這一回，並無第二次出場，何以給了這樣敏感輝煌的一個姓氏呢？《阿Q正傳》問得好：你也配姓金？

轉過來翻到第十回〈金寡婦貪利權受辱　張太醫論病細窮源〉，答案就豁然揭曉了——

話說金榮因人多勢眾，又兼賈瑞勒令，賠了不是，給秦鐘磕了頭，寶玉方才不吵鬧了。大家散了學，金榮回到家中，越想越氣，說：「秦鐘不過是賈蓉的小舅子，又不是賈家的子孫，附學讀書，也不過和我一樣。他因仗著寶玉和他好，他就目中無人。他既是這樣，就該行些正經事，人也沒的說。他素日又和寶玉鬼鬼祟祟的，只當我們都是瞎子，看不見。今日他又去勾搭人，偏偏的撞在我眼裏。就是鬧出事來，我還怕什麼不成？」

他母親胡氏聽見他咕咕嘟嘟的說，因問道：「你又要爭什麼閒氣？好容易我望你姑媽說了，你姑媽千方百計的才向他們西府裏的璉二奶奶跟前說了，你才得了這個念書的地方。若不是仗著人家，咱們家裏還有力量請的起先生？況且人家學裏，茶也是現成的，飯也是現成的。你這二年在那裏念書，家裏也省好大的嚼用呢。省出來的，你又愛穿件鮮明衣服。再者，不是因你在那裏念書，你就認得什麼薛大爺了？那薛大爺一年不給不給，這二年也幫了咱們有七八十兩銀子。你如今要鬧出了這個學房，再要找這麼個地方，我告訴你說罷，比登天還難呢！你給我老老實實的頑一會子睡你的覺去，好多著呢。」於是金榮忍氣吞聲，不多一時他自去睡了。次日仍舊上學去了。不在話下。

且說他姑娘，原聘給的是賈家玉字輩的嫡派，名喚賈璜。但其族人那裏皆能像寧榮二府的富勢，原不用細說。這賈璜夫妻守著些小的產業，又時常到寧榮二府裏去請請安，又會奉承鳳姐兒並尤氏，所以鳳姐兒尤氏也時常資助資助他，方能如此度日。今日正遇天氣晴明，

又值家中無事，遂帶了一個婆子，坐上車，來家裏走走，瞧瞧寡嫂並侄兒。

「璜」通「黃」，乃金之色，故曰「璜大奶奶」，這和金鴛原姓「黃」是同一道理。這璜大奶奶是來「瞧瞧寡嫂並侄兒」的，可見其亡兄姓金，故其嫂子被稱爲「金寡婦」。這位金家的寡嫂在全書中只出場了這一次，除了第十回開篇這一小段文章外，再無言語。然而其名字卻堂而皇之地出現在回目中，爲的，無非是要引人注意，強調「金寡婦」三個字罷了。

換言之，「寡婦」二字，便是「金派」女子的命運大走向。已成定局的李紈，和宿命難逃的薛寶釵，夏金桂，史湘雲，都將脫不了這個命運。所謂「好知運敗金無彩，堪歎時乖玉不光。」既然「金玉良緣」終究落空，那個伴著寶釵的黃金鶯，也註定是明珠投暗，命運多舛了。

隔花人遠天涯近——齡官。

齡官的風夕之文
養家班
是誰投了江

齡官的風月之文

家班的女伶，在身分上很特殊，一方面她們的社會地位比奴婢還低，所以趙姨娘說：「不過娼婦粉頭之流！我家裏下三等奴才也比你高貴些的！」但是另一面，她們學過戲登過台見過些世面享過些風光，所以會有種心理優勢，自視頗高。比如書中的齡官，性子比小姐還傲，就是典型表現。

齡官的第一次出色亮相是在元妃省親之際，出手不凡，第一次亮相就得到了元妃的賞識，額外賞了一金盤糕點，並特意加點兩齣戲。賈薔遂命她做「遊園」、「驚夢」——所以會有這番安排，大約是因爲元妃此前點了「離魂」，出自「牡丹亭」，故而賈薔投其所好，也命齡官做此劇中節目；然而齡官認爲「原非本角之戲，執意不做」，堅持要唱「相約」、「相罵」。連賈薔也扭她不過，只好由她。

小小一段文字，一個色藝出眾、個性鮮明的小戲子形象已經躍然紙上，給人留下極深的印象。

在此之前，我們並不知道十二戲子的名字通用了一個「官」字。而「齡官」，更是十二官中第一個出名之人。

「木秀於林，風必摧之。」這樣的尤物，大抵是沒有什麼好結局的吧？

很多讀者因爲齡官美麗而病弱，脾氣又驕，頗有黛玉之風，便本能地認爲她在台上扮演的一定是杜麗娘、史碧桃一類的大小姐，其實是個大大的誤會。

因爲「遊園」、「驚夢」兩齣戲中，舞台上有兩個人物，一是主角杜麗娘，其「行當」屬於「閨門旦」，二是丫鬟春香，既然齡官認爲不是自己的本角戲，說明她在戲裏扮的是春香；又或是賈薔讓她唱杜麗娘，但閨門旦不是她的本角，她的演出屬於「串列」；而「相約」、「相罵」出自「釵釧記」，台上亦有兩個人物，主角是丫鬟雲香，配角是老夫人，是老旦。她演的是雲香，所以是本角戲。

由此可見，齡官的行當或者說本角是「貼旦」，專攻丫鬟戲的，也叫「六旦」。這可真是俗話常說的，「小姐身子丫鬟命」啊。

庚辰本在「相約」、「相罵」兩折戲後批註：「『釵釧記』中，總隱後文不盡風月等文。」

點明後文免不了風月情事。草蛇灰線，伏脈千里，直到第三十回才微露端倪，名字且登了回目：〈寶釵借扇機帶雙敲　齡官畫薔癡及局外〉。

在這一回中，書中通過寶玉之眼，第一次對齡官的相貌做了描寫，乃是「眉蹙春山，眼顰秋水，面薄腰纖，嫋嫋婷婷，大有林黛玉之態。」分明是個美人兒。

何況這美人兒還一邊流淚，一邊拿根簪子在地下摳土，怎不讓「局外人」寶玉心蕩神馳，暗暗想道：「難道這也是個癡丫頭，又像顰兒來葬花不成？」

如此，齡官已是在玉兄處掛號了的。然而齡官還不只是在寶玉眼中像黛玉，後文連鳳姐也說：「這個孩子扮上活像一個人，你們再看不出來。」眾人也都心知肚明，卻不說出，惟有史湘雲道破天機：「倒像林妹妹的模樣兒。」

這樣的層層渲染，無非是告訴讀者：齡官，乃是黛玉的又一個替身兒。

林姑娘，齡姑娘，便是發音也是很像的。

單是相貌酷似林齡相近還不怎樣，竟連性情和多病也像，就不能不令人稱奇了。

第三十六回〈繡鴛鴦夢兆絳芸軒　識分定情悟梨香院〉中，寶玉想聽「牡丹亭」曲，「因聞得梨香院的十二個女孩子中有小旦齡官最是唱的好」，便找上門來央她唱一套「嫋晴絲」，正是杜麗娘遊園時的經典唱段。

這說明齡官有時也會「串列」唱些閨門旦的曲詞，且一理通百理精，還唱得相當不錯。同時也側面說明了賈薔會在省親時命她唱「遊園」、「驚夢」兩齣的緣故。

然而齡官見寶玉在自己身邊坐下，不但忙抬身起來躲避，還正色說道：「嗓子啞了。前兒娘娘傳進我們去，我還沒有唱呢。」

這不大不小的一個軟釘子，真是頂得寶二爺走不是留不是，再看清楚這就是那日畫「薔」之人，越發訕然臉紅，只得出來了。誰知正見了賈薔興沖沖走來，遂又看了齡官與賈薔鬥嘴的一場好戲：一時齡官說賈薔弄了個銜旗串戲的雀兒來是打趣她而惱了，一時又因賈薔要頂著毒太陽去請醫生而心疼，把個賈薔撮弄得無可不可，寶玉更是看得呆了。

此前林黛玉曾因眾人說齡官酷似她而同寶玉慪氣，說他「拿我比戲子取笑。」又說「你還要比？你還要笑？你不比不笑，比人比了笑了的還利害呢！」

而此段齡官因賈薔買雀而生氣，也是怪他「且弄這個來取笑」，「你分明是弄了他來打趣形容我們，還問我好不好。」一聲口作派像極了黛玉。

湘雲說黛玉「小性兒，行動愛轄制人」，齡官可謂有過之而無不及。看她時而梨花帶雨，時而柔情繾綣，把個賈薔迷得何等顛倒。難怪寶玉自慚形穢，終於悟出「各人各得眼淚罷了」的道理。

故而這一回叫作〈識分定情悟梨香院〉，能使寶玉「情悟」的人，功德比可卿猶高，又怎能不入十二釵呢？

辭演、畫薔、放雀，齡官在全書中的三場戲，每一幕都演得跌宕起伏，餘韻悠長。雖然只是寥寥幾筆，一個柔弱而傲嬌的小女伶形象卻已經躍然紙上。而寶玉和齡官的這次小小衝突，又讓人不禁想起「心比天高，身爲下賤，風流夭巧招人怨」的晴雯來。

齡官與晴雯一樣，也是眉眼酷似黛玉，同儕中長得最好，技藝也最高的，拔尖，好勝，性子烈，連娘娘的旨也現敢駁回，這是什麼樣的天生尤物？

晴雯的結局在八十回已定，「俏丫鬟抱屈夭風流」，因爲她的情郎是寶玉，對手是「襲爲釵副」的襲人，所以註定是敗局；黛玉的另一個替身兒——林紅玉相貌俏麗，言辭便給，卻在怡紅院裏一直不得展才，備受排斥，終得鳳姐賞識，攀上高枝兒，又得到了賈芸的垂青，脂批說她將來有寶玉「大得力處」，大概結局是不錯的；第三個替身兒便是這位樣子像她、性情體格也都像她的齡官了，也是十二官中最伶俐能幹的，且與賈薔相戀，他們會有好結局麼？

遺憾的是，戲班解散之後，便再也看不到齡官的身影了。

十二官中，清楚交代下落的有九位：「賈母便留下文官自使，將正旦芳官指與寶玉，將小旦蕊官送了寶釵，將小生藕官指與了黛玉，將大花面葵官送了湘雲，將小花面豆官送了寶琴，將老外艾官送了探春，尤氏便討了老旦茄官去。」

算下來，只有寶官、玉官、齡官沒有留在賈府爲婢，那她們三個哪裏去了呢？

特別的是，寶官、玉官兩個人出場次數雖少，卻永遠同時出現，並且總與齡官相關。

第一次就是「齡官畫薔」那一幕後，寶玉回到怡紅院，「可巧小生寶官、正旦玉官兩個女孩子，正在怡紅院和襲人玩笑，被大雨阻住。」

再次就是寶玉往梨香院來尋齡官唱戲，「只見寶官玉官都在院內，見寶玉來了，都笑嘻嘻的讓坐。」向他解說「只等薔二爺來了叫他唱，是必唱的」，也是寶官。

而在這一回後，這三個人便同時失蹤了——「寶、玉」竟然和「齡姑娘」一同走了，這意味著什麼呢？

養家班

《紅樓夢》裏除了「十二釵」，還有「十二官」，另一番脂粉香濃，風月情重。她們是戲子，但因爲只屬於某官府豪門的家養之優，並不會在勾欄瓦舍裏公開表演，所以自抬身分，並不願承認自己是戲子。芳官與趙姨娘鬥嘴，被罵了一句粉頭後，大哭起來，委屈地辯解：「我便學戲，也沒往外頭去唱。我一個女孩兒家，知道什麼是粉頭面頭的！」

——這就是典型的「家班」。

養家班的規矩，最興於明朝萬曆年間，士大夫們紛紛蓄養戲子組成家班，在宴會上饗以親友，彼此較藝。有些癡迷於此道者，還會親自執筆，寫戲、教戲、導戲。

比如湯顯祖的名劇「牡丹亭」，就是由萬曆年間首富王錫爵的家班首先演出的。確立了明清傳奇創作規範的沈璟之所以能寫出《南九宮十三調曲譜》，也是因爲有著養家班的豐富經驗。

明末貳臣阮大鋮，因投靠閹黨，爲東林黨人所不恥，孔尚任《桃花扇》中便借李香君之口對他大罵不絕。然而阮大鋮養的家班卻很出名，他自己本人也是個劇作家，曾寫過一個本子，叫作《燕子箋》。張岱就曾評價阮家班說：「阮圓海中家優，講關目，講情理，講筋節，與他班孟浪不同。然其所打院本，又皆主人自製，筆筆勾勒，苦心盡出，與他班魯莽者不同。故所搬演，本本出色，腳腳出色，齣齣出色，句句出色，字字出色。」

曹雪芹的祖父曹寅爲江寧織造，是否養過家班暫無資料，但是洪昇到江寧時，曹寅曾在家中大擺宴席，遍請南北名流，連續三天，全本演出洪昇名劇「長生殿」。這個演出班底，是外請的名角，還是曹氏家班，不得而知，但至少可以看出曹氏家學的淵源。也幫助我們清楚理解了《紅樓夢》中爲什麼會有那麼詳細的十二官的故事。

在元妃省親、賞賜齡官一段文章後，庚辰本有雙行夾批：

按近之俗語云：「寧養千軍，不養一戲。」蓋甚言優伶之不可養之意也。大抵一班之中此一人技業稍出眾，此一人則拿腔作勢、轄眾恃能種種可惡，使主人逐之不舍責之不可，雖欲不憐而實不能不憐，雖欲不愛而實不能不愛。余歷梨園弟子廣矣，個個皆然，亦曾與慣養梨園諸世家兄弟談議及此，眾皆知其事而皆不能言。今閱《石頭記》至「原非本角之戲，執意不作」二語，便見其恃能壓眾、喬酸嬌妒，淋漓滿紙矣。復至「情悟梨香院」一回更將和盤托出，與余三十年前目睹身親之人現形於紙上。使言《石頭記》之為書，情之至極、言之至恰，然非領略過乃事、迷蹈過乃情，即觀此，茫然嚼蠟，亦不知其神妙也。

從這段話中，盡可看出彼時貴族「養家班」風氣之盛。

而脂硯齋說「余三十年前目睹身親」一句，令很多紅學家以爲脂硯齋亦同曹雪芹一樣，只在三十年前經歷過好時光，後來家敗，便再也無緣親近梨園風月了。

其實不然，真實原因應該是雍正二年，即一七二四年，朝廷下令「禁外官蓄養優伶」，從此廢除養家班制。既然「家班」沒了，脂硯先生又往哪裏去見識呢？故曰「三十年前」，也就是雍正二之年以前經歷的事，這與曹雪芹《石頭記》中記述的時間也剛好吻合。

同時，這段話也足以側面證明：脂硯齋不可能是女人。因爲一位閨秀是不會大肆討論戲子可不可養的問題的，更談不上對她們憐或不憐，愛或不愛。而且這脂硯齋三十年前已經目睹親身梨園優伶，此時至少也有四五十歲了。而曹雪芹死時也還不過四十歲，所以脂硯爲雪芹表妹即史湘雲說更不能成立。

至於「余歷梨園弟子廣矣」，又「曾與慣養梨園諸世家兄弟談論及此」，更足證明脂硯齋是一個經慣花叢的紈褲子弟，賈珍、賈薔、柳湘蓮之類，又或是清客門人，單聘仁、詹光一類，但絕不可能是女子，更不會是什麼曹雪芹的紅顏知己。

這就是像一幫子經常出入於歌廳酒廊的老闆們在談論各家夜總會的舞小姐，參與討論的人不是老闆，就是老闆的隨從，或者有求於老闆故而請客的廠家代表。但一定不可能是有身分的名媛貴婦。

書中林黛玉因爲有人將她的容貌與戲子作比，便勃然變色，當作奇恥大辱；那麼生活中的曹氏紅顏，可能會津津樂道地跟一幫男人大談養伶之樂嗎？

是誰投了江?

《紅樓夢》中有大量與戲曲相關的情節，每一次都語帶雙關，戲外有戲。比如〈聽曲文寶玉悟禪機〉是寶玉的第一次「覺悟」，觸機就是「山門」中的一段「寄生草」曲詞引發的；又如〈西廂記妙詞通戲語　牡丹亭妙曲警芳心〉，戲目直接就入了回目；再如林黛玉兩次偶念「西廂記」曲詞，一次是「每日家情思睡昏昏」，被寶玉聽見了頓覺心蕩神迷；又一次是行酒令用了「紗窗也沒有紅娘報」，換來寶釵一頓道理；形容寧國府之俗鄙熱鬧，則一律是「大鬧天宮」等弋陽腔；形容賈母之見識過人，便讓她單點一齣「惠明下書」；端陽節在清虛觀打醮，神前拈了三齣戲，竟分別是「白蛇記」，說漢高祖斬蛇起首的故事，接著是「滿床笏」，伍子胥七子八婿齊作官，最後是「南柯夢」，鏡花水月一場空，這寓意已經相當明確了。

然而，全書中最醒目最點睛的，還是元妃省親時欽點的四齣戲，脂硯齋批語清楚地告訴了我們其中所含的重大隱寓意義：

第一齣「豪宴」；「一捧雪」中伏賈家之敗。

第二齣「乞巧」；「長生殿」中伏元妃之死。

第三齣「仙緣」；「邯鄲夢」中伏甄寶玉送玉。
第四齣「離魂」；「牡丹亭」中伏黛玉死。
所點之戲劇伏四事，乃通部書之大過節、大關鍵。

這裏清楚地說明了後文中會有四件大事，即「賈家敗、元妃死、甄寶玉送玉、黛玉死」，等於向我們揭示了一個《紅樓夢》結局的大走向。

四齣戲後，因齡官唱得好，元妃格外欣賞，便又點她單獨再唱兩齣。賈薔命她作「牡丹亭」中的「遊園、驚夢」，但齡官不同意，堅持要做「相約、相罵」。庚辰本在這段後有雙行夾批：「『釵釧記』中，總隱後文不盡風月等文。」

那麼「釵釧記」說的是一個什麼故事呢？

原來，富家小姐史碧桃與家道中落的書生皇甫吟有婚約，但因史父嫌貧愛富，有意退婚，逼女另嫁。碧桃不肯，命丫環雲香約皇甫吟於八月十五晚上前來花園相會，贈送釵釧金銀以作聘禮。

不料雲香前去「相約」時，皇甫吟不在家，雲香便將來意告訴其母李氏。皇甫吟好友韓時忠聽說後，便起了歹意，冒名赴約騙取金銀。碧桃等不見皇甫吟前來迎娶，便又讓雲香前去詢問，李氏卻否認兒子曾經拿過什麼金釵銀兩，遂有「相罵」一齣，又名「討釵」。

史碧桃聽到雲香回報，又羞又憤，遂投江自盡。幸被張御史所救，其後久經輾轉，終與皇甫吟團聚。

拋開這個大團圓的模式結尾不言，這齣戲的前因頗像〈王熙鳳弄權鐵檻寺〉一回裏的張金哥一案：那金哥原與守備之子有婚約，也正是因爲父親毀婚另聘，懸樑自盡。弄得守備之子也跟著投河了。

戲裏戲外的兩個故事相像至此，不能不讓人覺得曹雪芹選這齣戲必有所指。

更巧合的是，「釵釧記」的戲目，正隱了「寶釵」與「金釧」的名字在內，就更令人玩味了。

作者似乎惟恐讀者注意不到這一點，除了「釵釧記」之外，還引過一齣從名字到劇情都很像的「荊釵記」，以至於很多專家都跟著混淆了。見於第四十四回開篇：

眾人看演「荊釵記」，寶玉和姐妹一處坐著。林黛玉因看到「男祭」這一齣上，便和寶釵說道：「這王十朋也不通的很，不管在那裏祭一祭罷了，必定跑到江邊子上來作什麼！俗語『睹物思人』，天下的水總歸一源，不拘那裏的水舀一碗看著哭去，也就盡情了。」寶釵不答。寶玉回頭要熱酒敬鳳姐兒。

這是鳳姐的生日宴上，寶玉去祭金釧回來，卻撒謊說北靜王的妾沒了，他安慰去了。眾人都信以爲真，惟有黛玉卻語帶譏諷，顯然她最知道寶玉的心思，一下子就猜到真相了。

且說「荊釵記」的故事，說的是錢玉蓮擇配之時，父親爲她介紹窮書生王十朋，繼母卻讓她嫁給富商孫汝權。錢玉蓮愛才不愛財，遂與王十朋結爲連理，伉儷情深。婚後半載，王十朋進京考試中了狀元，宰相欲納其爲婿，王十朋不從，被貶官廣東，不許回家省親。王十朋寄家書一封，卻被孫汝權騙得，改成了休書。繼母逼玉蓮改嫁。玉蓮憤而投江。王十朋聽說後，遂往江邊哭祭。

後面的故事大致一樣，也是錢玉蓮投江被救，輾轉流離之後終與王十朋重逢，大團圓。

由於書中如此頻繁地引用烈女投江的故事，以至於以周汝昌先生爲首的一些紅學家推斷出黛玉將來會自沉水中的結論。

然而「自殺」在古代的閨秀中是非常嚴重的事情，若是黛玉同寶玉已經有了婚約或者婚姻事實，有人逼她改嫁，那麼這種「全節」之舉是可以被理解並且被尊重和表彰的；但如果她只是相思之情，卻用這種自殺的手法將隱情昭告天下，則恰恰是「不潔」的。換句話說，她就是要死，都沒有死的資格和理由，所以她根本不會去做這種自取其辱的事情。

秦可卿的真實死因是懸樑自盡，但書中爲隱其事而改成病逝；那麼林黛玉一個「質本潔來還潔去」的仙子，今人倒要潑污水地給她來個自沉嗎？

紅學家們的理論是齡官長相酷似黛玉，明顯是黛玉的一個替身兒，所以她堅持演「釵釧記」這麼一個有投江情節的戲目，就說明了黛玉有投江的傾向。

但是齡官在「釵釧記」裏扮的是丫鬟雲香而不是小姐碧桃，所以即使齡官影射黛玉，也不能把碧桃的故事安在黛玉身上；而且前面元妃點的四齣戲裏，脂批已經明確點出「『牡丹亭』伏黛玉之死」，四件事是「大過節大關鍵」，那麼在同一回目同一個舞台上就不會又特意加一齣「釵釧記」來再次伏黛玉之死。如有所伏，也只能是第五件事。

其次黛玉對「荆釵記」裏「男祭」一幕抱著打趣態度的，諷刺寶玉祭金釧大老遠地跑出去，其實心到神知，在哪裏不是一樣，非要這麼勞師動眾的。如果這齣戲暗示投江的是她自己，而寶玉哭的正是她，未免也太搞笑了吧？何況寶玉去祭的是金釧兒，而金釧兒死後裝裏的正是寶釵的衣裳，如今黛玉又正是朝著寶釵說話。就算這段戲有所影射，也只能是射寶釵而非黛玉。

更何況，脂批裏曾透露寶玉將來「對景悼顰兒」之地是在瀟湘館，院裏雖有水流，也還淹不死人吧？

如果因爲書中多次引用投江劇情就一定要安排某位女主投水自盡的話，那麼有三個人是符合條件的：第一是寶釵，第二是寶琴，第三是湘雲。

因爲寶釵將來肯定是要嫁給寶玉的，但寶玉後來跑去出家了，那麼如果有人逼寶釵改嫁的話，她非得投江不可，這很符合前面兩齣戲的情節，她又恰恰名喚寶釵——正是「釵釧記」「荆釵記」的「釵」。

至於寶琴，她進京就是爲了與梅翰林之子完婚，然而人家卻跑去上任了，而且回京後也沒有再提這個事兒，很明顯這婚約要告吹。於是她也就有了投江的「動機」和可能性。

第三個史湘雲就更合理了，首先她也已經有了婚約，但結不結得成很難說，就算結成了丈夫也會早逝，判詞裏說她「湘江水逝楚雲飛」，她自己的詩裏又說「寒塘渡鶴影」，如果照著周汝昌先生舉證林黛玉投江可能性的做法來推論的話，那麼史湘雲投江的理由充分得簡直不死都不行。

但這也都只是說明誰有投江的可能性，並不代表一定因爲戲裏有人投江，十二釵中就一定要有人投江，那未免太「膠柱鼓瑟」了。

但無論怎樣，綜上所述，最不可能投江而死的，恰恰是林黛玉。不僅是因爲名譽和身分的問題，還因爲那兩齣戲實在扯不到她身上。

第二十二回中，因湘雲將黛玉比戲子，惹出好大一場口舌紛爭來。黛玉向寶玉發作道：「我惱他，與你何干？他得罪了我，又與你何干？」庚辰本於此有一段雙行夾批：「問的卻極是，但未必心應。若能如此，將來淚盡夭亡已化烏有，世間亦無此一部《紅樓夢》矣。」說得極其明白，那黛玉「將來淚盡夭亡」，而不是什麼含恨自殺。

不過，或許是多少受了「沉湖論」的影響，我在我的續紅樓《賈寶玉》中寫到齡官時，先讓她在戲班解散後被賈薔金屋藏嬌了，因爲這是最順理成章的一種做法——首先賈薔是有這個能力的，賈珍撥與房屋讓他在府外自住，且他又父母雙亡無人攔阻，齡官原本就是他出面買來的，在戲班解散後贖出齡官雙宿雙棲，是非常便利的事情；其次齡官既然對賈薔有情，原該願意留在賈府才對，但她卻沒有這麼做，可見有更好的安排。

但是他們會不會長久呢？會不會「過了明路」真正得諧連理呢？雖說賈府的爺們在大婚前屋裏都會先放兩個人服侍，但那「兩個人」得是家長指配，身家清白，比如香菱之於薛蟠，襲人之於寶玉。但是齡官原爲戲子，身分尷尬，雖說賈珍向來不遵禮法，但是一旦板起臉來，如同秦邦業之逐智能兒一般，則齡官必死無疑。於是我將齡官的最終結局寫成了因賈薔負心而投江了。

這或許是一種妥協——如果書中一定要有人投江，而且紅學泰斗都認爲黛玉的故事和投江的情節分不開的話，那就讓齡官這個黛玉的替身兒去投吧。

閑踏天門掃落花——芳官。

芳官屬金還屬玉

四小官大鬧絳芸軒

柳五兒之死

芳官屬金還屬玉?

按說《紅樓夢》中原有十二官,爲何卻只有芳、齡二官可以入又副冊呢?即以戲分而論,雖然文官、艾官、寶官、玉官、葵官、茄官、豆官等戲分甚少,藥官更是早早死了,可以略除;然而藕官、蕊官卻是和芳官共同演出〈杏子陰假鳳泣虛凰〉回目的人,又分別是寶、黛、釵的丫鬟,意味深長,身分相當,應該夠資格向十二釵又副冊名額發起競投了。

尤其藕官燒紙,寶玉還替她打掩護,又引發了一通「喜新不忘舊」的理論來,似乎很符合「在石兄處掛號」的要求。何以倒不能進入又副冊呢?回目名說得好,「假鳳虛凰」,藕官、蕊官兩個人的出場,只是虛晃一槍,做個陪襯而已,這一回真正唱主角的,是芳官。〈茜紗窗真情揆癡理〉,藕官、蕊官、藥官(又作葯官)的三角戀,是通過芳官轉述的;而寶玉的一番議論,也是沖著芳官發的。能和寶玉一起討論情理之道的,怎能不入十二釵冊錄呢?所以此一回,純爲芳官出色耳。

可讚歎的是,這段描寫一波三折,很能吊起讀者的胃口來。先是說寶玉見了藕官燒紙,便問她祭的是誰,藕官不答,及後來承了他護庇之情,不好不說,卻又道:「我也不便和你面說,你只回去背人悄問芳官就知道了。」接著寫寶玉去瀟湘館探望黛玉回來,「因記掛著要問芳官那原委，偏有湘雲香菱來了，正和襲人芳官說笑，不好叫他，恐人又盤詰，只得耐著」；接著芳官又洗頭去了，且與乾娘吵起嘴來，引發了一場不大不小的風波，並借麝月之口形容道：「把一個鶯鶯小姐，反弄成拷打紅娘了！」好容易事情平息，又夾了一段「吹湯」的餘波，直到寶玉吃過了飯，盥漱已畢，襲人等出去吃飯，「寶玉使個眼色與芳官，芳官本自伶俐，又學幾年戲，何事不知？便裝說頭疼不吃飯了。」屋裏只剩下寶玉、芳官兩個人，寶玉這才鄭重問起藕官燒紙的根底，芳官也這才娓娓道來。

而隨著藕官、蕊官、菂官故事的追本窮源，芳官的形象也越來越鮮活明朗了。所以說，這一幕戲，回目雖關藕、蕊，主旨卻在芳官。鶯鶯小姐也好，拷打紅娘也好，花芳官，才是那個挑大樑的真正主角。

這還只是芳官的第一次正戲。後來，她成了深得寶玉寵愛的小丫頭，戲分頗爲不少，然而最重的一幕，卻是發生在寶玉的生日宴上。那日正宴未開，她已經妝扮上場了——

寶玉只穿著大紅棉紗小襖子，下面綠綾彈墨袷褲，散著褲腳，倚著一個各色玫瑰芍藥花瓣裝的玉色夾紗新枕頭，和芳官兩個先劃拳。當時芳官滿口嚷熱，只穿著一件玉色紅青酡絨三色緞子斗的水田小夾襖，束著一條柳綠汗巾，底下是水紅撒花夾褲，也散著褲腿。頭上眉額編著一圈小辮，總歸至頂心，結一根鵝卵粗細的總辮，拖在腦後。右耳眼內只塞著米粒大小的一個小玉塞子，左耳上單帶著一個白果大小的硬紅鑲金大墜子，越顯的面如滿月猶白，眼如秋水還清。引的眾人笑說：「他兩個倒像是雙生的弟兄兩個。」襲人等一一的斟了酒

來，說：「且等等再劃拳，雖不安席，每人在手裏吃我們一口罷了。」於是襲人為先，端在唇上吃了一口，餘依次下去，一一吃過，大家方團圓坐定。

這裏，芳官是多麼任性、嬌縱，不過是個二三等的小丫頭，卻和寶玉平起平坐地劃拳，由著襲人等在底下侍候。眾人無心，只笑說「他兩個倒像是雙生的弟兄兩個」，襲人是有心的，雖不好發作，卻趕緊上來敬酒，叉開寶玉。然而芳官仍然無知無覺，一味貪酒。連襲人占花名，說「同姓者陪一杯」，她也趕緊地說聲「我也姓花」，蹭了一杯酒喝。當時的襲人，大概頗有點視芳官如阿Q的怒意吧，恨不得罵一句：「你也配姓花？」

然而襲人是有城府的，她仍然隱忍不發作，卻在酒闌人散之後，借機就勢，狠狠地誣陷了芳官一回——因芳官醉酒，一邊說「好姐姐，心跳的很。」一邊便倒在襲人身上。襲人遂將她扶在寶玉之側，自己卻在對面榻上倒下。

這一段，作者用一慣白描手法，表面上替襲人遮掩是「見芳官醉的很，恐鬧他唾酒」，似乎完全出自一片誠心；然而次日起來，卻當著眾人說：「不害羞，你吃醉了，怎麼也不揀地方兒亂挺下了。」生怕眾人不留心似的。

襲人慣於人際，非常明白煽風點火、借刀殺人的道理：小丫頭芳官竟與寶玉同榻而眠，這樣的奇事，她自己不說，也自會有人當作新聞添油加醋地傳出去，還怕上頭將來不替她報仇？

接下來，作者又濃墨重彩的寫了一段「改名」大戲，再次突出了寶玉對芳官的重視——

（寶玉）因又見芳官梳了頭，挽起纂來，帶了些花翠，忙命他改妝，又命將周圍的短髮剃了去，露出碧青頭皮來，當中分大頂，又說：「冬天作大貂鼠臥兔兒帶，腳上穿虎頭盤雲五彩小戰靴，或散著褲腿，只用淨襪厚底鑲鞋。」又說：「芳官之名不好，竟改了男名才別致。」因又改作「雄奴」。芳官十分稱心，又說：「既如此，你出門也帶我出去。有人問，只說我和茗煙一樣的小廝就是了。」寶玉笑道：「到底人看的出來。」芳官笑道：「我說你是無才的。咱家現有幾家土番，你就說我是個小土番兒。況且人人說我打聯垂好看，你想這話可妙？」寶玉聽了，喜出意外，忙笑道：「這卻很好。我亦常見官員人等多有跟從外國獻俘之種，圖其不畏風霜，鞍馬便捷。既這等，再起個番名，叫作『耶律雄奴』。『雄奴』二音，又與匈奴相通，都是犬戎名姓。況且這兩種人自堯舜時便為中華之患，晉唐諸朝，深受其害。幸得咱們有福，生在當今之世，大舜之正裔，聖虞之功德仁孝，赫赫格天，同天地日月億兆不朽，所以凡歷朝中跳樑猖獗之小丑，到了如今竟不用一干一戈，皆天使其拱手俛頭緣遠來降。我們正該作踐他們，為君父生色。」……大家也學著叫這名字，又叫錯了音韻，或忘了字眼，甚至於叫出「野驢子」來，引的合園中人凡聽見無不笑倒。寶玉又見人人取笑，恐作踐了他，忙又說：「海西福朗思牙，聞有金星玻璃寶石，他本國番語以金星玻璃名為『溫都里納』。如今將你比作他，就改名喚叫『溫都里納』可好？」芳官聽了更喜，說：「就是這樣罷。」因此又喚了這名。眾人嫌拗口，仍翻漢名，就喚「玻璃」。

因了這一齣寶玉的心血來潮，此後芳官便在諸版本中多了許多個不同稱謂，有時是耶律雄奴，有時是金星玻璃，而多半是仍稱作芳官。看得讀者好不眼花繚亂。而「金星玻璃」的名字一出，便替芳官坐定了「金派」女兒的身分，與黛玉替身兒的「玉派」齡官遙遙一對了。

後來王夫人攆芳官時，便問的是：「誰是耶律雄奴？」又道：「唱戲的女孩子，自然是狐狸精了！上次放你們，你們又懶怠出去，可就該安分守己才是。你就成精鼓搗起來，調唆著寶玉無所不為。」

其先王夫人問四兒時，問的是「誰是和寶玉一日的生日？」且指出四兒所說「同日生日就是夫妻」的私語來，臊得四兒「不禁紅了臉，低頭垂淚。」王夫人遂命：「也快把他家的人叫來，領出去配人。」

及至王夫人訓斥芳官時，那芳官卻無畏無懼，只笑辯道：「並不敢調唆什麼。」竟是磊落大方，不卑不亢。

紅樓女兒成雙成對，連攆出園子時也是禍不單行的。比如迎春房裏的司棋是罪魁，惜春屋裏的入畫竟也陪綁；這四兒的對子是五兒，故而王夫人問完了四兒，便從芳官身上歸結五兒的下落來了，說她：「你還強嘴！我且問你，前年我們往皇陵上去，是誰調唆寶玉要柳家的丫頭五兒了？幸而那丫頭短命死了，不然進來了，你們又連夥聚黨遭害這園子呢。你連你乾娘都欺倒了。豈止別人！」

所謂「欲加之罪，何患無辭」？可見王夫人對房中事了若指掌，是打定主意要替眾婆子與襲人出氣來了。

然而芳官出了園子，並未如王夫人安排的那樣，「外頭自尋個女婿去」，而是鬧著要出家。正如她乾娘所說：「瘋了似的，茶也不吃，飯也不用，勾引上藕官、蕊官，三個人尋死覓活，只要剪了頭髮做尼姑去。我只當是小孩子家一時出去不慣也是有的，不過隔兩日就好了。誰知越鬧越凶，打罵著也不怕。」

難怪王夫人責罵芳官時，她會那般從容淡定呢，原來早有了個出家的念頭，無欲乃剛。也難怪王夫人令人帶進她們來當面問之再三，「見他們意皆決斷，知不可強了，反倒傷心可憐，忙命人取了些東西來賫賞了他們，又送了兩個姑子些禮物。」可見自知錯怪了芳官。

芳官的結局，到底像她唱的「賞花時」那樣：「翠鳳毛翎紥帚叉，閑踏天門掃落花。」禮佛求仙去了。而藕官、蕊官也再一次唱了配角，隨她一道出了家，卻是「芳官跟了水月庵的智通，蕊官藕官二人跟了地藏庵的圓心，各自出家去了。」寧不惹人歎息？

四小官大鬧絳芸軒

第六十回〈茉莉粉替去薔薇硝〉，四官大戰趙姨娘一幕，堪稱是第九回「頑童鬧學堂」的女伶版，寫得熱鬧非凡，卻另有一番口角含香，花容堪憐。

要說那趙姨娘也實在不靠譜兒，「愚妾爭閒氣」一回中已經足見其愚知淺見，不知所謂了，給親生女兒沒臉，開門第一句話就是「這屋裏的人都踩下我的頭去了」，先就自己給了自己一個最卑微的受害者定位，然後還想爭臉面爭銀子，又怎會讓人瞧得起看得上呢？

這回也是一樣，聽說賈環在寶玉處向小丫頭芳官討薔薇硝，卻只討了茉莉粉來，原該自愧才是：一個爺們兒要給相好的送禮物，就該自己拿銀子買去，怎能跑到別房小丫頭跟前去討硝討粉的惹厭！那芳官的地位比彩雲猶不如，這禮物送起來又有何趣味，況且還是錯的。

這事兒做得已經夠沒臉了，正該悄悄兒地偃旗息鼓引以爲戒才是；然而趙姨娘典型的不著調兒思維正在此處，反覺得自己捏了芳官的錯兒，以爲大鬧一場，把丟臉的事張揚得滿園子皆知，才是爭臉。她的理論是：「趁著這回子撞屍的撞屍去了，挺床的便挺床，吵一出子，大家別心淨，也算是報仇。莫不是兩個月之後，還找出這個碴兒來問你不成？便問你，你也有話說。寶玉是哥哥，不敢衝撞他罷了。難道他屋裏的貓兒狗兒，也不敢去問問不成！」

這心理也夠特別的，先是擺明車馬爲的是報仇——可是報的什麼仇呢？向誰報仇呢？難不成是跟芳官等小丫頭的仇？自然不是，這仇指的是趙姨娘一慣的心理定式：「這屋裏的人都踩下我的頭去了」。認定全世界的人都在欺侮她，所以鬧事就是報仇。

可是她自己也知道這行爲是沒理的，所以預先想好了退路，趁著賈母王夫人守靈顧不上，大鬧一場，等兩個月後消停了，縱翻出來也不好問的——爲什麼不會問呢？因爲芳官只是個不起眼的小丫頭，便如貓兒狗兒一般，賈環畢竟是主子，難道一個爺打了貓兒狗兒，還要被裁辦不成？

這想得倒也周全。可是芳官既然貓狗一般，卻又何必與她們計較，平打平上地鬧一場，豈非自貶身分？所以趙姨娘的心理可謂矛盾，邏輯更是荒唐，而行爲言語就更加顛三倒四了——她雖然是賈政的妾，到底是長輩，倒衝進小輩的屋子裏跟人家小丫頭打架，且開口便罵：「小淫婦！你是我銀子錢買來學戲的，不過娼婦粉頭之流！我家裏下三等奴才也比你高貴些的，你都會看人下菜碟兒。」

先把自己抬得高高的——你是我銀子錢買來的；再把芳官壓得低低的——娼婦粉頭之流，下三等奴才也不如；最後派了罪名兒——你都會看人下菜碟兒。

這三句話貌似有頭有尾，實則自曝其醜：既然自謂是主子，又何以跟下等奴才一般見識？而這奴才既然「看人下菜碟兒」，自然是說下三等的奴才也瞧不起她，那她又有何高貴可言呢？

於是惹得芳官更說出好的來了：「姨奶奶犯不著來罵我，我又不是姨奶奶家買的。『梅香拜把子——都是奴幾』呢！」

這句話可是戳了趙姨娘的肺，也真叫作自取其辱，所以益發瘋了，衝上來便打了芳官兩個嘴巴。襲人等忙勸：「姨奶奶別和他小孩子一般見識，等我們說他。」

襲人最有城府的人，說話有板有眼，既是勸架，也是說理：芳官有不是，自有本房裏姑娘管教，何勞姨娘動手？此前何婆子打春燕兒，被麝月教訓，也是這個理兒，趙姨娘之無理取鬧，比婆子猶甚。而她的膀臂，恰恰便是夏婆子等一干人，可謂物以類聚，人以群分。然趙姨娘既自願與婆子為伍，卻又怎怪得芳官不拿她當主子待？

芳官這一受屈不要緊，驚動了葵官、豆官，又去告訴藕官、蕊官：「芳官被人欺侮，咱們也沒趣，須得大家破著大鬧一場，方爭過氣來。」

這是文章最好看處，也是小戲子們與小丫鬟們的最不同處：小戲子們當年從蘇州一起買了來，一起學戲，台上演盡悲歡離合，台下結成生死同盟，便連做事也多有些戲劇性的義骨俠腸；各房丫鬟雖有親疏冷熱之別，卻多不過是三兩成群的，日以爭風邀寵爲己事，且兼顧各房各層主子顏面臉色，縱有反抗行徑，也都是個體行爲，像芳官等這樣講義氣打群架的作爲，是絕無可能的。書中說藕官等「終是小孩子心性，只顧他們情分上義憤，便不顧別的」，正是特定環境特定人物的特定行爲。

若不是戲班解散，必不會有小戲子分爲各房做丫鬟的安排；而若不是「小戲子變成小丫鬟」的行當轉換，也就必不會有「茉莉粉替去薔薇硝」的戲碼上演——正是假鳳虛凰，方見真情實意。

襲人與晴雯鬥嘴，嚇得怡紅院眾丫頭鴉雀無聲；碧痕訓小紅，晴雯攆墜兒，那都是單方面耀武揚威；鴛鴦抗婚雖得襲人平兒相知，上堂時終得孤軍奮戰；平兒捱打竟得寶玉安慰勸妝，終不敢對鳳姐含怨……而五官的這場大鬧，一掃各院丫頭們嘔氣時忍氣吞聲藏頭露尾之憋屈，寫得暢快淋漓，頭角崢嶸。

可歎的是，趙姨娘鬧事之先原仗著王夫人不在家，曾說「莫不是兩個月之後，還找出這個碴兒來問你不成？」誰知王夫人真還就記住這個碴兒了，抄檢之時，便向芳官翻起舊賬來：「你連你乾娘都欺倒了，豈止別人！」且說：「唱戲的女孩子，自然是狐狸精了！」且株連同黨，吩咐凡有姑娘們分的唱戲的女孩子們，一概不許留在園裏，都令各人乾娘帶出，自行聘嫁。到底逼得芳官入了空門，被姑子拐去庵裏，不知下落如何。

給趙姨娘報仇的，竟是素日不睦、吃齋念佛的王夫人，誰能料想得到？

而在梨香院解散時，王夫人最初的意思本是好的：「這學戲的倒比不得使喚的，他們也是好人家的兒女，因無能賣了做這事，裝醜弄鬼的幾年。如今有這機會，不如給他們幾兩銀子盤纏，各自去罷。」尤氏且細心補足：「如今我們也去問他十二個，有願意回去的，就帶了信兒，叫上父母來親自來領回去，給他們幾兩銀子盤纏方妥。若不叫上他父母親人來，只怕有混賬人頂名冒領出去又轉賣了，豈不辜負了這恩典。」

這原慮得周到。也因了這份體貼恩恤，十二官中竟然大部分人都願意留下，遂歸了各房使喚。如今王夫人既然出爾反爾，一怒攆逐，原該照舊議使他們父母親人來領去方是，如何倒與各自乾娘帶出呢？且前文說那些乾娘原都是在外面認的，在梨香院聽喚，因眾伶分入園中，方帶攜她們也進了園侍候，白落一份月錢，因此喜笑顏開。只因得隴望蜀，才會每每生事。如今群伶被逐，她們該抱怨失落才是，如何倒說「一語傳出，這些乾娘皆感恩趁願不盡，都約齊與王夫人磕頭領去。」

除非，這些伶人們被攆出來，反比在園子時更能給她們帶來實際利益。那利益是什麼，就是她們可以將女孩子領回去倒賣。王夫人倒似乎很大方地沒要贖金就把這些女孩子放了出去，可是女孩兒們並沒有真正得到自由，只是落入乾娘手中，成了貨物了。這就難怪芳官、蕊官、藕官三個人上吊懸樑鬧著要出家，因為不知道她們的乾娘會把她們賣進哪個火坑裏。

在這段裏，我一直有個疑問：賈母帶走的文官和尤氏帶走的艾官要不要被逐？按說文官既是老太太的丫鬟，便輪不到王夫人做主；便是茄官也歸了寧府，不由榮府管理。書中即說「凡有姑娘們分的唱戲的女孩子們」，莫不是不包括文官茄官？但過後只說了芳官、蕊官、藕官出家了，再未提文官、葵官、艾官、茄官、豆官的去向，竟是不知所終。倘若文官未去，她作為十二官的頭兒，又跟了賈母，如今眼見眾姐妹流散，心中豈不痛恨難過？過後會不會向賈母進言呢？

但無論怎樣說，十二官再仗義再剛烈，也終究不敵權勢之威，到底是敗了。

柳五兒之死

自五十九回至六十一回，嗔鶯叱燕，召將飛符，玫瑰露，薔薇硝，大鬧怡紅院之後又接著廚房裏一場雞蛋大戰，真是眼花繚亂，寫得特別有生活氣息。

只可惜芳官、蕊官等大戰趙姨娘，雖然爭得一時義氣，過後王夫人抄檢大觀園時，到底還是翻出舊賬，將所有一干人逐了出去，且因芳官分辯「並不敢挑唆什麼。」王夫人便一一數落：「你還強嘴。我且問你，前年我們往皇陵上去，是誰調唆寶玉要柳家的丫頭五兒了？幸而那丫頭短命死了，不然進來了，你們又連夥聚黨遭害這園子呢。你連你乾娘都欺倒了，豈止別人！」

真看得讀者一愣：柳五兒死了？就這麼死了？柳五兒怎麼就死了呢？

柳五兒在書中出場並不多，始見於第六十回〈茉莉粉替去薔薇硝　玫瑰露引出茯苓霜〉，因芳官往廚房傳話，遂帶出管廚房的柳氏母女：

原來這柳家的有個女兒，今年才十六歲，雖是廚役之女，卻生的人物與平、襲、紫、鴛皆類。因他排行第五，便叫他是五兒。因素有弱疾，故沒得差。近因柳家的見寶玉房中的丫鬟差輕人多，且又聞得寶玉將來都要放他們，故如今要送他到那裏應名兒。正無頭路，可巧這柳家的是梨香院的差役，他最小意殷勤，伏侍得芳官一干人比別的乾娘還好。芳官等亦待他們極好，如今便和芳官說了，央芳官去與寶玉說。寶玉雖是依允，只是近日病著，又見事多，尚未說得。

比肩於平、襲、紫、鴛，這考語可謂高矣，可見貌美如花，只是生得弱——這正是嬌花映水，弱柳拂風，豈非黛玉乎？

這位薄命的黛玉替身兒最大願望是能進怡紅院做丫鬟：「一則給我媽爭口氣，也不枉養我一場；二則添了月錢，家裏又從容些；三則我的心開一開，只怕這病就好了。便是請大夫吃藥，也省了家裏的錢。」

可憐這樣低微的願望竟未能得以實現，只因進園子找芳官，便被林之孝家的拿住當賊辦，交給上夜的媳婦看管，素與柳家不睦的人聽說了，都趁機來奚落嘲戲她，五兒又氣又委屈，「思茶無茶，思水無水，思睡無睡，嗚嗚咽咽，直哭了一夜」，病得益發嚴重。再然後就是借王夫人之口輕描淡寫一筆帶過：「幸而那丫頭短命死了。」

想想也似乎合理：她原本生得弱，再加上被誣受辱，鬱結於心，可不就一病死了麼。

但是，整個的「茯苓霜冤案」中，林之孝家的雷厲風行，嚴懲重辦，究竟是順水推舟偶然如此，還是主觀陷構刻意爲之呢？那柳五兒之死，究竟是偶然事件還是必然命運？

本來照書中一路白描寫來，柳五兒的死因，乍看上去很簡單，似乎只是運氣不好，自己撞在網裏，白受了一場悶氣，加重了病情，遂如王夫人所說——「短命死了」。但是聯繫到另外短短一篇文字，卻發現極可能另有隱情。這段話，仍出於第六十回中，寫芳官送玫瑰露與五兒，柳嬸子分了一半給自己侄兒，恰遇著錢槐：

有一小夥叫喚錢槐者，乃係趙姨娘之內侄。他父母現在庫上管賬，他本身又派跟賈環上學。因他有些錢勢，尚未娶親，素日看上了柳家的五兒標緻，和父母說了，欲娶他為妻。也曾央中保媒人再四求告。柳家父母卻也情願，爭奈五兒執意不從，雖未明言，卻行止中已帶出，父母未敢應允。近日又想往園內去，越發將此事丟開，只等三五年後放出來，自向外邊擇婿了。錢家見他如此，也就罷了。怎奈錢槐不得五兒，心中又氣又愧，發恨定要弄取成配，方了此願。

竟然又關著趙姨娘的事?!剛剛兒的芳官因茉莉粉跟趙姨娘鬧了一場，緊接著就冒出來一個趙氏內侄，還是對五兒久有垂涎之意，「發恨定要弄取成配」的。

賈赦向鴛鴦逼婚時曾說過：「叫他早早歇了心，我要他不來，此後誰還敢收？此是一件。第二件，想著老太太疼他，將來自然往外聘作正頭夫妻去。叫他細想，憑他嫁到誰家去，也難出我的手心。除非他死了，或是終身不嫁男人，我就伏了他！」

這柳五兒的計畫，正是要到怡紅院應個名頭，等將來放出來還了自由身，「自向外邊擇婿」，做個正頭夫妻，好過嫁與錢槐，兩口兒做奴才，將來再爲賈府生下小奴才來；而錢槐的心理，也正如賈赦被鴛鴦拒婚時的「又氣又愧」。鴛鴦已是發了誓終身不嫁的，而柳五兒既然不肯落入錢槐魔掌，又會如何結局呢？

書中說她一病死了，並沒有再提錢槐其人，亦不知有無加害之舉。那麼五兒之死，到底跟這件事，跟趙姨娘、錢槐等人有沒有關係呢？

我們再從頭捋一遍眾人的關係：

芳官與趙姨娘對立這已經是寫明了的文章，怡紅院正是趙氏積恨之地，而柳家既然與芳官、晴雯等人親近，這五兒又因巴望著要進怡紅院而拒婚，自然更加劇趙姨娘、錢槐等對怡紅院的仇恨。

挑撥趙姨娘大鬧的人是夏婆子，乃藕官之乾娘、小丫頭蟬姐兒的姥姥；挑唆王夫人抄檢的則有王善保家的，乃是司棋的姥姥；而蟬姐兒爲了一塊糕與芳官在柳家廚房鬥嘴，司棋更是爲了一碗雞蛋大鬧廚房。

很明顯，趙姨娘、夏婆子、王善保家等爲一派；柳家母女則與芳官等爲一派。從大鬧怡紅院到大鬧廚房可見，兩派的戰爭何止劍拔弩張，已經是真刀真槍了。

柳家的爲了司棋要雞蛋的事跟小丫頭蓮花兒對嘴，曾經說過寶釵探春花五百錢點了碗油鹽炒枸杞芽兒，趙姨娘聽了又氣不忿，不甘心便宜了柳家的，也打發個小丫頭子來尋這樣尋那樣。可見柳家的對趙姨娘沒甚好感，那趙氏愛生閒氣找麻煩的人，自然對柳家也有銜怨。

但似乎沒有林之孝家的事兒，那林之孝家的爲什麼要對付五兒，又是站在哪一派的呢？

我們先從趙姨娘這邊看，第七十一回中因婆子得罪了尤氏，王熙鳳喚林之孝家的半夜進園來辦理，出來時正遇見趙姨娘——

趙姨娘因笑道：「噯喲喲，我的嫂子！這會子還不家去歇歇，還跑些什麼？」林之孝家的便笑說何曾不家去的，如此這般進來了。趙姨娘原是好察聽這些事的，且素日又與管事的女人們扳厚，互相連絡，好作首尾。方才之事，已竟聞得八九，聽林之孝家的如此說，便恁般如此告訴了林之孝家的一遍，林之孝家的聽了，笑道：「原來是這事，也值一個屁！開恩呢，就不理論，心窄些兒，也不過打幾下子就完了。」趙姨娘道：「我的嫂子，事雖不大，可見他們太張狂了些。巴巴的傳進你來，明明戲弄你，頑算你。快歇歇去，明兒還有事呢，也不留你吃茶去。」說畢，林之孝家的出去。

這一段透露出兩個訊息，一是趙姨娘素日與這些管事女人們親厚，聯絡緊密；二是趙姨娘所說的「巴巴傳進你來、戲弄你、頑算你」之人自然是鳳姐，她早就恨毒了熙鳳，如今細細察聽這些事，原爲的是弄舌——跟誰搬弄呢？只會是王夫人。那王夫人雖然素厭趙氏，卻喜歡聽打小報告，第二天邢夫人當眾給鳳姐沒臉，王夫人非但沒有維護鳳姐，反而幫腔令她下不來台，焉知不是趙姨娘之過呢？

現在既從趙姨娘角度出發，確定了她與林之孝家的有交情；再從林之孝家的立場分析，看看她同怡紅院的關係如何——這就更加明顯了，她的女兒林紅玉原在怡紅院當差，向來被晴雯、秋紋等人排擠打壓，如今剛剛兒的脫離此處投奔了鳳姐。既如此，林之孝家的對怡紅院裏得意的丫頭又豈會有好感？那柳五兒結交了芳官兒想進怡紅院，小丫頭蓮花兒又曾說柳家的巴結晴雯，要碗素炒茼蒿親自端了去，對司棋卻是帶搭不理——凡此種種，怎不讓林之孝家的厭恨？

最後再看一下林之孝家的跟柳家的關係如何，書中雖未明說她與柳嬸子有仇，但從她未等官司落定便急急押了柳家的，又派了秦顯家的去替換便已經可知，她是多麼想把柳家的趕出園去。文中說她爲玫瑰露失竊一事嚴辦五兒，然而晴雯和平兒私下議論，那露自是彩雲偷了給賈環了，若從趙姨娘處起贓也不難——這件事平兒晴雯等都知道，林之孝家的又豈會不知？這是擺明了要拿五兒頂缸，趁機奪位。

且那林之孝家的一力保舉派去接管廚房的秦顯家的又係何人呢？原是司棋的嬸娘。司棋大鬧廚房，林之孝家的辦了柳五兒，秦顯家的接手廚房——這不是很明顯的派系鬥爭嗎？即使不是刻意設計的陰謀，卻也是埋伏良久的仇恨，只等一根導火線引爆而已。

可以大膽假設：柳家的給侄兒送玫瑰露，又取了茯苓霜回來時，錢槐是在場知道的。很可能會告訴了趙姨娘。那趙姨娘因托彩雲偷了露給賈環，「被玉釧兒吵出，生恐查考出來，每日捏一把汗，打聽信兒。」——向誰打聽呢？自然是相與管家林之孝家的了。

林之孝家的原奉王熙鳳之命到處查問失露之事，明知是趙姨娘所爲也不肯上報，現在聽其轉述錢槐之語，知道柳家的亦有玫瑰露，便設了一計——司棋借雞蛋事大鬧廚房根本就是故意的，爲的就是翻查證據。所以五兒在園中剛被拿住，蓮花兒和蟬姐兒立刻便走了來，裝巧遇提起廚房裏的露來，就此坐實賊贓。林之孝家的自謂此計再周全不過，所以得意忘形，逕自押解了柳家的來，又自說自話派了秦顯家的去管廚房，大大咧咧地對平兒說：「今兒一早押了他來，恐園裏沒人伺候姑娘們的飯，我暫且將秦顯的女人派了去伺候。姑娘一併回明奶奶，他倒乾淨謹慎，以後就派他常伺候罷。」

誰知平兒竟不買賬，判冤決獄還了柳家母女清白，秦顯家的白興頭了半日。書中雖未明寫司棋參與此事，卻在結果處寫道：「連司棋都氣個了倒仰，無計挽回，只得罷了。」可見上述猜測不無可能。

再如第七十四回開篇寫道：

原來管廚房柳家媳婦之妹，也因放頭開賭得了不是。這園中有素與柳家不睦的，便又告出柳家來，說他和他妹子是夥計，雖然他妹子出名，其實賺了錢兩個人平分。因此鳳姐要治柳家之罪。那柳家的因得此信，便慌了手腳，因思素與怡紅院人最為深厚，故走來悄悄地央求晴雯金星玻璃告訴了寶玉。

這一段明白寫出園中幫派分系之混亂敵對，早非一日之功。所以說，茯苓霜只是導火線，縱使沒有這條線，趙姨娘、錢槐、林之孝家的、夏婆子、王善保家的、秦顯家的這一干人牽藤扯蔓，附會構陷，總也能找到別的契機發難。俗話說：不怕賊偷，只怕賊惦記。以柳五兒之嬌弱多病，竟是在劫逃難。

可以說，從柳五兒想進怡紅院、對錢槐拒婚那天起，就已經註定了她的死期了。

小荷才露尖尖角——白玉釧。

又副冊裏的金玉姐妹

玉釧兒爲何吃雙分兒

又副冊裏的金玉姐妹

玉釧兒其人，在書中的地位作用似乎僅是作爲金釧兒之妹，襯托姐姐的存在，在金釧兒生前並不出戲，直到姐姐死後，方有機會偶露峥嶸，也都與金釧兒有關。

她的名字第一次出現，只是在賈環拿腔作勢地抄經時提了一筆，「一時又叫玉釧兒來剪剪蠟花，一時又說金釧兒擋了燈影。」其作用只是點名，說明玉釧與金釧同爲王夫人的丫鬟而已。

接著就是王夫人攆金釧兒時，叫玉釧兒：「把你媽叫來，帶出你姐姐去。」這時候我們才知道玉釧兒和金釧兒是姐妹。雖然她到這時仍然沒有一句對白，但名字卻已經被讀者記下了——自然是沾了姐姐的光。

她的真正戲目是在第三十五回〈白玉釧親嘗蓮葉羹　黃金鶯巧結梅花絡〉，因王夫人令玉釧給寶玉送荷葉湯，於是玉釧與鶯兒同往怡紅院來，「寶玉見鶯兒來了，卻倒十分歡喜；忽見了玉釧兒，便想到他姐姐金釧兒身上，又是傷心，又是慚愧，便把鶯兒丟下，且和玉釧兒說話。」虛心下氣地陪著笑問長問短，憑玉釧兒怎麼喪謗，還是溫存和氣。玉釧兒「自己倒不好意思的了，臉上方有三分喜色。」

於是寶玉笑著求他：「好姐姐，你把那湯拿了來我嘗嘗。」玉釧兒先是不肯，後來因不忍心見寶玉忍痛下床，滿口噯喲，遂說道：「躺下罷！那世裏造了來的業，這會子現世現報。教我那一個眼睛看的上！」一面說，一面哧的一聲又笑了，端過湯來。偏寶玉又說「不好吃。」且道：「你不信，嘗一嘗就知道了。」於是遂有了「白玉釧親嘗蓮葉羹」的妙目。

這是相當完整的一段戲，也是玉釧兒在玉兒處掛號的正目。從送湯、吹湯到燙手，從「滿臉怒色」、「喪謗」到「不好意思」、「臉上方有三分喜色」，直到「哧的一聲笑了」，玉釧兒的情緒極有章法，而且與寶玉同碗喝湯，實實結了一份荷葉緣。

這還不算，還有一段餘韻——正值傅家婆子前來問候，眼見寶玉燙了手，走後私下議論：「怪道有人說他家寶玉是外像好裏頭糊塗，中看不中吃的，果然有些呆氣。他自己燙了手，倒問人疼不疼，這可不是個呆子？」如此，又將寶玉平生性情再次皴染，盡情一論。可見，蓮葉羹一回對於寶玉形象的塑造起著相當重要的作用，而玉釧兒的地位也就隨之提升了。

且說玉釧兒雖然留情一笑，但並未因此就原諒了寶玉。第四十三回〈閑取樂偶攢金慶壽不了情暫撮土爲香〉中，說隔了幾日是鳳姐兒生日，寶玉不去赴宴，卻換了素服出門來，帶著茗煙往水仙庵祭奠。回來時，在廊下遇見玉釧兒正坐著垂淚，一見他來，便收淚說道：「鳳凰來了，快進去罷。再一會子不來，都反了。」寶玉陪笑道：「你猜我往那裏去了？」玉釧兒不答，只管擦淚。

原來這日也是金釧兒的生日。玉釧兒姐妹情深，一邊思念姐姐，一邊在心裏仍然怨恨著寶玉。大觀園歌舞怡人、簫管喧闐，她卻傷心人別有懷抱，而此時，只有寶玉同她的心思是一樣的。兩個人，一個在庵中祭悼，一個在廊下垂淚，卻偏偏不能彼此見諒。

這之後，玉釧兒的戲分減淡，雖有「瞞贓」一幕，但與其說是寫玉釧兒，不如說是寫彩雲，寫平兒，甚至是寫五兒，倒見不出多少寶玉與玉釧兒的情分來。

然而《紅樓夢》中姓名裏帶有「玉」字的絕不該是等閒人物，她和寶玉之間的交集也絕不應該就此而止，林紅玉尚有「獄神廟慰寶玉」之舉，後四十回中的玉釧兒，又會有些什麼表現呢？倘或玉釧兒亦有情緣，又將會屬意於誰呢？

我以爲，玉釧兒與金釧兒的關係，正如黛玉同寶釵的關係。

在十二釵正冊中，釵、黛的判詞爲同一首，暗寓釵、黛合一，黛死釵繼。

而金釧玉釧姐妹也是一樣，兩人二而一，一而二，實爲一體。只不過正冊的金玉姐妹，是玉亡金在；而又副冊的金玉姐妹，則是金亡玉在。

可惜的是，那玉釧的故事只如「小荷才露尖尖角」，八十回倒已經結束了，後面的故事，只好憑人猜測了。

玉釧兒爲何吃雙分兒？

緊接著〈白玉釧親嘗蓮葉羹〉一幕後，第三十六回開篇忽有一段關於月銀的討論——

這日午間，薛姨媽母女兩個與林黛玉等正在王夫人房裏大家吃東西呢，鳳姐兒得便回王夫人道：「自從玉釧兒姐姐死了，太太跟前少著一個人。太太或看準了那個丫頭好，就吩咐，下月好發放月錢的。」王夫人聽了，想了一想，道：「依我說，什麼是例，必定四個五個的，夠使就罷了，竟可以免了罷。」鳳姐笑道：「論理，太太說的也是。這原是舊例，別人屋裏還有兩個呢，太太倒不按例了。況且省下一兩銀子也有限。」王夫人聽了，又想一想，道：「也罷，這個分例只管關了來，不用補人，就把這一兩銀子給他妹妹玉釧兒罷。他姐姐伏侍了我一場，沒個好結果，剩下他妹妹跟著我，吃個雙分子也不為過逾了。」鳳姐答應著，回頭找玉釧兒，笑道：「大喜，大喜。」玉釧兒過來磕了頭。

王夫人問道：「正要問你，如今趙姨娘周姨娘的月例多少？」鳳姐道：「那是定例，每人二兩。趙姨娘有環兄弟的二兩，共是四兩，另外四串錢。」……王夫人想了半日，向鳳姐兒道：「明兒挑一個好丫頭送去老太太使，補襲人，把襲人的一分裁了。把我每月的月例二十兩銀子裏，拿出二兩銀子一吊錢來給襲人。以後凡事有趙姨娘周姨娘的，也有襲人的，只是襲人的這一分都從我的分例上勻出來，不必動官中的就是了。」

在同一段落中，有兩個丫頭同時加了工資，從每月一兩銀子升爲二兩，一個是玉釧兒，一個是襲人。

襲人的緣故，王夫人含含糊糊，只說「寶玉果然是有造化的，能夠得他長長遠遠的伏侍一輩子，也就罷了。」但卻並不肯令她開了臉，明放在屋裏。

玉釧兒的緣故，王夫人倒明說了，爲的是「他姐姐伏侍了我一場，沒個好結果，剩下他妹妹跟著我，吃個雙分子也不爲過逾了。」——但，僅僅如此嗎？

王夫人是重名聲兒的，正如前面賈政剛聽說金釧兒之死時所想，「我家從無這樣事情，自祖宗以來，皆是寬柔以待下人——大約我近年於家務疏懶，自然執事人操克奪之權，致使生出這暴殄輕生的禍患。若外人知道，祖宗顏面何在！」

因暴力而致使丫鬟跳井，王夫人這罪名也就不小，故而寶釵瞪著眼睛說瞎話，勸王夫人說那金釧不過是在井邊頑耍，失了腳掉下去的。但只是這麼幾句空口說白話，王夫人仍然無法過意，既堵不了眾人悠悠之口，也過不了自己那一關。所以，她會做出些補償來爲自己贖罪，買名聲，除了讓玉釧每月領二兩銀子之外，還有另一個補償辦法，就是將玉釧許給寶玉作妾——有沒有這種可能性呢？

且看王夫人剛說給玉釧兒加錢，便接著問鳳姐，姨娘的月例是多少——這樣的思路轉折，可以說是從「月銀」的事上聯繫想到的，但也可以說是從「姨娘」的事上生發過去的。然後接下來便又討論到襲人的月例和身分上來，同樣也是二兩銀子，只不過因爲寶玉年紀尚小，不教太早娶妾，「且渾著，等再過二三年再說。」興兒曾同尤家姐妹說過：「我們家的規矩，凡爺們大了，未娶親之先都先放兩個人伏侍的。」

賈政那般正經，也有周、趙兩個姨娘在身邊；連賈珠那樣年輕早逝，李紈也曾說過道：「想當初你珠大爺在日，何曾也沒兩個人。你們看我還是那容不下人的？天天只見他兩個不自在。所以你珠大爺一沒了，趁年輕我都打發了。若有一個守得住，我倒有個膀臂。」可見賈珠在世時，身邊也有兩個侍妾。

而寶玉身邊早已備下的兩個人，自然便是襲人和晴雯了，都是老太太與了寶玉的。襲人同寶玉初試雲雨，便是因爲「素知賈母已將自己與了寶玉的」；而晴雯，賈母也說過「將來只他還可以給寶玉使喚得。」

但是王夫人是看不上晴雯的，此時她已經認可了襲人，但還須再爲兒子另挑一個人來代替晴雯，只等再過二三年，便讓寶玉一同收了，放在屋裏。而這另一個人選，不可能還從賈母屋裏挑，那便只有在自己的丫鬟中選了。

王夫人手下有名有姓的大丫頭，計有金釧、玉釧、彩雲、彩霞、繡鸞、繡鳳等人，其中繡鸞、繡鳳只見名字，不見對白，更無任何戲目，可見不受重用；而彩雲、彩霞俱與賈環有染，王夫人冷眼旁觀，未必不知情，決不可能將這兩人給自己的親生兒子，讓寶玉戴綠帽兒；那麼，她可以送出的丫鬟，便只有玉釧兒一個人了。

玉釧兒是她一手調教的心腹大丫頭，又從來不同寶玉嘻皮笑臉的，在王夫人眼中應該是安全的，若將她許給寶玉，又可告慰了金釧兒冤死之靈，使姐妹易嫁，補償自己的愧疚心理；又可向世人表白：自己並不是那等心狠手辣虐待丫頭的主子，金釧兒跳井，著實與自己無關。

也正因此，她才會在寶玉要喝蓮蓬荷葉湯時，放著那麼多丫鬟不使喚，卻偏偏打發玉釧兒給寶玉送湯去，分明當著眾人表白：我並沒有針對金釧兒之意，對這金玉姐妹，並無厭惡之心。

而王夫人的這種潛層真實意識，園中人未必不瞭解。第六十二回寶玉的生日宴上，大觀園紅香圃擺下宴席，眾人分序而坐，座次排得相當特別——

寶琴岫煙二人在上，平兒面西坐，寶玉面東坐。探春又接了鴛鴦來，二人並肩對面相陪。西邊一桌，寶釵黛玉湘雲迎春惜春，一面又拉了香菱玉釧兒二人打橫。三桌上，尤氏李紈又拉了襲人彩雲陪坐。四桌上便是紫鵑、鶯兒、晴雯、小螺、司棋等人圍坐。

這裏除了眾位主子外，與主子同席的共有平兒、鴛鴦、香菱、玉釧兒、襲人、彩雲等六個丫頭。

其中平兒同寶玉、寶琴、岫煙同一生日，都是壽星，故而上座，且她的身分為賈璉之妾，與薛蟠妾香菱同級；鴛鴦是賈母的丫鬟，身分高人一等，且又是賈赦提過親的，也占了個「妾」的虛名兒；襲人不消說，真實身分是寶玉之妾，眾人皆知；而彩雲和玉釧兒俱是王夫人丫鬟，同時彩雲暗地的身分也是賈環之妾——滿座中，只有玉釧兒的身分是清清白白的。

不妨大膽設想，眾人推玉釧兒和彩雲上座，乃是將二人分別視爲寶玉、賈環之妾對待的。當然彩霞也與賈環有染，但後來嫁了來旺家的小子，不能算在這裏頭了。

又或者說彩雲和玉釧因是王夫人丫鬟，所以地位較高，得以與主子同席。然而螃蟹宴上，主子們在裏間，湘雲特地又命廊下擺了兩桌，讓鴛鴦、琥珀、彩雲、彩霞、平兒去坐。這裏沒提襲人、香菱、玉釧兒，卻多出個琥珀和彩霞來，可見此一席只是單以奴才的地位而論，只有賈母、王夫人、鳳姐三個的貼身丫頭可以上席，而襲人、香菱等小一輩的妾侍便沒資格，與寶玉生日宴上的排座理由大不相同。至於爲何沒有玉釧兒，書中全無交代，莫不是爲了提醒眾人注意，她未來的身分將與襲人、香菱等是一樣的？

不過，這些也都是大膽推測，看不到後四十回的文字，再多的援引，也只是畫餠罷了。

銀釧金釵來負水——白金釧。

金簪子掉在井裏頭

金釧與寶釵、湘雲的不解之緣

王夫人的七宗罪

金簪子掉在井裏頭

十二釵中最明顯的「金玉」組合有三對，正冊是寶釵和黛玉，不必細言；副冊裏是尤二、尤三，借尤三之口明明白白說過「我們金玉一樣的人」；而又副冊裏，則是金釧和玉釧。

金釧兒在書中出現的次數並不多，消失得更早，但卻不能不給我們留下深刻的印象。而且，她是全書裏第一個死去的丫鬟。

她的出場極早，第七回〈送宮花賈璉戲熙鳳　宴寧府寶玉會秦鐘〉開篇即道：

話說周瑞家的送了劉姥姥去後，便上來回王夫人話。誰知王夫人不在上房，問丫鬟們時，方知往薛姨媽那邊閒話去了。周瑞家的聽說，便轉出東角門至東院，往梨香院來。剛至院門前，只見王夫人的丫鬟名金釧兒者，和一個才留了頭的小女孩兒站在台階坡上頑。見周瑞家的來了，便知有話回，因向內努嘴兒。

這是金釧兒的首次出場，乃是在寶釵窗外，在這一章中，寶釵和金釧都是在全書中第一次開口說話。而她的最後離場，也就是她死後，其裝裹也正是用了寶釵的衣裳——作者匠心之妙，不由得我們不擊掌稱絕。

金釧兒的第二次出場，在第二十三回。元妃賜命寶玉與眾姐妹遷入大觀園居住讀書，賈政叫寶玉來訓話。

寶玉只得前去，一步挪不了三寸，蹭到這邊來。可巧賈政在王夫人房中商議事情，金釧兒、彩雲、彩霞、繡鸞、繡鳳等眾丫鬟都在廊簷底下站著呢，一見寶玉來，都抿著嘴笑。金釧一把拉住寶玉，悄悄的笑道：「我這嘴上是才擦的香浸胭脂，你這會子可吃不吃了？」彩雲一把推開金釧，笑道：「人家正心裏不自在，你還奚落他。趁這會子喜歡，快進去罷。」寶玉只得挨進門去。

這是金釧兒的第二次說話，也是與寶玉的第一次交集，雖只三言兩語，卻活畫出她的輕浮佻脫。同時也點明了此前寶玉是常常吃她嘴上胭脂的，二人交契不只一日，這就爲後文的言語招禍埋下了伏筆。

寶玉從賈政房裏受訓出來，「向金釧兒笑著伸伸舌頭」，這才「帶著兩個嬤嬤一溜煙去了」。作者心思絕細，從寶玉進門到出門，都未忘了金釧兒，其人出場時間雖短，描寫雖省，卻筆筆相關。而且這一次的出場，仍然關係重大——這可是在寶玉遷入大觀園前的最後一齣戲。

換言之，金釧兒揭開了大觀園的新篇章。

除了名字偶然在眾丫鬟中驚鴻一瞥外，金釧兒的第三次正式出場就是那幕招致喪命的調情重頭戲了，事見第三十回：

王夫人在裏間涼榻上睡著，金釧兒坐在旁邊捶腿，也乜斜著眼亂恍。寶玉輕輕的走到跟前，把他耳上帶的墜子一摘，金釧兒睜開眼，見是寶玉。寶玉悄悄的笑道：「就困的這麼著？」金釧抿嘴一笑，擺手令他出去，仍合上眼。

寶玉見了他，就有些戀戀不捨的，悄悄的探頭瞧瞧王夫人合著眼，便自己向身邊荷包裏帶的香雪潤津丹掏了出來，便向金釧兒口裏一送。金釧兒並不睜眼，只管噙了。寶玉上來便拉著手，悄悄的笑道：「我明日和太太討你，咱們在一處罷。」金釧兒不答。寶玉又道：「不然，等太太醒了我就討。」金釧兒睜開眼，將寶玉一推，笑道：「你忙什麼！『金簪子掉在井裏頭，有你的只是有你的』，連這句話語難道也不明白？我倒告訴你個巧宗兒，你往東小院子裏拿環哥兒同彩雲去。」寶玉笑道：「憑他怎麼去罷，我只守著你。」只見王夫人翻身起來，照金釧兒臉上就打了個嘴巴子，指著罵道：「下作小娼婦，好好的爺們，都叫你教壞了。」寶玉見王夫人起來，早一溜煙去了。

這裏金釧兒半邊臉火熱，一聲不敢言語。登時眾丫頭聽見王夫人醒了，都忙進來。王夫人便叫玉釧兒：「把你媽叫來，帶出你姐姐去。」金釧兒聽說，忙跪下哭道：「我再不敢了。太太要打罵，只管發落，別叫我出去就是天恩了。我跟了太太十來年，這會子攆出去，我還見人不見人呢！」王夫人固然是個寬仁慈厚的人，從來不曾打過丫頭們一下，今忽見金

釧兒行此無恥之事，此乃平生最恨者，故氣忿不過，打了一下，罵了幾句。雖金釧兒苦求，亦不肯收留，到底喚了金釧兒之母白老媳婦來領了下去。那金釧兒含羞忍辱的出去，不在話下。

這是金釧兒第三次說話，也是最後的話了。

寶玉見了金釧兒，「就有些戀戀不捨的」，照應了前文吃胭脂一節，而說要「和太太討你，咱們在一處吧」，更是表白要娶她爲妾，說的是情話；而金釧兒回他「金簪子掉在井裏頭，有你的只是有你的」，表面答應了，說我們早晚在一處，實際上卻是一句讖言——她後來可不是掉在井裏頭了麼？

此後，金釧雖死猶生，並沒有就此消失。她的名字身影，依然宛在，餘波未平，餘韻未了。

賈環借她的死替寶玉設套，攛掇著賈政將寶玉暴打了一頓，而寶玉亦算長情，不但在聽聞金釧兒之死後，五內摧傷，「恨不得此時也身亡命殞，跟了金釧兒去。」且便捱了打，也仍然不悔，夢裏也見著金釧兒向他哭說投井之情，又同黛玉說：「就便爲這些人死了，也是情願的！」

後來玉釧兒奉王夫人命來與他送湯，喪聲喪氣，百般作臉色，寶玉絕不責怪，只是低聲下氣賠小心；次年金釧生祭，又特地冒著被賈母斥罵之險偷偷逃席往水仙庵灑淚焚奠。

可感慨的是，那一天也是鳳姐兒的生日，又是一個「金」派霸主。而這第四十三回的回目〈閑取樂偶攢金慶壽　不了情暫撮土爲香〉，前者寫鳳姐生日，後者說寶玉祭釧，竟將兩件事並提，一生一死，可感可歎。

妙的是，文中在詳述寶玉帶了茗煙往水仙庵焚香的時候，並沒有實寫祭的是誰，只含含糊糊地透露：「這水仙庵裏面因供的是洛神，故名水仙庵，殊不知古來並沒有個洛神，那原是曹子建的謊話，誰知這起愚人就塑了像供著。今兒卻合我的心事，故借他一用。」暗暗透出其人死在水中，又特地揀了井台邊焚香——

寶玉點頭，一齊來至井台上，將爐放下。茗煙站過一旁。寶玉掏出香來焚上，含淚施了半禮，回身命收了去。茗煙答應，且不收，忙爬下磕了幾個頭，口內祝道：「我茗煙跟二爺這幾年，二爺的心事，我沒有不知道的，只有今兒這一祭祀沒有告訴我，我也不敢問。只是這受祭的陰魂雖不知名姓，想來自然是那人間有一、天上無雙，極聰明極俊雅的一位姐姐妹妹了。二爺心事不能出口，讓我代祝：若芳魂有感，香魄多情，雖然陰陽間隔，既是知己之間，時常來望候二爺，未嘗不可。你在陰間保佑二爺來生也變個女孩兒，和你們一處相伴，再不可又托生這鬚眉濁物了。」說畢，又磕幾個頭，才爬起來。

茗煙兒猜不透主子的心事，卻因他只「施了半禮」，便猜到受祭的陰魂是位「姐姐妹妹」，也就是個丫鬟而非主子。

而寶玉同茗煙兒回至府上，「剛至穿堂那邊，只見玉釧兒獨坐在廊簷下垂淚。」寶玉陪笑道：「你猜我往那裏去了？」玉釧兒不答，只管擦淚。

蛛絲馬跡，其實已經顯露出祭的是誰，不過讀者多半仍然未解。直到下一回寫平兒受委屈時，作者才明白地輕輕一點：「寶玉因自來從未在平兒前盡過心——且平兒又是個極聰明極清俊的上等女孩兒，比不得那起俗蠢拙物——深為恨怨。今日是金釧兒的生日，故一日不樂。不想落後鬧出這件事來，竟得在平兒前稍盡片心，亦今生意中不想之樂也。」

我們這才恍然大悟，原來這一天是金釧兒的生日，怪不得玉釧兒會在廊下垂淚呢。

秦可卿列名十二釵正冊最後一名，卻是第一個死的主子奶奶，死時曾向鳳姐報夢說「樹倒猢猻散」；尤三姐是十二釵副冊最後一名，也是副冊姑娘中第一個死的，死後則向姐姐尤二報夢，勸她劍斬妒婦後「一同歸至警幻案下，聽其發落」；白金釧是丫鬟中第一個死的，遂也列為十二釵又副冊最後一名，她死後，則是直接向寶玉報夢，哭訴跳井之情。

她豈止是「在玉兒處掛了號」，根本是在寶玉心中立了一座水仙庵，縱然「金簪子掉在井裏頭」，亦可謂不負此生了。

金釧與寶釵、湘雲的不解之緣

金釧兒這名字在全書的第一次提點，乃是第七回開篇，周瑞家的往梨香院回王夫人話，看見金釧兒和香菱站在台階上頑耍。甲戌本在金釧兒的名字旁邊，有一句側批：「金釧、寶釵互相映射。妙！」意思是說這金釧之名，是因寶釵而起，順手爲之。

而事實上，這也是正寫寶釵言行的第一回文字，寶釵與周瑞家的絮說「冷香丸」緣由，是寶釵在書中的第一次開口；等周瑞家的回過王夫人話出來，「見金釧仍在那裏曬日陽兒」，遂談論起香菱來歷出身，是金釧兒的第一次開口。

在這一段裏金釧兒的形象並不見突出，不過是確定了一個「金」派護法的身分——她的首次出場，可不正是在金派掌門人薛寶釵的窗下麼？

如果說金釧兒的出場，與寶釵的關係並不明顯的話，那麼她的謝幕，卻是與寶釵緊密相關的。

那便是她的死。

書中並沒有正面描寫，而是通過一個老婆子之口轉述的，第三十二回中寶釵和襲人正在說話——

忽見一個老婆子忙忙走來，說道：「這是那裏說起！金釧兒姑娘好好的投井死了！」襲人唬了一跳，忙問：「那個金釧兒？」那老婆子道：「那裏還有兩個金釧兒呢？就是太太屋裏的。前兒不知為什麼攆他出去，在家裏哭天哭地的，也都不理會他，誰知找他不見了。剛才打水的人在那東南角上井裏打水，見一個屍首，趕著叫人打撈起來，誰知是他。他們家裏還只管亂著要救活，那裏中用了！」寶釵道：「這也奇了。」襲人聽說，點頭讚歎，想素日同氣之情，不覺流下淚來。寶釵聽見這話，忙向王夫人處來道安慰。這裏襲人回去不提。

卻說寶釵來至王夫人處，只見鴉雀無聞，獨有王夫人在裏間房內坐著垂淚。寶釵便不好提這事，只得一旁坐了。王夫人便問：「你從那裏來？」寶釵道：「從園裏來。」王夫人道：「你從園裏來，可見你寶兄弟？」寶釵道：「才倒看見了。他穿了衣服出去了，不知那裏去。」王夫人點頭哭道：「你可知道一樁奇事？金釧兒忽然投井死了！」寶釵見說，道：「怎麼好好的投井？這也奇了。」王夫人道：「原是前兒他把我一件東西弄壞了，我一時生氣，打了他幾下，攆了他下去。我只說氣他兩天，還叫他上來，誰知他這麼氣性大，就投井死了。豈不是我的罪過。」寶釵歎道：「姨娘是慈善人，固然這麼想。據我看來，他並不是賭氣投井。多半他下去住著，或是在井跟前憨頑，失了腳掉下去的。他在上頭拘束慣了，這一出去，自然要到各處去頑頑逛逛，豈有這樣大氣的理！縱然有這樣大氣，也不過是個糊塗人，也不為可惜。」王夫人點頭歎道：「這話雖然如此說，到底我心不安。」寶釵歎道：「姨娘也不必念念於茲，十分過不去，不過多賞他幾兩銀子發送他，也就盡主僕之情了。」王夫人道：「剛才我賞了他娘五十兩銀子，原要還把你妹妹們的新衣服拿兩套給他妝裹。誰知鳳丫頭說可巧都沒什麼新做的衣服，只有你林妹妹作生日的兩套。我想你林妹妹那個孩子素日是個有心的，況且他也三災八難的，既說了給他過生日，這會子又給人妝裹去，豈不忌諱。因為這麼樣，我現叫裁縫趕兩套給他。要是別的丫頭，賞他幾兩銀子也就完了，只是金釧兒雖然是個丫頭，素日在我跟前比我的女兒也差不多。」口裏說著，不覺淚下。寶釵忙道：「姨娘這會子又何用叫裁縫趕去，我前兒倒做了兩套，拿來給他豈不省事。況且他活著的時候也穿過我的舊衣服，身量又相對。」王夫人道：「雖然這樣，難道你不忌諱？」寶釵笑道：「姨娘放心，我從來不計較這些。」一面說，一面起身就走。王夫人忙叫了兩個人來跟寶姑娘去。

這段文字一事雙關，既是寫金釧，也是寫寶釵。而作者生怕讀者不解，還象徵性到極至地讓金釧兒死後穿上了寶釵的衣裳，明明白白地點出了兩位一體，這暗示何等清楚？

有些紅學家因爲金釧兒是爲寶玉而死，便認定她是黛玉的替身兒，並由金釧兒的跳井推斷出黛玉將來也是死在水裏。然而原著八十回裏，何嘗見過曹雪芹關於金釧與黛玉有半點聯繫了？

有趣的是，寶玉在王夫人處見了金釧兒打瞌睡，便從荷包裏取了一粒丹丸向她口中一送，那金釧兒張口噙了，方與寶玉打情罵俏。

丹名很有趣，乃叫個「香雪潤津丹」，大概是夏日消暑的甜藥丸子。又是香，又是雪，能不讓人想起「冷香丸」？

《紅樓夢》中所寫的女子都是一對一對的，比如金釧兒和玉釧兒，就是明明白白的一對金玉姐妹，分屬於兩派。而〈白玉釧親嘗蓮葉羹　黃金鶯巧結梅花絡〉一回，則是另一種組合方式，也是一金一玉。寶玉見了鶯兒，十分歡喜，待看見玉釧也來了，便又丟下鶯兒，來討好這玉釧，豈不正如同他對寶黛兩個的情形？

無論從哪方面論，金釧兒也是「金」非「玉」。

支持「黛玉沉湖說」的另一個論據是中秋聯句中的「寒塘渡鶴影，冷月葬花魂」，可是那說出「寒塘渡鶴」的人恰恰是史湘雲而非林黛玉，即使這句話是讖語，代表投水而死，那死的也該是湘雲，與黛玉何干呢？

而「掛金麒麟的姐兒」史湘雲，恰恰也是旗幟分明的「金」派。

除了金釧，書裏投水而死的還有一個人，就是與張金哥相愛的守備之子。張金哥，還是「金」派。

可見，就算十二釵中真有人死在水裏，也決不會是林黛玉，而只能是「金」派中的某個女子。或許，便是「湘江水逝楚雲飛」的史湘雲？

湘雲給園中人送戒指，「襲人姐姐一個，鴛鴦姐姐一個，金釧兒姐姐一個，平兒姐姐一個：這倒是四個人的。」將金釧兒與襲人、鴛鴦、平兒相提並論，都是一等大丫鬟，是再一次側面替我們提供了又副冊人選的線索。

而這四個人聯同史湘雲，也都是金派的人物。

其後襲人又特特地說明，那戒指自己前日已經得了，湘雲忙問：「是誰給的？」既得知是寶釵所贈後，遂笑道：「我只當是林姐姐給你的，原來是寶釵姐姐給了你。」

——當然是寶釵，她才是金派的掌門人嘛。小小幾隻絳石紋戒指，便如此將原本毫無關聯的幾位正冊與又副冊的人物緊密地牽連了起來。可憐的是，金釧兒還沒有來得及收到戒指，就已經「金簪子掉在井裏頭」了。

不過，她卻得到了金派掌門的衣裳作爲裝裹之服，殮葬時，手上或許也戴上了那枚絳石紋戒指吧。

王夫人的七宗罪

榮府內政，最高權威自然是養尊處優的董事長史老太君，第二階梯便是邢王二位夫人。邢夫人不管事，王夫人才是總經理，只因無能，故而提拔了自己的外甥女王熙鳳來管家，也就是執行經理。但王夫人又不甘心把權力下放，而且對鳳姐的功高蓋主不無猜忌，所以並不是一味垂簾，而不時要親政一番，以提醒眾人注意誰才是榮國府真正的行政長官，同時也暗暗彈壓鳳姐的志氣。

表面上，王夫人吃齋念佛，菩薩言行；實際上，榮府裏最冷漠無情城府深沉的人莫過於她。細數下來，王夫人至少犯了七宗罪：

一、逼死金釧

王夫人掌摑金釧的理由是：「好好的爺們，都叫你教壞了。」話說金釧兒也的確是有點輕浮的，寶玉被賈政召喚，剛到門前，金釧兒便拉住了頑笑：「我這嘴上是才擦的香浸胭脂，你這會子可吃不吃了？」寶玉同金釧兒這樣熟絡，可見不只一回頑笑。如何今天便戳了王夫人的肺，這樣雷霆震怒的起來？

前面關於〈趙姨娘爲何嫁賈政？〉一文中曾經分析過，金釧在這裏是做了趙姨娘的替罪羊，同寶玉調情倒沒什麼，只是提起「環哥兒同彩雲」才犯了王夫人的忌，令她登時想起賈政和趙姨娘來，「此乃平生最恨者」，故不念多年主僕之情，立即攆了金釧兒去。

後文賈政聽說有丫鬟投井，十分震驚：「好端端的，誰去跳井？我家從無這樣事情，自祖宗以來，皆是寬柔以待下人。大約我近年於家務疏懶，自然執事人操克奪之權，致使生出這暴殄輕生的禍患。若外人知道，祖宗顏面何在！」

由這幾句話可見王夫人的行爲有多惡劣嚴重，簡直是令祖宗蒙羞。

二、提拔襲人

襲人和晴雯都是賈母給了寶玉的，這兩個人的身分本是平等的，起點是統一的。但因襲人率先上了寶玉的床，兩人情份非同一般。

這本來應該是王夫人「平生最恨者」，然而因爲寶玉捱打後，襲人有表忠心之功，遂令王夫人一片感激，趕著喊「我的兒」，且說從此把寶玉託付給她了，接著又從自己月銀裏每月撥出二兩銀子一吊錢給襲人，並吩咐鳳姐：以後周、趙二位姨娘有的，襲人也都要有。

也就是說，在王夫人這裏，已經正式認了襲人是寶玉的姨娘了。可是給寶玉娶妾是大事，正如薛姨媽給薛蟠娶香菱，「擺酒請客的費事，明堂正道的與他作了妾。」這才是正理——娶妾大事，自然要「擺酒請客」，才可謂「明堂正道」。

因此鳳姐建議：「既這麼樣，就開了臉，明放他在屋裏豈不好？」然而王夫人道：「那就不好了，一則都年輕，二則老爺也不許，三則那寶玉見襲人是個丫頭，縱有放縱的事，倒能聽他的勸，如今作了跟前人，那襲人該勸的也不敢十分勸了。如今且渾著，等再過二三年再說。」

既然明知老爺不許，如何又私下行事？且對老太太也不曾交代一聲，直到兩年後抄檢大觀園，才一併先斬後奏。上背婆婆，下瞞丈夫，這行爲與王熙鳳私造文書有何異？俗話說「名不正則言不順」，雖然那襲人看在二兩銀子的份兒上從此對寶玉更加盡心，但是別的丫頭們看著不明不白的成何體統？

也正是因爲襲人沒有名份，後來遂有改嫁琪官之事，真是置祖宗顏面於無存了。究其源，還是王夫人之過。

三、重用寶釵

因爲鳳姐生病，府中內務交由李紈管理，探春協理。王夫人又特地請了寶釵來：「好孩子，你還是個妥當人，你兄弟妹妹們又小，我又沒工夫，你替我辛苦兩天，照看照看。凡有想不到的事，你來告訴我，別等老太太問出來，我沒話回。那些人不好了，你只管說。他們不聽，你來回我。別弄出大事來才好。」——又一次先斬後奏，既怕「老太太問出來」，又怕「他們不聽」，那又何必爲難寶釵，請親戚來管家？

同時，王夫人雖然重用寶釵，抄檢時卻對李紈、寶釵、探春等也一絲未露，分明是對眾人不放心。這就難怪寶釵堅決要避嫌搬出大觀園了，臨走之前，且說了一番大道理，駁得王夫人無話可說，連鳳姐也笑道：竟別勸的好。

寶釵雖是王夫人最喜愛最看重的外甥女，然而以她之明曉理智，也深知王夫人行徑之荒唐；其遷出之舉，也同探春打在王善保家的臉上那一巴掌相同，都是對王夫人的寒心與不滿。

四、彈壓鳳姐

或許因爲有了寶釵這樣的後備軍，所謂有恃無恐，王夫人對鳳姐的冷淡越來越明顯起來，遂有了借邢夫人打壓鳳姐氣勢的言行，氣得鳳姐暗哭忍氣，病情加重，平兒悄向鴛鴦道：「他這懶懶的也不止今日了，這有一月之前便是這樣。又兼這幾日忙亂了幾天，又受了些閒氣，從新又勾起來。這兩日比先又添了些病，所以支持不住，便露出馬腳來了。」且說：「據我看也不是什麼小症候……只從上月行了經之後，這一個月竟淅淅瀝瀝的沒有止住。這可是大病不是？」

鳳姐已經病得這般沉重，卻不肯向王夫人說明，一則固然是因爲「恃強」，二則也可見兩人關係越來越疏遠，鳳姐明知王夫人不會因爲關心自己而體諒維護，也就懶得事事說明了。

而王夫人因爲繡春囊事，不問情由，第一個就向鳳姐大興問罪之師，更可見其愚不可及，奸不可恕。抄檢之議，更是讓鳳姐心力交瘁，當天夜裏「淋血不止。至次日，便覺身體十分軟弱，起來發暈，遂撐不住。」再次病倒下來，連仲秋夜宴這樣的大事都未能出席。

換言之，如果鳳姐從此一病不起，就是王夫人直接害死的。

五、抄檢大觀園

探春說得好：「你們別忙，自然連你們抄的日子有呢！你們今日早起不曾議論甄家，自己家裏好好的抄家，果然今日真抄了。咱們也漸漸的來了。可知這樣大族人家，若從外頭殺來，一時是殺不死的，這是古人曾說的『百足之蟲，死而不僵』，必須先從家裏自殺自滅起來，才能一敗塗地！」說著流下淚來——這真是爲大觀園提前流下的悼亡之淚。

王夫人是榮府當家人，竟然親自下令抄檢兒女們居住的樂園，其目的竟是爲了搜查淫邪之物，所謂「捉姦」！這非但可笑可恥，而且可驚可怖，同自尋死路有什麼區別？

所以書中在「探春也就猜著必有原故，所以引出這等醜態來」這句後面，庚辰本雙行夾批：「實注一筆。」明確斷言抄檢之舉乃是「醜態」。

而尤氏亦與李紈私下歎道：「咱們家下大小的人，只會講外面見的虛禮假體面，究竟作出來的事都勾使的了。」正說著，寶釵便進來辭行。亦足可見眾人皆以爲王夫人此舉之大失體統。而鳳姐更是因爲這夜辛苦，病情益發沉重，從此心灰意冷，一蹶不振。

這之前，寶玉捱打也罷，二尤之死也罷，所有的慘事、禍事都發生在園外，而大觀園裏還是一片香風暖霧。然而抄檢之舉，卻是將現世殘酷帶到大觀園裏來了。大觀園悲風慘霧由此而始，卻是出自當家人之手。當家人如此，榮國府的末日也就不遠了。

六、攆群伶

在梨香院解散時，王夫人親自安排了十二官的去向，願意回家的就各自回家，願意留下的便撥給各屋使喚，還說：「這學戲的倒比不得使喚的，他們也是好人家的兒女，因無能賣了做這事，裝醜弄鬼的幾年。」似乎很體諒的樣子。

然而抄檢之時，卻翻臉無情，不但把一干人攆出，且說：「唱戲的女孩子，自然是狐狸精了！」

這番出爾反爾的嘴臉，這種欲加之罪的指責，跟趙姨娘罵芳官時有何區別？芳官兒說得不錯，十二官又非生來的戲子，原是好人家女兒，被賈府買來學了戲的，又沒往外面唱去，橫豎只在園裏伏侍罷了，如何就成狐狸精了？

探春罵王善保家的背地裏調唆主子，然而王夫人豈非也是最愛聽是非受調唆之人？若非背地裏有人告狀吹風，她又如何知道芳官欺倒了乾娘，以及四兒私下裏說的調笑之語？

眾乾娘聽得群官放出，喜得打夥兒來給王夫人磕頭，可見此舉實是「親者痛，仇者快」。而芳官、蕊官、藕官三人以死相逼，哭著鬧著要出家，可以想見眾乾娘對她們的安置有多卑劣，以至於誓死不從。其罪魁禍首，仍是王夫人！

七、殺晴雯

王夫人在書中犯的至大罪狀，莫過於抄檢大觀園。而在抄檢之中，直接受害者包括了晴雯、四兒、芳官、入畫、司棋以及賈蘭的奶媽等人。

其中最慘的就是晴雯。

表面看來，晴雯受辱的直接原因是王善保家的在王夫人面前陷害了她：「太太不知道，一個寶玉屋裏的晴雯，那丫頭仗著他生的模樣兒比別人標緻些。又生了一張巧嘴，天天打扮的像個西施的樣子，在人跟前能說慣道，掐尖要強。一句話不投機，他就立起兩個騷眼睛來罵人，妖妖趫趫，大不成個體統。」

王善保家的是誰？乃邢夫人陪房也。邢夫人得了繡春囊，也就是抓住了王夫人的錯，如今特地打發這個王善保家的來打聽消息，趁機下藥，著眼點自然是從寶玉房中開始。而王夫人居然輕易中計，真就依方抓藥，給兒子來了致命一擊，真正愚不可及矣。

林之孝家的因寶玉管襲人喊了一聲名字而不是叫姐姐，都要義正言辭地勸：「別說是三五代的陳人，現從老太太、太太屋裏撥過來的，便是老太太、太太屋裏撥過來的，便是老太太、太太屋裏的貓兒狗兒，輕易也傷他不的。」林之孝家的懂得的道理，王夫人不懂？

晴雯是老太太給寶玉的人，王夫人也曾說過要回了老太太再攆她的，後來卻仍是一意孤行，先斬後奏地把晴雯現打炕上拖下來架出去，連衣裳也不許帶走。這非但是沒有寬柔待下的祖宗遺風，而且是不懂尊老敬上的大家禮儀，連個下人都不如。更殘忍的是，事後王夫人不但向賈母進饞說晴雯離開是因爲害了癆病，又懶又調歪；還吩咐多渾蟲將其焚燒，連個全屍也不留。

難怪寶玉會在誄文中咒罵：「箝詖奴之口，討豈從寬；剖悍婦之心，忿猶未釋！」把王夫人和王善保家的相提並論，直指王夫人是悍婦。

整個抄檢過程是全書中最明顯也是最徹底的一次「搬起石頭砸自己的腳」：晴雯捏謊說寶玉被唬著了，從而引起賈母查賭，最後害死的卻是自己；王善保家的直接獻計查抄，結果發現罪魁竟是外孫女兒司棋；王夫人身爲當家人卻自抄自檢，又怎能避免將來真正被抄的命運？

上述是書中已經寫明的王夫人七宗罪，然而對於整本書來說，王夫人最大的罪過自然是阻礙寶黛的木石前盟，這卻偏偏是書中沒有明寫的。

前八十回中，似乎從未見過王夫人對黛玉有什麼明白的褒貶之詞，更不見她有直接阻硬寶黛感情的舉動，只是通過常理推論：王夫人不會喜歡黛玉。一則黛玉病弱，王夫人罵晴雯「病西施」，又特地點出她眉眼像黛玉，可見厭憎之情；二則自黛玉來了，寶玉便失魂落魄的，不只一次地砸玉，吵鬧，甚至瘋瘋傻傻，哪個做娘的又能安心呢？書中慣以正筆寫王夫人，所以每每寶黛吵架時便不提王夫人表現，正爲藏其真意矣。

然而黛玉吃燕窩時，寶玉曾說：「雖不便和太太要，我已經在老太太跟前略露了個風聲，只怕老太太和鳳姐姐說了。」爲何不便跟王夫人要燕窩，而要通過賈母向鳳姐說？只能是寶玉深知其母不喜歡黛玉矣。

抄檢之時，鳳姐因寶釵是親戚，所以不抄，如何又抄瀟湘館呢？自是王夫人此前下了令，鳳姐不敢違背。然而鳳姐也是有心維護黛玉的，因此王善保家的在紫鵑箱中搜出寶玉之物時，鳳姐攔住說：「寶玉和他們從小兒在一處混了幾年，這自然是寶玉的舊東西。這也不算什麼罕事，撂下再往別處去是正經。」鳳姐左右爲難之心可知。

如若八十回後有下文，寶黛危機浮出水面，則王夫人阻撓之意自當明顯出招，只可惜後文遺失，我們也只有憑藉前面的草蛇灰線來揣測了。

惟一可以肯定的是：寶黛悲劇的原因不只一個，但王夫人的阻礙，絕對是其中非常致命的一擊！

情榜主人：

情不情賈寶玉

情到多處情轉薄——賈寶玉。

多情佛心賈寶玉．追蹤石頭．
通靈玉到底是什麼顏色．寶玉的學問怎麼樣
寶玉見北靜王．賈寶玉是同性戀嗎
大觀園，青春的藩籬．寶玉的六個夢
從大觀園的吃相看個性．鰣鰉魚與胭脂米
誰知了富兒門．紅樓夢並非自傳．
紅樓夢寫完了沒有

多情佛心賈寶玉

通過脂批，我們知道在完稿的《紅樓夢》末回有「情榜」，注明十二釵冊中所有之人並各有考語，寶玉的名字高掛榜首，曰「情不情」，黛玉曰「情情」。

寶玉本是「鬚眉濁物」，何以竟成爲記錄天下閨秀闈英的「情榜」的主人呢？

我們都知道《紅樓夢》又名《石頭記》，「石頭」乃指的是寶玉戴的那塊通靈玉的前身，而當寶玉「懸崖撒手」，神瑛歸於太虛幻境後，石頭也回復原型，且記下了紅塵中所見所聞，便是這部巨書的來歷了，故曰《石頭記》，又名《情僧錄》。

此「情僧」二字，固然可以指抄錄書稿，問世傳奇，「因空見色，由色生情，傳情入色，自色悟空，遂易名爲情僧」的空空道人；卻亦可指書中第一多情，卻又有「情極之毒」的「情不情」賈寶玉。

那寶玉之情，究竟如何呢？

第五回〈賈寶玉夢遊太虛境〉中，警幻首推寶玉爲「天下古今第一淫人」，且說這淫乃是「意淫」，是「天分中生成一段癡情」。

脂批註云：「按寶玉一生心性，只不過是『體貼』二字，故曰『意淫』。」

這評價其實極確，極雅，極為高明。

可惜的是，只為意淫二字「惟心會而不可口傳，可神通而不可語達」，至於三人成虎，傳至今日已經面目全非，成了貶意詞，形容人們在意念中完成一段淫邪之事。

而賈寶玉，更是被世人誤解為多情花心、見一個愛一個的風流種子。這真真是冤枉了寶玉。

首先，寶玉對天下女子的「泛愛」，並不是因為多情，更不是警幻所形容的「恨不能盡天下之美女供我片時之趣興」的那種「皮膚濫淫之蠢物」。他只是博愛，對所有的女孩兒都有著天生的愛慕之情，並且這情，並不是為了得到對方，而只在乎付出自己。

比如第四十四回〈變生不測鳳姐潑醋　喜出望外平兒理妝〉一回，賈璉與鳳姐大打出手，都拿平兒出氣，寶玉讓了平兒到怡紅院安慰，笑道：「我們弟兄姊妹都一樣。他們得罪了人，我替他賠個不是也是應該的。」——這還猶可，甜言蜜語原是紈褲公子的家常便飯；難得的是寶玉極為體貼細心，又向平兒笑道：「姐姐還該擦上些脂粉，不然倒像是和鳳姐姐賭氣了似的。況且又是他的好日子，而且老太太又打發了人來安慰你。」且親自走至妝台前，揭開宣窯瓷盒，取來胭脂盒子，一一解釋這是茉莉粉，這是胭脂露，如何化開，如何打腮；又將盆內一枝並蒂秋蕙用竹剪刀擷了下來，簪在平兒鬢上。

這樣的軟語勸慰，這樣的細心侍妝，哪個女孩兒會不喜歡？平兒縱有天大委屈，眼淚在怡紅院裏也熨乾了。

然而這還不算，還只是寶玉在平兒面前的體貼，仍然可以說是討好女孩子的小把戲而已。最最讓讀者感慨的，是平兒被李紈請去稻香村之後的一段描寫：

寶玉因自來從未在平兒前盡過心，且平兒又是個極聰明極清俊的上等女孩兒，比不得那起俗蠢拙物，深為恨怨。今日是金釧兒的生日，故一日不樂。不想落後鬧出這件事來，竟得在平兒前稍盡片心，亦今生意中不想之樂也。因歪在床上，心內怡然自得。忽又思及賈璉惟知以淫樂悅己，並不知作養脂粉；又思平兒並無父母兄弟姊妹，獨自一人，供應賈璉夫婦二人。賈璉之俗，鳳姐之威，他竟能周全妥貼，今兒還遭荼毒，想來此人薄命，比黛玉猶甚。想到此間，便又傷感起來，不覺灑然淚下。因見襲人等不在房內，盡力落了幾點痛淚。復起身，又見方才的衣裳上噴的酒已半乾，便拿熨斗熨了疊好；見他的手帕子忘去，上面猶有淚漬，又拿至臉盆中洗了晾上。又喜又悲，悶了一回，也往稻香村來，說一回閒話，掌燈後方散。

此時平兒已去，寶玉所爲並不是爲了做給任何人看，甚至很怕人家看見——因襲人等不在房，方敢痛快落淚，可見寶玉之真心——真心憐惜平兒的薄命，且爲自己能在平兒面前略盡心意而自得。

原來寶玉生平快事，只不過是可以爲心儀的女孩兒做點什麼——只求付出，不求得到，這不正是情之至者嗎？而這情，甚至不是愛情，就更見高貴。

除了對平兒外，其餘如對藕官燒紙的維護，因五兒被冤的頂包，爲香菱換裙的體貼，也都是寶玉的肺腑之意，一心只爲這些女孩兒好，卻並未指望得到對方的感恩和回報。

但是寶玉在俗世裏畢竟是人不是神，所以見了寶釵雪白的膀子，仍會有一刻的心動，有想摸一摸的衝動。但即使在這種時候，他想的也不是要得到寶釵，而只是遺憾這膀子沒有生在林妹妹身上。換言之，他早已認定了林黛玉才是自己的終身伴侶，會在未來的婚姻生活裏有著肌膚之親；而對於寶釵，他再仰慕，也只是心動一下，卻並沒有改變意願，更沒打算要採取行動輕薄於她。

而此前，他看到湘雲睡著，「一把青絲拖於枕畔，被只齊胸，一彎雪白的膀子撂於被外，又帶著兩個金鐲子」，更是沒有絲毫綺念，而只想著要替她蓋被子，免得風吹了肩窩疼；晴雯從屋外回來，在他被窩裏渥著，他也不會借機親熱，而只是一片關心，生怕晴雯著涼——所謂柳下惠坐懷不亂，亦不過如此。

寶玉最讓人詬病的，莫過於經常討人家口上的胭脂來吃，對鴛鴦、對金釧兒，都曾有此親昵。甚至金釧兒之死，就是由寶玉間接造成的。

爲寶玉惹了禍就只顧自己跑掉，卻任由金釧兒被王夫人責罵，終至投井而死，讓很多讀者痛罵寶玉怯弱無情，貪花無德。然而，一則寶玉尚小，雖然是賈母的心肝兒寶貝，在家中其實並無主權，見母親大怒，第一反應自然是跑掉；二則，寶玉並未想到後果嚴重，以爲不過是打罵幾下出出氣，過後便無事了。而在那個時代那種背景下，主子打罵下人，只是一件小事，若寶玉跪求，則反而會將事情鬧大，坐實了金釧兒「勾引小爺」的罪名。

所以這件事的罪魁，是王夫人而非寶玉。之後寶玉捱打，曾說過即使爲這些人死了也不悔的話，心中五內摧傷，恨不得身亡命殞，跟了金釧兒去，這些，都已經足以表達其至情至痛，絕非薄悻之人。

並且事情隔了半年，到了九月初二鳳姐生日，也是海棠社第一社正日子，眾人都在熱熱鬧鬧地看戲慶壽，寶玉卻清楚地記著這一天也是金釧兒的生日，遂一大早換了全身素服，帶著茗煙跑出幾里地，找到水仙庵私祭金釧兒，可見長情。

晴雯死後，寶玉亦是長篇累牘地誄文哀祭，真情厚感，雖夫妻之誼不過如此，而寶玉同晴雯，其實一片純真，從無私情。

而最經典也最荒誕的，還表現在第三十九回〈村姥姥是信口開河　情哥哥偏尋根問底〉上，那劉姥姥不過隨口胡謅了個雪下抽柴的女孩若玉（又稱茗玉）的故事，寶玉竟信以為真，並為其擔心起來，忙著問「倘或凍病了呢」，及聽姥姥說十七歲上一病死了，又跌足歎息不已，且令茗煙去找尋廟之所在——這種遙思仰慕，就更加看似無稽，實則多情了。

至於寶玉到寧府看戲時，惦記著小書房裏的美人畫會寂寞無聊，需要他前往安慰，就更是至情至呆了。

所以說，寶玉的多情，是對於美好事物的珍惜與敬意，所有的女孩在他心中眼裏，不只是美色，而代表著世上一切最天真、最純潔、最寶貴的事物。他的多情，是對於真善美的追求，而不是求愛或者求歡。並且，這多情不僅表現在對女孩兒的珍惜上，更在於日月山川一切有情無情的事物上。

正如傅秋芳家的兩個婆子私下裏議論的：「千真萬真的有些呆氣。大雨淋的水雞似的，他反告訴別人：下雨了，快避雨去罷。時常沒人在跟前，就自哭自笑的；看見燕子，就和燕子說話；河裏看見了魚，就和魚說話；見了星星月亮，不是長吁短歎，就是咕咕噥噥的。且是連一點剛性也沒有，連那些毛丫頭的氣都受的。愛惜東西，連個線頭兒都是好的；糟蹋起來，那怕值千值萬的都不管了。」

——這真是「知我者謂我心憂，不知我者謂我何求」。若是讀者們果以寶玉的呆病爲花心，豈不跟傅家的婆子一般見識了？

在「情榜」上，黛玉名「情情」，而寶玉卻是「情不情」。就因爲黛玉至純至善，她下世的目的就是爲了還淚，整個生命的重量都壓在對寶玉的癡情上；而寶玉卻不然，他是黛玉的知己，對黛玉之愛誠摯深沉，聽到〈葬花詞〉慟倒在山坡之上，看〈桃花行〉也會潸然落淚，其愛慕傾心遠不止於表面色相。

在寶玉心目中，「山川日月之精秀只鐘於女兒，鬚眉男子不過是些渣滓濁沫而已」，而黛玉更是這山川毓秀的集大成者。當黛玉在生時，寶玉多情到可以寄情於一切無情之物；而當黛玉這位知己離去，寶玉最珍惜的感情一旦斷絕，卻也會因此斷絕了對所有紅塵事物的眷戀，縱使寶釵爲妻，麝月爲婢，亦仍可「懸崖撒手」，絕決如斯。

有句話叫作「多情乃佛心」，也許正是這樣。寶玉多情的起源是因爲慈悲，便如神瑛侍者灌溉絳珠草般的慈悲；而多情的終點，便是懸崖撒手，出家爲僧。

情到多時情轉薄，最多情者至無情。此情原非世間擾擾之人可理解，故謂之「情不情」。

追蹤石頭

看程高本《紅樓夢》長大的讀者常常弄不清一件事：賈寶玉和他與生俱來的那塊通靈玉究竟是什麼關係？與林黛玉前世結緣的，究竟是石頭還是神瑛侍者？

這是因爲，在程高本中神瑛侍者與石頭被說成了一件事，正如同絳珠草修成人形，轉世爲林黛玉一樣；程高本經過增刪校改，也把石頭點化成仙，提拔爲神瑛侍者，再投胎做了賈寶玉，就此混淆了「神瑛」與「石頭」的概念。

然而在早期脂批本《石頭記》中，這兩件事卻是分得很清楚的。迄今發現的最早版本甲戌本中，在開篇第一回有一大段交代石頭變形記的文字，被後人刪掉了，是說石頭因無才補天，被棄於青梗峰下，日夜悲號慚愧，忽一日見到一僧一道遠遠而來，遂行求告。原文作：

一日，正當嗟悼之際，俄見一僧一道遠遠而來，生得骨格不凡，豐神迥異，說說笑笑來至峰下，坐於石邊高談快論。先是說些雲山霧海神仙玄幻之事，後便說到紅塵中榮華富貴。此石聽了，不覺打動凡心，也想要到人間去享一享這榮華富貴，但自恨粗蠢，不得已，便口吐人言，向那僧道說道：「大師，弟子蠢物，不能見禮了。適聞二位談那人世間榮耀繁華，心切慕之。弟子質雖粗蠢，性卻稍通，況見二師仙形道體，定非凡品，必有補天濟世之材，利物濟人之德。如蒙發一點慈心，攜帶弟子得入紅塵，在那富貴場中、溫柔鄉裏受享幾年，自當永佩洪恩，萬劫不忘也。」二仙師聽畢，齊憨笑道：「善哉，善哉！那紅塵中有卻有些樂事，但不能永遠依恃，況又有『美中不足，好事多魔』八個字緊相連屬，瞬息間則又樂極悲生，人非物換，究竟是到頭一夢，萬境歸空。倒不如不去的好。」這石凡心已熾，那裏聽得進這話去，乃復苦求再四。二仙知不可強制，乃歎道：「此亦靜極思動，無中生有之數也。既如此，我們便攜你去受享受享，只是到不得意時，切莫後悔。」石道：「自然，自然。」那僧又道：「若說你性靈，卻又如此質蠢，並更無奇貴之處，如此也只好踮腳而已。也罷，我如今大施佛法助你助，待劫終之日，復還本質，以了此案。你道好否？」石頭聽了，感謝不盡。那僧便念咒書符，大展幻術，將一塊大石登時變成一塊鮮明瑩潔的美玉，且又縮成扇墜大小的可佩可拿。

在這裏，一僧一道顯然是做廣告的高手，深諳包裝之道，既然應承了要帶那石頭去人間歷煉，卻又嫌它「質蠢」，於是先是施幻術爲它整型，變成一塊瑩潔美玉，又特地在上面鐫了幾句廣告語，並且賣了個關子，不肯告訴石頭上寫的什麼字，但我們卻知道，那就是後來寶玉出世時銜的通靈玉上的「莫失莫忘，仙壽恒昌」。

且說這段描寫，有問有答，有因有果，將石頭想下世受享的一點凡心、以及僧道施展幻術爲其變形的整個過程描寫得極爲生動，但不知爲何，自庚辰本始，便將整段刪去，直接讓一僧一道「來至石下席地而坐長談，見一塊鮮明瑩潔的美玉，且又縮成扇墜大小的可佩可拿。」石頭的通靈成了自發自覺的過程，沒有僧道什麼事了。

爲什麼會有這樣的刪改呢?是曹雪芹覺得過程太冗長,對話太繁瑣,故而在「披閱十載,增刪五次」中刪掉了這段嗎?但是後面接著說幾世幾劫後,空空道人來至青梗峰時,見到的仍是一塊歷歷有述的巨石,正應了前面仙師與石頭說的「劫終之日復還原質」的約定,若是曹雪芹刪改,應該不會照應不到,可見此處刪節絕非作者原意。

石頭再出現時,書只翻了幾頁,時間卻已過了幾劫,已經是在甄士隱的夢中了。一僧一道出場時的形象仍是銜接開篇,說說笑笑遠遠而來,「且行且談」地講起了一個故事,這真是夢中有夢,不愧爲「女媧煉石已荒唐,又向荒唐演大荒。」

這個故事,說的就是絳珠仙草與神瑛侍者了。

僧人說得非常清楚,西方靈河岸三生石畔有絳珠草,赤瑕宮神瑛侍者每天灌以甘露,使其得延歲月,修成女體,因爲想著要報恩,五內鬱結著一段纏綿不盡之意。聽說這神瑛侍者要下凡造歷,便決意跟隨前往,立誓說:「但把我一生所有的眼淚還他,也償還得過他了。」

在這段描寫中,世界被分爲了三層:

第一層是三生石畔的絳珠草與神瑛侍者,第二層是甄士隱夢裏的茫茫大士渺渺真人,第三層才是甄士隱的俗世肉身,以及他馬上就要從夢中醒來後遇見的賈雨村。

那麼這個時候石頭在哪裏呢?

它在道人的袖子裏。

開篇時,僧道爲石頭整型刻字,石頭曾問:「不知賜了弟子那幾件奇處,又不知攜了弟子到何地方？」僧人笑道：「你且莫問，日後自然明白的。」便袖了那石同道人飄然而去。——彼時，石頭是揣在僧人袖子裏的。

然而在甄士隱的夢裏，僧人講完故事後說：「你且同我到警幻仙子宮中，將這蠢物交割清楚。」甄士隱遂上前請教蠢物爲何物。而從袖中遞出石頭與他的，卻是道人，笑著說：「若問此物，到有一面之緣。」

這時候，石頭上刻的字已經揭了一半謎底：「原來是塊鮮明美玉，上面字跡分明，鐫著『通靈寶玉』四字，後面還有幾行小字。」

此時，石頭與甄士隱都在第二層世界，也就是甄士隱的夢裏。

在夢裏，甄士隱與石頭有一面之緣，但對於絳珠與神瑛，卻只有聽說的份兒。同時一僧一道提起石頭時，是稱之爲「蠢物」的，因爲那是經了他們的幻術點化才有機會下世歷劫的一塊「廢材」而已；但對於神瑛侍者，他們的口氣卻是充滿敬意，不敢小覷的。

況且，從僧人的話中我們得知，這時候神瑛侍者是已經「在警幻案前掛了號」，而石頭，則還要等著一僧一道「將這蠢物交割清楚」，既便從這一點說，石頭和神瑛也不可能是同一個人。

夢在這時候醒了，甄士隱回到了第三層世界——俗世，再次見到了一僧一道。

幻境裏的一僧一道「生得骨格不凡，豐神迥異」，俗世中的一僧一道，卻是「那僧則癩頭跣足，那道則跛足蓬頭」，妙的是仍然是「瘋瘋顛顛，揮霍談笑而至」——這一僧一道三次出場，行頭雖然大相徑庭，動作倒是從來不換的。

僧道去後，甄士隱遇到了賈化賈雨村，於是「真事隱去，假語存焉」，接下來的故事便隨著「假話」的腳跟兒進行下去了。

於是，我們跟著賈雨村去揚州鹽政見了林黛玉，又跟著他一起護送林黛玉進了賈府，見到了賈寶玉和他的玉。

同僧道的身分相反，石頭在幻境被稱爲「蠢物」，到了俗世，卻成了「命根子」。

不過賈雨村聽說寶玉的玉，還在見到寶玉之前，是在第二回裏聽冷子興說的。「冷子興演說榮國府」之際，詳細地跟賈雨村念了遍寧榮家譜，然後提起寶玉來：「不想次年又生了一位公子，說來更奇，一落胎胞，嘴裏便銜一塊五彩晶瑩的玉來，上面還有許多字跡，就取名叫作寶玉。」

這是第一次交代石頭的下落。到這時，我們已經理得很清楚，神瑛侍者下凡後，投胎賈府，成爲公子賈寶玉；而石頭，則是他從胎裏帶來的那塊通靈寶玉，是沾光跟著神瑛一起混入凡間的。

黛玉第一次見寶玉時，心下詫異，覺得十分面善，而寶玉也說「這個妹妹我曾見過的」，便是因了神瑛的甘露前緣，卻不是因爲絳珠草和那塊石頭有什麼過節。

石頭，最多是在一僧一道的袖子裏偷聽過「還淚」仙緣，並在今世見證了這段公案，因此，當它劫滿之後回到青梗峰，便重新變回一塊大石，字跡分明，記下了整個離合悲歡、炎涼世態的故事，聊供空空道人抄寫罷了。

其實說了這麼多，道理很簡單：石頭既然已經幻化成通靈玉被寶玉銜在口中帶入紅塵，自然不可能再分身變成賈寶玉這個人。程高本說石頭修煉成仙，變成神瑛侍者下凡，將兩者合二為一，完全說不通。可是因為發行量大，夠普及，便成了很多人心目中的紅樓常識，這才是最讓人痛心的。

近年來，每次與讀者談及紅樓或是在校園舉辦紅樓講座時，都經常會有人跟我提到「白話本」紅樓，甚至讓我推薦一個更淺顯的紅樓白話本。這讓我非常費解而且難過。要讀白話，不如不讀。因為《紅樓夢》本身就夠白話，夠淺顯易懂的了。我第一次讀紅樓時，八歲多不到九歲，看得不是很懂，不僅是因為一些艱深的字句，還因為隱晦的情節，但這也不妨礙囫圇吞棗地把它讀完了。後來每隔一年又讀一次，越讀越有味，十二三歲時已經熟極而流。

我並不是神童，就算自小對古典文學有些底子，智商與知識面也不可能超過今天二十歲的青年尤其是大學生。那麼在我八九歲時可以通讀的書目，今天的讀者有什麼理由非要借助「白話本」才能讀懂呢？

所以我奉勸讀者，如果只想圖個熱鬧不求甚解，可以去看連續劇或者連環畫，如果是要讀書，那請你務必還是通讀紅樓原著的好。而且，對於打算把《紅樓夢》讀第二遍的朋友，最好去讀脂批本的《石頭記》，至於程高本不是不能讀，但要分清前八後四，改本與原本，不然只會對理解紅樓造成障礙，有弊無益。

通靈玉到底是什麼顏色？

通靈寶玉是書中非常重要的一個道具，因爲它不僅是寶玉與生俱來的「命根子」，且還是整部《石頭記》的見證者與記錄者。

它是一塊有靈性的石頭，因爲曾經女媧鍛鍊，本來是要用作補天之材的，卻不得重用，棄於峰下，至有此劫。所以，這故事也註定是個悲劇，是作者「懷才不遇」的凝重歎息。

女媧補天的典故出自《淮南子．覽冥訓》：

往古之時，四極廢，九州裂，天不兼覆，地不周載，火爁炎而不滅，水浩洋而不息，猛獸食顓民，鷙鳥攫老弱。於是女媧煉五色石以補蒼天，斷鼇足以立四極，殺黑龍以濟冀州，積蘆灰以止淫水。蒼天補，四極正；淫水涸，冀州平；狡蟲死，顓民生；背方州，抱圓天。

這裏說補天的乃是「五色石」。所以神話故事裏說，每天黃昏時我們看到西方彩霞滿天，那便是女媧修補過的地方。

書中開篇說一僧一道大展幻術，將這巨石變成「一塊鮮明瑩潔的寶玉，且又縮成扇墜大小的可佩可拿。」但並未說是什麼顏色。

後來甄士隱在夢中與其有一面之緣，也只說是塊「鮮明美玉，上面字跡分明，鐫著『通靈寶玉』四字，後面還有幾行小字。」仍然未提顏色。

接著石頭下凡，第一次提及是在冷子興對著賈雨村演說榮國府奇事之時，說賈寶玉「一落胞胎，嘴裏便銜一塊五彩晶瑩的玉來，上面還有許多字跡」。

這是全書第一次提到玉的顏色，乃是「五彩晶瑩」，正合了女媧補天的五色石之說。

石頭在凡間的第一次正面描寫，是寶黛初見時，借黛玉之眼形容那賈寶玉「項上金螭瓔珞，又有一根五色絲條，繫著一塊美玉。」點明「五色絲條」，卻沒有說玉是什麼顏色。

直到第八回〈比通靈金鶯微露意　探寶釵黛玉半含酸〉裏，寶釵跟寶玉討了玉來托在掌上細看，書中才有了一段正面描寫：「只見大如雀卵，燦若明霞，瑩潤如酥，五色花紋纏護。」

這跟開篇一僧一道施展幻術時變出的模樣前後呼應，只是把「扇墜」的形容換成了「雀卵」，把「鮮明瑩潔」分解為「燦若明霞，瑩潤如酥」。

「明霞」是什麼顏色?往簡單裏形容應該是緋紅，複雜確切些則是神話故事裏的「五色」。可以想像，寶玉的通靈美玉不是翠，而是翡，即紅色美玉，光照下呈現五色，燦若明霞。

後來鶯兒替寶玉打絡子，寶釵出主意：「倒不如打個絡子把玉絡上呢。」寶玉問：「只是配個什麼顏色才好?」寶釵說：「若用雜色斷然使不得，大紅又犯了色……」

什麼叫「犯色」呢？就是說同色相配，互為犯色。換言之，那玉是紅色，若絡子也是紅色，就犯色了。

寶玉前身為赤瑕宮神瑛侍者，赤即紅，瑕為「玉小赤也，又玉有病也」（脂批語），這也明確點出了他轉世後口裏銜的那塊玉應該是紅色。所以寶玉住的地方叫作「怡紅院」，曹雪芹批書的地方也叫「悼紅軒」。

因為石頭是紅色，所以《石頭記》誕生、記述的地方，自然便是怡紅、悼紅了。

但不知為什麼，後來的許多影視劇中，枉自找了眾多紅學大家做顧問，選出的重要道具——通靈美玉卻不是白玉就是翠玉，令人十分納悶。女媧煉五色石以補天，留下這第三萬六千五百零一塊，怎麼也不可能是塊綠石頭吧？倘如此，我們現在見到的晚霞，可也就跟著成了綠色天空了。

賈寶玉的學問怎麼樣？

曹雪芹寫寶黛，總是慣用反筆，明貶實褒，尤其對寶玉更是如此，甚至在寶玉第一次出時前有兩首〈西江月〉針貶之，說他：「天下無能第一，古今不肖無雙。寄言紈褲與膏粱：莫效此兒形狀！」——完全就是一個不學無術的反面典型。

而這使得讀者也因此得出了一個錯誤結論，覺得寶玉不愛讀書，滿腹草莽，正如小廝興兒說：「他長了這麼大，獨他沒有上過正經學堂。我們家從祖宗直到二爺，誰不是寒窗十載，偏他不喜讀書。」

——然而當真這樣想，我們豈不同興兒一般見識，錯會寶玉了？

那麼寶玉當真不喜歡讀書嗎？他的學問又到底怎麼樣呢？

我們且從頭細看——

第三回寶玉初見黛玉時，第一個問題便是：「妹妹可曾讀書？」然後才問名字，又引經據典地舉出什麼《古今人物通考》來，給黛玉取字「顰顰」。

後來見了秦鐘，感其人物俊美，也是先問他讀什麼書，而後才「二人你言我語，十來句後，越覺親密起來。」

只從這兩點，已經足可見出寶玉並不是不讀書，而只是在意別人讀的什麼書，尋找合乎自己頻道的知己而已。正所謂以文會友，道不同不相爲謀。

香菱爲學詩而耽精竭慮，如癡如魔，寶玉感歎：「這正是地靈人傑，老天生人再不虛賦情性的。我們成日歎說可惜他這麼個人竟俗了，誰知到底有今日。可見天地至公。」

在他的標準裏，香菱是個品貌兼優的好女子，但如果不讀書，就「虛賦情性」了，就「可惜」了，就「俗了」；如今到底開竅，要學詩了，就是「地靈人傑」，「天地至公」了。可見他有多麼在乎一個女子的學問。

因了他這話，寶釵笑道：「你能夠像他這苦心就好了，學什麼有個不成的。」寶玉便不高興，沒有接話。因爲寶釵說的跟他說的是兩回事。寶釵的學問，指的是仕途經濟，是理性的學問；而寶玉的苦心，則說的是詩詞歌賦，是靈性的學問。

也正是因爲這一點，寶玉視黛玉爲知己，對寶釵則始終敬有加，愛不足。

後來湘雲也曾勸他：「你就不願讀書去考舉人進士的，也該常常的會會這些爲官做宰的人們，談談講講些仕途經濟的學問，也好將來應酬世務，日後也有個朋友。」

寶玉聽了立刻道：「姑娘請別的姊妹屋裏坐坐，我這裏仔細汙了你知經濟學問的。」還說，「林姑娘從來說過這些混帳話不曾？若他也說過這些混帳話，我早和他生分了。」

可見寶釵、湘雲所說的「仕途經濟的學問」在他眼中，都是些「混帳話」。正如後文襲人說的：「凡讀書上進的人，（寶玉）就起個名字叫作『祿蠹』；又說只除『明明德』外無書，都是前人自己不能解聖人之書，便另出己意，混編纂出來的。」

這些話，進一步印證了寶玉不是不讀書，而是對於「讀書」另有一套自己的選擇標準和評判道理。

書中正面描寫寶玉認真上學的，只有第九回〈戀風流情友入家塾　起嫌疑頑童鬧學堂〉。

清早起來，寶玉來給賈政請安說要上學去，遭到父親一陣搶白。但賈政終究是在乎兒子的學業的，因此又特地叫了跟寶玉的李貴進來細問：「你們成日家跟他上學，他到底念了些什麼書！」聽李貴說是「哥兒已經念到第三本《詩經》」了，便又發話說：「那怕再念三十本《詩經》，也都是掩耳偷鈴，哄人而已。你去請學裏太爺的安，就說我說了：什麼《詩經》古文，一概不用虛應故事，只是先把《四書》一氣講明背熟，是最要緊的。」

可見，在賈政這樣的「正經人」眼中，《四書》才是真學問，《詩經》古文則都是哄人的虛應故事。因爲古時考科學，《四書》是必考科目，更是八股依據。

然而寶玉偏偏在詩詞上還有些悟性，對於八股文章卻是深惡痛絕，所以才不合賈政的意罷了。

也是在這回中寫道：一日賈代儒因有事回家，留下一句七言對聯，命學生對了，明日再交作業。可見「對對子」也是學堂裏的正經功課。

而寶玉在這方面顯然是強項，深得塾掌稱讚的，這從〈大觀園試才題對額〉一回中可以得到充分表現，他吟詩作對的急才相當驚人，非但出口成章，亦且文采斐然，像「繞堤柳借三篙翠　隔岸花分一脈香」，像「寶鼎茶閑煙尙綠　幽窗棋罷指猶涼」，像「吟成豆蔻才猶豔　睡足荼蘼夢亦香」等，真是餘香滿口，紙上生花，連飽學之士們也甘拜下風——雖然不免有恭維附和之嫌，但是賈政課子甚嚴，也忍不住點頭微笑，可見十分滿意。

遊至蘅蕪苑，許多異草珍卉，眾人皆不認識，惟有寶玉指點說明這是薜荔藤蘿，那是青芷紫芸，引經據典，如數家珍，不負了寶釵曾說他「旁學雜收」，也不負了由他來爲大觀園題額。

後來大觀園竣工，賈政就命人懸了那些對聯出來，雖然書中解說此舉是爲了投元妃之好，使其知寶玉之長進；但同時也可以看出這些對聯相當拿得出手，足以爲園林增輝，不然也不會刻出來現醜了。

接著元春命眾人各題一匾一詩，惟命寶玉獨作四首。黛玉悄悄幫他做了一首讓他打小抄，元春看後，喜之不盡，稱讚說：「果然進益了！」又特別指出黛玉替作的那首「杏簾在望」為前三首之冠，並因此命名「稻香村」。

元春可是不用跟寶玉說客氣話的，所以這裏是真心稱讚寶玉的長進，但同時也看出，黛玉的詩才還是要比寶玉高出一大截子的，代作之詩一眼就能分出高下來。

後來賈寶玉搬入大觀園，曾作四時即事詩，在王孫公子間廣為傳誦，一時上門倩詩求畫者眾多。而此時，寶玉不過才十二三歲，已然能此，倘非生於豪門，縱在貧門薄宦之間，亦堪稱少年仲永了。書中雖以反語諷他「鎮日家作這些外務」，我等讀者卻不可誤解了去，真當作寶玉無才。

至於後文海棠社、菊花社、柳絮社多次較量，寶玉始終落第，則多半是因為李紈給眾人面子，拿寶玉尋開心罷了，不能當真。

第九回之後，書中很少再提寶玉上學的事，倒是專門寫到寶玉收拾了外書房讀夜書，但是因為沒有秦鐘做伴，多少有些掃興，所以也沒詳寫到底讀的怎麼樣，又讀些什麼書。

倒是第七十三回中，有一段關於寶玉功課的大盤點——書中說，趙姨娘的丫鬟小鵲來報信說趙姨娘在賈政面前吹了耳旁風，要他仔細明天問話。寶玉聽了，頓時發起愁來，只好臨時抱佛腳，理熟了功課，以備查考：

如今打算打算，肚子內現可背誦的，不過只有《學》《庸》《二論》是帶注背得出的。

至上本《孟子》，就有一半是夾生的，若憑空提一句，斷不能接背的，至《下孟》，就有一大半忘了。算起五經來，因近來作詩，常把《詩經》讀些，雖不甚精闡，還可塞責。別的雖不記得，素日賈政也幸未吩咐過讀的，縱不知，也還不妨。至於古文，這是那幾年所讀過的幾篇，連《左傳》《國策》《公羊》《穀梁》漢唐等文，不過幾十篇，這幾年竟未曾溫得半篇片語，雖閒時也曾遍閱，不過一時之興，隨看隨忘，未下苦工夫，如何記得。這是斷難塞責的。更有時文八股一道，因平素深惡此道，原非聖賢之制撰，焉能闡發聖賢之微奧，不過作後人餌名釣祿之階。雖賈政當日起身時選了百十篇命他讀的，不過偶因見其中或一二股內，或承起之中，有作的或精緻，或流蕩，或遊戲，或悲感，稍能動性者，偶一讀之，不過供一時之興趣，究竟何曾成篇潛心玩索。如今若溫習這個，又恐明日盤詰那個，若溫習那個，又恐盤駁這個。況一夜之功，亦不能全然溫習，因此越添了焦燥。

從這段話裏看出，寶玉可並不是整天唯讀茗煙孝敬的那些「飛燕、合德、武則天、楊貴妃的外傳與那傳奇角本」，正經書看得也還真不少，不但「四書五經」乃至史書古文都是讀過了的，連八股文也讀了，只是因爲他讀書是爲了興趣而不是爲功名，所以各書讀得有深有淺罷了。像《莊子》、《離騷》等那是隨手拈來，但是八股文章就沒什麼大研究了。

不過，賈政後來似乎也不強求了。

第七十五回，仲秋節眾人賞月，賈政命寶玉等作詩，賈母忙欲阻止，賈政卻說：「他能的。」對兒子的本事很瞭解也很放心。

可惜這段詩沒有錄出來，脂硯齋說「缺中秋詩，俟雪芹」，是說想等雪芹詩寫好了再補出來，也因此使我懷疑這一回文字不儘然是原稿，而是脂硯等人在草稿基礎上補綴而出，所以賈敬之語有極不妥當之處。但這是題外話，此文且不論及。

需要特別注意的是下面一段文字：

近日賈政年邁，名利大灰，然起初天性也是個詩酒放誕之人，因在子侄輩中，少不得規以正路。近見寶玉雖不讀書，竟頗能解此，細評起來，也還不算十分玷辱了祖宗。就思及祖宗們，各各亦皆如此，雖有深精舉業的，也不曾發跡過一個，看來此亦賈門之數。況母親溺愛，遂也不強以舉業逼他了。所以近日是這等待他。又要環蘭二人舉業之餘，怎得亦同寶玉才好，所以每欲作詩，必將三人一齊喚來對作。

看來，到了《紅樓夢》第七十五回，賈政已經不指望兒子走仕途經濟之路了，於是開始正視起作詩的本領來，而不以舉業相逼了。程高本後來把這段話刪了，因為與其續寫的寶玉中舉相矛盾。

之後不久賈政又有一次找寶玉、賈環、賈蘭來當眾寫〈姽嫿詞〉，寶玉的表現更是令人歎為觀止。一篇長歌行寫完，眾人一邊念一邊讚，念完了「都大贊不止，又都從頭看了一遍。」

賈政笑道：「雖然說了幾句，到底不大懇切。」——既然是「笑道」，可見已經很滿意，自覺在眾人面前有了光采了，於是對三個學生說：「去罷。」

對於賈政來說，沒有罵，就是誇，能笑一下，那已經是無上之譽。到這時候，父子倆已經取得了相當程度的理解與共識，天倫之情令人動容。同時可見，寶玉不僅才情過人，而且旁學雜收，學問淵博，如果讀者僅從他「潦倒不涌世務，愚頑怕讀文章」，就以爲他不讀書沒學問，「腹內原來草莽」，可就真是「混帳話」了。那只能說明，你不是寶玉的知己而已。

寶玉見北靜王

第十四回末「賈寶玉謁見北靜王」一節，是北靜王在全書中惟一的一次正面出場，書中幾乎用盡了讚美之辭。說他「年未弱冠，生得形容秀美，性情謙和」，雖然身高位重，卻「並不妄自尊大」，可謂是個完人，而且是位不到二十歲的完美王子。

這位王子因賈府出殯而來設路祭，賈赦、賈政、賈珍等兩府首腦都趕緊趨前跪拜，水溶卻開口即問：「那一位是銜玉而誕者？幾次要見一見，都爲雜冗所阻，想今日是來的，何不請來一會？」如此禮遇垂青，實是給賈府極大的面子。

因此賈政聽了，忙令寶玉脫了孝服來叩見，而寶玉也早就聽說水溶「是個賢王，且生得才貌雙全，風流瀟灑，每不以官俗國體所縛。」巴不得能得一見。

而後轉入十五回，從寶玉眼中正寫這水溶形象：

話說寶玉舉目見北靜王水溶頭上戴著潔白簪纓銀翅王帽，穿著江牙海水五爪坐龍白蟒袍，繫著碧玉紅鞓帶，面如美玉，目似明星，真好秀麗人物。寶玉忙搶上來參見，水溶連忙從轎內伸出手來挽住。見寶玉戴著束髮銀冠，勒著雙龍出海抹額，穿著白蟒箭袖，圍著攢珠銀帶，面若春花，目如點漆。水溶笑道：「名不虛傳，果然如寶似玉。」

書中雖未寫明年代背景，然而從這段穿戴可見，水溶與賈府同屬正白旗，這和現實中的曹雪芹的家族是一致的。水溶又向賈政道：「小王雖不才，卻多蒙海上眾名士凡至都者，未有不另垂青，是以寒第高人頗聚。」並邀請寶玉常去王府走走，談會談會。

——結黨營私，這在歷朝都是相當犯忌的。北王府不但廣攬人才，而且遠及海外，幾乎有小朝廷之嫌，表面上只是朋友雅會，實際上到底能做些什麼，卻無人可知；又或者即使什麼也沒做，但皇上聽說了會不會引爲猜忌？

須知，正白旗最早的領導人正是大清開國功臣、攝政王多爾袞，與書中所說「原來這四王，當日惟北靜王功高」正相符合。因爲清軍入關時，順治只是個孩子，多爾袞才是真正意義上的開國皇帝。但是順治不甘心只做傀儡皇上，一直伺機親政。後來，多爾袞交結朝鮮甚至私往聯姻，與朝鮮使者密會時，卻忽然「墮馬」身亡。多爾袞之死從此成爲清朝歷史上的一個謎。

而他死後先是風光大葬，追尊為懋德修道廣業定功安民立政誠敬義皇帝，廟號成宗。然而不到三個月，卻又被順治派了許多罪名，削爵號，撤廟享，黜宗室，籍財產入官，其兄弟近戚悉遭株連，更是清初慘案之一。多爾袞的親哥哥、英親王阿濟格英，就是因此下獄，並被順治賜死的。而曹雪芹最好的朋友敦誠、敦敏，正是阿濟格的孫子。

這種禍起蕭牆的宮廷疑案，在當時的民間一定流傳著很多個版本，我們今天已經無法得知。寫在這裏，也僅供聯想而已。

只說這次初見，伏下了三條線索：

第一，北靜王看了寶玉的玉，以及玉上的字，便問賈政：「果靈驗否？」賈政回答說：「雖如此說，只是未曾試過。」

後來，寶玉和鳳姐因受馬道婆之詛入了魔道，生命垂危，一僧一道趕來相救，握玉持誦，使其復原。這也是前八十回中通靈玉惟一的一次展示神通，到底「試過」這玉的「靈驗」了。

第二，北靜王邀請寶玉以後常去王府走走，而寶玉也確實這樣做了，並且走得光明正大且很頻繁。甚至鳳姐生日他偷偷去祭金釧兒，回來都拿北靜王搪塞，說是：「北靜王的一個愛妾昨日沒了，給他道惱去。他哭的那樣，不好撇下就回來，所以多等了一會子。」——能撒這樣的謊，自然是因為走慣了北王府，賈府的人也都習以為常，所以就算他撒謊也不會有所猜疑。

第三，北靜王送了寶玉一串鶺鴒香的念珠。而寶玉後來又把這珠子轉送黛玉，卻被黛玉擲還，其中含意深可玩味，前文已經多有議及，此處不再贅述；不過這「鶺鴒香念珠」本身，卻已經很有意思了。

首先，鶺鴒典出《詩・小雅・常棣》：「脊令在原，兄弟急難。」從此就以鶺鴒比喻兄弟。那麼這裏會不會就有著「兄弟急難」的寓意呢？

多爾袞既死，其兄阿濟格牽連在獄；而《紅樓夢》四大家族原是「一榮俱榮，一損俱損」，宛如兄弟連枝，日後被難之時，北靜王可肯施以援手？

其次，念珠原是佛教徒誦經時用來計算次數的臂掛。而我們都知道，寶玉最終的結局是出家做和尚。北靜王早早賞賜的這串念珠，是否就有了某種「伏線千里」的含意呢？換言之，北靜王對於賈寶玉的大結局，是起了什麼樣的決定性作用呢？

甲戌本在這回前接連就此事評了三條批語：

寶玉謁北靜王辭對神色，方露出本來面目，迥非在閨閣中之形景。

北靜王問玉上字果驗否，政老對以未曾試過，是隱卻多少捕風捉影閑文。

北靜王論聰明伶俐，又年幼時為溺愛所累，亦大得病源之語。

如此鄭重，這使得寶玉見北靜王這段描寫幾乎有如「子見南子」般寓意無限，先肯定了寶玉在應對禮儀方面的大方得體，接著讚賞了作者刪繁就簡的寫作手法，最後又感慨了紈褲子弟多因溺愛所累的痼病，這就使得我們越發不能對這段描寫掉以輕心了。

賈寶玉是同性戀嗎？

在校園裏做紅樓講座時，總有同學會問到同一個問題：賈寶玉是同性戀嗎？

我本來不喜歡討論這類近乎獵奇的題目，但被問得多了，就發現實在有認真回答的必要。因爲在我看來是非常普通的風俗，在今天的讀者眼中，卻可能是件了不得的事情。

爲什麼說是「非常普通的風俗」呢？

讓我們先說一下「斷袖之風」的由來。典出《漢書．佞幸傳第六十三》：「常與上臥起。嘗晝寢，偏藉上袖，上欲起，賢未覺，不欲動賢，乃斷袖而起。」

這說的是西漢時候，漢哀帝因愛慕郎官董賢的美貌，十分寵眷，出則同乘，入則同榻。有一天兩個人睡午覺時，哀帝先醒了，想起身卻發現自己的袖子壓在董賢身下，爲了不影響董賢酣睡，漢哀帝竟然切斷袖子而起——對董賢的憐愛一至於斯！

從此，人們就把男性之戀稱爲「斷袖」，又稱「斷臂」，電影「斷背山」的片名，亦由此而來。

相類似的典故還有「分桃」、「餘桃」、「龍陽君」等等，也都是「同志」的代名詞，這裏就不一一細說了。只是斷臂的歷史如此悠久，並且來自宮廷，上行下效，民間自然就更不當一回事了。

到了明清時候，斷袖成風，龍陽盛行，尤其王孫公子間更是視若等閒，只要不是過分迷戀，家長們也不會太過干涉，因爲都是打這麼過來的。

以《紅樓夢》而論，書中的男人大多有此癖好，包括以好色聞名的賈璉與薛蟠。

第二十一回說因鳳姐之女大姐兒出天花，家中要供奉痘疹娘娘，忌煎炒油煙，夫妻分房。「那個賈璉，只離了鳳姐便要尋事，獨寢了兩夜，便十分難熬，便暫將小廝們內有清俊的選來出火。」

這裏的「出火」，就指的是賈璉找那清俊小廝來行後庭之事，泄其慾火了。內地新版電視連續劇《紅樓夢》的編劇們居然給配了個拔火罐的畫面，引得網上一片吐槽聲，便是因爲編劇太年輕，不通古風的緣故。

再比如薛蟠爲奪香菱，竟然喝令家人打死馮淵；娶了夏金桂爲妻後，又謀娶丫頭寶蟾，都可見出其好色心性。然而他卻是書中最喜歡男色的一位超級龍陽君，第九回〈戀風流情友入家塾　起嫌疑頑童鬧學堂〉中明白寫出：

原來薛蟠自來王夫人處住後，便知有一家學，學中廣有青年子弟，不免偶動了龍陽之興，因此也假來上學讀書，不過是三日打魚，兩日曬網，白送些束修禮物與賈代儒，卻不曾有一些兒進益，只圖結交些契弟。誰想這學內就有好幾個小學生，圖了薛蟠的銀錢吃穿，被他哄上手的，也不消多記。

薛蟠上學的目的很單純，就是爲了在「同學」中尋找「同志」，並且還找到了不少，包括香憐、玉愛、金榮等都是他的舊相好。

書中且說眾人對那香憐玉愛「誰都有竊慕之意，將不利於孺子之心，只是都懼薛蟠的威勢，不敢來沾惹。」竟然那麼多人都有心染指，可見這風氣在學堂中有多盛行。

金榮與寶玉、秦鐘大鬧了一場，回家後說給母親聽，母親胡氏反勸他：「你這二年在那裏念書，家裏也省好大的嚼用呢。省出來的，你又愛穿件鮮明衣服。再者，不是因你在那裏念書，你就認得什麼薛大爺了？那薛大爺一年不給不給，這二年也幫了咱們有七八十兩銀子。」

這「七八十兩銀子」可不是白給的，其母亦未必不知，但因爲貪利，便只裝聾作啞罷了。

這些都是虛寫或側寫的，還不算突出。書中關於薛蟠「好男色」最精彩的一段，還要屬他和柳湘蓮的對手戲。第四十七回〈呆霸王調情遭苦打　冷郎君懼禍走他鄉〉中，說薛蟠因曾會過柳湘蓮一次，便念念不忘，打聽到柳湘蓮「最喜串戲，且串的都是生旦風月戲文，不免錯會了意，誤認他作了風月子弟」，「年紀又輕，生得又美，不知他身分的人，卻誤認作優伶一類。」

「優伶一類」，自然指的是蔣玉菡這樣的戲子了。那琪官原是忠順府座前承歡的人，卻深得北靜王信任，他的大紅汗巾子就是北靜王所贈，他又轉贈了寶玉的。可以想像，琪官對於忠順王而言肯定扮演的是男寵的角色，即對北靜王也很可能有斷袖承歡之事，他能逃離忠順府很可能是借助北靜王的幫助。

在薛蟠眼中，琪官是伶人，理當供人玩樂的。只因其靠山是忠順府，所以不敢怎麼樣，但是寶玉竟然與其私相授受，這就讓薛蟠極其不爽了，正如學堂子弟懼他威勢不敢對香憐玉愛下手，看見秦鐘後來居上便大吃其醋是一樣的道理。

如今他垂涎的這位柳湘蓮，卻是位正兒八經的公子哥兒，只因為會串戲，是位「票友」，就被他誤會了，以為也是伶人的性情，可以供他調戲引誘的。遂許下作官發財種種彩頭，恨不得立刻與其親熱。這可就捅了馬蜂窩了，被柳湘蓮引到郊外痛揍了一頓，狠狠地飽以老拳。

而柳湘蓮引誘他的話也很好玩，說的是：「等坐一坐，我先走，你隨後出來，跟到我下處，咱們替另喝一夜酒。我那裏還有兩個絕好的孩子，從沒出門。你可連一個跟的人也不用帶，到了那裏，伏侍的人都是現成的。」

所謂「兩個絕好的孩子」，指的是孌童，也就是男妓，而且是「從沒出門」的雛妓。柳湘蓮投其所好而誘惑之，但由此也可以看出此風的盛行。

關於孌童，書中還有一段更加濃重詳細的描寫。第七十五回〈開夜宴異兆發悲音　賞中秋新詞得佳讖〉，賈珍在府中開局聚賭，尤氏躲在窗外偷看。第一眼就看見「其中有兩個十六七歲孌童以備奉酒的，都打扮的粉妝玉琢。」——這是明寫「孌童」登場了。

按理說尤氏看到這樣混亂場面理應避之不迭才是，「非禮勿聽，非禮勿視」，這樣的情形原不是一位夫人應該面對的。然而尤氏非但不躲，還湊上去偷看。這就說明了兩件事：一，寧國府實在是沒有規矩之極，寧國府的女人也著實不知體統；二，若是賈珍調戲女人，大概尤氏縱不敢像王熙鳳那般潑醋大鬧，也是會理直氣壯出面阻止的，但賈珍在府中招男妓，尤氏卻可以看得津津有味，視若尋常。可見做夫人的都不當老公玩弄男妓是一回事。

一時薛蟠贏了邢大舅，便摟著一個孌童吃酒，又命將酒去敬邢傻舅。傻舅因為輸了錢，借酒罵兩個孌童出氣，說他們只趕著贏家不理輸家，因罵道：「你們這起兔子，就是這樣專洑上水。天天在一處，誰的恩你們不沾，只不過我這一會子輸了幾兩銀子，你們就三六九等了。難道從此以後再沒有求著我們的事了！」

——「兔子」，是對「孌童」的蔑稱。眾人見他酒醉，就都插科打諢，讓孌童來敬酒賠罪。

兩個孌童都是演就的局套，忙都跪下奉酒，說：「我們這行人，師父教的不論遠近厚薄，只看一時有錢有勢就親敬，便是活佛神仙，一時沒了錢勢了，也不許去理他。況且我們又年輕，又居這個行次，求舅太爺體恕些我們就過去了。」說著，便舉著酒俯膝跪下。邢大舅心內雖軟了，只還故作怒意不理。眾人又勸道：「這孩子是實情話。老舅是久慣憐香惜玉的，如何今日反這樣起來？若不吃這酒，他兩個怎樣起來。」邢大舅已撐不住了，便說道：「若不是眾位說，我再不理。」說著，方接過來一氣喝乾了。

「憐香惜玉」都用上了，可見這些人不覺墮毀，還挺自爲風雅的。孌童自稱「居這個行次」，顯然是職業的。賈府裏設賭局，要特地找孌童來陪酒，這規矩也就跟馮紫英宴請薛蟠寶玉等，請了妓女芸兒來彈曲一樣，都是職業化的行爲。

從這一點，也可以看出寵倖男童的行爲在達官貴人間有多麼平常了。

說完了這些，再來看寶玉與秦鐘之間的繾綣，與柳湘蓮的相知，對北靜王的仰慕，對蔣玉菡的豔羨，就覺得是小巫見大巫，再正常不過了。不論他和秦鐘之間有沒有曖昧都好，都無可厚非，也都不能說明賈寶玉是同性戀，因爲他在情感上對女性充滿欣賞與興趣，並非一味貪戀男風之人。

而且他說過：「女兒是水做的骨肉，男人是泥做的骨肉。我見了女兒，便清爽；我見了男子，便濁臭逼人。」他有好感的男性如水溶、琪官、秦鐘等，都是相貌俊美性情溫存有女兒態的，即使豪俠如柳湘蓮也是喜歡扮戲的，而且扮的是生旦風月戲，可見相貌俊美。所以他欣賞的是他們氣質中的女性美，以根本上表現出來的仍然是對女性的愛慕。

而且最女性化的秦鐘與蔣玉菡，也都有正常的性取向。秦鐘在水月庵裏曾向小尼姑智能兒求歡，蔣玉菡後來還娶了襲人爲妻，柳湘蓮更是怒打薛蟠，訂婚尤三，所以也都不是同志。

那麼《紅樓夢》中到底有沒有真正的同性戀呢？倒是開篇有一位馮淵，書中說他原先的性情是「酷愛男風，最厭女子」，是位標準的「同志」。只是見了香菱後，忽然性情大變，不但一眼看中了要買來爲妾，且還發誓「再不交結男子」了，是由同性戀轉變成異性戀的。可惜，未能如願便屈死於薛蟠棒下。

但是書中對他沒有半點詆毀，反而極爲欣賞同情。門子的妻子勸香菱時亦說：「況他是個絕風流人品，家裏頗過得，素習又最厭惡堂客，今竟破價買你，後事不言可知。」明白告訴香菱說馮公子原本最厭惡女人，是個同性戀，但也並不覺得有什麼不妥，還稱其爲「絕風流人品」，而香菱也自謂得所，感歎說「我今日罪孽可滿了。」

以上種種，都見出男人有斷袖癖實在不算是一回事，沒必要大驚小怪，更不必擔心他不是個好丈夫。

如此，我們還要糾纏於寶玉那點小曖昧小風流嗎？比起來，實在是太不值一提了。

其實，讀者們會有這種疑問，除了對古時候的社會風俗不瞭解之外，也是因爲除了《紅樓夢》外，對同時期的小說讀得不夠。

以《金瓶梅》爲例，西門慶這個天下第一色魔，擁有嬌妻美妾無數，不時還要嫖娼狎妓，勾引人家老婆，從貴婦到民婦概不放過——如此色欲薰心，應該是個標準的異性戀了吧？然而他與家裏書僮也有一腿，大中午在書房裏偷行後庭之樂。但是沒人會懷疑西門慶是個同性戀吧？

再如《弁而釵》、《宜春香質》、《龍陽逸史》等專以同志爲題材的明清小說，因爲一味宣揚孌童之戀，並且充斥大量色情描寫，屢次被禁；但是公開印行的紀曉嵐的《閱微草堂筆記》、李漁的《十二樓》、馮夢龍的「三言二拍」裏，也多有表現龍陽之戀的故事，且紀昀還是位深得乾隆皇帝信任的大學士，可見表現斷臂並沒有錯，只要不過分宣揚就好了。

晚清小說《品花寶鑒》是這類題材的個中皎皎者，主要描寫了青年公子梅子玉和男伶杜琴言之間的忠貞愛情，並稱之爲「情之正者」。但這也不妨礙梅子玉娶妻生子，而其妻對杜琴言也以禮相待。作者陳森是位落第舉子，所以文采頗爲清秀，雖其情在今人眼中多少有些難以理解，其書卻是文通句順詞賦皆精的，被稱爲「同人版紅樓」毫不爲過。

不過，時移事易，在古時候盛行的風俗於今天未必合宜，所以事事有分寸，讀者能夠明確地分辨出讀書的道理與現實的規範就好了，不必太拘泥於寶玉是不是同性戀這類對於原著無關痛癢的問題，本文也只是幫助讀者朋友們更好地理解《紅樓夢》成書年代的風俗和社會觀點而已，並沒有特別立場。

大觀園，青春的藩籬

無論在寶玉還是在讀者，通常都是把榮國府的大觀園看作是人間的太虛境，稱之爲理想國，伊甸園，桃花源，青蘋果樂園的。然而既有「樂園」的界定，便註定了會有「失樂園」的悲哀，從這點來說，大觀園的存在本身就是最大的悲劇，是註定了的青春藩籬。

大觀園爲省親而建，元春因不忍花柳無顏，佳人落魄，遂使眾姊妹搬進去住，又怕冷清了寶玉，使賈母王夫人愁慮，遂命他也進園居住。這就預定了大觀園的不能久長——隨著眾姐妹的長大、出嫁，總會先後搬走的；而寶玉如今尚未戴冠，遂可與姐妹廝混，但終究住不了多久，年紀稍長時，就須顧慮男女大防，遷出園子的。

第二十三回〈西廂記妙詞通戲語　牡丹亭豔曲警芳心〉中寫明，群芳入園之期擇於二月二十二日，時爲省親後一個月，「登時園內花招繡帶，柳拂香風，不似前番那等寂寞了。」

接著書中抄錄了寶玉的四時即景詩來形容其遂心如意之志，忽一日他不自在起來，進來進去的只是發悶，茗煙因此弄了許多傳奇角本與他解悶。那一日三月中浣，寶玉便攜了套《會真記》往沁芳橋邊桃花樹下細玩，因見桃花飛落，便想著要兜了桃花投入水中，誰知正遇著黛玉掮著花鋤手執花帚而來——這是黛玉進大觀園後的第一次亮相，竟然就是葬花。

這兩個人的表現可謂大相徑庭，卻偏偏又心有靈犀，不但同爲花憐，而且共看西廂。這是書中最美的畫面之一，但正在情濃意洽時，寶玉被襲人叫走了，黛玉獨自回房時，正聽見梨香院小戲子在演練「牡丹亭」，遂起傷春之歎。爲葬花而來，因歎曲而歸，黛玉多愁善感如此，大觀園豈不成了她眼淚的源泉，悲劇的舞台？

所以脂硯齋說：「觀者則爲大觀園費盡精神，余則爲若筆墨卻只因一個葬花塚。」

書中有一段關於寶黛性情的分辨說明極妙：

林黛玉天性喜散不喜聚。他想的也有個道理，他說：「人有聚就有散，聚時歡喜，到散時豈不清冷？既清冷則生傷感，所以不如倒是不聚的好。比如那花開時令人愛慕，謝時則增惆悵，所以倒是不開的好。」故此，人以為喜之時，他反以為悲。那寶玉的情性只願常聚，

生怕一時散了添悲；那花只願常開，生怕一時謝了沒趣；只到筵散花謝，雖有萬種悲傷，也就無可如何了。

這形容得最妙，在寶玉眼中，大觀園萬事皆好，四時相宜，宛如神仙生涯；然而借黛玉的眼看去，卻只見落花滿地，只聽哀曲動人，所有之良辰美景，不日便將作斷壁頹垣，又何喜之有呢？

是所謂大觀園之於林黛玉，恰如一個葬花塚。然而於寶玉，又何嘗不是處處陷阱，危機四伏呢？

他於二月二十二遷入園子，三月下旬就遭了趙姨娘和馬道婆的魘魔法，養了一個多月方好。誰知剛過端陽節，又被賈環進讒言，因爲琪官與金釧兒的事情被父親毒打。

悲哀的是，第二十三回〈西廂記妙詞通戲語〉是他與黛玉第一次借戲言情，融洽之時卻被襲人叫走；第三十二回〈訴肺腑心迷活寶玉〉，更是寶黛情感最真誠的一次表白，又被襲人偷聽了去。而襲人更是當夜就向王夫人進言，建議讓寶玉搬出大觀園——

襲人道：「我也沒什麼別的說。我只想著討太太一個示下，怎麼變個法兒，以後竟還教二爺搬出園外來就好了。」王夫人聽了，吃一大驚，忙拉了襲人的手問道：「寶玉難道和誰作怪了不成？」襲人忙回道：「太太別多心，並沒有這話。這不過是我的小見識。如今二爺也大了，裏頭姑娘們也大了，況且林姑娘寶姑娘又是兩姨姑表姊妹，雖說是姊妹們，到底是男女之分，日夜一處起坐不方便，由不得叫人懸心，便是外人看著也不像。一家子的事，俗

語說的沒事常思有事，世上多少無頭腦的事，多半因為無心中做出，有心人看見，當做有心事，反說壞了。只是預先不防著，斷然不好。二爺素日性格，太太是知道的。他又偏好在我們隊裏鬧，倘或不防，前後錯了一點半點，不論真假，人多口雜，那起小人的嘴有什麼避諱，心順了，說的比菩薩還好，心不順，就貶的連畜牲不如。二爺將來倘或有人說好，不過大家直過沒事；若叫人說出一個不好字來，我們不用說，粉身碎骨，罪有萬重，都是平常小事，便後來二爺一生的聲名品行豈不完了，二則太太也難見老爺。俗語又說君子防不然，不如這會子防避的為是。太太事情多，一時固然想不到。我們想不到則可，既想到了，若不回明太太，罪越重了。近來我為這事日夜懸心，又不好說與人，惟有燈知道罷了。」（第三十四回）

襲人的這篇大道理，讓她立得大功，修成正果——就此做了沒有正名的花姨娘，每月工錢加至二兩銀子一吊錢，可謂平步青雲。

可憐寶玉二十三回才搬進來，通共住了不到三個月，三十四回時襲人就已經惦記著怎麼想法兒讓寶玉搬出來了。寶玉捱了父親的打不算，如今又被母親與愛妾合夥算計著，還蒙在鼓裏一絲不知，只想著讓晴雯給黛玉送帕子拭淚呢。在最快樂無憂的溫柔鄉裏被親人與愛人出賣，世間不幸事莫過於此。

只是，喜聚不喜散的寶玉雖不知危險將近，多愁敏感之黛玉又怎會不知？故而有題帕三絕，流了大半夜的淚，「尺幅鮫綃勞惠贈，爲君哪得不傷悲？」

可見，縱使沒有抄家，縱使賈府長盛不衰，寶玉在大觀園住的日子也不會長久。根本是從搬進去不到三個月，就已經面臨著搬出來的悲哀了。

大觀園既是寶玉的青蘋果樂園，那麼遷出樂園即意味著貶落紅塵，從這個意義上說，大觀園無疑成了一道藩籬，隔開青春與世故。由愛故生憂，由愛故生怖，當喜劇與悲劇有了明顯的分界線的時候，那道界線，也就成了最大的悲劇。

抄家是賈家之敗，「一片白茫茫大地真乾淨」的根由，而在此之前，已有了第七十四回〈惑奸讒抄檢大觀園〉的先兆。這時離二十三回的搬入，也不過才兩年有餘。之後晴雯死、寶釵遷、迎春嫁，紅樓女孩兒哀歌四起，悲涼之霧遍佈華林，大觀園的末日近了。

王夫人在抄檢後曾經發話：「因叫人查看了，今年不宜遷挪，暫且挨過今年一年，明年給我仍舊搬出去心淨。」而寶玉在聽聞晴雯夭逝、寶釵遷出後，於蘅蕪苑留連悲感，亦曾了然：

寶玉聽了，怔了半天，因看著那院中的香藤異蔓，仍是翠翠青青，忽比昨日好似改作淒涼了一般，更又添了傷感。默默出來，又見門外的一條翠樾埭上也半日無人來往，不似當日各處房中丫鬟不約而來者絡繹不絕。又俯身看那埭下之水，仍是溶溶脈脈的流將過去。心下因想：「天地間竟有這樣無情的事！」悲感一番，忽又想到去了司棋、入畫、芳官等五個；死了晴雯；今又去了寶釵等一處；迎春雖尚未去，然連日也不見回來，且接連有媒人來求親；大約園中之人不久都要散的了。縱生煩惱，也無濟於事。不如還是找黛玉去相伴一日，回來還是和襲人廝混，只這兩三個人，只怕還是同死同歸的。

——任由花謝水流紅，只求與黛玉、襲人同死同歸，這已經是寶玉最後的底線。

然而我們都知道，即便是黛玉、襲人，也是與他相伴不久的了。到那時，除了「懸崖撒手」，卻讓寶玉到哪裏去？

可卿夢托鳳姐時曾道：「三春去後諸芳盡，各自須尋各自門。」

這個「三春」，紅學家各有議論，我偏重於「三年」之說。這個三年，指的是大觀園紀元，也就是以第十八回元春省親爲元年，這是第一個元宵節；第五十三回〈寧國府除夕祭宗祠 榮國府元宵開夜宴〉爲第二年始，也是第二個元宵節；第七十回〈林黛玉重建桃花社〉是第三年，上來就寫初春，略過了元宵，卻重點寫了仲秋節。到八十回末時，已經是臘月。

如果有後文，那麼從八十一回開始，也就進入了第四年，正是「三春過後」的第一個元宵節，可以想見第一個悲劇就是香菱之死，「好防元宵佳節後，便是煙消火滅時」。而其餘諸芳的終局也都會踵次而來，面臨「各自須尋各自門」的慘境。

大觀園不會有機會好好度過第四個春天，所以大收場就在這一年了。想令諸芳一時去盡，或死或嫁是來不及的，所以「抄家」之事亦迫在眉睫。悲劇一個接著一個，後文的節奏相當緊湊而淒慘，難怪連上蒼也不忍遽看，竟令後四十回佚失了。

寶玉的六個夢

書名叫作《石頭記》，又叫《紅樓夢》，石頭亦會做夢，誰曾聽過？

那麼關於這塊石頭，以及攜同石頭下世的賈寶玉，在前八十回書稿中，共計做過多少個夢呢？

我算了一下，剛好可以借用言情大師瓊瑤同名小說——《六個夢》。

第一個自然是交代寶玉和石頭來歷的第一回〈甄士隱夢幻識通靈〉，夢中一僧一道，不但敷說了神瑛侍者（寶玉）和絳珠仙草（黛玉）的故事，交代其還淚恩怨與下世緣由，還從袖中出示石頭與士隱一觀，說明諸兒女下世時會將這石頭亦挾帶其中。

第二個夢就是最重要的第五回之春夢，〈賈寶玉夢遊太虛境　警幻仙曲演紅樓夢〉，不但點書名，且於薄命司冊子中盡揭群芳命運，是全書揭秘的一把鑰匙。

這兩個夢都太過著名，且前文多有論及，故不再議。

第三個夢則一筆帶過，是在第三十四回〈情中情因情感妹妹　錯裏錯以錯勸哥哥〉寶玉捱打之後，昏昏默默中，「只見蔣玉菡走了進來，訴說忠順府拿他之事；又見金釧兒進來哭說爲他投井之情。」

只此一句，而後黛玉推醒他來，寶玉猶自半夢半醒，向黛玉臉上細細認了半日，見她雙眼哭得桃兒一般，這才確信不是夢，因向她說：「你放心，別說這樣話。就便爲這些人死了，也是情願的！」

第四個夢就寫得更加簡單了，乃見於第三十六回〈繡鴛鴦夢兆絳芸軒〉，那寶釵坐在寶玉身邊正繡肚兜兒，忽聽寶玉從夢中喊出：「和尚道士的話如何信得？什麼是金玉姻緣，我偏說是木石姻緣！」將寶釵聽得怔了。

上一個夢是由黛玉喚醒，這一次夢卻將寶釵驚悟，作者匠心，亦可謂巧矣！

第五個夢是全書中最爲蹊蹺的一個夢中夢，比之好萊塢大片「全面啓動」猶爲複雜曲折，乃見於第五十六回末，因江南甄家的人來拜，說起南邊亦有一個甄寶玉，面貌情性與賈寶玉一般無二，弄得寶玉疑惑起來，忽忽睡去，不覺竟到了一座花園之內，正彷彿大觀園一般；又見了幾個靈秀女兒，便如平襲鴛紫之流；且進了一個屋子，正如同怡紅院格局，榻上臥著一個公子，正自長吁短歎。一個丫鬟笑問道：「寶玉，你不睡又歎什麼？想必爲你妹妹病了，你又胡愁亂恨呢。」

可歎寶玉此時與黛玉早已情投意合，篤誠無二，連夢中也立誓只願結作「木石姻緣」，夢見個和自己一模一樣的甄寶玉，也料定人家也在爲妹妹擔心——多情如斯，可謂極矣！

最奇的，是那夢中的甄寶玉也剛做了一夢，且說：「我聽見老太太說，長安都中也有個寶玉，和我一樣的性情，我只不信。我才作了一個夢，竟夢中到了都中一個花園子裏頭，遇見幾個姐姐，都叫我臭小廝，不理我。好容易找到他房裏頭，偏他睡覺，空有皮囊，真性不知那去了。」

這簡直成了一筆糊塗賬——首先是賈寶玉夢見甄寶玉，而同時甄寶玉也夢見了賈寶玉，兩個人的夢境一模一樣，但是甄玉見不到賈玉的真性，回來醒在自己家中時，賈玉的夢魂卻在這裏候著他了。可是這明明又是在賈玉的夢裏，可見甄玉的肉身雖然回了金陵，魂靈兒卻是在賈玉的夢裏；而甄玉說賈玉的真性不知那去了，實是去了金陵甄玉的家裏——那麼這個夢，到底是甄寶玉的夢，還是賈寶玉的夢呢？

寶玉生平最愛之事，乃林妹妹也；最怕之事，卻是老爺。因此便是在夢裏，聽到愁歎聲也只想著是爲妹妹歎息，而聽到「老爺叫寶玉」，卻嚇得分不清甄真賈假，兩個一齊慌了，一個寶玉就走，一個寶玉便忙叫：「寶玉快回來！」

這次寶玉的夢是被襲人推醒的，因見他夢中自喚，故問：「寶玉在哪裏？」可見方才夢中轉身就走的是甄寶玉，喊「寶玉回來」的卻是賈寶玉。然而夢中既是甄家花園，老爺要找的自然是甄寶玉，又何必喚其回來？如今驚醒的，倒是賈寶玉，果然是「寶玉回來」了。

這個夢，可說是「假作真時真亦假」最形象徹底的一次詮釋，只可惜八十回中，甄寶玉始終「真人不露相」，太也令人抱憾。

且說八十回最後一個夢，乃見於第七十七回〈俏丫鬟抱屈夭風流〉，那寶玉因念著晴雯，輾轉反側，至五更方睡去時，只見晴雯從外頭走來，仍是往日形景，進來笑向寶玉道：「你們好生過罷，我從此就別過了。」說畢，翻身便走。寶玉忙忙呼喚，將自己和襲人都驚醒過來，因哭道：「晴雯死了。」好容易捱至天亮，及背了人私問小丫頭時，方知晴雯果然是死了，直著脖子叫了一夜的娘。小丫頭爲安寶玉之心，又順口胡說晴雯死後成仙，做了芙蓉花神，遂引出一篇絕妙好文〈芙蓉女兒誄〉來。

既然小丫頭之語是謊言，整篇誄文亦可謂夢話也。奇就奇在祭完之後，偏有黛玉從花樹後走出，同寶玉議論起「黃土隴中，卿何薄命；茜紗窗下，我本無緣」來。脂批遂說此誄文實爲誄黛玉也。

八十回雖未完，而絳珠誄文已成，正是夢未醒時夢已殘，怎不令人益發斷腸?!

從大觀園的吃相看個性

四大名著中，對於吃的描寫都不乏篇章，但都缺乏細節。《水滸傳》裏總是大碗喝酒，大塊吃肉，最詳細的描寫竟是孫二娘如何製作人肉包子；《三國演義》裏曹操煮酒論英雄夠雅的了，但輕描淡寫即帶過了；「西遊記」裏蟠桃宴美不勝收，但神仙口味過於高遠，反而勾不起凡人食欲。

而「四大」之外，像《醒世姻緣傳》也常寫到吃的，但都家常得很，偶爾上了席，總是不忘了寫上一品燕窩，以示高貴；《金瓶梅》裏更是口粗，潘金蓮最欣賞蕙蓮媳婦用一根柴將個豬頭燒得熟爛——能想像如花似玉的嬌妻美妾們圍著一隻豬頭豪啃嗎？

《紅樓夢》裏的女人都清雅脫俗，所以吃相也細緻，海棠社、桃花社裏，再不會出現燒豬頭這樣的粗菜。

惟一的一次「野炊」是史湘雲烤鹿肉，從她們用的工具「鐵爐、鐵叉、鐵絲蒙」來看，其形式應該跟我們今天吃燒烤差不多，在大觀園裏，已經算是粗吃了，難怪黛玉會說：「今日蘆雪廣遭劫，生生被雲丫頭作踐了。我爲蘆雪廣一大哭！」

然而史湘雲自稱「是真名士始風流」，且說：「我們這會子腥膻大吃大嚼，回來卻是錦心繡口。」便又把吃的境界提高了，不是「粗俗」，而是「瀟灑」。

所以，〈琉璃世界白雪紅梅　脂粉香娃割腥啖膻〉一回，從來都不會給我們帶來饕餮的感覺，而只會讚歎一個「美」字，「好」字！

試想想，大雪天裏，寶琴穿著賈母賞的鳧靨裘，寶玉一襲大紅猩猩氈，黛玉穿著白狐皮斗篷，寶釵則是蓮青斗紋錦，而湘雲則脫了斗篷烤鹿肉——眾人或立或坐，或食或看，或說或笑，何等優遊俏麗！而每個人鮮明不俗的個性，便也都益發彰顯了出來。

黛玉因爲脾胃弱，不敢吃鹿肉，也不能多吃螃蟹，略吃了一點點夾子肉，便「覺得心口微微的疼」，唬的寶玉忙吩咐人「將那合歡花浸的酒燙一壺來」。平日裏吃飯，三頓最多吃一頓，吃藥的遭數兒倒比吃飯都多。

鳳姐送了眾人茶葉，眾人都說味輕，惟獨黛玉卻道：「我吃著好，不知你們的脾胃是怎樣？」

由此可見，黛玉口味極輕。這不但進一步表現出她的弱，也看出其心性的清雅。

賈母分菜時，指著幾道菜吩咐：「一碗筍和這一盤風醃果子狸給顰兒寶玉兩個吃去，那一碗肉給蘭小子吃去。」

三碗菜，三個孫兒、孫女、曾孫子，可見並非分菜，而是一人一碗。賈母深知黛玉口味，所以把最清淡的雞髓筍留給她，而把果子狸和一碗肉給了寶玉和賈蘭。這也側面寫出黛玉口輕，可不是賈母偏心，給孫子吃肉，讓孫女吃素。

晴雯是黛玉的影子，所以也口輕，而且刁。

她喜歡吃豆腐皮兒包子，何等刁鑽古怪，我一直想不明白，這個「豆腐皮兒」，到底是做包子的皮兒呢，還是做包子餡兒的？如果是做餡，就比較容易理解了，是指拿豆腐衣加別的菜丁拌成餡兒做的包子吧。

有一次晴雯打發了小丫頭去廚房單點炒蘆蒿，廚房問肉炒素炒，小丫頭回：「葷的因不好才另叫你炒個麵筋的，少擱油才好。」

少油，去葷，可見也是個口淡的。正符合了那句「心比天高，身爲下賤，風流夭巧招人怨。」

芳官雖是二等小丫頭，有樣學樣，便也刁鑽起來，不但在屋裏單獨開席，還要挑三揀四。

柳家的遣人送來一個食盒，裏面是一碗蝦丸雞皮湯，一碗酒釀清蒸鴨子，一碟醃的胭脂鵝脯，還有一碟四個奶油松瓤卷酥，並一大碗熱騰騰碧熒熒蒸的綠畦香稻粳米飯。

有菜，有飯，有湯，有點心，真是色、香、味俱全，看著字面都覺得眼饞。偏偏芳官還矯情地挑剔：「油膩膩的，誰吃這些東西。」只將湯泡飯吃了一碗，揀了兩塊醃鵝脯就不吃了。

《紅樓夢》看到這一段，真想跳進怡紅院去大叫一聲：「你不吃我吃！」

書裏說寶玉聞著，倒覺比往常之味有勝些似的，遂吃了一個卷酥，也撥了半碗飯泡湯，只嚐香甜可口。——這已經不是在寫飯菜，而是寫人的性情了。正如襲人說的：「隔鍋飯兒香。」他是因爲那些飯菜是芳官的，吃的時候有美人相陪，才倍覺開胃。

寶玉是口味較雜，葷素不忌的，喜歡吃糟鵝掌鴨信，用野雞瓜子下飯，可是挨了打之後，最想吃的卻是荷葉蓮蓬湯。

之後襲人給他吃糖醃的玫瑰鹵子，也嫌絮煩不香甜，於是王夫人特地賞了他玫瑰清露和木樨清露。其效用同荷葉湯相似，都是和血平肝、清暑解毒的。

而他平日喜喝之湯，諸如火腿鮮筍湯，酸筍雞皮湯，建蓮紅棗兒湯，桂圓湯，酸梅湯等，也都是營養均衡，有葷有素的。恰如寶釵評價他的學問，「雜學旁收」。

而博聞廣記的寶釵口味又如何呢？書中不曾明寫。只說她生日時，賈母讓她點吃的，她揣度著賈母愛吃甜爛之食，便照著點了。

後來園子裏有了內廚房，她與探春常在一起議事，偶爾起興，特地拿了五百錢去廚房，讓做油鹽炒枸杞芽兒。菜品清雅不俗，但一看就是探春的主意，寶釵大約只是隨和遷就。

螃蟹宴上，寶玉寫詩讚美：「臍間積冷饞忘忌，指上沾腥洗尙香。」貪饞任性之氣盡皆顯露；而寶釵卻說：「酒未敵腥還用菊，性防積冷定須薑。」則嚴謹端莊得多，未等吃蟹先忌腥冷，非常注意養生。

所以，她才會勸寶玉喝酒要先燙熱，「酒性最熱，若熱吃下去，發散的就快，若冷吃下去，便凝結在內，以五臟去暖他，豈不受害？」對於飲食之道的顧忌很是講究。

而她勸黛玉的又是別外一番話：「食穀者生。你素日吃的竟不能添養精神氣血，也不是好事。」還開了一個藥方：「依我說，先以平肝健胃為要，肝火一平，不能克土，胃氣無病，飲食就可以養人了。每日早起拿上等燕窩一兩，冰糖五錢，用銀銚子熬出粥來，若吃慣了，比藥還強，最是滋陰補氣的。」

食療通醫理，寶釵果然博知。所以書中不寫寶釵喜歡吃什麼，恰恰是表現了她的中庸，不挑食，正同做人一般，端方周正。

賈母為兩府之尊，自然吃得最奢華，也最講究。她的「特貢」牛乳蒸羊羔，說是「沒見天日的東西」，可見是羊胎，大補之物。

子孫們每日裏孝敬了一大桌子菜，她獨鍾意「野雞崽子湯」和「椒油蓴齏醬」，不但補，而且鮮。還特地叮囑鳳姐：「若是還有生的（野雞崽子），再炸上兩塊，鹹浸浸的，吃粥有味兒。那湯雖好，就只不對稀飯。」又喜吃螃蟹，鹿肉，群芳於蘆雪廣聯詩，賈母趕來湊熱鬧，看到碗裏的糟鵪鶉，便讓李紈撕點腿子來吃，顯然也是口味重的。

同時賈母喜甜食，所以賈府裏點心花色極多，什麼桂花糖蒸新栗粉糕啦，瓜仁油松瓤月餅啦，菱粉糕，雞油卷，藕粉桂糖糕，連個蟹黃餃兒都要攢成牡丹花樣的，真是引人遐思，美不勝收。秦可卿病得奄奄一息，尚想著老太太送的「棗泥餡的山藥糕」，說是克化得動，想來該是甜爛酥軟，入口即化的。因爲可卿之症在於「陰虛」，而棗泥山藥就是滋陰補腎的，非常合理。

元宵節宵夜，葷有鴨子肉粥，素有棗兒熬的粳米粥，賈母卻選了杏仁茶，這和元春省親後賞的糖蒸酥酪一樣，都是補品，最宜消寒。

但賈母很懂得飲食搭配，眾人往攏翠庵參佛，妙玉送上茶來，賈母說：「我不喝六安茶。」妙玉忙說：「這是老君眉。」賈母便接了。因爲，老君眉是典型的老年茶，有降血脂的妙效。

而喝紅稻米粥時，賈母只吃了半碗，忽然想起鳳姐來，遂令人給鳳姐送去。因爲鳳姐有血虧之症，而紅稻米粥正有補血的功能。

凡此種種，都可以見出賈母深明養生之道，難怪可以長壽。

紅樓裏寫家宴的次數不少，其中最細緻、最生動的描寫就是劉姥姥二進大觀園，賈母領著她遊園吃酒時的所見，所聞，所嘗，所感。這裏出現了紅樓裏惟一細寫烹調過程的一道菜式，就是讓姥姥讚歎不已的茄鯗：把才下來的茄子刨皮，只要淨肉，切成碎丁，用雞油炸，再用雞脯肉和香菇、新筍、蘑菇、五香豆腐乾、各色乾果都切成丁，用雞湯煨乾，將香油一收，外加糟油一拌，封在瓷罈子裏封嚴實，要吃的時候拿出來，用炒的雞瓜一拌就是。

如今會這樣做一道茄盒子的人不多，但是這道湯倒是很實在：雞脯肉、香菇、新筍、蘑菇、五香豆腐乾、各色乾果都切成丁，慢火燉焙，不但鮮美可口，而且營養均衡，滋補得很。

緊接著又寫了一個螃蟹宴，由史湘雲做東、薛寶釵贊助，請賈母來賞花吃酒。吃之前先選地方，鳳姐道：「藕香榭已經擺下了，那山坡下兩棵桂花開的又好，河裏的水又碧清，坐在河當中亭子上豈不敞亮，看著水眼也清亮。」

正所謂「春在花榭，夏在喬林，秋在高閣，冬在溫室。開瓊筵以坐花，飛羽觴而醉月。」未等設宴，先學取景，古人食文化的講究、奢華、雅致，於此可見一斑。

接著，獻茶，食蟹，鳳姐又命人「把酒燙的滾熱的拿來」，「取了菊花葉兒桂花蕊熏的綠豆麵子來，預備著洗手。」——這是什麼陣仗啊！臨水觀山，對花執蟹，不但有佳餚美酒，連洗手的傢伙都雅得很，「菊花葉兒桂花蕊熏的綠豆面子」，估計劉姥姥家拿來炒了吃都覺奢貴吧？

螃蟹性寒，故而鳳姐吩咐燙滾酒，要薑醋，以此祛寒。賈母又囑咐湘雲：「別讓你寶哥哥林姐姐多吃了。你兩個也別多吃。那東西雖好吃，不是什麼好的，吃多了肚子疼。」

然而鳳姐卻偏偏吃不夠，不但吃蟹黃時特別強調：「多倒些薑醋。」後來還打發平兒專門又多要了十個大的，還特意聲明：「多拿幾個團臍的。」也就是母蟹，可見多喜歡吃蟹黃。

同時鳳姐也喜歡吃肉。李嬤嬤挑襲人的短兒，她去勸架，說：「我家裏燒的滾熱的野雞，快來跟我吃酒去。」

賈母往園裏賞雪，她去接，也是笑言：「已預備下希嫩的野雞，請用晚飯去，再遲一回就老了。」

安慰邢夫人時，則是：「舅母那邊送了兩籠子鵪鶉，我吩咐他們炸了，原要趕太太晚飯上送過來的。」

孝敬賈母時，也是一碗野雞崽子湯——竟是四時野雞不離席的，可見鳳姐喜吃野味、海鮮，而且味重。

就連她小產吃燕窩補養時，都要就兩碟精緻小菜，吃不得一點素淡。無愧是「鳳辣子」，十二釵中性格最悍、口味最重的一個人。

而夏金桂「頗步熙鳳之後塵」，是個「外具花柳之姿，內秉風雷之性」的人物，自然口味也相仿。

書中說她「生平最喜啃骨頭，每日務要殺雞鴨，將肉賞人吃，只單以油炸焦骨頭下酒」。

這「油炸焦骨頭」有何滋味想不通，但是想像一下夏金桂啃骨頭的吃相，已經可見其風雷性格之一斑了。

可見，一個人的口味，不但可以決定健康，還能夠影響性情。

所謂「居移氣，養頤體」，紅樓夢裏寫食物，不是簡單地羅列菜名，而是通過不同人對食物不同的選擇來突出人物形象，使其更加立體。

也許，真該勸金桂多喝喝張道士胡謅的療妒湯：用極好的秋梨一個，二錢冰糖，一錢陳皮，水三碗，梨熟為度，每日清早吃這麼一個梨，吃來吃去就好了。橫豎這三味藥都是潤肺開胃不傷人的，甜絲絲的，又止咳嗽，又好吃。

話雖荒唐，理卻平實，的確是醫家之道。「吃過一百歲，人橫豎是要死的，死了還妒什麼！」真是人生至理！

鱘鰉魚與胭脂米

第五十三回〈寧國府除夕祭宗祠　榮國府元宵開夜宴〉中之排場禮數，足以和元春省親相媲美，蒙府本回前批極稱其爲「脈絕血枯」文字，可見其用心之至。

祭宗祠之前，先寫了黑山村莊頭烏進孝「進貢孝敬」送年禮一段，寫得極爲細緻，不但細細列明所進貢物品，且連來一趟的日子都記得清楚，因遇到雪，一暖一化，路上難走，行程需時一月零兩天。

那麼這個黑山村在什麼地方呢？

我的猜測是黑龍江、打牲烏拉一帶。黑山村，隱黑龍江；而烏進孝，則隱打牲烏拉。

清初，皇太極下特旨：「烏拉係發祥之勝地。」順治十四年，設立打牲烏拉總管衙門，專門辦理皇室進貢等事宜，成爲與江寧（南京）、蘇州、杭州齊名的四大朝貢基地之一，遂有「南有江寧織造，北有打牲烏拉」之說。

我們都知道，曹雪芹之祖輩、父輩——曹寅、曹顒、曹頫三人都曾相繼接任江寧織造。曹頫接任時年紀尚小，其職實由舅舅李煦監管。然而雍正繼位後，李煦卻以虧空庫帑被查抄，雍正五年二月被流放，流放之地正是「打牲烏拉」，最終凍餓而死；而曹寅的長婿傅鼐，與文中史湘雲之叔父史鼐同名的，亦於雍正四年五月被革職，抵罪遣往黑龍江極寒之地。

餘下兩門，曹頫亦被抄家革職，且曾枷號；曹家最顯赫的一門皇親平郡王訥爾蘇亦於雍正四年七月被革爵圈禁，正是「一榮俱榮，一損俱損」。四大家族紛紛敗落，落得片白茫茫大地真乾淨。

文中黑山村、烏進孝，正是將黑龍江與打牲烏拉混為一談，一則影射李煦、傅鼐的下落，二則也寫出曹家繼任江寧織造本職。

書中「假作真時真亦假」，不寫江寧織造進貢織品材料，卻寫打牲烏拉孝敬山珍野味，是故弄玄筆。

且看烏進孝所開列的貢品單子，如下：

「大鹿三十隻，獐子五十隻，麅子五十隻，暹豬二十個，湯豬二十個，龍豬二十個，野豬二十個，家臘豬二十個，野羊二十個，青羊二十個，家湯羊二十個，家風羊二十個，鱘鰉魚二個，各色雜魚二百斤，活雞、鴨、鵝各二百隻，風雞、鴨、鵝二百隻，野雞、兔子各二百對，熊掌二十對，鹿筋二十斤，海參五十斤，鹿舌五十條，牛舌五十條，蟶乾二十斤，榛、松、桃、杏穰各二口袋，大對蝦五十對，乾蝦二百斤，銀霜炭上等選用一千斤、中等二千斤，柴炭三萬斤，御田胭脂米二石，碧糯五十斛，白糯五十斛，粉粳五十斛，雜色粱穀各五十斛，下用常米一千石，各色乾菜一車，外賣粱穀、牲口各項之銀共折銀二千五百兩。外門下孝敬哥兒姐兒頑意：活鹿兩對，活白兔四對，黑兔四對，活錦雞兩對，西洋鴨兩對。」

所寫之獐麅野豬、鹿筋熊掌、榛松桃杏，皆為東北特產山珍，而鱘鰉魚更是打牲烏拉特貢，有「水中熊貓」之名，極為罕有，是白堊紀時期保存下來的古生物群之一，跟恐龍一年年紀，所以又名「活化石」，只產於黑龍江與烏蘇里江撫遠縣境內一段水域。

而在清朝時，鱘鰉魚原是打牲烏拉進貢朝廷的重要貢品，每年都有定例，進貢得多就褒獎，缺則罰。皇家祭祖敬神時，鱘鰉魚列於獻牲首位，皇帝萬壽節和重大節慶時也都被列為必備佳餚。

史載康熙皇帝三次東巡祭祖，其中二十一年二月十五日出行那次，三月二十五日到達吉林，曾在松花江上望祭長白山；三月二十七日到達打牲烏拉，四月一日還在松花江上親自捕撈鱘鰉魚。其後，還曾經寫詩記行：「松花江，江水情，浩浩瀚瀚沖波行，雲覆萬里開澄泓。」

皇上出行，一路要駐蹕停留，遊山玩水，從京城到打牲烏拉也不過用了四十天。書中說烏莊頭來京花費一個月零兩天，是很合理的。

另外，關於鱘鰉魚還有則趣聞，說是乾隆皇帝有一年在京城市場上看到出售的鱘鰉魚，竟然比進貢的貢品還大，於是就重重處罰了打牲烏拉的總管，並予以免職。

歷代清帝對於鱘鰉魚如此重視，包衣出身的曹家人不可能不知道，更不會搞錯鱘鰉魚的出產之地，所以單子中既然列有打牲烏拉特貢「鱘鰉魚二個」，則可知烏進孝只能來自此地矣。

既確定了黑山村在黑龍江、打牲烏拉一帶，那麼貢品中最富盛名的「御田胭脂米」就也有了下落，只能是指卓有盛名的黑龍江大米了。

再說一則趣聞：毛澤東主席在一九五四年讀《紅樓夢》時，看到這一回，對於「下用常米一千石」，「御田胭脂米」卻只有兩石的話大感興趣。這可把專家和官員們難爲壞了，首先就得考據這「御田胭脂米」到底產於何地，實爲何米啊？結果考證來考證去，就找到了康熙東巡河北時吃過的一種紅色稻米。於是主席就給河北省委寫信說：可否由糧食部門收購一部分御田胭脂米，以供中央招待國際友人。

但是我認定了黑龍江大米這個前提之後，卻查到《新唐書・渤海傳》中記載，唐代時渤海國每年進貢唐王之物中，必有「盧城之稻」，乃於全世界獨一無二的百里火山熔岩台地，引進大唐灌溉技術所種植，產量稀少，而品質極優，遂有「中華第一貢米」之稱。

古渤海國位於今黑龍江省寧安市渤海鎮，既爲貢米指定之地，可知「御田」二字不謬；而所以稱「胭脂米」，想來是因「火山熔岩」而得名矣。

建國初的專家們顯然犯了「掛一漏萬」的錯誤，主席要找「御田胭脂米」，專家便只惦記著紅稻米三個字了，引經據典地考證出河北往事來。然而，須知黑山村莊頭進貢不同於親戚送禮或買辦採購，而是相當於佃戶交租一樣，只會孝敬自己莊子上或附近的特產，不可能大老遠地跨省過海去弄了別地產物進奉賈府。

河北縱有紅稻米，卻上哪裏去弄獐麅暹豬、鹿筋熊掌呢？更不要說鱘鰉魚了。可知單為「御田」二字就將胭脂米牽強附會為河北稻米，實在是斷章取義。主席上當了。

掰完謊兒，再回到《紅樓夢》中來——書中既然大費周章地寫了黑山村烏進孝一段文字，又暗示了李煦、傅鼐流放黑龍江、打牲烏拉之事，想來下文必有照應。

值得回味的是，乾隆四年，廢太子胤礽的兒子弘皙於住處私建小朝廷，甚至仿國制設立會計、掌儀等司，並與莊親王等人過從甚密，有謀反之嫌；次年秋天，莊親王之子甚至乘雍正狩獵外出時，侍機謀刺。這就是清朝歷史上的「弘皙逆案」，而這個案子，被雍正交與了傅鼐與福彭共同審理。審著審著，兩個人的名字就從史冊中消失了，顯然審理結果是不合聖意的。接著傅鼐就被流放了。

「好了歌注釋」中「因嫌紗帽小，致使鎖枷扛」一句後，有脂批「賈赦、雨村一干人」，可知狼狽為奸的賈赦、賈雨村後來都獲罪帶枷，且很可能流放邊陲了。而「造釁開端首在寧」的賈珍常於家中夜宴聚賭，招集子弟們「臨潼鬥寶」一般，無所不為。這正是朝廷最恨之事，家敗之時，自然也脫不了干係。

賈珍在寧府之行徑，可有「小朝廷」之嫌？而烏進孝送禮這一段，又是否正為暗示這一點呢？

很可能，賈珍正是抄家的罪魁，流刑三千里怕是跑不掉的。而流放之地，即使書中不明寫，亦可想必是黑龍江、打牲烏拉之類，也就是曾經過黑山莊了。到那時，他與烏進孝困境重逢，又會是怎樣一番情形呢？

誰扣了富兒門？

《石頭記》第五回開篇，有首五言詩云：

朝扣富兒門，富兒猶未足。
雖無千金酬，嗟彼勝骨肉。

這首詩裏「扣富兒門」的人顯然是劉姥姥，而「猶未足」的「富兒」自然是珠圍翠繞還要砌詞哭窮的鳳姐和前來借屏風的賈蓉了。故而詩中感歎劉姥姥並不曾得到鳳姐千金酬贈，卻湧泉以報滴水之恩，其情義遠勝於薛蟠、賈蓉這些至親骨肉，「狠舅奸兄」。

這只是書中的故事，而在書外，更讓人嗟歎的是，曹雪芹的好友敦誠也曾有詩〈寄曹雪芹〉：

勸君莫彈食客鋏，勸君莫扣富兒門。
殘杯冷炙有德色，不如著書黃葉村。

這裏面「扣富兒門」的，卻又是誰呢？

既然要「勸」，似乎是曹雪芹已經有了這樣的行舉：求告富貴親友，充當食客門人。而敦誠以爲有傷君子德色，故而勸曹君不要投親靠友，眷戀虛榮繁囂的浮華生涯，而應甘於貧寂，回到黃葉村寫書去。

想到曹雪芹曾經可能寄身權貴，未免令人不是滋味，不願接受，但是再想想，曹雪芹晚年的生活已經潦倒貧窘到了「舉家食粥酒常賒」的地步，不扣門借貸，卻又能如何呢？

敦誠之弟敦敏亦曾有詩〈題芹圃畫石〉，其中有句：「傲骨如君世已奇。」芹溪、芹圃都是曹雪芹的別名。敦敏所題，分明借石喻人，正如同賈寶玉跟那塊通靈玉渾然一體，曹雪芹與「石頭」也早不可分。

也許我們會覺得，敦敏所說的「傲骨如君」和敦誠所說的「勸君莫扣」，根本不可能是同一個「君」麼！

但這往往就是世事的真實與殘酷。

曹雪芹當然是有靈性有傲骨的，不然寫不出《紅樓夢》這樣的奇書傳世；他死後成了神，得到廣大讀者的虔誠膜拜和遙瞻景仰；可他生前畢竟是個人，而且是個懷才不遇的窮人，他得活著，得吃飯，所以得在非常之時，被迫放下傲骨去扣門求借；但只要有一口粥吃，他就不會苟活即安，不會隨便找份工作混沌度日，而寧可寂寞地「著書黃葉村」。

但古人寫書是沒有稿費的，所以「著書」可談不上一份工作，況且有清人筆記說，曹雪芹著書時連紙都買不起，要將字寫在空白黃曆上。

所以，著書之前，他先得活著，得找份能掙飯吃賺酒喝的工作。而對於一個沒有功名的文人而言，最理想的工作就是當文書，做清客，便如同賈政身邊的詹光、卜世仁等。

這樣的機會曹雪芹是有的，所以敦誠詩裏才會「勸君莫彈食客鋏」；但是後來曹雪芹放棄了，所以敦敏會稱讚其「傲骨如君世已奇」。

我們想像古人時，往往會神化或者單一化，而不把他當成一個有血有肉的人來看，不以爲他也會有過不去的坎兒，解不開的結。

就好比今天的我們不管多麼清高，也還是要上班打卡做職員，而在工作中會有上司和同事，要處理各種關係；即使自己做老闆，也還要面對客戶；哪怕是個自由撰稿人吧，還得面臨著將稿子賣出去的難題，還有跟出版商討價還價的尷尬——這一切，都是浮塵，卻無法揮避。

以我自己而論，每當面對糾結和挫敗時，總會有知己勸我把心態放平衡些，別想那麼多，好好寫書吧，正如同敦誠之勸雪芹；但是靜心寫書之前，我得先保證自己活下來，然後才能不問銷路地靜心寫字；同時，我又爲自己的生活態度而自豪，因爲明明可以有更多更輕鬆更投機取巧的選擇，但我只想寫字爲生，而且絕不會媚俗地爲了暢銷、爲了迎合市場而寫，這便是我的傲骨。

固然我絕不敢厚顏到與曹雪芹相比，借這個世俗的例子只是想說明，人在現實中存在，不可能萬事盡如心意。敦誠與敦敏兄弟倆同時與曹雪芹交往甚密，引為知己，他們寫給他的兩首詩，一個勸他安靜著書，一個贊他傲骨遺世，兩者並不矛盾，而只是恰好表現了曹雪芹生活的兩個片段罷了。

紅樓夢並非自傳

「《紅樓夢》為自傳小說，是曹雪芹根據自身及自家經歷而寫成，賈寶玉就是曹雪芹」──此種說法一直充斥市場，為大多讀者所接受。

其原因無外乎有二：

一、曹雪芹之祖曹寅曾為江寧織造，在任時曾將織造署修為康熙南巡之行宮，並親自接駕四次。

這與小說第十六回中王熙鳳所言「說起當年太祖皇帝仿舜巡故事，比一部書還熱鬧，我偏沒造化趕上」不謀而合，趙嬤嬤又加一句「還有如今現在江南的甄家，好勢派！獨他家接駕四次」，更加坐實「四次接駕」的細節，這些「烈火烹油，鮮花著錦」的描寫，讓我們相信，如果不是曹雪芹親自經歷過這樣的盛況，很難揣寫出來。

二、《石頭記》邊寫邊批的特色，使我們同作者不自覺地有一個交流，時不時地從書中走出來，去想像一下作者生活的本貌，從而把作者與主人公混爲一談。這與脂硯齋的批語中動不動「余」一下不無關係。試舉一例：比如文中寫寶玉躲賈政一段，脂批云：「余初看之，不覺怒焉，蓋謂作者形容余幼年往事，因思彼亦自寫其照，何獨余哉？信筆書之，供諸大眾同一發笑」。

這就讓人覺得，似乎作者寫的事都有所本，故而脂硯齋在批註的時候，總是從中尋找熟悉的人情事故。

然而這同時也恰恰證明了，賈寶玉不是曹雪芹，因爲連脂硯齋都一時錯覺他可能寫的是自己，後來又想明白其實可以是任何人。這不正說明雪芹作文，只是在借鑒真實材料，而並未照本宣科嗎？

固然書中會有曹家的影子，很多人物會在原型上進行再塑造，然而古今小說，哪一部不是這樣誕生的呢？可以憑藉這一點，就說小說是自傳嗎？

在第九回中，寶玉於小書房撞破茗煙好事後，脂硯齋有一段很長的批文：

按此書中寫一寶玉，其寶玉之為人是我輩於書中見而知有此人，實未目曾親睹者。又寫寶玉之發言每每令人不解，寶玉之生性件件令人可笑，不獨不曾於世上親見這樣的人，即閱

今古所有之小說奇傳中亦未見這樣的文字。於顰兒處更為甚。其囫圇不解之中實可解，可解之中又說不出理路，合目思之，卻如真見一寶玉真聞此言者，移至第二人萬不可，亦不成文字矣。余閱《石頭記》中至奇至妙之文，全在寶玉顰兒至癡至呆囫圇不解之語中，其詩詞雅迷酒令奇衣奇食奇玩等類固他書中未能，然在此書中評之，猶為二著。

接著襲人回家來，百般激將，寶玉遂說出「我不過是贊他好，正配生在這深堂大院裏，沒的我們這種濁物倒生在這裏。」脂硯齋又大發議論：

此皆寶玉心中意中確實之念，非前勉強之詞，所以謂今古未有之一人耳。聽其囫圇不解之言，察其幽微感觸之心，審其癡妄委婉之意，皆今古未見之人，亦是今古未見之文字。說不得賢，說不得愚，說不得不肖，說不得善，說不得惡，說不得光明正大，說不得混賬惡賴，說不得聰明才俊，說不得庸俗平常，說不得好色好淫，說不得情癡情種，恰恰只有一顰兒可對，令他人徒加評論，總未摸著他二人是何等脫胎、何等心臆、何等骨肉。余閱此書，亦愛其文字耳，實亦不能評出此二人終是何等人物。後觀「情榜」評曰寶玉「情不情」，黛玉「情情」，此二評自在評癡之上，亦屬囫圇不解，妙甚！

這兩段批語離得很近，反覆說明寶玉、黛玉這兩個形象有多麼難得，生平未見。脂硯齋不但從沒有目睹過寶玉、黛玉這樣的人，就是連想也想不到，解也解不得。既然沒見過，又怎能說雪芹就是賈寶玉、脂硯就是史湘雲呢？

更何況，《紅樓夢》並非一氣呵成，而是由三四部書稿穿插編輯，增補刪訂而來。比如《風月寶鑒》，就顯然是早已完成的書稿，且請棠村做了序的。書中賈瑞戲熙鳳、二尤故事等，很可能便移植於此，再加入本書中來，所以這兩處在時間上特別混亂，留下許多編輯漏洞。

《風月寶鑒》的筆墨，頗有《金瓶梅》之風，是明清時期的一大類型小說；而《金陵十二釵》之文，則相對雅致香豔，有似《鏡花緣》，開篇也是仙界故事，末尾則開列了一張「情榜」，這也是彼時小說的慣例，如《封神榜》、《水滸傳》皆是如此；再如《情僧錄》，想來亦如《醒世姻緣傳》、《歧路燈》之類，是爲勸世小說，終極思想無非是一「悟」字。

紈褲子弟歷盡風月繁華，最終卻人去樓空，懸崖撒手，並非《紅樓夢》獨家首創，之前「三言」「三拍」中此類故事俯拾即得。但《紅樓夢》最偉大之處，在於作者「披閱十載，增刪五次，纂成目錄，分出章回」，竟將這三四部書合爲一部，且使得故事人物看上去渾然一氣，雖然細審之下漏洞眾多，然而整體文脈卻是出人意表，首尾連貫。真不知要耗費作者多少心血，所謂「都云作者癡，誰解其中味」？

這樣浩大的一個增刪修訂的工程中，儘管作者會不由自主地根據自己的生活經歷補綴些真實的情節甚至人物，但又怎麼可能是完整的自傳呢？

最後，還有一個小小佐證：寶玉的奶母李嬤嬤是個很鮮明的人物，平日裏居功自傲，以老賣老，張口「我的血變的奶，吃的長這麼大，如今我吃他一碗牛奶，他就生氣了？」；閉口「把你奶了這麼大，到如今吃不著奶了，把我丟在一旁，逞著丫頭們要我的強。」那樣兒了？

然而寶玉這年也大不過十二三歲，斷奶也不超過十年的功夫。何以李嬤嬤就老態龍鍾成那樣兒了？

王夫人攆人時，曾說過賈蘭的奶母夭夭矯矯的，如今蘭哥兒不吃奶了，不如將奶母攆了去。可見奶母還很年輕，有夭矯的資本。而寶玉比賈蘭大不了幾歲，奶母李嬤嬤卻怎麼會是個已經有了孫子、拄著拐棍的老人呢？就算她駐顏有術，賈府也不會用一個四十歲的奶母為心肝兒寶貝的寶玉哺乳，更何況這李嬤嬤還老得厲害。

可能性只有一個，這個李嬤嬤根本不是寶玉的奶母，而是曹雪芹在生活中見到的這麼一個原型形象，因其個性突出，不忍捨棄，而在文中借用了一下。

這個原型，很可能是在某位王孫好友家遇到的老奶媽子，又顢頇又囉嗦的。甚或雪芹還親眼遇見奶母找碴慪氣，一如寶釵黛玉勸李嬤嬤般，客串過一回和事佬。

作此書時雪芹已有三十多歲，生活貧困，不可能還供養著老奶媽子。然而他的朋友中多有比自己年長而富貴的，倘若奶母尚在，算起來年齡該在五六十上下了，正是書中李嬤嬤的年紀。

這樣想，就很可以理解李嬤嬤這個人物的由來了。也同時可以看出，曹雪芹寫人物故事，是東借一點題材，西湊一點掌故，小說畢竟是小說，而並不是什麼自傳。

紅樓夢寫完了沒有？

庚辰本第四十二回〈蘅蕪君蘭言解疑癖　瀟湘子雅謔補餘香〉開篇，有一段「錯漏百出」的回前批：

釵玉名雖兩個，人卻一身，此幻筆也。今書至三十八回時已過三分之一有餘，故寫是回使二人合而為一。請看黛玉逝後寶釵之文字，便知余言不謬矣。

且不論寶釵、黛玉二人性情志向大相徑庭，怎麼也不可能是「合而爲一」，只說這回明明是四十二回，批言裏卻說是「三十八回」，已經是個明顯的「錯誤」。

那麼這錯誤是怎麼造成的呢？是這段批寫錯了地方嗎？顯然不是，因爲三十八回的回目是〈林瀟湘魁奪菊花詩　薛蘅蕪諷和螃蟹詠〉，薛林二人各擅勝場、平分秋色，還遠遠扯不到什麼「名雖兩個，人卻一身」；而這一回是寫兩人第一次推心置腑，婉言相交，與批語的指向倒是統一的。

所以，惟一的解釋就是：在作者此前的某個稿本中，前文的情節相對緊湊，又或者各回的篇幅較長，這一回目本來是第三十八回，但是後來在作者的一再增刪編輯之下，有些回目比如原作一回的元妃省親，被分開成了第十七、十八兩回，又或是增加了一些新的內容插入其中，比如賈瑞戲熙鳳的情節，就明顯是硬插進來的。這樣子，原來的第三十八回就被延後成了第四十二回。

同時，批者說「看黛玉逝後寶釵之文字」，可見作者原稿已經寫到了黛死釵嫁，即使全稿未完，也至少是有了大綱和部分章節草稿的。

既然批者說「三十八回時已過三分之一有餘」，想來初稿的全稿已經超過一百回，不到一百二十回。因爲百回的三分之一是三十三回，百二十回的三分之一是三十六回，都符合這句「三十八回已過三分之一有餘」的標準。而如今的增稿本，在三十八回已經拖到了四十二回，可見成稿比初稿更長，至少一百二十回，甚至更多。所以有些紅學家推斷的原稿有一百回，或是一百零八回，一百一十回，我認爲都是不可信的。

或者大家會說，前面增加了內容，把三十八回的故事拖成了四十二回，但是後面可能又減掉了很多情節，所以才叫「披閱十載，增刪五次，纂成目錄，分出章回」啊。

但是以晴雯爲例，第五十二回補裘病重，本來應該一氣接入抄檢，含冤夭逝的，是非常合理的寫作路線；但是後來因爲中間又加進大量情節，只好讓晴雯的病先好了起來，而後抄檢前，王夫人召她來見時，又突然說她正病著，然後便一病死了。這兩回病的中間的內容，有很大一部分可能是後補進去的。

比如第五十三回接入祭宗祠、慶元宵，席間寶玉去小解，麝月、秋紋等跟著，賈母問襲人怎麼不見，只是這些小丫鬟們出來伏侍──沒有人提及晴雯，也無一句交代晴雯在哪裏

——很明顯，這段故事是後補的，或者本來寫在晴雯死了之後，因爲作者考慮到抄檢後就該一氣敗落下去，故而把些熱鬧生活的場景又往前提了的。

五十四回末寫元宵節後，接連各家請客，賈母坐席一直坐到正月二十二；五十五回開篇卻又說因宮中有位太妃欠安，故各嬪妃不能省親，宴樂俱免，榮府今歲亦無燈謎之集。銜接極爲生硬。

直到第五十七回紫鵑試玉，晴雯才又出現。

可以猜想，初稿中晴雯病後，直接便接入太妃欠安，榮寧二府宴樂俱免，無可記述；再接下去就是寶玉瘋癲，老太妃薨，寶玉生日宴，此時晴雯還免爲支持，但仲秋後就一命嗚呼了。中間的章回，是硬加進來的。

第五十六回「興利除宿弊」之後，有朱批「此下緊接『慧紫鵑試忙玉』。」可見此前數回爲後插補文章，記號在此，令抄寫者照做爾。所以五十七回裏，晴雯失而復現，原是緊接五十二回之故。

可以爲我這理論做輔證的還有一點：〈壽怡紅群芳開夜宴〉時，襲人掣桃花，座中同庚同辰同姓者均陪一盞。「大家算來，香菱、晴雯、寶釵三人皆與他同庚」，而這是寶釵十五歲生日的第二年，也就是說這年晴雯同寶釵都是十六歲。如果這年仲秋晴雯夭逝，前後剛好接榫。但是書中爲了插入二尤故事，硬是又來段〈林黛玉重建桃花社〉，生生再拖了一年。然而到七十八回〈癡公子杜撰芙蓉誄〉時，寶玉又明明說晴雯「十有六載」，仍然十六歲，那麼這中間的一年哪去了？

再如劉姥姥進府時，曾向賈母說自己七十五歲，賈母便說「比我大好幾歲呢」，可見賈母最多七十出頭。四十七回中賈母說自己從進賈府做重孫媳婦起，到如今自己也有重孫媳婦了，「連頭帶尾五十四年」，可見嫁人時大約十七八歲，這很符合那個年代的規矩。然而七十一回時又忽然說「八月初二乃賈母八旬之慶」，明顯與前面兩回不符。可見這回也是後加進去的，屬於上文說的晴雯多活的一年中的內容。

所以說，成稿的章回肯定遠遠長於初稿的預計，在後文裏，像這種把三十八回內容增長至四十二回的做法，只會多不會少。全部章節可能不止一百二十回。

根據脂批的透露，作者後面完成了的情節至少有下面幾項：

一、黛玉死。元妃點戲，「離魂」「伏黛玉之死」；上述回前批中有「黛玉逝後」語；寶玉誄晴雯時，脂批明言實是「誄黛玉」，可見黛玉死非但是既定情節，而且已經寫完初稿。

二、黛玉死後，寶玉曾往瀟湘館憑弔，「對境（一說景）悼顰兒」，行文中且出現「落葉蕭蕭，寒煙漠漠」字樣，可見確定寫完了這一段。

三、二寶結婚。且「成其夫婦時」有「談舊之情」。

四、襲人嫁琪官，有「好歹留著麝月」之語，二寶婚後，身邊只剩下麝月一人。

五、寶釵婚後規勸寶玉，但已不可勸。

六、賈璉藏的青絲被鳳姐發現。

七、有很完整的一回〈薛寶釵借詞含諷諫　王熙鳳知命強英雄〉，且賈璉已不可救。

八、已完成回目「花襲人有始有終」，這條回目是七個字，很可能最初稿本回目較隨意，並非全都是八字對，可見這回完成得很早。

九、抄檢後，寶玉和鳳姐曾困頓於獄神廟，小紅、茜雪前往探望，有寶玉「大得力處」。

十、寶玉的玉被誤竊。

十一、鳳姐掃雪拾玉。

十二、鳳姐死，「回首時無怪乎其慘痛之態」。

十三、劉姥姥三進榮國府，巧姐兒嫁了板兒，「小兒常情遂成千里伏線」。

十四、「衛若蘭射圃」，戴著湘雲拾過的金麒麟。

……

其餘細碎的還有很多，這裏不一一列舉，但這麼多的細節讓我們知道，即使全稿沒有寫得非常完整詳細，主要段落卻是已經完成了的，而且最後一回寶玉回到青梗峰下看「情榜」的大結局也已經預定。

看不到全稿是所有紅迷最痛心遺憾的事情，因此我根據諸多的脂批透露、前文伏筆、以及各位前輩紅學家的研究成果，和我自己對於紅樓的感悟揣想，嘗試續寫了八十回後的紅樓故事，因爲力有不逮，未肯直接寫成續書正本，而分成《林黛玉》、《賈寶玉》兩本，從兩條主線出發，推演紅樓結局。

雖然狗尾不可續貂，卻亦可使讀者更直接曉暢地揭開一些紅樓謎底，略解憾恨，亦可破悶抒懷矣。

西讀紅樓夢之 金陵十二釵（下）

作者：西嶺雪
出版者：風雲時代出版股份有限公司
出版所：風雲時代出版股份有限公司
地址：105台北市民生東路五段178號7樓之3
風雲書網：http://www.eastbooks.com.tw
官方部落格：http://eastbooks.pixnet.net/blog
信箱：h7560949@ms15.hinet.net
郵撥帳號：12043291
服務專線：(02)27560949
傳真專線：(02)27653799
執行主編：劉宇青
美術編輯：許惠芳

版權授權：劉愷怡
法律顧問：永然法律事務所　李永然律師
　　　　　北辰著作權事務所　蕭雄淋律師

初版日期：2013年8月
ISBN ：978-986-146-687-3

總 經 銷：成信文化事業股份有限公司
地　　址：新北市新店區中正路四維巷二弄2號4樓
電　　話：(02)2219-2080

行政院新聞局局版台業字第3595號 營利事業統一編號22759935

定價：380元

國家圖書館出版品預行編目資料

西讀紅樓夢之金陵十二釵 ／ 西嶺雪著；
臺北市：風雲時代，2013.04　冊；公分

ISBN 978-986-146-687-3 （下冊：平裝）
1. 紅學　2.研究考訂

857.49　　　102004588